내면의 열망

내면의 열망

초판발행일 | 2014년 11월 29일

지은이 | 이병헌
펴낸곳 | 도서출판 황금알
펴낸이 | 金永馥

주간 | 김영탁
편집실장 | 조경숙
인쇄제작 | 칼라박스
주 소 | 110-510 서울시 종로구 동숭동 201-14 청기와빌라2차 104호
물류센타(직송·반품) | 100-272 서울시 중구 필동2가 124-6 1F
전 화 | 02) 2275-9171
팩 스 | 02) 2275-9172
이메일 | tibet21@hanmail.net
홈페이지 | http://goldegg21.com
출판등록 | 2003년 03월 26일 (제300-2003-230호)

값은 뒤표지에 있습니다.

ISBN 978-89-97318-87-2-93800

내면의 열망

이병헌 평론집

황금알

머리말

　이제야 첫 평론집을 내게 되었다. 나무도 나지 않는 나라에서 책을 함부로 내지 말라는 스승의 말씀을 핑계 삼아 게으름을 가려왔지만 손바닥으로 하늘을 가리는 격이다. 시집 서평을 쓰거나 시인에 대해 글을 쓰면서 그들의 노작을 제대로 읽었는가 하는 것이 가장 두려웠다. 시인들을 가리켜 그들은 내면의 열망을 지니고 있으므로 위대하다고 한 괴테의 말에서 이 책의 제목을 따 온 것은 한 편의 좋은 시는 세상의 그 무엇보다도 가치가 있다고 믿고 있기 때문이다.

　이 책의 제 1부에는 비평과 비평가의 문체에 관한 글, 문학사에 관한 글, 잡지 창간을 계기로 살펴 본 문학과 청춘과의 관계 등에 관한 글을 실었다. 제 2부에는 시인론과 작품론을, 제 3부와 제 4부에는 시집 서평을 실었다. 오랜 동안 간헐적으로 써 온 글들을 묶어놓고 보니　부끄럽지만 내 삶의 자취로서 정겨움이 느껴진다.

　시인들의 섬세한 삶의 결을 만지고 평론가들의 숨겨진 감성을 온몸으로 느끼면서 그들과 함께 조바심치던 지난 시기를 되돌아보면 늘 힘겨워하면서도 그 작업을 즐기고 있던 나의 모습을 새삼 발견하게 된다. 개성을 죽이고 드라이하게 글을 쓰려고 했지만 잘되지 않은 것 같다. 시를 읽고 그에 관한 글을 쓴다는 것은 다시 생각해보아도 설레는 일이지만 한편으로는 무거운 압력이 느껴지는 일이다. 문학의 아름다움이 우리의 삶, 나아가 사회를 바른 방향으로 끌고 가는 진정한 열망과 닿아있다는 것을 확인하는 것이 만만치 않은 작업이기 때문일 것이다.

그동안 오랜 시간을 학교에서 보내며 많은 분들에게 빚을 지고 살았다. 자식이 본인들의 생각과는 전혀 다른 길을 선택했어도 끝까지 밀어주신 부모님께 이 책이 조그만 기쁨이 되기를 희원한다. 연로하신 부모님을 모시고 직장 일을 하면서도 충실하게 내조해 온 아내에게 깊이 감사드린다. 늦게나마 책을 내도록 독려해 준 황금알 김영탁 사장과 조경숙 실장, 그리고 내 글을 읽고 비판하고 격려해 주신 분들에게도 고마운 마음을 전한다.

2014년 여름
창동 우거에서 저자

차 례

I

비평과 문체
― 1960년대~1990년대의 비평을 중심으로

　문체에 대한 관심과 그에 대한 연구는 지금까지 소설이나 시, 수필 등의 창작물 위주로 진행되었다. 최근 비평의 문체에 관한 단편적 언급이 잦아지고 관심이 증대되고 있기는 하지만 비평의 문체에 관한 본격적인 탐구는 거의 이루어지지 않고 있다. 이는 애당초 비평에 대한 관심이 여타 문예창작품에 대한 것보다 적은데다가 문체론이 우리나라의 경우는 물론이고 서구에서도 눈에 띌만한 발전이 이루어지지 않고 있다는 저간의 사정에 기인하는 바 크다고 하겠다. 그런데 비평의 문체에는 비평가의 천부적인 개성이나 개인적인 전략 못지않게 비평가를 둘러 싼 문단 내, 외적 혹은 사회적 연관의 그림자가 다양한 형태로 드리워져 있다. 따라서 개별 비평가의 본질에 접근하고 비평 논의의 허실을 추적함에 있어서 비평 문체에 대한 탐구는 창작물의 문체에 대한 고찰 못지않게 커다란 의미를 지니고 있다. 개략적으로나마 현대 비평가의 문체를 조명하고자 하는 본고의 시도는 이러한 문제의식으로부터 출발한다.

　개별 비평가의 문체는 그들의 숫자만큼이나 다양하다고 할 수 있다. 이들을 몇 개의 유형으로 나누어 보는 일은 지난한 일이며 그렇게 한다고 하더라도 기존의 분류와 구분되는 별다른 소득을 기대하기도 힘들다. 무엇보다도 문체 분류의 명확한 기준을 설정하는 일이 거의 불가능하다. 따라서 본고에서는 텍스트의 기능과 주제 취급의 양태에 관한 몇 가지 기준을 근거로 개별 비평가의 문체 유형을 하나하나 검토하는 방식을 취하고자 한다. 유형 분류는 그것이 지나치게 단순할 경우 기존의 상식적 이해를 넘어서지 못하여 실효성이 적을 가능성이 높으며, 지나치게 복잡할 경우 분류의 의의를 상실하고 만다. 본고의 분류 방식은 단순화된 몇 가지 분류의 기준을 제시하면서도 개개인의 특성을 최대한 밝히기 위해 고안된 것이다.

본고에서는 텍스트의 기능과 주제취급의 양태라는 텍스트언어학으로부터 빌어 온 두 가지 측면의 기준을 비평 문체를 규정하는 도구로 사용하고자 한다. 텍스트의 기능은 제시기능과 표현기능, 그리고 호소기능 등으로 분류된다. 제시기능이 서술의 대상에 초점이 놓이는 것을 가리킨다면 표현기능은 서술 주체의 개성의 발현에 초점이 놓이는 것을 말한다. 호소기능은 제시-표현기능과는 다른 층위의 개념으로서 어떤 텍스트가 독자의 이성이나 감성에 작용하여 행동까지도 유발하는 기능을 뜻한다. 비평텍스트의 주제취급의 양태로는 숙고(熟考)와 단정(斷定)을 하나의 축으로서 설정하였다. 결국 제시-표현기능의 층위, 호소기능의 층위, 그리고 숙고-단정의 층위 이렇게 세 가지 층위에서 하나의 비평텍스트를 살펴보는 것이 우리의 문체 분석의 방법이라 할 수 있다. 즉 어떤 비평문이 제시-표현기능의 축에서 어떠한 위치에 있는가, 호소기능은 어떠한 정도로 발현되고 있는가, 숙고-단정 양태의 축에서는 어떤 위상을 지니는가 하는 것을 검토함으로써 그 문체의 유형을 자리매김하자는 것이다. 물론 이 세 가지 층위 가운데 어느 한 층위에서의 특성이 아주 강하게 나타날 경우 그것을 그 비평텍스트—나아가 그것의 생산자인 비평가를 규정짓는 하나의 유형으로 삼을 수도 있을 것이다.

여기서는 이러한 기본 인식 하에 1960년대 이후 현재까지의 유수한 비평가 가운데 문체적 특성이 비교적 뚜렷이 드러나는 한정된 숫자의 비평가를 선별하여 그의 비평문이 지닌 문체적 특성을 살펴보기로 한다. 1960년대 이후의 대표적인 비평가 가운데 한 사람인 백낙청과 1980년대 말부터 1990대에 들어 활발한 비평 활동을 펼치고 있는 도정일의 비평을 비교, 분석하는 작업은 우리의 논의의 구체적인 출발점이 되는 동시에 우리의 비평텍스트 문체 분석의 효능을 우선적으로 검토하는 일이 될 것이다.

백낙청과 도정일

본고에서 다루는 대상 가운데 연배나 데뷔 연도가 상당히 벌어져 있음에도 불구하고 백낙청과 도정일 — 왜 이 둘을 한데 묶어서 말하고자 하는가? 그것도 왜 이 둘을, 도정일을 비판한 백낙청의 비평텍스트를 중심으로 정리하게 되는가? 단순히 우리의 문체 분석이 어떤 방향으로 진행되는가를 보여주기 위한 하나의 예시인 것인가? 그렇지는 않다. 그들이 비평 혹은 비평가의 역할이나 위상에 대해 서로 어긋나는 이야기를 하고 있다는 것이 가장 중요한 이유이다. 이들의 논의는, 가라타니 고진(柄谷行人)이 그의 저서 『일본 근대문학의 기원』(민음사, 1997) 한국어판 서문에서 말한, 이론과는 다른 비평이란 "그것은 이론과 실천 사이의 거리, 사유와 존재 사이의 거리에 대한 비판적 의식"이라는 경구를 되새겨보기에 매우 적절한 예이기 때문이다.

백낙청은 다 아는 바와 같이 1970~80년대 민족문학과 관련된 논의의 중심에 서서 이 나라의 평단을 이끈 대표적인 논객이다. 민족문학에 대한 강한 신념과 의지로 점철된 그의 비평은 단호하다. 그런데 그것이 반발감을 주기보다는 명쾌한 느낌을 준다. 여기에는 다른 이의 단점을 냉정하게 지적하는 능력과 논리 전개의 투명성이 뒷받침되고 있다. 이와 함께 그에게는 포용적인 자세까지 어우러져 있어 그의 비평은 강한 호소력을 동반하게 된다. 그가 신예 비평가인 도정일의 비평문 「작가와 비평가」(『내일을 여는 작가』, 1997년 1·2월호)의 오류를 지적한 다음과 같은 글이 특별히 우리의 주목을 끈다.

비평무용론이 나도는 판에 이처럼 '별개 공화국'으로서의 독자적 지위를 보장받는 것이 비평가들에게 더없는 위안이 될 듯도 싶다. 하지만 정말 그런 '공화국'이 존재하는 걸까? 비평은 시·소설·희곡 등을 망라한 '창작의 공화국'과 나란히 설 만한 또하나의 공화국(또는 화장실)인가? 혹시 '무의식의 언어'와 '의식의 언어'라는 본질적 대립도 다같이 문학행위인 창작과 비평의 차이라기보다 시인과 철학자의 차이에 더 어울리는 것은 아닌가?

무엇보다도, 철로의 한 쪽이 없으면 열차가 아예 못 다니듯이 평론이 안 씌어지면 '독자라는 승객'은 여행—즉 문학의 향유—자체가 불가능해지는 것일까? 아무래도 그 점은 믿기 어렵다. 물론 평범한 독자의 독서행위도 비평이라고 한다면 이야기가 달라진다. 그건 분명히 두 레일 중 하나가 되기에 충분하다. 다만 그럴 경우 독자는 승객의 위치에서 양대 공화국 또는 화장실 또는 레일 가운데 하나로 바뀌게 되며, 게다가 레일이라 하더라도 '영원한 평행 레일'인지는 의문스러워진다. 어떤 점에서 창작에 못지 않게 정서적이고 무의식적인 일반 독자의 독서행위를 "가장 무의식적인 순간에도 기본적으로 의식의 언어"를 생산하는 행위라고 규정하기는 힘들겠기 때문이다.[1]

같은 비평가로서 비평가의 위치를 고양시키는 발언에 대해 속으로 미소 짓거나 고개를 끄덕이는 데에 그치지 않고 이처럼 그 발언의 과대함과 오류, 모순을 냉철히 지적해내는 것은 백낙청 특유의 날카로운 이성이다. 한 번 이렇게 그의 이성의 그물에 걸린 발언은 곧바로 불쌍한 한 마리의 힘 잃은 생선이 되고 말 위험에 처한다. 그의 그물에 걸린 것은 다름 아니라 최근의 비평가 가운데 가장 생기 있는 발언을 쏟아내고 있는 도정일이다.

비평의 위상을 조금의 거리낌도 없이 창작과 동일한 수준으로 상정하고 있는 도정일의 발언은 그 어떤 전략적 의도를 감안하더라도 조금 지나친

---

1) 백낙청, 「비평과 비평가에 대한 단상」, 『문학과 사회』(1997년 여름호), 513-514쪽.

감이 없지 않다. 창작의 언어와 비평의 언어보다는 시의 언어와 철학의 언어를 무의식의 언어와 의식의 언어로 대비하여 규정짓는 편이 더욱 어울리는 것 또한 사실이다.

인용문의 두 번째 단락에서 백낙청은 평론이 없이는 독자의 문학의 향유가 불가능하다는 것은 믿기 어렵다고 했다. 그 말 자체는 타당한 것이지만 여기서는 그가 창작과 평론을 두 개의 레일에 비유한 도정일의 언급을 다소 자의적으로 해석하고 있음을 지적할 수 있다. 창작과 평론이 두 개의 평행 레일이고 문학은 그 위를 달리는 열차, 독자는 이 열차의 승객이라는 비유 자체가 문제적이지만 그렇다고 해서 평론을 배제하는 것을 예의 비유적 상황에서 하나의 레일을 철수시키는 것과 동일시할 수는 없는 것이다. 비유가 뜻하는바 의도와는 전혀 관계없이 비유를 그대로 사물화한 백낙청의 태도에도 문제가 있다. 그가 '평범한 독자의 독서행위'를 비평으로 간주할 경우에 도정일의 비유가 어떠한 합리성을 가질 수 있는가에 대하여 조금 길게 언급한 뒷부분은 사실상 고려의 여지가 없는 것이다. 도정일은 전문적 비평가의 비평만을 '비평'으로 의식하고 논의를 전개했던 것이기 때문이다.

이렇게 보면 백낙청의 날카로운 지적은 그 자체로 대체로 타당한 듯하지만 나름의 문제점을 지닌 것임을 알 수 있다. 특히 인용된 두 번째 단락의 경우는 더욱 그러하다. 또한 첫째 단락에서 문제점으로 지적된 두 가지 사항 가운데 하나인 '비평과 창작을 같은 위상으로 부각시킨 것'은 비평의 가치를 옹호하기 위한 전략 차원의 발언으로 보아 넘길 수도 있는 것이며, 또 하나 '무의식의 언어와 의식의 언어를 문학의 언어와 비평의 언어에 대비시킨 것'은 백낙청의 제언에 비해 상대적으로 미흡하지만 어느 정도 그러한 측면을 인정할 부분이 있는 것 또한 사실이라고 본다면 도정일이 그처럼 매도당하지는 않아도 무방할 듯하다. 백낙청은 같은 글에서 "창작과 비평이 아니라 생산과 수용이 문학의 양대 영역이요 비평가는 그 양쪽 모두에 소속된 존재"라는 것이며 따라서 비평가가 아무리 의식화를 추구하더라도 '무의식의 언어'에서 아주 벗어나지는 못하고 그래서도 안 된다고 하였다. 그리고 그는 루카치가, 도정일과 비슷하게, 진정한 비평가의 유형으로 창작자 비평가와 철학자 비평가를 제시했지만 창작자가 아닌 훌륭한 비평가 중에는 철학자 비평가와 비철학자 비평가가 존재함을 명확히 밝혔다. 하지만 '의식의 언어'가 철학자의 전유물만은 아니라는 관점에서 본다면, 설령 그렇다고 하더라도 훌륭한 철학자 비평가가 상당수 존재한다는 것만은 움직일 수 없는 사실이므로, 상대적으로 비평의 언어가 '의식의 언어'에 가까운 것만은 부정할 수 없다고 하겠다. 그럼에도 불구하고 인용문에서처럼 도정일이 혹독히 비판을 받게 된 데에는 평소 그의 문체에서 풍겨 나오는 지나친 자신감 같은 것이 어떠한 거부감을 조장하는 하나의 요소로서 작용하지 않았나 하는 추측을 해 볼 수 있다. 실제로 백낙청은 인용문 바로 앞에서 "평단의 현황(창작자들이 문학평론에 대한 불만을 심각하게 토로하고 있는 상황 : 필자 주)과는 별도로 원론적인 차원에서 비평의 존재이유를 가장 단호하게 옹호한 것"이 도정일의 글이라고 평하고 있으며, 인용문 바로 뒤에서는 비평의 참된 권위와 함께 '진정한 겸허'에 대하여 강조하고 있는 것이다.

도정일의 비평문은 실제로 어떠한 특성을 지니고 있는가? 다음 비평텍스트는 그의 문체적 특성의 한 단면을 보여준다.

근대적 생산양식의 최대 성취는 순환의 자연질서를 파탄시킴으로써 인간과 자연 사이에 일찍이 없었던 적대관계를 형성해 놓았다는 점이다. 이것은 시의 역사적 상상력이 주목해야 할 새로운 모순, 아니 주요 모순의 이동지점이다. 분배의 문제는 여전히 중요하고 계급적 적대성의 문제도 여전히 중요하다. 그러나 이미 현실사회주의의 파산에서 보듯 동구식 생산관계도 기본적으로는 근대적 생산의 한 형식일 뿐 생산과 자연 사이의 적대성을 해소하지 못한다.

이 적대성은 문명의 현단계가 대면하고 있는 전 지구적 위기이고 딜레마이다. 물론 그 위기의 해소에 발 벗고 나서는 것이 문학의 과제는 아니다. 그러나 역사적 비전에 매개되는 시의 상상력은 민중 풀잎의 최종적 구원이 계급 적대성의 해소 이상의 것이라는 점에도 주목할 필요가 있다. 역사는 아직도 겨울(혹은 봄으로 착각된 겨울)이지만 봄이 오기도 전에 역사의 집 자체가 무너져내릴지 모른다. 이 붕괴의 위기 앞에서 순환의 상상력과 역사적 상상력은 두 비전의 이질성에도 불구하고 서로 맞물려 있다. [2]

상당히 무겁고 어려운 문제에 대해서 이 정도의 민첩한 처리 능력을 보이는 것을 보면 비교적 가볍거나 단순한 문제, 혹은 감성적인 문제를 다룰 때의 그의 문장의 속도감을 가히 짐작할 수 있을 것이다. 간단명료하게 많은 문제들을 처리해 나아가는 그의 비평적 행보 속에 우리는 어떤 신선한 느낌을 받는다. 김현의 감성적 언어를 만나는 느낌과 이상섭의 명쾌한 해명을 대하는 느낌이 한데 어우러진 것 같다. 때때로 등장하는 신선한 비유와 구어체의 구사는 누구의 글 못지않게 경쾌하며 독특한 그만의 미감이 느껴진다. 그가 백낙청으로부터 비판 받은 「작가와 비평가」 역시 "창작과 비평은 문학의 나라를 구성하는 두 개의 공화국이다."로 시작되는 빠른 템포의 글이다. 어렵고 많은 이야기들을 이런 문체를 통해 독자들에게 전하는 이유는 그가 같은 글의 말미에서 창작자들이 요구하는 "감동적 평문(평론의 대중화를 위한 하나의 조건으로서 : 필자 주)을 공급하고 있지 못한 데 늘 깊은 자괴심을 갖고 있다."고 하는 데서 볼 수 있듯이 현대의 독자들을 고려하는 의식적 노력의 결과이기도 하다.

도정일 비평의 이런 문체를 우리의 용어로 나타낼 것 같으면, 주제취급의 양태로서 '단정'의 양태가 두드러지고, 제시-표현기능의 층위에서는 두 기능을 어느 정도 공유함으로써 중립적이며, 호소기능은 상당한 수준

---

2) 도정일, 「풀잎, 갱생, 역사」, 『시인은 숲으로 가지 못한다』(민음사, 1996), 34-35쪽.

으로 발휘되고 있다고 할 수 있다. 백낙청의 비평 문체는, 그 역시 단정의 양태가 두드러지며, 표현보다는 제시기능이 우세하고 호소기능이 극대화되어 있다고 할 수 있다. 이렇게 볼 때 백낙청과 도정일 이 두 평론가의 문체는 닮은 점이 많다고 할 수 있다. 그러나 반드시 그런 것은 아니다. 같은 단정의 양태라 해도 도정일의 비평과 백낙청의 것은 상당한 편차가 있다. 백낙청의 비평텍스트는 부분적으로 혹은 외적으로는 대체로 단정의 양태를 띠고 있지만 전체적으로 혹은 내면적으로는 깊이 있는 숙고의 양태를 보이고 있는 경우가 많다. 위에서 언급한 「비평과 비평가에 관한 단상」만 하더라도 인용한 부분은 대체로 전형적인 단정의 양태를 보이고 있지만 한 가지 명제를 여러 측면을 고려하여 끈질기게 탐구함으로써 전체 텍스트는 숙고의 양태를 지니고 있다. 단정의 양태가 비평텍스트에서 힘을 발휘하는 것은 바로 이러한 숙고를 배경으로 하는 때 혹은 성실에 뒷받침되는 강한 신념이 전제되어 있을 때이다. 문체 탐구는 때때로 이처럼 쇄말적인 문장 단위에서만이 아니라 텍스트 전체를 고려하는 것이 필요하다.

백낙청의 글에 비해 도정일의 비평텍스트는 경쾌한 반면 '단정'의 양태가 지닌 부정적 측면을 드러내기도 한다. 인용문의 첫 문장에서 근대적 생산양식의 최대 성취가 인간과 자연 사이의 적대관계를 형성해 놓은 것이라고 말한 것은 현실 사회주의의 파산과 동구의 생산관계가 생산과 자연 사이의 적대성을 해소하지 못한다는 것과는 조금 다른 차원의 문제인데 그것을 하나로 연결시켜 말하고 있는 것 등이 그것이다. 그의 단정이 어떠한 확고한 입장의 뒷받침을 받거나 각각의 사안들을 깊이 있게 검토한 결과로서 표출되었다기보다는 여러 현안들을 빠뜨리지 않고 훑어나가는 저널적인 경박성과 연결되어 있는 것이 아닌가 하는 혐의를 지울 수 없는 것이다. 가라타니 고진은 앞서 인용한 글에서 "메이지 20년대의 근대 문학은 자유 민권 투쟁을 계속하는 대신 그것을 경멸하고 투쟁을 내면적 과격성으로 전환시킴으로써 사실상 당시의 정치체제를 긍정한 셈이었다."고

하였는데 여기서 '내면적 과격성'을 문체적 요소로 치환하여 생각한다면 과격한 문체 혹은 화려한 문체가 어두운 현실을 가리는 역할을 한다는 말이 되는데 백낙청이 도정일의 비평 혹은 비평문체에 대하여 불만이 있다면 이러한 측면도 하나의 이유가 되지 않았을까 한다. 장송이 카뮈의 아름다운 문체를 문제 삼은 이유가 지나칠 정도의 미문체란 모든 것을 순수한 본질적인 것에로 환원시켜버린다는 것이라는 말[3]도 이와 같은 맥락의 언급이라 할 수 있다. 도정일의 문체의 아름다움은 이처럼 색안경을 끼고 보아야 할 정도로 미문체는 아니지만 매혹적인 화려함을 감추고 있으며 자신감이 넘치는 단정의 문체이기도 한 것이다. 그런데 호소기능의 측면에서 그의 비평텍스트가 백낙청의 것보다 상대적으로 열세라면 그 이유는, 백낙청은 민족문학론을 중심으로 하는 그의 주장이나 이론을 현실의 변화에 부응하여 끊임없이 다듬고 고쳐가는 끈질김과 자신의 입론에 대한 투철한 신념을 보여주는 데 반해 도정일은 그와는 달리 자신감에 넘치기는 하지만 어떠한 이론에 얽매이지 않으려는 자유로움을 추구하고 있어 읽는이를 끌고 나아가는 힘이 떨어지기 때문이라 할 수 있을 것이다.

백낙청과 도정일을 살펴 본 바와 유사한 방식으로 본고에서 다룰 비평가는 1)김윤식, 김현, 김우창 2)최동호, 김종철, 김인환 3)조정환, 이남호, 정과리 4)우찬제, 권성우, 이광호 등의 네 그룹으로 나누어진다. 이들은 각각 60년대부터 90년대에 주로 활발한 활동을 한 비평가로서 대략 세대별로 배치해 보았다. 이들은 김현처럼 세상을 떠났거나 조정환처럼 타의에 의해 활동을 못하고 있는 이를 제외하면 지금도 현역이라고 할 수 있는 비평가들이다. 그러나 이들이 현대 한국의 비평계를 대표하는 것은 아니다. 다만 현재도 활발한 활동을 하는 비평가 가운데 특징적인 문체를 지닌 이들이라 판단되어 논의의 대상으로 삼는 것뿐이다. 이들의 평론 문체

---

3) 김윤식, 「사상과 문체」, 『문학동네』, 1997년 봄호, 487쪽.

를 논의하기 위해 예로 드는 인용문들 또한 논의의 편의를 위하여 손에 잡히는 대로 추출한 것으로 그들의 대표작이라고도 할 수 없으며 또한 시기적으로 일정한 년대의 것도 아니다. 예를 들어 1)그룹에서 김현과 김우창의 비평텍스트는 1970년대의 것이며, 김윤식의 것은 1980년대에 쓴 것이다. 이런 방식으로 논의를 진행하는 것은 비평의 문체라는 것이 전체적으로도 그렇고 각 개인의 경우를 보더라도 역시 그렇게 쉽사리 변하는 것이 아니라고 여겨지기 때문이다.

김현 · 김윤식 · 김우창

김현은 폭넓은 독서와 문학의 문제에 대한 근본적인 질문을 바탕으로 신선한 감성의 언어를 구사하여 한국의 평론계에 새로운 활력을 불어넣었으며, 『文學과 知性』을 중심으로 1970~80년대의 평단을 주도해 온 비평가이다. 김윤식은 권영민의 말처럼 언어적인 인식 형태를 넘어서서 생의 형식을 포착하고자 하는 비평가이다. 논리적인 것보다는 실증적인 것, 사변적인 것보다는 실재적인 것, 추상적인 관념보다는 구체적 사실을 중시하는 '발로 쓰는 비평가'라는 독특한 스타일을 지닌 김윤식은 어떤 유파에 속하지 않고 단독으로 행동하지만 누구도 감히 넘보기 어려운 다양한 업적을 산출해내고 있다.

가) 12 · 3년이 넘게 글을 써 온 나를 새삼 괴롭힌 것은 나는 왜 행복을 노래해서는 안 되는 것일까라는 鄭玄宗의 고통에 찬 회의이었다. 우리는 왜 계속 고통의 제스처만을 보여주어야 하는가? 그리고 그것은 과연 올바른 것인가? 식민지 시대 이후로 한국 문학은 고통의 제스처를 보여 주지 않은 문학에 대해 체질적인 반감을 보여왔다. 그러나 감히 말하거니와 긍정적인 가짜 和解로 끝나는 고통의 제스처보다는 끝내 부정적인 행복스러운 고통

을 우리는 보여주지 않으면 안 된다. 고통의 제스처는 추하다. 그것은 결국에 가서는 不和를 가짜로 해소시키기 때문이다. 저급의 참여 소설에 나타나는 저 가짜 小英雄들을 상기하기 바란다. 그러나 부정적인 고통은 역설적이게도 행복스럽다. 자신이 고통이 됨으로써 그 부정적인 고통은 모든 거짓 和解와 거짓 고통을 뚜렷하게 보여 주고, 결국은 인간이 행복스럽게 살지 않으면 안 된다는 것을 보여 주기 때문이다. 우리는 고통하기 위해서 태어난 것이 아니다. 우리는 행복스럽게 살기 위해서 태어난 것이다. 그래서 우리는 고통스럽게 행복을 생각하는 것이다. 행복은 불가능한 꿈이다. 그러니 고통스럽지 않을 리 없지 않은가! 철모르는 소리 하지 말라, 지금이 어떤 시대인데 행복 운운하는가! 그런 질타의 목소리를 내가 듣지 않는 것은 아니다.[4]

나) 우리 시대가 가졌던 대형 비평가, 불세출의 비평가 김현이 여기서 당황하는 까닭은 과연 무엇이었던가. 그것은 그의 인간적 정직함인 것. 그것은 그의 4·19의 정직함인 것. 어째서 인간적 정직함이 그대로 4·19에의 정직함인가. 이에는 설명이 있을 수 없다.

『당신들의 천국』이란 무엇인가. 도스토예프스키·카뮈에게 도전하고 이를 넘어서고자 한 야심에 불탄 작품이 이청준에 의해 시도되었는데, 그것은 김현이 넘어서지 못하고 있는 지점을 작가 이청준이 넘어섬으로써 가능했던 것(이 대목은 우리 문학의 내적 드라마로서 빛나는 장면이라고 나는 아직도 생각하고 있거니와). 이청준은 이 작품을 통해 세계문학에로 웅비하고자 하였다. 그것은 4·19의 이념(이른바 한국성)을 넘어서고자 하는데서 왔다. 문둥이와 성한 사람의 천국만들기란 가능한가. 사람들은 말할 것이다. '자유'가 주어지면 모든 것이 해결될 것이라고. 그러나 이 소록도에는, 자유만으로는 어림도 없는 벽이 가로놓여 있었다. 황장로가 그 증거

---

4) 김현, 「문학은 무엇에 대하여 고통하는가」, 『韓國文學의 位相』(문학과 지성사, 1977), 30-31쪽.

였다. 자유로도 사랑으로도 해결할 수 없는 인간문제, 인간의 굴레, 그것은 무엇으로 실마리를 찾아야 되는 것일까. 성한 사람이 문둥이로 되든가 그 반대 현상에 있는 것. 이른바 '자생적 운명'이란 개념이 도출되는 것이었다. 이 순간 4 · 19란 빛을 잃는다. 종교도 빛을 잃는다. '사랑'도 '혁명'도 해답일 수 없는 것, 바로 여기에 최인훈과 이청준의 차이, 혹은 60년대와 70년대의 차이가 가로놓여 있었다. 4 · 19세대는 그 자체 속에 그것을 돌파해 갔던 것이다.[5]

가)에서는 '나'를 내세워 말하는 당당한 김현의 육성이 들려온다. '12 · 3년'이라는 개인적인 이력을 말하지 않더라도 "감히 말하거니와", "저급의 참여 소설에 나타나는 저 가짜 小英雄들을 상기하기 바란다."와 같은 어구를 통해 우리는 그가 직접적으로 등장하고 있음을 느끼게 되는 것이다. 여기서 김현은 '나는 왜 행복을 노래해서는 안 되는 것일까'하고 고민하는 정현종에 대하여 말하고 있지만 어느새 정현종은 문제가 되질 않고 그 자신의 고민만이 남아 우리와 대화를 트고 있다. 가)의 뒷부분 '우리는 고통하기 위해서 태어난 것이 아니다' 이후의 속도감을 보라. '고통하다'라는 비문법적인 표현도 이러한 구어투의 속도감 앞에서 그다지 어색하지 않게 들린다. 그만의 문법을 창조하는 그의 비평 문체는 이때 거의 시적인 수준에 다가가는 것이다. 끝부분의 혼자 말하고 응답하고 하는 방식은 드라마를 연상케 한다. 시와 드라마—그의 비평은 어떤 양식이라도 받아들여 한데 녹여버리는 용광로와도 같은 에너지를 지니고 있다. 글쓴이 자신의 개성이 강렬히 살아 숨쉬는 이러한 텍스트의 기능을 우리는 표현기능이라고 부르며 따라서 김현의 비평텍스트를 표현기능이 우세한 텍스트라고 규정한다.

---

5) 김윤식, 「어떤 4 · 19세대의 내면 풍경」, 『김윤식 선집3 비평사』(솔 출판사, 1996), 392쪽.

나)는 '김현론'이라는 부제가 붙은 비평문의 일부이다. 비평의 주관성을 유달리 강조하는 김윤식의 면모가 잘 드러나 있다. 김현이 당황했다든가 혹은 인용문 바로 앞에서 "망연자실"했다고 하는 것은 "『당신들의 天國』은 뛰어난 소설이다. 이 글을 끝내면서 내가 할 수 있는 마지막 말은 그것뿐이다. 한 가지 바라고 싶은 것이 있다면 李淸俊의 소설에서는 극히 희귀한, 행복한 결혼을 하게 되어 있는 윤해원과 서미연의 결혼 후일담을 술자리에서나마 듣고 싶은 것이다."[6]와 같은 언급을 두고 하는 말이다. 그러나 이러한 표현은 그의 글쓰기의 하나의 습관이다. 이같은 "외마디 비명처럼 마무리하는 그의 글쓰기"를 들어 김인환은 "김현에게 글쓰기란 글에 몸을 맡기는 행동 이외에 다른 것이 아니다."라고 했다.[7] 말하고 있는 김현 스스로의 감정이 고조되어 독자의 그것보다도 앞서 나아가고 있다는 증거로서 이것은 표현기능을 드러내는 하나의 징표가 된다. 이때 그에게는 소설과 현실이 별개의 것이 아니라 하나로 되어있는 것이다. 김윤식은 이러한 사정을 몰랐다기보다는 여기에 그 나름의 주관적 해석을 보탠 것이라 할 수 있다. 즉, 당황하고 망연자실하는 것은 김윤식 자신이기도 한 것이다. 이 또한 표현기능의 한 징표가 되는 것이다. '4·19의 정직함'이 곧바로 '4·19에의 정직함'이 되고 그것이 '인간적 정직함'이며, 그것은 설명할 필요도 없다고 하는 것—이것은 김현의 감정이입에 버금가는 지극히 주관적인 설명 방법이 아닐 수 없다.

'…인 것', '…한 것'과 같이 조사를 생략하는 그의 문장 구사 방식은 혼잣말인 듯하지만 오히려 독자들에게 직접 말을 건네는 방식의 하나이다. 혼자서 묻고 대답하는 방식 또한 그러하다. 나)의 끝부분에서 '자생적 운명'이란 개념이 도출되면서 이 순간 종교도 빛을 잃고 사랑도 혁명도 해답일 수 없다는 말은 '운명'에 특히 무게를 두는 해석으로서 가능한 것이라고

---

6) 김현, 「이청준에 대한 세 편의 글」, 『문학과 유토피아』(문학과 지성사, 1980), 241쪽.
7) 김인환, 「글쓰기의 지형학」, 『상상력과 원근법』(문학과 지성사, 1993), 389-390쪽.

하겠지만 여기서 "이 순간 4 · 19는 빛을 잃는다."라든가 여기에 최인훈과 이청준의 차이가 있다고 하는 것, 또는 이것으로 4 · 19세대는 그 자체 속에 그것을 돌파해 갔다는 말은 김현의 의도를 앞질러 나아가버린 김윤식의 심정적 토로에 다름 아닌 것이다. 김현의 의도를 앞질러 나아간 것뿐만이 아니라 독자들 또한 저만치 앞질러 버린 형국이다. 표현기능이 최고도로 발휘되고 있다고 할 수 있다.

이렇게 보면 김현과 김윤식의 비평텍스트에는 표현기능이 우세한 공통점이 발견된다고 할 수 있다. 그러나 그 내용은 조금 다르다. 김현의 것이 지극히 감각적인 자아 표출의 요소를 지니는 것이라면 김윤식의 그것은 대상의 내면 풍경을 읽어내고야 말겠다는 비평에 대한 자의식을 바탕으로 한 주관성에의 침하가 두드러진 양상이라 할 수 있다. 동세대인 김우창의 비평은 이들과는 사뭇 편차를 보인다. 그러나 반드시 대조적이라고는 말할 수 없다. 제시-표현기능 층위에서보다는 숙고-단정의 축을 설정한 주제표출의 양태 층위에서 논의해야 할 뚜렷한 특성을 지닌 것이 김우창의 비평텍스트인 것이다.

그러면 문학은 도덕과 모순되는 관계에만 있는가? 반드시 그런 것은 아니다. 오히려 문학은 독단적이고, 구극적으로는 暴力意志를 감추어 가진 부분적인 도덕에 대하여 전체적인 도덕을 주장한다. 그것은 경험의 세계에 던져진 인간 존재 총체의 평화를 목표로 한다. 여기서 인간 존재 총체란 개별적 사회적 자연적 존재로서의 인간의 모든 면을 말하는 것이지만, 오늘날의 상황 속에서 인간의 사회적인 연관이 우위적인 것임은 말할 것도 없다. 조금 좁혀 말하면 문학의 원초적인 이념은 인간의 相互紐帶로써 선험적인 도덕체계를 대치하려는 것이라 하여도 좋다. 그리하여 문학은 인간 존재에 도덕주의가 아니라 참다운 윤리성을 회복시키고자 하는 것이다. 그렇다고 이러한 비도덕주의적인 윤리가 반드시 비투쟁적인 것은 아니다. 그것은 도덕주의적인 태도 못지 않게 투쟁적일 수 있으나, 그 투쟁은 어떤 恣意的인 질서를 위한 것이 아니라 인간 존재의 구극적이며 전체적인 平定化를 위한 것이다. 이 투쟁이 처참할 수도 있지만, 그것은 결국 다스려져야 할 것은(밖으로부터의 규범에 의하여 규제되는) 개개의 인간이 아니라(하나 하나의 사람이 이루는) 인간 존재의 사회적 자연적 조건임을 아는 까닭에 구극적인 의미에서 가장 넓은 包容性에로 나아가는 투쟁인 것이다. [8]

김우창의 비평은 김현에 의하면 문학이 현실 세계를 초월하는 가치를 갖고 있다라고 믿는 세계관을 뜻하는 문화적 초월주의의 범주에 소속된다. [9] 그런데 최근에 한 철학자가 김우창에 있어서의 초월적 사유는 전체의 진리가 맹목 속에 놓이거나 단편적인 사실들로 복귀하지 않는 사이비의 초월적인 사유가 아니라 직접적인 소여의 세계 안에 진리가 돌아와 머물 수 있는 고향을 일구는 것이고, 그러한 응접을 위하여 측량하는 일이라고 하여 [10] 초월의 개념 정립을 시도하였다. 또한 그는 같은 글에서 초월의 관념은 플라톤 이래의 합리적 이성론과 관념론의 전통에서 유래한다고 하였으며 이러한 이성이 찾아나서는 것은 추상적이고 보편적인 것이지만 출발점으로 돌아오는 그 복귀 속에서 추상적이던 보편성은 다시 구체화된다고 하였다. 이러한 전제를 승인하는 관점에서 볼 때 김우창의 비평적 사유의 방식이야말로 부분과 전체, 구체와 보편 혹은 추상의 변증법적인 과정 하에 놓이는 것임을 알 수 있다. 이러한 사유 방식이 문체에 반영될 때 그 텍스트의 주제취급의 양태는 대체로 숙고에 해당된다.

인용텍스트의 첫 부분처럼 어떠한 사안의 여러 가지 측면을 두루 고려한다는 언급은 이 텍스트가 숙고의 양태로 진행될 가능성을 보여주는 것

---

8) 김우창, 「한용운의 소설」, 『궁핍한 시대의 시인』(민음사, 1977), 170–171쪽.
9) 김현, 「비평의 유형학을 향하여」, 『분석과 해석』(문학과 지성사, 1988), 244–245쪽.
10) 김상환, 「심미적 이성의 귀향—김우창의 초월론 소고」, 『포에티카』 창간호(1997년 봄), 55–56쪽.

이다. '인간 존재의 총체'에 관한 설명과 같이 주어부 서술의 전제로서 기능하는 부분, '조금 좁혀 말하면'이라는 부연 설명을 위한 장치, 본문의 틈을 메우기 위해 활용된 괄호 등은 숙고의 문체를 이루는 문체소로 파악 가능한 것들이다. 이처럼 외적으로 눈에 띄지는 않지만 앞의 문장 혹은 앞부분에서 말한 사항에 대하여 부정적으로 사유하고 그 반대 편 요소를 고려하는 변증법적 서술 방식, 인용텍스트의 후반부에서와 같이 저만치 틈이 벌어져 있는 문학과 사회를 무리 없이 연결 지어 말하기 위해 수많은 다리를 놓아 건너는 식의 우회적인 서술 방식 또한 숙고의 양태를 형성하는 요소로 작용하는 것이라 할 수 있다.

이상 살펴 본 바와 같이 김현의 비평은 감각적인 자아표출에 의한 표현기능이, 김윤식의 비평은 비평가로서의 자의식 표출로 인한 표현기능이, 김우창의 경우는 유보적 표현과 우회적, 변증법적 서술양식에 의한 숙고의 양태가 두드러지고 다른 층위의 요소들은 이에 비해 두드러진 특징을 보이지 않는다. 호소기능에 있어서는 세 비평가가 비슷한 정도로 상당한 수준을 유지한 것으로 보인다.

김종철 · 최동호 · 김인환

김종철, 김인환, 조남현, 김재홍, 최동호, 정현기, 오세영, 오생근, 권영민, 김선학, 김흥규, 최원식 등의 평론가는 그 관심의 너비와 각각의 주제를 천착해 들어가는 힘과 깊이에 있어서 앞 세대에 비해 결코 뒤처지는 것이 아님에도 불구하고 상당 기간 동안 조금 물러 선 자리 혹은 조금 외진 곳을 지키거나, 비교적 험난한 분야를 선도적으로 개척하는 경향을 보여왔다. 이들은 이제 막강한 역량을 발휘하여 전면에 나서 우리의 비평을 선도하고 있다. 그럼에도 불구하고 이들은 더욱 관록과 깊이를 더해가는 건재한 앞의 세대와 또 나날이 새로이 육박해오는 다음 세대 비평가들과의 사이에서 충분한 능력을 발휘하지 못하고 아직도 주저하고 있는 듯한 느낌을 준다. 이는 어쩌면 스스로를 낮추는 겸손의 미덕이 몸에 밴 데서 오는 사려 깊은 세상 읽기와 현실 대처의 방식인지 모른다. 그들 나름의 현명한 자리매김의 양상으로 볼 수도 있을 것이다. 이들의 문체적 특성을 탐구하는 것이 이러한 양상을 해석하는 하나의 지표를 찾는 일이 될 수 있으면 한다.

　가) 그러나 이성부의 시가 언제나 이러한 뜻에서의 시적 상상력에 값할 만한 성취에 이르는 것은 아니다. 그는 때때로 그 자신의 개인적인 이념이나 주장을 독자들에게 성급하게 강요하려 드는데, 이 때 그의 시는 지루한 언어의 나열이기 쉽지 깊은 共鳴力을 갖지는 못한다. 사실상 이성부의 시를 일별할 때 우리가 발견할 수 있는 것은 그가 그의 개인적인 어떤 신조를 너무 빨리 이야기하고 싶은 유혹을 많이 받고 있다는 사실이다. 그때 그의 사고는 참으로 단순한 것이 되며, 시의 전체적 분위기는 하나의 修辭的인 强辯에 가까운 것으로 된다. 이성부는 이를테면 시의 사회적 기능에 관심을 많이 두고 있고 그의 시가 우리들의 공동 이익에 어떻게 이바지해야 할 것인가라는 생각에 골똘해 있는 것처럼 보인다. 이것은 물론 좋은 일이다. 그러나 시가 사회적으로 유효한 기능을 갖는다면 선언이나 강변이 아니라 긴장된 시적 상상으로써 가능할 것이라는 사실은 너무도 분명하다. 우리로서는 시인 이성부가 그의 이념이나 주장을 시의 전면에 노출시켜 계속적으로 그것을 고집하기에 앞서서 현실 경험에 대한 덜 단순한 계산을 유지함으로써 그의 시에 깊이를 더해가기를 바랄 수밖에 없다.[11]

　나) 제 1련에서 「그늘」의 감각을 느끼는 것은 돌이 아니다. 돌이나 그늘이라는 사물이나 자연 현상 그 자체는 「차다」는 감각을 느낄 수 없다. 이런 감각적

11) 김종철, 「생활과 연대 의식」, 『시와 역사적 상상력』(문학과 지성사, 1978), 74쪽.

인식의 주체자는 이 시의 표면에서 제거된 화자이다. 보다 분명히 말하자면 비가 내리려는 순간 돌과 그늘이 접합된 찰나에 대한 시인의 인식이다. 이 시적 통찰은 감각의 날카로움을 표시한 것으로서 아직도 그 예각적 신선도는 가시지 않고 있다. 「차다」는 감각어가 돌과 그늘이 교차되어 접합된 순간 주체와 객체, 인간과 사물 사이의 경계선을 표하는 인식론적 언어로 뒤바뀐 것이라 볼 수 있다. 그러므로, 「차다」는 감각어는 단순한 감각어가 아니다. 사물과 자연 현상을 빌어 시인의 인식을 드러내는 언어인 것이다. 그 인식의 내용이 무엇을 뜻하는가는 또 다른 문제이다. 이 시의 서두에서 정지용은 인식의 내용을 겉으로 드러내려고 하였던 것이 아니라 인식 그 자체에 대한 감각적 반응을 표현하려고 하였다고 하겠다. 그런 점에서 정지용의 시를 순수시라고 지칭할 수 있다. 그는 감각적 인식과 그것의 표현만을 우선적으로 문제삼는다.[12]

김종철은 민중지향의 뚜렷한 세계관을 지니고 있음에 틀림없지만 어떠한 선입관이나 편견을 가급적 배제하고 객관적 시선을 유지하고자 애쓰는 평론가이다. 이러한 그의 모습은 그와 궁극적으로 지향을 같이 하는 시인으로 생각되는 이성부를 비판하는 가)와 같은 글 또는 이육사 시의 한계를 묘파하는 그의 다른 비평문 등에 잘 나타나 있다. 문체의 측면에서도 그의 이러한 성향은 잘 드러나 있다. 그는 자신의 뚜렷한 신념과는 대조적으로 매우 유보적인 문체의 소유자이다. 이것은 아마도 민족문학론 혹은 민중문학론을 지지하는 성향의 비평가들 가운데 가장 두드러진 것 같다. '…분명하다'로 끝나는 한 문장을 제외하고는 모두 유보적인 어구로 매듭지어지는 비평텍스트 가)의 가장 커다란 문체적 특성을 우리의 용어로는 '숙고'의 양태라 부른다. 그러나 그의 확고한 입장은 그의 비평텍스트에서 비

---

12) 최동호, 「山水詩의 世界와 隱逸의 精神」, 『불확정 시대의 문학』(문학과 지성사, 1987), 15쪽.

교적 드물게 등장하는 '… 분명하다'와 같은 단정의 어구를 통해 드러난다. 이때의 단정은 냉정한 시각, 깊이 있고 겸손한 태도와 어우러진 숙고를 배경으로 함으로써 설득력을 배가하게 된다. 제시-표현기능의 층위에서는 철저하게 자아를 내부에 가두고 대상의 바른 모습이 나타나도록 애쓰는 것으로 보아 제시기능이 우세한 것으로 판단된다.

최동호는 동세대의 다른 비평가들보다 출발이 조금 늦었지만 비평의 주체성 확보를 모색하는 성실한 태도를 바탕으로 자신의 영역을 확대해 왔다. 90년대 초의 정신주의의 제창 같은 것은 그의 비평 역량이 성숙해 졌음을 드러내는 징표가 된다고 할 수 있다. 최동호의 강점은 현대시사 혹은 현대비평사 등에 관한 사적 개괄 능력에도 있지만 이를 배경으로 하는 정치한 시분석의 능력이 최대의 무기이다. 나)와 같은 분석은 "분석력과 조직력 그리고 감식력에서 남다른 능력을 발휘"[13]해야 하는 전문비평가의 면모를 십분 발휘한 것이라 할 수 있다. 나)는 정지용의 시작품 「비」의 1연 "돌에/그늘이 차고"의 분석이다. 최동호는 여기서 짧은 시 한 편을 200자 원고용지 약 30매의 분량으로 정밀히 분석하고 있다. 1연에서 최동호는 '차고'를 형용사로 읽고 있다. 이 한 단어를 분석하여 그는 이 작품을 '순수시'로 자리매김하기까지 한다. 우리는 이 단어가 '들어차다'의 내용을 지닌 동사가 아닌가 하는 생각을 가져보지만 가)에서는 '차다'의 감각의 주체자가 "비가 내리려는 순간 돌과 그늘이 접합된 찰나에 대한 시인의 인식"이라 하여 '돌과 그늘이 접합된 찰나' 즉 돌에 구름이 들어찬 순간을 이미 상정하고 있는 것이다. 가)는 이미 그러한 두 가지 해석을 융합하여 말하고 있는 것이라 보아도 된다. 필자 자신의 사상과 감정의 표현을 엄격히 자제하고 독자와 함께 텍스트를 읽어나가는 이러한 방식의 문장에는 제시기능이 발현되고 있다고 하겠다.

---

13) 최동호, 「비평의 주체성 확립을 위하여」, 같은 책, 355쪽.

가장 넓은 의미로 사용할 때 맥락은 태초 이래로 씌어져온 모든 본문들이 형성하는 광장이다. 맥락을 무한히 큰 책이라고 한다면 이 지상의 여러 본문들은 그 책의 한 장이나 한 절 또는 한 문단이다. 본문들은 맥락이란 밭에 흩뿌려져 있는 씨앗들이고 독서는 그 씨앗을 키워서 곡식을 거두는 일이라고 할 수도 있다. 본문에서 본문으로 이어지는 관계의 회로를 따라가면서 독자는 본문들의 의미를 재조정하고 재분배해야 한다. 맥락은 닫혀진 창고가 아니라 끊임없이 변형되는 광장이기 때문에, 맥락의 정체는 언제나 우리의 손아귀를 빠져나간다. 맥락이 항상 열려 있기 때문에 맥락의 독서는 시작에서 시작으로 이어지는 놀이가 된다. 독서는 언제나 새롭게 시작하는 창조적 놀이이다. 맥락을 완성하여 고정된 한계 안에 가두겠다는 욕심은 새로운 시작을 두려워하는 인색과 게으름의 표시일 뿐이다. 모든 방면으로 흘러넘치는 맥락의 홍수 앞에서 인색한 독자는 유일한 의미를 장악하려고 하면서 맥락의 풍부한 광장을 죽은 상품의 창고로 만들고 만다. 무한한 맥락에 대해 인간이 취할 수 있는 유일한 태도는 겸손이다. [14)]

김인환이 여기서 말하는 맥락을 읽는 방식에는 사회역사적 배경과 철학과 문예사조의 흐름과 문학사적, 장르사적 전개 등에 대한 광범위하고도 적확한 인식에 뒷받침되는 깊이 있는 숙고가 필수적인 전제가 된다. 평소 그의 비평이 프로이트, 마르크스, 라캉, 데리다, 원효, 지눌 등 동서양의 사상가는 말할 것도 없고 경제 문제 해설을 위한 수학적 도식, 과학사에 대한 지식, 최근에는 주역에 이르기까지 각 분야에 대하여 거의 전공자에 육박하는 이해를 통해 문학과 접합시키고자 하는 개척자적인 시도를 보이는 것은 바로 그가 이러한 맥락의 독법을 지향해 온 때문이다. 그런데 그의 비평은 그다지 친절하지 못하다. 소수의 열광적인 독자를 빼고는

---

14) 김인환, 「번역과 맥락」, 『상상력과 원근법』(문학과 지성사, 1993), 203-204쪽.

그의 비평텍스트를 온전히 읽어나가지 못하는 이유는 그 자체가 또한 깊이 있는 맥락의 독법이 아니고서는 읽어내기 힘든 것이기 때문이다. 그의 비평문은 끝없는 인용과 인용으로 이어지기도 하고 위에서 보듯이 접속어가 없는 문장이 길게 이어지기도 한다. 인용문이 들어있는 글에는 '맥락', '본문'이란 단어가 무수히 반복되어 그것들이 글 전체에 메아리치는 형상이다. '맥락'의 정의는 몇 줄로 이루어지지 않는다. 글 전체를 읽는 가운데 몸에 배게 만드는 듯하다. 몸으로 읽는 글─이것은 김인환의 비평텍스트의 또 하나의 특색이다. 반복 설명, 부연 설명, 보충 설명으로 이어지는 이같은 글쓰기의 방식을 우리의 문체 분류의 기준으로는 숙고에 해당한다고 할 수밖에 없다. 그러나 이 숙고는 독특하게도 일반적인 숙고의 문체소─이를테면 유보적인 문장 표현 혹은 부정을 통한 변증법적 사유 등과 전혀 연결되어 있지 않다. 하나하나의 문장에는 건조한 사실 전달을 노리는 제시기능이 두드러져 보인다.

김종철과 김인환의 비평 문체는 제시의 뒷받침을 받는 숙고라는 공통점을 갖는다. 그러나 김종철의 비평에는 일부이지만 단정의 양태가 중요한 역할을 하고 김인환의 경우는 개별 문장이 제시의 특성을 두드러지게 지닌다. 최동호의 비평에는 제시기능이 우세하다. 이렇게 보면 이들은 전체적으로 제시기능이 강한 면모를 들고 있다. 그들보다 앞 세대인 백낙청, 김현, 김윤식의 비평에 현저한 표현기능과 단정의 양태가 별로 나타나지 않는 것이 이들의 특징이라 할 수 있다. 앞 세대를 의식하는 데에서 오는 조심스러운 태도가 문체에 반영된 것으로 불 수 있을 듯하다.

이남호 · 조정환 · 정과리

이들은 정치 체제와 비판 세력, 정치와 문학, 이념과 이념 등이 한 치의 물러섬도 없이 날카롭게 충돌하며 거대한 용광로처럼 끓어오르던 80

년대의 비평가들이다. 이남호는 조정환, 정과리와는 달리 집단적으로 활동을 벌이는 세력에 거의 가담하지 않고 자신의 문학관에 따라 독자적으로 행동했다. 이남호는 문학과 현실과의 연관성을 중시하지만 한편 언제나 문학의 자율성을 옹호하는 입장에서, 조정환은 문학의 민중성을 옹호하는 확고한 문학이념을 배경으로, 정과리는 홍정선, 성민엽, 진형준 등과 『문학과 사회』를 이끌면서 모든 이데올로기의 억압성을 배제하고 문학과 존재 혹은 삶과의 섬세한 관련 양상에 주목하는 관점에서 비평 활동을 해왔다. 이처럼 각기 입장을 달리하는 이 비평가들은 문체상으로도 많은 편차를 드러내고 있다.

가) 최근 『문학과 사회』라는 매체를 통하여 주로 표현되고 있는 문학이념은 독점의 심화과정에서 독점적 이윤율의 획득에 실패한 비독점부르조아지의 이윤축적에 대한 열망과 깊게 관련되어 있다. 축적의 자유를 보장하라는 이들의 슬로건은 문학사상 속에서는 기존 지배이데올로기를 해체하자는 것으로 변형되어 나타난다. 바로 이 점에서 이들은 민중문학진영과 이해의 일치를 보고 있다. 민중문학진영도 지배이데올로기가 타파되어야 한다고 보기 때문이다.

그런데 이들은 현존 지배이데올로기의 물질적 담당자인 지배계급을 해체하자는 주장은 않고 있다. 그래서 위의 논리는 관념론자의 특허물인 의식혁명론으로 전락하고 만다. 게다가 이들은 어떠한 이데올로기도 거부하자는 주장을 폄으로써 노동자계급의 사상에 대한 거부의 태도까지 명백히 하고 있다. 즉 이들은 사상에 있어서 창조자, 건설자의 입장에 서지 않고 복고적 태도에 안주함으로써 스스로의 계급적 한계를 뚜렷이 드러내고 있다.

이들은 문학을 '삶에 접근하고 현실을 인식하는 수단'으로 보지 않는다. 따라서 현실발전의 법칙과 인간의 미래운명에 대해 책임 있는 전망을 제시하지 못한다. 오직 형식실험과 현질서에 대한 즉자적 저항을 자신의 전유물로 삼을 뿐이며, 그 결과 역사 속에서 검증된 위대한 문학방법론인 현실주의를 거부하고 모더니즘에 의탁하고자 한다.

이들의 문학주의적 과도함은 유명하다. 문학이 우리 시대의 유일한 혁명 영역이라는 이들의 주장은 현실변혁에 대한 이들의 주저를 은연중 드러내 줄 뿐이다.[15)]

나) 80년대 전반의 시인들은 어쨌든 아버지를 만나 처절한 싸움을 치렀고, 그 결과 그들 스스로 아버지가 되었다. 그들에게는 타도해야 할 대상이긴 했지만 그래도 아버지가 있었다. 다시 말해 나름대로의 세계의 질서를 공유하고 있었던 것이다. 그래서 그들은 분명한 적과 명분을 지니고 있었고, 세계에 대하여 무거운 책임의식을 보여주었던 것이다. 그러나 80년대 후반의 시인들에게는 아버지가 없다. 그들은 모든 가치와 질서가 해체되고 중심이 비어버린 세계에 던져진 세대이다. 마치 통일국가였던 周나라가 해체되고 춘추전국시대가 펼쳐졌던 상황에 비유될만한 해체의 시대에 그들은 처해 있다고 할 수 있다. 가령 6·29 이후 정치 사회적 욕구분출에 수반되었던 권위와 가치와 전통적 윤리의 혁명적 전복 현상은 상징적 아버지의 죽음으로 해석될 수도 있는 것이다. 이런 점에서 80년대 후반의 주요한 시동인인 '세상읽기' 동인들이 그들의 두번째 동인시집 서문에서 '서기 1980년대는 군소시인들의 재능이 통폐합된 시대다. 왕이 없어 외로운 시대다'라고 스스로 말하고 있는 점은 그 의미가 자못 깊다. 그들은 왕, 즉 아버지가 없음을 고백하고 있으며, 그렇기 때문에 성인식을 거칠 수가 없어 군소시인에 머무르고 있을 수밖에 없는 것이다.[16)]

가)는 축적의 자유를 보장하라는 비독점부르조아지의 주장과 『문학과

---

15) 조정환, 「민주주의민족문학론에 대한 자기비판과 '노동해방문학론'의 제창」, 『노동해방문학의 논리』(노동문학사, 1990), 39-40쪽.
16) 이남호, 「偏母膝下에서의 시쓰기」, 『문학의 위족 1-시론』(민음사, 1990), 105-106쪽.

사회』그룹의 이념이 상통하는 것임을 밝히고 그 그룹의 문학관 혹은 계급적 한계를 비판하는 글이다. 조정환은 여기서 그들이 지배이데올로기의 타파를 내세우지만 지배계급의 해체에는 관심이 없다고 비판하고 있다. 그러나 지배이데올로기가 타파되면 저절로 지배계급의 해체나 혁신에 이르게 될 것이다. 문제는 그러한 주장이 점진적, 개량주의적 변혁을 뜻하는 것으로서 실효성이 없는 구호 수준의 비판 혹은 허위의 대결임을 뜻한다고 보는 것이 가)의 필자 조정환의 논리—의식혁명론이라고 부를 수 있는—이다. 이러한 방식의 논의는 식민지 시대 이후 지속되어오는 문제이다. 그것이 지금도 계속되고 있다는 것은 그 방법들 간의 우열이 아직도 판가름 나지 않고 있다는 것이다. 문학주의—문학이 우리 시대의 유일한 혁명 영역이라는 주장은 김현의 언급을 두고 하는 말인데 이것이 '현실변혁에 대한 주저'라고까지 해석되는 것은 조금 지나친 것일 수 있다. 조정환의 비평 문체는 이 같은 확신에 가까운 신념을 바탕으로 안정되어 있다. 전혀 망설임이나 재고의 여지가 없는 듯한 이러한 글쓰기의 태도를 우리는 단정의 문체로 규정한다. 대부분의 확신론자들은 여기에 더하여 자신을 과시하거나 감성을 드러내어 표현기능까지도 보태게 된다. 이때 그들의 문체는 과격한 것이 되어 심약한 이들을 심리적으로 강제하거나 억압하게 된다. 그러나 조정환의 비평은 그러한 감상과 흥분을 최대한 가라앉히고 어느 정도 독자와 보조를 맞춤으로써 일정한 수준의 제시기능을 발휘하고 있다.

　나)의 필자 이남호의 입각점은 조정환과 같은 민중주의자들의 입장과는 거리가 멀다. 그러나 명확한 문장으로 스스로의 견해를 피력하는 그의 태도에는 도저한 자신감이 엿보인다. 평상시 그는 유려한 문체로 독자들의 마음을 사로잡는데 여기에는 때때로 나타나는 이러한 자신감에 바탕을 둔 단정과 비유를 활용한 표현의 문체가 한몫을 담당한다. 미문은 현실을 가린다고도 하지만 그의 미문은 화려한 수사에 의한 것이 아니라 나)에서와 같은 정곡을 찌르는 비유와 적절한 속도감과 문장의 정확성에 뒷받침된 것이다. 그러나 그(이것은 그만이 그런 것은 아니다. 우리는 백낙청, 도정일에게서도 방금 그러한 예를 보았다.)가 비유를 현실로 받아들여 사물화시키게 되면 나)의 끝 문장과 같이 조금은 모호한, 몇 번의 우회적인 설명이 있어야만 수긍하게 될 내용을 그대로 확신하게 될 우려가 있다.

대중문학이란 대중의 생활의 현장을 세세히 접근하면서, 그 현장이 대중에게 주는 의미, 대중과 현장의 관계—갈등, 화해 또는 예속—가 현대 사회에서 어떤 양상과 의미를 가지는가를 진지하게 드러내고 또 대중이 지향하는 보다 나은 삶에의 지적, 감정적 열망을 보여 주고 환기시켜 주는 것이라는 정의에 동의하고, 그런 뜻에서 우리 문학이 더 대중적이어야 한다는 논리가 성립할 수 있다면, 우리의 대중 문학은 그러한 의의와는 무관하게, 대중들이 산업 사회 속의 기계와 같은 삶에서 도피할 수 있는 은둔처, 잠깐의 휴식을 즐길 수 있게 하는 기호품, 그리고 현대인이 갖추어야 할 필수품이라는 식의 장식화된 지식·교양의 제공 장소의 역할을 담당해 왔을 뿐이라고 해도 과언이 아니다. 그것은 독자들의 의식을 잠재울 뿐 아니라, 그들의 실제 현실을 은근히 미화하거나, 아니면 현실의 모순을 체념한 채로 잠깐의 고상한 휴식 속에서 만족을 구하게 할 뿐이다. 그래서 대중소설의 주인공들은 현실에서 파멸을 하거나 성공하거나간에, 현실과는 무관한, 독자인 우리와는 뭔가 다른 아스라한 분위기를 가지고 독자들을 탈현실의 기운으로 몰고 간다. 독서를 일단 끝내면, 그 아스라한 분위기에 젖어 있을 틈 없이 여전히 거대한 현실이 앞에 나타난다는 것을 잊어버린 채, 한편으로 현실의 모순을 선험적으로 인정한 상태에서, 독자들은 독서의 그 순간만은 마음껏 즐기는 것이다.[17]

정과리의 비평문은 긴 문장, 긴 단락, 긴 각주 등으로 인해 우선 읽기의

---

17) 정과리, 「자기 정립의 노력과 그 전망」, 『문학, 존재의 변증법』(문학과지성사, 1985), 14쪽.

호흡에 문제를 느끼게 되며 시각적으로도 편치 않은 느낌을 준다. 그럼에도 불구하고 그의 비평이 일정한 독자를 가지고 있다면 그것이 복잡다기한 사색의 골짜기를 헤쳐 나아가는 지적 탐구심이 강한 이들에게 호소력을 발휘하기 때문일 것이다. 인용텍스트는 모두 3개의 문장으로 구성되어 있다. 매우 길이가 긴 첫 문장에서의 '…성립할 수 있다면'까지의 전제부는 이 글의 흐름과는 실제로 어울리지 않는 부분이다. 그러한 전제 혹은 가정이 필요한 문맥이 아니기 때문이다. 그럼에도 이러한 부분이 그렇게 길게 서술된 까닭은 무엇인가? 1920년대 후반의 김기진 등의 대중문학론을 제외하고는 대체로 부정적으로 논의되는 '대중 문학'에 대하여 논의하면서 역으로 그것을 긍정적으로 생각해본다면 이렇게 정의될 수 있다는 식으로 생각해보는 것이 정과리의 사고방식이요, 그것이 글쓰기에 반영된 결과가 바로 이런 것이라 할 수 있다. 대중 문학의 역할과 그것이 지닌 허위의식에 대하여 이 3개의 문장은 세심하게 설명해준다. 때때로 지나치게 복잡한 사고의 흐름을 여과되지 않은 채로 글에 실어 읽는 이를 곤혹스럽게 하는 경우가 많은 것이 그이지만 이 세 문장(첫 문장의 경우, 결론부만 포함됨)에는 비교적 친절하고 쉽게 설명하고자 애쓴 모습이 나타난다. 이러한 방식의 글쓰기는 숙고의 문체로 규정된다. 그런데 숙고의 양태는 대체로 제시기능과 연결되는 경우가 많고 또 그것은 자연스러운 일이다. 그러나 정과리의 글처럼 지나치게 두드러지는 외적 특징을 지닌 문장은 표현기능을 발휘하는 것으로 볼 수 있다. 정과리의 숙고의 문체는 이러한 표현의 문체를 배경으로 삼고 있다고 할 수 있다.

우찬제 · 권성우 · 이광호

이들은 바로 앞 세대의 정과리 등과는 달리 이데올로기는 물론 선배나 스승의 문학관 등 무엇에도 구애받지 않는 비교적 자유로운 의식을 지니

고 있고 새로운 패러다임을 설정하고자 하는 욕구를 지녔으며 실제로 그
것이 가능한 기회의 세대이다. 그러나 이들은 지난날 충분히 논의되어 이
제는 저변화된 상식적인 논의를 강한 톤으로 새로이 들고 나오기도 하며
때로는 그들 간에 지나친 연대감을 보여주기도 한다. 이들이 비평계를 새
로이 이끌어야 할 일꾼임에는 틀림없으나 그것이 바로 그들의 비평적 성
장을 보증해주는 것은 아니라는 사실을 염두에 두어야 할 것 같다. 이들의
문체에 관한 논의는 변화와 발전이 가능한 세대라는 점에서 더욱 커다란
의의가 있다.

> 가) 흔들리는 세대는 모반으로부터 찾아왔다. 우선 인간의 이성에 근거한 실
> 천으로 현실을 변혁할 수 있다는 신념은 현실을 모반했다. 처음엔 사이비
> 현실이 현실 속을 헤집고 들어와 꿈틀거리는가 싶더니 서서히 아예 현실
> 의 자리를 꿰어차고 앉아 가차없는 모반을 감행했다. 거친 예를 들자면 지
> 난 대선의 과정과 결과나 그 이후의 삼당 통합 같은 것들을 떠올려볼 수
> 있겠다. 세계사적 변화라 불리는 페레스트로이카나 동구 변혁, 그리고 독
> 일 통일의 경우에도 마찬가지다. 순정한 인간 가치를 바탕으로 한 이성의
> 지향에 현실은 엄혹하게 제동을 걸었다. 사회주의적 인간학대로 사회주의
> 적 생산 조직이나 정치 조직이 정련되지 않았다는 것은 확실히 모반이 아
> 닐 수 없다. 그러니까 현실은 혹은 있는 대상은 자기 모순 속에서 자기를
> 거부하는 격이 되고 말았다. 양면이나 그 이상의 다양한 형질을 가지고 현
> 실은, 인간이 바라보는 시선을 배반하면서, 기왕의 이성의 시선에 등을 돌
> 리면서 다른 모습을 연출하고 있다. 현실의 가시는 이미 하나가 아니다.
> 가시의 뾰족한 끝을 피해 다른 쪽으로 가면 거기에도 어느덧 성난 가시가
> 돋혀 있다. 온통 가시 돋힌 세상이다.[18]

---

18) 우찬제, 「일그러진 거울로 욕망의 숲을 헤매는 공포의 산책」, 『욕망의 시학』(문학과
   지성사, 1993), 12쪽.

나) 이러한 측면은 결국 소재주의를 극복하는 문제와 밀접한 관련을 맺게 될 것인바, 좀 더 구체적으로 말하자면 80년대에는 그 특수한 역사적 정황으로 인하여 단지 광주를, 노동 현장을, 혹은 거창 사건이나 지리산으로 상징되는 빨치산 문학과 같이 역사의 소용돌이 속에서 조용히 묻혀 있었던 사건을 작품의 소재로 선택했다는 이유만으로 그 나름대로 의미있는 작품이 될 수 있었지만 90년대에는 무엇보다도 일정한 문학적 소재를 작품으로 형상화하는 작가의 고유한 방법론이 존재하느냐 혹은 그렇지 않느냐에 따라서, 또한 그 형상화의 방법론이 얼마나 신선하고 탄탄한 것인가에 따라서 진정한 문학의 우열이 판가름나게 될 것이다. 그런고로 이 세계와 사회, 인생에 대한 확고한 자기 철학이 없는 예술가는 필연적으로 "인간 영혼의 엔지니어"라는 숭고한 대열에서 도태될 것이다. 문학적 주제의 측면에서 전망하자면, 이데올로기 문제를 비롯한 사회적 관심사들이 90년대의 문학에서도 여전히 커다란 위치를 차지할 것으로 보인다. 그러나 모든 주제는 선험적이며 도식적인 설정에 의해 작위적으로 주어지는 것이 아니라 풍부한 일상사와 다채로운 삶의 풍경에 의해 충분히 여과된 연후에 비로소 작품에 자연스럽게 녹아들어갈 것이다. 하여 사소한 것 혹은 쿤데라식의 표현을 따르자면 '가벼운 존재'에 대한 작가들의 관심이 고조될 것이고 80년대에는 거의 금기시되다시피 했던 '허무주의'나 '아나키즘' 혹은 '신비주의'에 대한 관심도 상대적으로 증가할 것이며, 서정적이며 낭만적인 문학 세계를 추구하는 것이 유달리 경원시되지는 않을 것이다. 그리하여 전체적으로 90년대의 문학은 예술성과 사회성의 바람직한 조화를 이루어나갈 것으로 보인다.[19]

다) 『한국 문학의 위상』에서의 김현의 언명(문학만이 과학 기술의 익명성과 비인간성에 대해 반성을 행할 수 있다는 것 : 필자 주)은, 문학의 자율성과 반성

---

19) 권성우, 「베를린, 전노협, 그리고 김영현」, 『비평의 매혹』(문학과 지성사, 1993), 212쪽.

적 기능에 관한 4 · 19세대의 믿음의 끝간데를 보여준다. 그것은 4 · 19로 부터 근대적 문학 의식을 출발시킨 세대가, 자본주의적 삶의 심화라는 현실의 변화 가운데서 문학의 진정한 역할을 찾아내려는, 능동적인 사유의 결과라고 할 수 있다. 이러한 문학의 자율성, 혹은 문학의 선도성에 대한 신념 체계는 그토록 파괴적이었던 80년대에도 그대로 살아 남아 있었다. 다시 말하면, 80년대의 문학이 해체한 것은 문학의 주체와 양식에 관한 4 · 19 이후의 문학 체계였으며, 문학에 관한 근원적인 믿음—문학이 사물화의 영역으로부터 떨어져 존재의 전환과 사회 변혁의 문화적 주체로서의 역할을 다할 수 있다는—은 끈질기게 살아 남았다. 새로운 시대는 아마도 문학에 대한 이러한 믿음에 대해 묻지 않을 수 없을 것이다. 아마도 우리는 '문학의 죽음'에 대한 성찰을 요구받게 될 것이다. 문학은 이제 더이상 세계의 중심이 아니다. 문학의 자율성과 문화적 선도성을 부정하기 위해서가 아니라 그것을 강화하기 위해서, 우리는 '문학만이 그것을 할 수 있다'는 신화로부터 자유로울 필요가 있는 것이다.[20]

가), 나), 다)는 모두 90년대 문학이 나아가야 할 새로운 방향에 대하여 모색하는 과정의 산물이다. 가)는 현 시점의 상황을 비유를 통해 묘파하고 있으며 나)는 80년대의 문학과 비교하여 90년대의 문학의 양상을 구체적으로 그려보는 것이고 다)는 새로운 시대(90년대)의 문학은 4 · 19세대 비평가 김현 등의 시각으로부터 벗어나야만 함을 지적하고 있다. 가), 나)의 필자 우찬제와 권성우는 그들의 비평에 대상보다는 자신을, 즉 자신의 사상적 편향과 감정을 드러내고 있는 편이다. 그러나 현실을 그리는 그들의 태도는 조금 다르다. 나)가 80년대와 90년대를 기계적으로 분할하여 현 시점에 대하여는 따로 분석하고자 하지 않는데 비하여 가)는 현 시점에 관심을 집중하고 있다. 사이비 현실을 의인화하여 그것이 현실을 대체한 것

---

20) 이광호, 「맥락과 징후」, 『위반의 시학』(문학과지성사, 1993), 37쪽.

으로, 이성의 힘에 대한 오랜 믿음이 깨어진 것으로 현실을 파악하는 것이다. 그렇다면 가)의 필자 우찬제는 사회주의적 인간학을 평소에 신봉해 왔는데 지금의 시점에서 현실 사회주의권의 붕괴를 보고 그러한 신념에 금이 갔다는 것인가? 혹은 자신을 제외한 다른 이들에게만 해당되는 이야기인가? 가치중립적인 비유에 의한 서술은 그의 존재를 소외시키는 결과를 낳는다. 그렇다면 어정쩡한 자신의 입장을 노출시키고 있는 것으로 볼 수 있다. 인간의 이성적인 시선을 피하여 현실이 온통 가시로 둘러싸인 모습을 노정한다는 끝 부분의 비유는 도대체 어떤 의미인가? 우찬제의 말로는 '대상이 주체를 거부한다'는 것인데 우리가 보기에는 주체조차 불투명한 태도를 보이는 것이며 그 이유를 대상이 흔들리는 데에서 찾고자 하지만 그것은 하나의 핑계에 불과한 것으로 생각된다. 결국 우찬제 비평의 가장 커다란 특질로서 우리는 표현기능을 들 수 있지만 그것은 다른 경우와는 달리 본인의 입지가 흔들리는 모습을 아울러 노출시키고 있는 독특한 양상의 것이다. 여기에는 숙고의 양태가 일부 개입된 것으로도 볼 수 있다.

나)는 가)에 비하면 글쓴이 자신의 입장이 명확히 나타나는 비평텍스트이다. 권성우는 나)에서 보듯이 여러 가지 이야기들을 거침없이 나열식으로 풀어낸다. 독자들이 그를 오해할 소지가 별로 없다. 나)의 중간쯤에 "인간 영혼의 엔지니어"라는 스탈린의 말을 인용하는 것은 평소 그의 입장으로 볼 때 의외이다. 그러나 누구의 말이라는 사실이 중요한 것이 아니라 그 내용이 중요하다고 보는 태도로 해석해야 할 것 같다. 80년대를 말하고, 이데올로기를 말하려다 보니 이 같은 경구가 떠오른 듯하다. 이러한 경우에 망설이지 않고 그대로 그의 텍스트에 반영하는 것—이것이 바로 권성우의 스타일인 것이다. '작가의 고유한 형상화 방법론'을 강조하는 한편 '허무주의', '아나키즘', '신비주의', '서정적이며 낭만적인 문학 세계'에 대한 언급은 그에 대한 정남영의 심한 반론을 불러일으킨 바 있지만 단한 발짝도 양보하지 않는 것이 또한 권성우의 뚝심이라 할 것이다. 권성우는 그의 비평문에 자신이 직접 등장하는 경우가 비일비재하며 종종 괄호 속에서 많은 이야기를 한다. 괄호를 활용하는 것은 대부분 숙고의 양태를 나타내는 문체소에 해당한다. 그러나 권성우는 여기서도 자신을 드러내는 경우가 많아 이것조차도 강렬한 자의식을 드러내는 표현기능의 문체소 가운데 하나로 포섭된다. 우찬제의 망설임 혹은 성찰과 권성우의 확신 이것이 현재는 함께 표현기능의 문체라는 겉옷을 입고 있지만 장차는 각기 다른 방향의 문체로 발전하게 되지 않을까 예상된다.

다)에서 이광호가 김현의 언명으로부터 벗어나 새로운 입각점을 세워야겠다고 하는 것은 현대 문학의 흐름을 개관하고 현 상황에 대하여 숙고한 끝에 나온 어려운 결론이다. 이광호는 사회사와 문학사의 맥을 정확히 짚어내어 그것을 과격하지 않은 언어로, 리듬감이 있는 부드러운 언어로 제시한다. 여기서 리듬이 있다는 이야기는 음악의 언어가 지나친 파격을 일삼지 않듯이 무리 없는 언어 구사가 이루어지고 있으며 말하고자 하는 의도가 비평 언어와 적절히 어우러져 고전 음악과 같은 편안함을 준다는 것이다. 그는 상황과 맥을 정확히 읽어내는 맥락의 독법에 장점이 있는 비평가이다. 가), 나)의 비평가보다는 대상에 좀 더 우위를 둠으로써 얻어지는 장점인 듯하다. 시인이나 작가 전체를 대상으로 하건 시 한편을 대상으로 삼던 그의 비평을 통해 대상은 우리와 호흡을 함께하게 된다. 그의 비평텍스트에는 표현기능도 어느 정도 나타나지만 전체적으로 제시기능이 우세한 것은 물론이다. 그러나 그의 이러한 태도는 비평에 있어서 반드시 장점으로 작용하는 것은 아니다. 온유한 언어에 의한 온당한 사실의 제시가 사람들을 자극하는 데에 있어서, 일반 독자들을 자신의 생각대로 이끄는 데에 있어서 그다지 커다란 힘을 발휘하지 못하는 경우가 많다. 첨예한 현대의 문제를 고전 음악의 어조(동시대의 비평가들에 비해 상대적인 평가이지만)로 말하는 것이 어떠한가를 돌이켜 생각해 보아야 할 것이다. 그는 비평의 전략에 대하여 말하기도 했지만 지금이야말로 그에게 있어서 비평 문체의 전략이 필요한 시점이 아닐까 한다.

지금까지 살펴 본 비평가들의 문체를 우리의 기준에 따라 분류하면 단정의 문체가 주가 되는 비평가가 백낙청, 도정일, 조정환, 이남호이며 표현의 문체가 김현, 김윤식, 우찬제, 권성우, 숙고의 문체가 김우창, 김종철, 김인환, 제시의 문체가 최동호, 이광호—이렇게 나누어진다. 그러나 이들끼리도 때로는 유사점보다는 상이점이 더 클 수도 있다. 이들의 특성이 한 사람 한 사람 모두 다르게 나타나는 것은 물론이다. 우리는 여기서 숙고-단정, 제시-표현기능, 호소기능 등의 문체의 유형소를 활용하여 그들의 비평을 유형별로 분류하기 보다는 이들 비평가의 개별적인 특성을 설명하는 데에 중점을 두었다. 호소기능에 대해서는 여기서 별다른 주의를 기울이지 않았다. 이들의 비평을 기본적으로 상당한 수준의 호소기능을 지닌 것으로 전제한 때문이다. 굳이 비교해보자면 이들 가운데서도 백낙청과 김종철, 이남호의 비평이 호소기능이 강한 것이 아닌가 한다. 이 글을 쓰면서 가장 아쉬웠던 것은 지면상의 문제로 비평의 문체를 개관하는 데에 있어서 비평가 한 사람에 한 단락 정도의 비평텍스트밖에 살펴볼 수 없었다는 점이다. 한 단락만을 보고 한 비평가의 문체를 짐작한다는 것은 거의 무모한 일이라 할 것이다. 그러나 크게 신경쓰지 않고 뽑아 낸 한 단락의 비평텍스트를 분석하는 것만으로도 어느 정도 그의 문체를 파악할 수 있다는 것이 또한 문체를 대하는 필자의 생각이기도 하다.

한국 원론 비평의 수준

― 유종호의 『시란 무엇인가』

1

비평의 유형을 분류하는 데에는 여러 가지 방식이 있겠지만 문학을 보
는 입장을 설파하거나 문학 이론의 체계 수립 등에 관심을 기울이는 이론
비평과 작가와 작품을 분석, 평가하는 데에 중점을 두는 실제비평으로 대
별하는 것도 그 한 가지 방식이다. 이론비평에는 어떤 이론적 쟁점을 둘
러싼 비평가의 의견을 개진하는 비평, 평소 자신의 문학관을 내세우는 비
평, 그리고 초보적인 독자들을 위한 개론 강의식의 비평 등이 포함될 수
있을 것이다. 유종호의 『시란 무엇인가』는 1989년에 간행된 『문학이란 무
엇인가』와 함께 개론 강의류에 속한다. 이 두 책은, 시시콜콜한 백화점식
지식의 나열을 염두에 두지 않을 수 없는 일반적인 개론서와는 달리 저자
의 취향에 의해 과감히 취사선택된 목차에 따라 서술되었다. 이러한 양태
의 비평을 우리는 원론비평이라 부를 수 있을 것이다. 그중에서도 『시란
무엇인가』는 『문학이란 무엇인가』에 비해서도 좀 더 파격의 개론서라 할
수 있다. 후자에 비하여 이 책이 더욱 개인적이고 자유로운 입장에서 씌
어졌음을 뜻한다. 이 같은 비평적인 개론서 혹은 개론류의 비평서를 펴낼
수 있다는 것은 글쓴이의 박학다식함과 아울러 일정한 수준에 이른 자신
의 문학적 소양에 대한 전반적인 자신감을 나타내는 것이기도 하다. 그것
은 현역의 비평가로서 비평전집(『시란 무엇인가』는 아직 전집에 포함되지 않

았다.)을 간행하기에 이른 사실이 증명하고 있는 바이다. 실제로 그의 다양한 관심의 폭과 깊이를 고려할 때 그것이 그다지 놀라운 일로 비치지 않는다.

글머리에서 비평을 이론비평과 실제비평으로 크게 나누어 봄으로써 논의를 여는 구실을 삼았지만 실제비평을 월평류와 서평류에 국한시키지 않는 한 이러한 대분류조차도 현실의 비평에서는 혼용되어 나타나는 경우가 많다. 『문학이란 무엇인가』를 제외한 유종호 전집의 대부분의 글들 또한 그러하다. 그는 인문학적인 것은 물론 사회역사적인 측면에까지, 개별 작품에 대한 비평에서 문학 일반의 이론, 그리고 원론적인 지침을 발표하는 데에 이르기까지 두루 관심을 기울이고 있다. 이처럼 다양한 그의 비평 행위는 『시론』, 『시의 이해』, 『문학개론』 등을 펴낸 김기림, 『문학원론』을 쓴 최재서, 『시학평전』, 『문학평전』을 내놓은 송욱 등과 같은 영문학을 전공한 선배 평론가들의 뒤를 잇고 있다. 그의 첫 번째 평론집의 제목이기도 한 초창기의 평론 「비순수의 선언」은 '남'과 '여' 사이의 대화 형식으로 씌어졌다. 그런데 '학생'과 '비평가' 사이의 대화로 진행되는 최재서의 「문학발견시대」와 '주'와 '객'의 대화로 엮은 송욱의 「현대시의 반성」이 대화체 평론의 앞선 업적임을 감안한다면 이것 또한 유종호가 그들을 사숙하고 있다는 사실을 드러내는 예라 할 수 있을 것이다.

그의 비평이 이처럼 선행의 업적 위에 또 하나의 계단을 쌓아가는 방식으로 이루어지고 있음을 보건대 그가 『시란 무엇인가』에서 문학에 있어서의 '전통'을 강조하고 있다는 사실이 우리에게 더욱 자연스럽게 받아들여진다. 그는 근대 한국시의 전범을 마련한 시인으로 김소월과 한용운, 정지용 등을 든다. 김소월은 "민요의 가락과 구비전통에 대한 청각적 충실을 도모"함으로써, 한용운은 "한문과 불교경전과 아마도 타고르를 통해서 터득한 바를 내간체의 근대적 변형과 결합"시킴으로써, 정지용은 "시가 언어예술이라는 열렬한 자각을 풀뿌리말과 내재율의 추구를 통해 실천"(70

쪽)함으로써 훌륭한 시작품을 창작할 수 있었다는 것이다. 김소월과 한용운의 경우는 더 말할 나위도 없거니와 정지용처럼 시가 언어예술이라고 자각하는 것 그 자체나 토박이말을 사용하고 율격의 감각을 내재율의 양태로 환기하는 것 역시 전통의식에 뿌리박은 행위라는 것이다. 전통의 개념에 대한 이러한 방식의 이해는 시작품의 인유나 상호텍스트성 혹은 다가적(多價的) 언술에 관한 그의 견해를 받쳐주고 있다고 할 수 있다. 즉, 그는 미당의 경우 한 시편이 다른 시편의 해설이 되는 경우가 많다고 하여 작품 사이의 '가족유사성'을 지적하는가 하면 문학 작품은 피라미드처럼 선행 작품을 디디고 후대 작품이 올라서는 것이라고도 한다. 문학은 넓은 의미에서 공동제작적인 특성을 지닌다고도 했다. 여기서 고전의 개념이 도출되는데 그것은 바로 피라미드의 기초와 같은 것이 된다. '고전'을 숭상하는 그의 문학관이 전통 중시의 사고와 결부됨은 자연스러운 일이다. 이때 한 작품을 읽는 일은 이전에 우리가 읽은 모든 책을 겹쳐 읽는 일이 되며, 우리의 모든 직, 간접의 경험을 총동원하여 넓게 읽는 것이 바로 꼼꼼히 읽는 것이 된다.

유종호는 '고전' 시편들은 어떤 투명성과 견고한 단순성을 지니고 있다고 생각한다. "소리와 뜻이 어우러진 채 고전적 투명성을 띤 높이와 깊이 있는 시"가 그의 이상형이다. 우리 근대시의 고전은 위엄과 정감을 구비한 시들이라고도 한다. 그가 보기에 뛰어난 시에는 고전적 평명성과 단순성 속에 '맹아적 힘'이 내장되어 있다. 이 '맹아적 힘'은 논증과 서술을 배척하고 이미지와 상징을 지향하는 현대시의 특징이다. 그는 또한 작품의 전언이나 결론이라고 생각되는 시적 사고를 중요시하지 않는다. 사고의 계기가 구상성과 직접성을 통해서 마련되어 있는 시를 좋은 시로 인식하고 있다. "관습의 굴레를 수락하면서 거기서 자유를 향유할 수 있는 능력이 시적 재능"(199쪽)이라고 하여 엘리어트류의 고전주의적 사고를 드러내기도 한다. 그는 한편으로는 지금까지의 논의와는 전혀 동떨어진 사고를 동시에 수용하고 있다. 그것은 이른바 러시아 형식주의의 '낯설게하기' 수법으로 포괄되는 측면이다.

'낯설게하기'와 연관되는 언급은 이 책의 도처에 스며있다. 「일탈의 시학」이나 「인지의 충격」, 「말의 힘」과 같은 장들이 특히 그러하지만 다른 장들에도 이러한 사고의 편린이 곳곳에 나타난다. 정지용의 「무서운 시계」의 시계소리 '서마서마'가 "평소에 심상하게 들리던 것이 갑자기 낯설게 들리는 것"(18쪽)이라고 한다든가 백석의 시에서 잘 드러나듯이 생소한 우리말이 낯섦을 오래 간직하면서 당초의 신선한 충격을 오래 간직한다고 하는 것, 생소하고 낯선 것(단어)은 그 자체로서 미적 기능을 발휘하며, 서정시는 탐나는 말이나 이미지를 출발점으로 해서 발전하고 부연된 측면이 강하다고 하는 것, 「리어왕」의 어떤 대사가 낯익은 사실을 생소하게 재확인시켜준다고 하는 것, 창조적 오용이라는 용어를 사용하는 것 등이 그것이다. 이상이 「오감도 제1호」, 「이런 시」 등을 통하여 기존의 시적 관습을 부정하고 또 추문화하였다고 생각했다는 것도 마찬가지이다. 그는 프로이트가 꿈을 정신이상 혹은 정신병이라 한 것 또한 꿈의 근원적인 생소화라 하며 모든 새 이론이 이런 식이라고 말한다. 그러나 그가 낯설게하기와 같은 러시아 형식주의의 개념에 마음 속 깊이 찬동한다고 해서 문학성의 문제를 형식이나 수법에만 돌리는 것은 아니다. 그는 형식주의 혹은 신비평이 경원시 하였던 작품 바깥 곧, 시인 자신의 전기적 사실이나 역사성 혹은 과거성에 대해서도 늘 유념하는 자세를 견지하는 것이다. "시를 읽는 것은 세상과 사람을 읽는 것이다."(273쪽)라는 언급은 이러한 그의 태도를 웅변한다. "좋은 시가 좋은 시를 낳고 훌륭한 시인이 훌륭한 시인을 낳는다."(97쪽)고 하여 전통을 강조하는 것도 문학사의 불연속성('대규모적인 전통의 전위'를 통한 것이므로 이 역시 전통으로부터 완벽하게 벗어나 있는 것은 아니지만)을 강조하는 형식주의의 문학사에 대한 개념과 대립되는 것이다. 이것은 전통적인 시 이해 방식과 궤를 같이 하는 것이며 그의 고전 숭배의 태도와도 깊이 연관된 것이다. 그의 삶과 지적 작업이 우리 시대의 삶의 복잡한 상황으로 열려 있는 것이라고 하여 김우창이 그를 리얼리스트라고 부르는 것은, 그의 전 비평 작업을 배경으로 하는 것이기에 가능한 것이지만, 그의 이러한 측면과도 무관하지 않다. 이처럼 일견 모순되는 두 경향을 공유하고 있는 그의 문학관을 우리는 어떻게 이해해야 하는 것일까? 범박하게 말해서, 유종호가 낯설게하기와 같은 개념을 선호한다 하여 그를 러시아 형식주의에 경도된 것으로 보기보다는 그러한 아이디어만을 받아들인 것으로 보는 것이 옳다. 그는 일정한 사상적 편향을 지니지 않은 자유로운 사고의 보유자다라고 말할 수도 있을 것이다. 더욱이나 "리얼리스트란 현실에 즉하여 살고 생각하는 사람"[1]이고, 유종호의 비평적 핵심이 "우리의 사회 현실과 문학 현실"에 있으며 "그의 문학관이 리얼리즘의 그것이라 하더라도 그것은 어떤 리얼리즘의 이론보다는 현실에 근접하여 그것을 점검하고 그것의 가능성을 탐구하는 끊임없는 노력으로 특징지어지는 리얼리즘"[2]이라는 전제를 승인한다면 우리의 갑갑증은 다소간 풀릴 것이다. 그러나 이렇게만 이해하고 넘어가기에는 무엇인가 서운한 구석이 남아있다. 우리는 이제 지금까지의 논의와는 다소 시각을 바꾸어 이 문제를 풀어나가고자 한다.

2

대체적으로 보아 폭넓은 지적 자산을 바탕으로 한 사려 깊은 사고의 궤

---

1) 김우창, 「쉰 목소리 속에서」, 『법 없는 길』(민음사, 1993), 227쪽.
2) 같은 책, 237쪽. 김우창이 유종호를 리얼리스트로 규정한 것은 대체로 그의 소설에 대한 비평을 토대로 한 것이지만, '현실'주의에 이어 리얼리즘의 또 하나의 계기인 '미래에 대한 이상'을 들어 그의 시비평 혹은 시 예술론까지도 포괄하는 것이다. 『시란 무엇인가』에 관한 우리의 논의에 리얼리스트라는 개념이 참고가 되는 것은 그 때문이다.

적을 드러내고 있으며, 그러면서도 적절한 비유 등을 활용하여 자신의 주장을 뚜렷이 하는 것이 유종호의 글의 특색이라 할 수 있다. 그런 가운데 다음과 같은 표현은 우리의 주목을 끄는 바 있다.

현대시가 어렵다는 것은 시를 읽지 않는 시독자들의 상습적인 불평이다. 구태의연하게 고색창연한 불만을 토로하는 이러한 불평분자들은 이 세상의 가치 있는 모든 것이 어려운 것이라는 사실을 인지한 바 없다. 시를 이해하기 위해서 최소한 익혀두어야 할 시적 관습을 독시경험의 축적을 통해서 체득한 바없다. 그렇지만 이러한 지적 나태분자들의 불평을 정당화하는 듯이 보이는 난해한 시가 더러 있다는 것은 사실이다. 이를테면 해답이 내장되어 있지 않은 수수께끼도 있는 것이다. 이럴 경우 해답이 없다는 것이 정답일 터이다. 해답 없음을 간파하여 수수께끼를 무효화하는 것이 주체적 독자의 실력 행사이다. 꾀겨루기에서 지기만 하면 못쓴다. 적어도 우리 사이에서 난해한 것으로 호가나 있는 시들은 썩 괜찮은 것들이 아니다. 별로 좋지 않은 수수께끼 같은 시의 해답을 찾는 데 금쪽같은 시간을 보내기에는 삶은 너무나 짧고 좋은 시편들은 무량하게 많은 것이다.(56-57쪽)

이 글은 대단히 율동적이고 감각적이다. 한 단락 안에 몇 개의 파도가 밀려오고 또 잠잠해지는 것 같은 감정의 부침(浮沈)이 발생한다. 실제로 크게 보아 세 가지 이야기가 한 단락 안에 들어있다. 시를 읽는 훈련은 전혀 하지 않고 현대시가 어렵다고 불평만 한다는 것, 해답 없는 수수께끼 같은 시에 현혹되지 말라는 것—이 두 가지는 독자들을 향한 전언이다. 또하나는 독자와 시인 모두를 대상으로 하는 말로서 해답 없는 수수께끼 같은, 별다른 의미도 없이 난해하기만 한 시가 존재한다는 것이다. 이러한 몇 가지 전언이 뒤섞이어 함께 전달되는 것도 수용자의 감정을 자극하는 요인이 되겠지만 더욱 중요한 것은 문체적 요소라 할 수 있다. 첫 세 문장은 부정적인 언급으로 꽉 차 있다. '불평'이라는 부정적 단어의 사용, 이어 지는 '…한 바 없다'의 반복은 지은이의 부정적 인식의 정도가 매우 심각 하다는 것을 알려준다. 더구나 첫 문장의 '상습적'이라는 표현은 '불평분 자'와 한데 어울려 어떤 범죄적인 인상을 주고 있다. 넷째 문장의 '나태분 자'라는 표현은 '시를 읽지 않는 시독자'라는 역설적 어법과 어울려, 한편 으로는 '불평분자'의 이미지가 덧씌워짐으로써 읽는 이에게 어떤 모멸적 인 느낌마저 불러일으킨다. 이것은 일부 몰지각한 이들을 계도하기 위한 발언일 것이다. 그러나 글쓴이가 한탄하였듯이 문과 대학생들 가운데에도 『청록집』조차 접한 경우가 희소한 현실에서 무릇 '나태분자'로 지목받지 않 을 자신이 있는 일반 독자란 그다지 많지 않을 것이기에 더욱 위압적이다. '구태의연', '고색창연'과 같은 유사어구의 반복 동원 역시 읽는 이에게 어 떤 억압 같은 것을 느끼게 한다. 넷째 문장 이후에는 강한 부정의 문장은 없지만 '… 못쓴다', '… 아니다'와 같이 한 차례 반복되는 부정문은 앞에 서의 강한 부정의 여파로 어느 정도의 힘을 갖는다. 그러나 이 단락 전체 는 앞부분을 제외하면 대체로 친절한 설명의 문장이기도 하다. 그런데도 지속되는 파도와도 같은 에너지를 갖는 것은 앞부분이 지닌 강한 힘의 영 향도 있지만 그보다는 접속사가 거의 쓰이지 않는 간결한 문장의 반복에 서 솟아나오는 힘 때문이라 할 수 있다. 끝 문장의 대조적 어법에서 발생 하는 리듬감 또한 이 단락에 역동성을 부여하는 요인이 된다. '수수께끼', '꾀겨루기', '금쪽 같은 시간' 등의 우리말 용어의 사용도 그의 글에 생기를 불어넣는 요인이라 할 수 있다. 이밖에도 그는 '우리 쪽'이라는 용어를 한 국 또는 한국문학계를 가리키는 말로, '저쪽'을 서양 제국을 가리키는 말 로 쓰는가 하면 '위엣작품', '뒤엣사람', '서늘한 충격', '끼울린다', '홀로서 기 가치'와 같은 개성적인 우리말 표현을 즐겨 사용한다. 이것은 그가 임 화의 시집 표제인 「현해탄」은 일본어이므로 "「진달래꽃」, 「님의 침묵」, 「백 록담」, 「사슴」, 「낡은 집」, 「하늘과 바람과 별과 시」, 등과 나란히 놓고 볼 때 표제만으로도 끼울린다."(133쪽)고 하는 것이나 조명희 「낙동강」의 여주인공이 '로사'인 것을 들어 그것은 잘못된 선택이고 선의의 거짓의 단초라고 지적한 것, 이상화의 「나의 침실로」를 두고 "안방이면 안방이고 사랑방이면 사랑방이지 침실이 무슨 말인가? 침소는 있지만 침실이 어디 있는가? 또 마돈나는 무엇인가?"(90쪽)라고 하는 것, 시의 언어가 기표의 우위성을 지니고 있다는 것, 특히 사투리가 그 전형적인 예라는 것을 지적한 것과도 같은 맥락의 것이다. 문학에 있어서 토착어의 강력한 호소력[3] 혹은 유년기 기본 단어의 정서적 충전력을 신봉하는 데에서 오는 현상이라고 할 수 있다. 때때로 나타나는 독특한 우리말 사용은 그의 글 전반에 미묘한 힘을 불어넣고 있다. "솜씨없음은 허용이 되지만 정성없음은 용서할 수 없다. 재주없음은 보는 이를 안타깝게 하지만 성의없음은 우리를 불쾌하게 한다."(147쪽)와 같은 언급에는 우리의 주의를 끄는 힘이 있다. 그러나 다음과 같은 표현은 위에서 살펴 본 위압감을 주는 용어처럼 읽는 이에게 어떤 거부감을 주기도 한다.

가) 많지 않은 한글 근대시의 전부를 읽는다 하더라도 4주일밖에 걸리지 않을 정도로 우리의 문학유산은 빈약하다.(19쪽)

나) 점수화하기 위해서 우격다짐으로 만들어낸 시험문제에서 우리는 그러한 사례를 종종 보게 된다.(169쪽)

다) 어려운 시와 쉬운 시가 있는 것이 아니다. 훌륭한 시와 신통치 않은 시가 있는 것이다. 궁금증을 일으키게 마련인 수수께끼에서는 그 궁금증 자체가 매력이 되기도 한다. 그러나 거기에 혹해서 주눅이 드는 것은 비겁한 일이다. 사람됨보다도 집안이나 거죽이나 학벌만 보고 현혹되는 것은 속

---

3) 유종호, 「시와 토착어 지향」, 『동시대의 시와 진실』(민음사, 1982), 26쪽.

물근성의 발로이다. 주체적 독자는 비겁하지 않을 것이며 속물근성을 물리칠 것이다.(64쪽)

　가)에서 한글 근대시의 양이 아무리 적다해도 4주일이면 다 읽을 수 있다고 하는 데에는 문제가 있다. '많지 않은'이라는 어사도 동어반복의 의미가 강하다. 아마도 자신의 체험으로부터 우러나왔음직한 언급이지만 자료집의 충실함에 관한 문제는 논외로 친다 하더라도 이것은 글쓴이와 같은 숙련된 고급의 독자에게만 적용되는 것이라 생각된다. 즉, 이미 상당수의 작품을 섭렵하고 있어 시의 이해력이 높으며, 끝까지 다 읽어 볼 필요도 없는 작품을 한 눈에 알아볼 수 있는 상당한 수준의 독자가, 그것도 대충 읽고 넘어가는 경우에 그럴 수 있을 것이다. 그러나 시는 그렇게 빨리 읽는 것이 올바른 독법이 아님을 전제한다면 이런 언급은 그 자체로서 문제가 있는 것이기도 하다. 물론 그의 진의는 우리 시문학 유산의 빈약함을 말하고자 하는 것이겠지만 읽는 이는 이러한 문제들에 신경을 거스르게 되는 경우도 있는 것이다. 나)에는 중등학교의 문학 교육과 평가 방식에 대한 불신의 감정이 넘쳐나고 있다. 중등학교 문학 교육의 효율성에 관한 문제는 어제 오늘의 과제가 아니다. 그러나 그 현장에도 많은 개선의 노력과 또 발전이 있었으며 그럼에도 불구하고 여전히 문제는 남아 있다. 거기에는 일선 교사의 노력만으로는 어찌할 수 없는 부분이 많다. 이 글은 물론 중등학교의 문학 교육 전체를 문제 삼는 것은 아니다. 작품의 전체적 이해와는 무관하게 수사적 장치를 중시하여 분석을 위한 분석에 그치는 특별한 경우만을 문제 삼고 있다. 그러나 이러한 언급의 파장은 반드시 글쓴이가 지적한 문제에만 한정되고 마는 것이 아니다. 그의 의도를 넘어 전반적인 문학 교육의 문제 또는 전체 문학 교사의 문제로 확산될 가능성이 큰 것이다. 다)는 앞서 살펴 본 인용문에서의 '해답이 내장되어 있지 않은 수수께끼'와 같은 시의 난해성 혹은 현란함에 주눅이 든다든가 현혹된다든가 하는 일의 어리석음을 경계하는 발언이다. 여기서는 무엇보다도 앞의 두 문장의 단정적 언급으로 인해 읽는 이의 반발 심리가 고개를 들 가능성이 있어보인다. 쉬운 시가 의외로 만만치 않은 내포를 지니고 있다든가 어려워 보이는 시가 실은 별다른 의미 부여를 할 수 없는 것도 많다는 식의 설명이 앞에 충분히 되어있음에도 불구하고 그것이 이러한 단언에의 반감을 완전히 불식시키지는 못한다. 어려워 보이는 시에 주눅이 든다든가 현혹되는 것은 보통의 독자가 흔히 겪는 바이다. 사정이 이러한 데도 불특정 다수를 두고 비겁하다든가 속물근성을 노출한다는 식으로 몰아치는 것은 곤란하다. 물론 적절한 문학 교육을 받았거나 감수성이 풍부한 소양 있는 독자, 곧 '주체적 독자'라면 그런 실수를 범하지 않고 이지적인 대응을 할 수 있을 것이다. 그러면 이 책은 '주체적인 독자들'만을 위한 것인가? 「책 머리에서」의 "시를 이해하고 즐기는 과정을 시사해 놓고 있을 뿐"이라는 말은 주체적인 독자들을 만들어 가는 데 일조하겠다는 뜻으로 들리는 데 그것은 잘못 읽은 것인가? 그렇지 않다면 이 부분에서는 조금 어조를 수그리는 것이 더욱 효과적일 것이다. 끝 문장에 주체적 독자의 행동 양태가 나타나 있지만 이 지점에서 '나는 주체적 독자에 해당하므로 …' 하는 위안감 또는 안도감을 느낄 수 있는 사람은 글쓴이도 알고 있듯이 그리 흔치 않다.

유종호의 문장들 가운데에는 위의 것들과 상반되는 양상을 보이고 있는 부분도 많다.

라) 이러한 중요성에도 불구하고 우리 사이에서 시가 널리 수용되고 향수되어 있는 것 같지는 않다. 또 본래의 높이와 깊이에서 향수되는 성싶지도 않다. 시를 보는 안목이 인품의 반영이기도 했다는 것은 이제 아득한 옛일이 되어 버렸다. 글자 한 자의 차이에서 세계가 명멸한다고 느꼈던 옛사람의 엄격성은 이제 우리의 것이 아니다. 도처에서 기율이 사라지고 뛰어난

것에 대한 경의가 사라지는 것과 무관하지 않다. 맑고 높은 것이 여러 가지 이름으로 홀대되고, 안이하고 속된 것이 숭상되고 있는 것과 무관하지 않다.(12쪽)

마) 이러한 의성음은 그의 발명이자 창작이다. 〈서마 서마〉가 설마 시계 소리의 의성음은 아닐 것이다. 어린 소녀의 얼마쯤 두렵고 외로운 심정을 나타내는 말일 것이다. 낯설거나 어색한 것과 연관된 〈서먹서먹하다〉란 말을 유추적으로 변형시킨 것일 거라는 추측도 가능하다. 신상이나 집안에 변화가 일어났을 때 일상의 낯익은 것이 갑자기 낯설어지면서 불안이나 고독감을 더해준다는 것은 우리들 공통의 유년 기억의 하나일 것이다. 평소 심상하게 들리던 시계 소리 같은 것도 갑자기 낯설게 들리는 것이다. 심상하던 것이 생소해지면서 어떤 두려움을 느끼게 되는 것이다.(18쪽)

라)는 전체가 부정적인 맥락에서 씌어졌다. 여섯 문장 가운데 다섯 문장이 '않다'와 '아니다'로 마무리된다. 그렇지 않은 세 번째 문장에서도 '아득한 옛날'이라는 어사가 현재에는 그렇지 않다는 의미를 전달한다. 게다가 이 단락에 '또' 이외에는 전혀 접속어가 없다는 것도 논지의 전개 혹은 감정의 전달을 매우 신속하게 해 주는 중요한 요소이다. 그러나 첫째, 둘째 문장의 '…하는 것 같지 않다', '…하는 성싶지 않다', 그리고 '무관하지 않다'와 같은 이중 부정의 표현은 모두가 매우 유보적인 표현으로서 첨예한 감정의 상승을 막아주는 역할을 한다. 마)는 단정적인 첫 문장과 그에 대한 부연 설명의 문장들로 이루어졌다. 이 단락 역시 접속어가 전혀 없어 속도감을 갖는다. 그럼에도 불구하고 '…일 것이다' 3회, '…되는 것이다' 2회, '…일 거라는 추측도 가능하다' 등으로 이루어진 유보적인 문말 표현으로 인해 주제 취급에 있어서의 '숙고'의 양태를 드러낸다. 속도감과 그로 인한 감정의 상승 또한 어느 정도 억제된다. 유종호의 글에는 가), 나),

다)와 같은 단정의 양태를 보여주는 측면과 라), 마)와 같이 숙고의 양태를 나타내는 측면이 혼재한다. 어느 평론가의 글이라도 이러한 양면성을 어느 정도 지니겠지만 유종호의 경우는 이 두 양태를 균등하게 지닌 매우 전형적인 예가 된다 할 수 있다. 그런데 우리가 논의의 대상으로 삼고 있는 『시란 무엇인가』에서는 단정의 양태와 숙고의 양태 사이의 팽팽한 균형이 무너져 일정한 정도 단정의 측면으로 기울고 있음을 알 수 있다. 그것은 전체적으로 가)~다)와 같은 표현이 더 우세하며, 라), 마) 등의 단락에서도 접속어를 거의 사용하지 않는 문장 전개의 방식이 숙고의 힘을 감소시키기 때문이라 할 수 있다.

　'주제 취급의 양태'라는 개념은 텍스트언어학에서 텍스트의 구조적 국면을 다루는 데에 사용한 것이다. 숙고와 단정이라는 개념은 특별히 '비평텍스트'의 주제취급의 양태를 드러내는 데 유효한 것이라고 생각되어 필자가 설정해 본 것이다. 클라우스 브링커는 텍스트의 통보·기능적 국면에서 텍스트의 기능을 분석하는 기본 틀로서 서술기능과 표현기능, 그리고 호소기능의 층위에 대하여 언급한 바 있다.[4] 이를 조금 수정하여 제시기능-표현기능의 층위와 호소기능의 층위를 설정하는 것이 비평텍스트의 문체유형을 가르는 데에 적절할 것으로 판단된다. 제시기능이 읽는 이와 호흡을 함께 하면서 비평의 대상에 초점을 맞추는 것이라면 표현기능은 표현 주체에 중점이 놓이는 것을 뜻한다. 호소기능은 설득에 의한 것과 당위의 주장에 의한 강요의 두 방향으로 갈래지어 볼 수 있다. 여기서 '숙고', '단정', '제시기능', '표현기능', '호소기능' 등은 문체적 요소에 의해 발현되는 것으로 상정한다. 이러한 기준에 의해 제시기능-표현기능의 층위에서 살펴본다면 유종호의 비평텍스트는 제시기능과 표현기능의 양 측면을 비슷한 수준으로 공유한 것으로 보인다. 비평의 대상에 집중하기도 하

---

4) Klaus Brinker, 『텍스트 언어학의 이해』, 이성만 역(한국문화사, 1994), 121-122
　쪽, 174-176쪽.

지만 독특한 우리말 표현이나 외국 문학작품을 통한 예증, 그리고 어린 시절 혹은 외국 문학 교육의 경험을 강조하는 데에서 자신의 취향에도 충실한 그의 태도를 엿볼 수 있다. 서정주의 「다섯살」이라는 해학적인 시를 흉내 낸 즉흥시를 읊조려 자신의 견해를 표명한 것(64쪽)은 표현기능이 활용된 좋은 예이다. 호소기능의 층위에서 살펴 본 그의 비평은 강요보다는 설득에 의지하는 편이었으나 당위성을 바탕에 깔고 말하는 경우도 적지 않다. 이렇게 보면 그의 비평은, 우리가 설정한 세 층위의 기준 각각에서 어느 한 측면에 기울지 않고 양 측면을 적절히 공유하고 있는 것이라 할 수 있다. 이 기준은 수치로 결정되는 절대적인 것이라기보다는 다른 이들과의 비교에 따르는 상대적인 것이다. 또한 이 세 층위의 각 부면들에 대해서 우리는 일단 선악 또는 우열 등의 가치판단을 배제한다. 모든 비평가들이 이 세 층위에서의 양 측면을 공유하고 있다. 그러나 유종호와 같이 세 층위에서 모두 중간적 위치를 차지하고 있는 비평가는 흔하지 않을 듯하다. 그의 비평이 유난히 눈에 띄거나 모가 나는 것으로 비치지 않았다면 그의 비평 문체의 이러한 특성 때문이었다고 보아도 될 것이다. 물론 이 세 층위 가운데서도 우리가 앞에서 살펴 본 바와 같이 그의 비평의 주된 특질은 숙고-단정의 층위에서의 숙고와 단정의 양태의 절묘한 결합에 있다고 할 수 있다. 이 부분에 한해서는 선배 비평가들 가운데 최재서와 유사한 양상을 보이고 있다 할 것이다. 「천변풍경'과 '날개'에 관하야」 등에서 찾을 수 있는 최재서 비평이 지닌 뒷심을 유종호의 비평에서도 찾을 수 있는 이유가 여기에 있다.

3

앞에서 비평의 유형을 이론 비평과 실제 비평으로 나누어 본 것은 다루는 대상을 중심으로 한 것이며, 다시 숙고와 단정, 제시기능과 표현기능,

호소기능 등의 층위에서 유종호의 비평 문체에 대하여 생각해 본 것은 그의 비평의 특질이 어떤 것인가를 알아보고자 함이었다. 그러나 이처럼 외적, 내적인 속성에 따라 몇 가지로 분류해 본다고 해서 비평가의 전모가 밝혀지는 것은 아니다. 이를테면 지혜의 성숙 혹은 자신감과 결부되었음 직한 『시란 무엇인가』의 문체적 특성의 하나인 유장함에 대하여 지금까지의 논의는 별로 시사하는 바가 없다. 우리의 논의는 비평의 본질에 좀 더 다가가기 위한 노력의 일환일 따름이다. 텍스트의 무한한 맥락 앞에서 인간이 취할 수 있는 유일한 태도가 겸손이라는 말[5]은 언제나 가슴에 새겨 두어야 할 말이다.

여기서 한 가지 더 생각해 보고자 하는 것은 그가 이 책을 통하여 끊임없이 되뇌이고 있는 '비극적 인식' 또는 '슬픔'에의 향수에 관한 문제이다.

> 가) 비극 속에서는 모든 등장인물이 정당성을 가지고 있다고 어느 극작가는 말했다. 세계와 인간에 대한 이러한 비극적 인식 없이 깊은 진실은 찾아지지 않는다.(230쪽)

> 나) 슬픔은 지혜를 가져다 준다. (…) 깊은 슬픔을 통과하지 않은 삶이 피상적이고 얄팍한 것임은 고전비극 이래 그릇 큰 문학이 되풀이 상기시키는 인간사이다. (…) 슬픔은 슬프다는 소리를 하지 않을 때 그 본연의 모습을 드러내는 것이다.(106-108쪽)

> 다) 깨달음에는 슬픔이 따른다. 깊은 슬픔이 깨달음과 함께 온다. 최상의 문학에는 인간 존재에 대한 제어된 슬픔이 인지의 충격과 함께 배어 있다. 비평담론도 예외는 아니다. 삶에 대한 비극적 인식이 없는 지도와 교시의 언어에는 자신감만 있을 뿐 슬픔은 없다.(147쪽)

---

5) 김인환, 「번역과 맥락」, 『상상력과 원근법』(문학과 지성사, 1993), 204쪽.

가), 나)는 외국시를 언급하는 가운데 나온 말이다. 다)는 고전과 관련된 언급이다. 고대 그리스 비극 혹은 셰익스피어 비극 명편들에 대한 경외의 감정이 깔려있다. 최상의 문학에 대한 인식이 이처럼 고전 비극과 연결되어 있다는 것은 그의 고전에 대한 인식에 비추어 보건대 새삼스러운 것은 아니다. 그러나 비극적 인식 또는 슬픔이 '진실', '지혜', '깨달음'과 연관되어 있다는 인식은 심상한 것이 아니다. 더구나 그것이 시를 이야기하는 자리에서 수시로 언급될 때 거기에는 그의 기호 이상의 것이 투영되어 있을 것이다. 가)에는 '깊은 진실'이 나), 다)에는 '깊은 슬픔'이 언급되고 있다. '슬픔'은 '깊이'와 연관되는 듯하다. 이것은 "뜻과 소리와 깊이와 높이가 어울리는 것이 서정시의 이상적 상태"(81쪽)라고 할 때의 '깊이'와 관계있다. 뜻과 소리는 어우러져 깊이와 높이를 이루는 것이기도 하다. 앞서도 인용한 바와 같이 고전적 투명성을 띤 높이와 깊이 있는 시가 유종호의 이상형인 것이다. 깊이와 높이는 다시, '근대시의 고전'은 "위엄과 정감을 구비"(91쪽)한 것이라고 할 때의 '정감'과 '위엄'에 각각 대응하는 것으로 보아도 무방할 듯하다. 이때 '높이', '위엄'은 시의 '격조'를 말하는 것이다. 그것은 시의 품격, 나아가 시인의 품위를 말하는 것이기도 하다. 이에 비해 '깊이'는 '슬픔'의 '정감' 혹은 정서와 관계되는 측면이다. 그러면서도 이것은 세계와 인간 혹은 인간 존재의 문제와 연루된 것이다. 그것은 밖으로는 외부 세계를 향해 열려있고 안으로는 인간의 존재론적 근심을 끌어안고 있는 것이다. 여기에 '깊이'의 수준이 있다. 유종호 시학의 본질이 있다.

또 하나 눈에 띄는 것은 가)~다)의 문장들이 모두 단정의 문체로 되어 있다는 것이다. 각각의 주장들을 지극히 당연한 것으로 전제하고 있는 듯하다. 비평텍스트에 있어서 단정의 문체는 비평가의 판단 혹은 의견을 명확히 해준다는 점에서 매우 유용하다. 그러나 문제는 다)에서 글쓴이 스스로가 말하고 있는 바와 같이 비평담론에도 슬픔 혹은 비극적 인식이 있어야 한다는 것이다. 그의 말대로 자신감 혹은 자만감에 차 있는 지도와 교시의 언어에는 슬픔이 없다고 할 것 같으면 가)~다)와 같은 단정의 문체 안에도 슬픔의 그림자는 보이지 않는다. 아니 자칫하면 '깊이'나 '정감' 혹은 '근심'이 달아나 버리고 말 듯하다. 우리가 설정한 문체 유형상 대립되는 양 측면을 대체로 잘 조화시키고 있는 유종호의 글에 있어서 이러한 측면은 작으나마 문제로 남는다. 그러나 유종호의 이 책은 최재서, 김기림, 조지훈, 송욱, 김종길 등에 의해 맥이 이어지고 있는 한국 원론비평의 수준을 한 단계 높인 업적으로서 오래 남을 것이다. 이것은 그대로 한국 원론비평의 현재의 수준이다.

사랑과 공감의 비평
— 이혜원론

이혜원의 비평은 단아한 격조를 지니고 있다. 서두르지 않는 가운데 중심을 짚어가며 차분하게 전개되는 그의 비평은 읽는 이의 마음을 편안하게 해준다. 그는 "스스로의 논리에 도취되지 않는 절제가 바탕이 되도록 힘썼다"고 말한다. 과연 그의 비평은 독자의 감정과는 상관없이 혼자서만 흥분해서 달아나거나, 난삽한 이론을 도입하여 스스로 그에 휘둘리거나, 또는 독특한 자신의 목소리를 내세워 높이 부르짖음으로써 글 속에서 쓰는 이의 모습이 튀어나오도록 하는 경우가 거의 없다. 그의 비평문이 같은 여류 비평가인 박혜경의 것처럼 현란하거나 정효구의 글처럼 부드럽게 흐르는 듯한 느낌을 주지 않는 것은 이러한 자기 절제의 질감이 글 속에 그대로 전달되고 있기 때문이다. 그는 자신의 주장이나 개성을 앞세우기보다는 폭넓은 독서 경험과 깊이 있는 감식력을 바탕으로 텍스트의 위상을 파악하고 그것을 정직하게 밝히고자 하는 데에 더욱 관심을 기울인다. 정직은 누구에게나 최선의 기율이겠지만 비평가에게 있어서 그것은 생명과도 같다. 정직은 비평 장르의 신뢰성을 높이는 것은 물론이요, 문학의 위의를 지키는 바탕이 되기도 한다. 현존하는 수많은 문학작품들을 세밀하게 따져 읽고 그것의 현 단계에서의 위상을 밝히고 때로는 문학사적 평가까지도 고려해야 하는 것이 문학비평가의 기본적인 책무라면 이혜원은 그 누구보다도 이러한 기본에 충실한 비평가라 할 수 있다. 그의 비평에는 국어국문학 전공자로서의 학문적 기반이 든든한 바탕이 되고 있음을 또한 느끼게 된다. 그는 현대시에 나타나는 도시적 삶의 수용양상을 1930년대부터 1950년대, 1970년대, 그리고 1990년대에 걸쳐 고찰하는가 하면(「꿈의 공간과 삶의 공간」), 김동리의 「黃土記」와 김승옥의 「力士」, 황석영의 「壯士의 꿈」을 아기장수 전설과 관련지어 살피기도 하고(「좌절된 힘의 의미」), 신경숙, 최윤, 윤대녕의 소설들을 김승옥에서 비롯되는 감성소설의 계보 속에서 파악하기도 한다(「경계인들의 초상」). 20세기 한국시의 전위성에 대하여 그는 1930년대의 이상, 1940년대 후반의 '후반기' 동인, 1960년대 후반의 김수영과 김춘수, 1970년대의 이승훈과 오규원, 1980년대의 황지우, 박남철, 이성복, 90년대의 남진우, 김혜순, 박상순 등으로 이어지는 흐름에 주목하고 있다(「20세기 시의 전위성과 21세기적 전망」). 특히 「한국시에 나타나는 접동새」와 같은 글은 시조, 민요는 물론 고려가요나 한시에 이르기까지 통시적인 고찰을 거쳐 현대시에로 접맥시키고 있다. 그는 또한 "논리 없는 분석은 편협하고 분석 없는 논리는 허망하다"고 하면서 시 비평의 양적 확산에 비해 부진한 시론의 연구에도 지속적인 관심을 기울여야 한다고 역설한다. 이론 부재의 혼돈 속에 빠져 있는 90년대 이후의 시 비평을 비판한 것이다. 이러한 태도는 그의 비평에 설득력을 부여하고 있다.

시성(詩性)의 회복을 위하여

비평가 이혜원의 시에 대한 인식은 시성 회복을 역설하고 있는 그의 글 「해체를 넘어서, 시성을 찾아서」에서 찾아 볼 수 있다. 20세기말의 상황에서 그는 시성의 회복을 위하여 다음과 같은 세 가지의 제안을 하고 있다. 첫째는 치열한 부정의 정신을 회복하여야 한다, 둘째는 근원에 대한 성찰을 강화하고 교감을 확산시켜야 한다, 셋째는 서정시 특유의 리듬감을 살리려는 시도가 필요하다는 것이다. 90년대 해체시의 제 문제를 지적하면서 그는 다음과 같이 말하고 있다.

90년대 해체시의 문제는, 그것이 삶에 대한 전체성의 관점을 잃고 개인의 내면에 지나치게 몰입해 있다는 데 있지 않다. 현실 자체의 거대한 변화 속에서 여전히 전체성의 신화에 매달릴 수는 없는 일이다. 개인 내면의 진실이란 그 자체 중요한 문화의 목표를 이루어 왔으며 지금의 상황에서는 거의 유일한 문학의 지표일 수도 있다. 그러나 문제는 내면의 진실에 접근하는 태도의 문제이다. 90년대의 해체시는 포스트모던한 소비사회의 삶의 방식 그대로 감각적이고 표피적인 양식에 머물고 있다. 이전에 나타났던 해체적 경향의 시들이 해체와 분열의 방식을 취할 수밖에 없었던 철저한 자기부정과 현실에 대한 격렬한 반감을 내포하고 있는 것에 비해 90년대의 해체시에서는 포즈가 정신을 압도하고 있는 것으로 보인다. 자기 방기의 언어와 사변적 요설로 채워진 90년대의 해체시에서는 정작 해체시의 요체를 이루는 치열한 부정의 정신을 결여하고 있다. 부정의 대상과 목적도 없이 무차별하게 행해지는 배설의 언어는 해체의 진정한 정신을 퇴색시킬 뿐이다.(「해체를 넘어서, 시성(詩性)을 찾아서」)

이혜원의 비평텍스트에서 위 인용문의 첫 두 구절처럼 부정의 문장이 연속적으로 사용되는 경우는 거의 없다. 무엇인가 할 말이 폭발적으로 분출되기 직전의 머뭇거림 같은 것이 느껴진다. 이것은 마치 도약을 위해 움츠리는 개구리의 형상과도 같다. 세 번째 문장의 중문 구조 또한 앞의 두 문장을 받아 잠시 머무르게 하는 역할을 담당한다. '전체성'의 문제를 포기하고 '개인 내면의 진실'로 초점이 옮겨지면서 문장 내부의 에너지가 쌓이고 있다. 이어지는 역접의 접속사 '그러나'는 이러한 에너지의 분출구이다. 결국 그가 중시하는 것은 '태도'의 문제임이 드러났다. 그러면 그것은 어떠한 태도인가? 그에 대한 설명은 접속어가 없어 비교적 속도감 있게 이어지는 이후의 네 문장에 설명되어 있다. 주목되는 것은 이 네 문장들이 외견상 직접적인 부정의 형식을 피하고 있지만 한결같이 부정적 내용을 담고 있다는 것이다. 그것의 요체는 90년대 해체시의 현 상황에 대한 불만이다. 그것이 '철저한' 자기부정과 현실에 대한 '격렬한' 반감과 '치열한' 부정의 정신을 결여하고 있기 때문이다. 그가 바라는 태도의 정체는 바로 철저하고 격렬하고 치열한 자세였음을 알 수 있다. 이혜원이 내세우는 바는 이처럼 그의 비평 문체의 도움을 받아 효율적으로 표출되었다. 90년대 해체시에 대한 비판은 위 인용문에 이어 상당한 정도로 폭과 깊이를 더해가며 지속되며 그것은 결국에는 '시성(詩性)의 회복'이라는 명제로 이어진다.

부정의 정신에 대한 이혜원의 입장은 그의 평문 곳곳에서 확인된다. 그는 자해적인 언어와 잔혹한 이미지를 구사하는 김언희 시인에게 "부정적 사유와 언어는 부단한 자기 갱신의 과정이 없다면 폐쇄적이고 위악적인 포즈에 머물게되기 쉽다"고 하여 부정의 정신과 형식을 고착시키는 타성화의 위험을 경계해야 한다고 고언하는가 하면(「훼손된 육체, 상처의 시」), 정호승의 몇몇 시 구절을 두고는 "참담한 현실을 희망으로 환치시키려는 이러한 아름다운 전언은, 그러나 그 현실의 무거움을 전복시킬만한 치열함이 부족하기 때문에 장식적인 효과에 머물고 있다(「시의 미궁 속으로」)"고 비판하기도 했다. 그러나 김승옥의 「力士」에서 젊은이가 한밤중에 피아노 뚜껑을 열고 광포한 소리를 내는 것은 질서에 대한 파괴의 욕구를 나타내며, 이것은 "현실적 삶을 지배하는 질서와 안주에의 욕망에 대한 치밀한 비판의 정신에서 나온다"고 평가했다.(「좌절된 힘의 의미」) 어설픈 부정이나 환상 등을 모두 경계하고 '부단한 자기 갱신, 치밀한 비판, 치열한 고민'을 주문하는 것이 비평가로서의 그의 임무라고 생각하는 듯하다.

시성의 회복을 위한 두 번째와 세 번째의 제안은 상호 밀접한 연관성을 갖는 것이다. '근원에 대한 성찰과 교감'이란 기본적으로 자연과의 교감을 통해 자연의 일부로서의 인간의 존재와 생명의 본성을 일깨우는 데에서 이루어진다. 또한 이혜원이 시성의 회복을 위한 조건으로서 세 번째로 강조한 '서정시 특유의 리듬감을 살리는 것'은 자연에 대한 깊은 통찰과 교감이 없이는 불가능하다. "자연의 본성과 화합하고 그 원리를 체현하는 것은 인간의 근원적 정서와 호응하는 방식"이기 때문이다. 자연을 노래하는 시들이 근원적 교감을 일깨운다는 것을 경험적 진실로서 보여주는 시작품으로서 그는 김소월의 「엄마야 누나야 강변살자」를, 자연에 대한 근원적 성찰의 최고 성과로서는 「산유화」를 들고 있다. 「산유화」의 단순하면서도 자족적인 공간 구성은 자연의 유기적 구조에 관한 감각을 일깨운다고 평가했다. 또한 우주적 연민과 교감을 일깨운다는 것은 자연의 일부로서의 인간의 존재와 생명의 본성을 일깨우는 것이라고 하였다.

오탁번의 시에 나타나는, 고향의 자연을 바탕으로 하는 정겨운 언어들은 우리의 의식 밑으로 잊혀져 가던 옛 추억과 정경들을 생생하게 끌어올리고 있다고 평하며(「언어의 생명, 생명의 언어」), 우리말의 소박하고 정겨운 맛을 한껏 되살려주는 문태준의 시어들을, 연약한 풀벌레나 들새가 생태계의 소중한 구성원이듯이, 풍요로운 말의 세계를 구성하는 보물창고라고 칭송하는 데에서 우리는 언어의 내재적, 본원적 생명력을 인식하고 있는 이혜원의 속내를 읽을 수 있다.

이러한 자연친화의 언어를 사랑하는 마음이 '속도'로 표상되는 현대 문명에 대한 비판의식으로 이어지는 것은 필연의 귀결이다. 이혜원은, 속도를 지향함으로써 인간은 시간적 여유를 점점 잃게 되었으며, 기계의 장악력이 증대할수록 인간관계는 소원해지고 있다고 하면서 속도 지향의 현대문명을 비판한다. 인간의 편의를 위해 기계가 사용되는 것이 아니고 기계의 작동을 위해 인간이 동원되는 듯하다고 한탄하면서 그가 카프 시대의 박영희가 '얻은 것은 이데올로기이고 잃은 것은 예술 자신'이라고 한 말을 패러디하여 '얻은 것은 속도이고 잃은 것은 인간 그 자체'라고 한 것은 촌철살인의 경구라 할 수 있다(「빠름과 느림」). 그는 이문재 시인이 현실적으로 부도덕한 것으로 단죄되는 게으름과 어슬렁거림을 통해 역으로 현실의 속도전이 내포하는 부도덕성과 위험성을 경고하고 있다고 평가하기도 한다(「실상(實相)과 실상(失相)」).

이혜원은 "자아 망실의 위기를 깊이 있게 파헤치는 부정의 시들과 함께 생성의 원리를 자각하는 예지의 시들이 더욱 활발하게 나타나서 인류 문명의 위기를 경고하고 저지할 수 있는 힘으로 작용해야"(「세기말, 부정과 생성의 시학」) 한다고 하였다. 이때 '생성의 원리'는 '생멸을 조화로 운위되는' 것이며, 자연과 화합하며 그 안에서 주체를 자각하는 인간에게 자연이 열어 보이는 가장 큰 예지는 '생멸의 즐거운 잔치'라고 한다. 우리가 의식하지 못해도 자연은 매 순간 생성과 소멸의 순환 과정 속에 있는데 생멸의 신비를 파악하는 자에게 자연은 늘 즐겁고 아름다운 잔치를 펼쳐 보인다는 것이다.

리듬에 대한 이혜원의 관심은 지속적이고 집요한 것이다. 윤동주의 전체적인 시세계를 운율적 측면에 관심을 두고 고찰한 것은 그가 처음이다. 윤동주는 특정한 형식에 얽매이지 않고 다양한 시 형식을 실험했으며 특히 『하늘과 바람과 별과 시』 이후의 완성도 높은 시들에서 보이는 자유롭고 역동적인 운율의 실험은 성과가 크다고 평가했다. 그는 윤동주가 역동적인 운율의 실험에서 갈등과 의지가 길항하는 내면의 소리를 효과적으로 표출해내었으며, 윤동주 시의 다양하고 역동적인 운율은 주체적인 사유와 비판적인 성찰, 양심의 내적인 번민과 갈등, 실천적 의지의 단호함 등 숙고의 경향이 강한 그의 시의 의미와 긴밀한 호응을 이루고 있다고 하였다(「윤동주 시의 운율과 의미」). 그는, 강은교의 시는 초기시나 후기시 모두 그 양상은 다를지라도 리듬이 시의 생명력에 본질적인 요소로 작용하고 있다고 보았다. 그는 리듬은 시의 근원적인 속성으로 문학적 언어의 신비를 결정짓는 핵심 요소라 한다. 그는 강은교 시인이 문학의 전통에서 가장 많이 빚진 부분이 리듬이라고 하였다. 초기시의 주술적이고 유장한 리듬은 무가나 판소리의 가락과 상통하며 후기시의 단순하고 반복적인 리듬은 민요

시의 가락과 유사하다고 한다. 강은교의 시가 관념성과 상징성이 농후하면서도 서정적 공감을 확보할 수 있었던 것 또한 보편적인 내면의 충동과 친숙한 전통의 리듬을 바탕으로 하고 있기 때문이라고 판단한다. 따라서 강은교가 시낭송회를 하고 시치료를 시도하는 데에도 그가 관심을 기울이고 있음은 당연한 일이다(「생명을 희구하는 비리데기의 노래」). 그가 요즘 시인으로서는 드물게 의태어나 의성어를 적극적으로 구사하여 시에 생동감을 불어넣고 있는 문인수의 시를 평하는 가운데 언급한 다음과 같은 구절은 리듬에 대한 그의 생각을 단적으로 드러내는 것이다.

> 말을 줄이고 리듬을 가다듬는 것은 서정시의 힘과 자연의 지속적인 생명력을 재발견해갈 수 있는 중요한 방법이다.(「닫힌 말문, 열린 노래」)

리듬이 있는 시에 대한 호감은 장단 있는 소설을 선호하는 데에까지 이어진다. 그는 장단이 들어있는 한창훈의 소설 「가던 새 본다」를 읽으며 "내내 굽이쳐 오는 파도를 타는 듯한 묘한 울렁거림"을 느꼈다고 한다. 그는 한창훈의 소설에는 권력의 부정에 대항하는 명쾌한 논리나 과감한 행동보다는 끈끈한 인정과 한없이 늘어지는 사설, 흥을 돋구는 장단 등이 들어있다고 하면서 한창훈을 성석제와 함께, 전근대와 근대의 서사를 아우르며 새로운 서사미학을 주도할 젊은 작가로 지목한다(「바람의 노래, 침묵의 물」).

객관성과 현상학

이혜원은 "문학작품의 해석은 작품 자체에서 시작되어야 한다"는 고전적 명제를 따르는 한편 작품 해석의 방법론으로서는 바슐라르의 현상학에 호감을 가지고 그 내용을 소개하기도 한다.

가) 「거울」과 「참회록」의 구조와 어조 분석에서 출발한 논문이 다소 장황해진 감은 있지만 모든 작품은 작가와 시대정신의 산물이라는 점에서 그러한 배경에 대한 이해를 덧붙이지 않을 수 없었다. 그러나 더욱 강조하고 싶은 것은 물론 문학작품의 해석은 작품 자체에서 시작되어야한다는 고전적 명제이다. 작가와 시대적 배경을 무슨 공식처럼 작동시켜 풀이하는 역사주의적 관점의 폐해는 심각하다. 그들은 역사에 대한 단편적인 지식을 얻은 대신 문학의 멋과 재미를 잃어버린 것이다. 문학의 해석은 문학의 고유한 특성과 즐거움에 자연스럽게 익숙해지도록 해야 한다. 그러니 어떻게 작품 자체에서 출발하지 않을 수 있겠는가?(「'거울'과 '참회록'의 구조와 어조」)

나) 전적으로 객관적인 것은 가능한가, 인식 대상에 대한 주체의 존재는 무엇인가라는 본질적인 문제에 천착해 들어감으로써 그는 인식의 대상과 주체를 차단시키던 객관성의 벽을 제거하고 객체와 주체가 함께 숨쉬는 활성화된 인식 공간을 발견하기에 이른다. 인식에 있어 주체의 역할은 전에 없이 강조되고 사고 작용의 역동성이 정신 영역의 새로운 가능성으로 주목받게 된다.(「행복한 시 읽기」)

인용문 가)는 이혜원의 비평문 가운데 보기 드물게 단정적인 문장들로 구성되어 있다. 첫 문장에서 이중 부정의 유보적인 어구를 사용하여 자신의 글 속에 작가의 배경과 관련된 언급이 있었음을 밝힌 후에는 단정적인 문장들이 반복된다. 마지막 문장에서는 수사의문문을 사용하여 자신의 주장을 더욱 강조하고 있다. 그러면 그가 특별히 새롭지도 않은 내용을 이처럼 새삼 강조하는 이유는 어디에 있는 것일까? 이것은 문학 작품은 일차적으로는 그 자체로서 받아들여지고 해석되어야 한다는 평소의 확고한 신념의 표출이다. 동시에 여기에는 그것이 문학 자체를 보호하고 사랑하는 길이라는 생각이 반영되어 있다. 그는 누구보다도 문학을 사랑하는 비평가이다. 그는 애정이 담뿍 담긴 시선으로 문학 작품을 대한다. 물론 때로는 준엄한 비판과 깊은 배려가 담긴 충고도 마다하지 않는다. 허수경에게 그의 시집『혼자 가는 먼 집』에 언뜻언뜻 내비치는 깨달음의 흔적들은 초월적인 명상으로 향하지 말고 불우한 세간의 노래들로 되돌려 지는 것이 바람직하다고 고언하거나(「불우를 노래하는 시」), 강연호 시인의 시를 논의하는 가운데 "시는 누추한 삶을 살아가는 인간 존재의 비극적 가치를 드러낸다. 시는 험하고 속된 삶에 좀더 머무를 것인가 초월해 버릴 것인가의 갈림길에서 종교와 결별한다."고 말하는 데에서도 우리는 문학의 기본 정신을 지키고자 하는 그의 깊은 애정이 뒷자락에 깔려있음을 확인할 수 있다.

바슐라르는 문학비평의 객관성에 대한 강박적 요구를 진정시키고 문학의 미학적인 가치에 대한 인식에 새로운 전기를 마련하고자 인식의 근본 문제에 대한 의문을 제기했다. 인용문 나)는 그러한 문제 제기에서 출발하여 그가 이루어 낸 성과이다. 문학 해석에서 그토록 배제하기 어렵던 주관성은 이젠 열등감의 요인이 아니라 문학적 특수성의 한 요소로서 이해될 수 있게 되었다. 바슐라르는 오히려 과학적인 조심성이 상상력의 형이상학을 전개시키는데 제한적이라는 생각 때문에, 만년에 지대한 관심을 기울인 '영혼의 현상학'의 대상으로 문학 자료를 선호하게 되었다는 것이다. 이혜원은 현상학적 시 읽기는 존재의 전환이라는 최상의 창조적인 행위로 이어질 수도 있지만 저급한 인상주의 비평으로 전락할 소지 또한 크다고 경계하면서도 바슐라르 식의 찬탄하는 독서법, 즉 행복한 책읽기를 시도하고 있다. 그는 90년대의 시들에 나타나는 '빈집'의 이미지를 폐허와 소외의식으로 해석하는 시류적인 관점을 지양하여 집의 이미지들이 내포하는 내밀성과 행복감에 대한 전적인 공감을 통해 보편적이고 원초적인 미적 가치에 대한 인식에 도달하고자 시도한다. 이러한 시도가 존재의 심연과 원형적 공간을 탐사하면서 그것에 공감하고 동화되는, 섬세하고도 따뜻한 몽상과도 같은 작업이 되었음은 물론이다.

노장적 세계관과 현실

물질문명의 폐해와 결부하여 노장적 세계관을 제시하는 것이 커다란 세를 이루고 있는 20세기말의 시점에서 이혜원은 보다 중요한 것은 그러한 관념에 어떻게 육질을 부여할 것인가 하는 것이라 지적한다(「지상(地上)의 성소(聖所)」). 그는 허수경의 몇몇 시들이 순환적인 생멸 구조 혹은 정과 동의 순환성을 아름다운 비유를 통해 보여주고 있음을 밝히지만 그것이 허수경다운 것이 아님을 또한 지적한다(「불우를 노래하는 시」). 그는 노장적 세계관을 긍정하고 있지만 시인 자신에게 더욱 잘 어울리는 측면이 따로 있을 수도 있다는 생각을 하는 한편, 노장적 세계관의 추구가 자칫 현실을 벗어나 초월로 향할 것을 경계하고 있다. 이혜원이 노장사상을 긍정하는 것은 노자의 무위사상 혹은 도(道)의 정치 이념이 현실의 문제를 떠난 초속(超俗)적인 관념의 것이 아니라 당시의 지배 이념이던 유교적 질서와 체제를 비판한 것으로서 부정적 현실에 대한 대안의 일환으로 제시된 것이라 파악했기 때문이다. 무위의 경지에 이르면 아무 것도 하지 않으면서 아무 것도 하지 않는 것이 없다는 노자의 말은, 인위적으로 추구하는 욕망에 대한 집착에서 벗어나 자연과 조화를 이루며 행한다는 뜻이라고 한다. 그러므로 무위는 행동의 포기가 아니라 행동의 바른 방법을 지시하는 실천적 사고이며 행동의 궁극적 이상이라 할 수 있다는 것이다(「해석의 폭과 깊이」). 이렇게 보면 노장적 세계관은 이혜원이 말한 시성 회복을 위한 첫 번째, 두 번째의 지향점과 맥락을 함께 한다고도 볼 수 있다.

이혜원 비평의 요체는 시성(詩性) 회복의 세 가지 지향점, 즉 '치열한 부정의 정신의 회복', '근원에 대한 성찰과 교감의 확산', '서정시 특유의 리듬감을 살리려는 시도'와 작품 자체에서 시작되는 분석, 현상학적 분석, 그리고 노장적 세계관 등이다. 이 가운데 노장적 세계관은 크게 보아 시성 회복의 지향점들과 맥락을 같이 한다. 그렇다면 시성 회복의 세 가지 지향 점이 그의 비평 세계의 중심이 된다고 할 수 있을 것이다. 결국 그는 언제 나 문학의 본질을 의식하고 또 반추하는 원칙적인 비평가라 할 수 있다. 그러나 어떻게 보면 이러한 내용은 특별히 내세울 만한 것이 아닐 수도 있다. 오히려 이보다 더욱 주목해야 할 것은 문학 작품을 분석함에 있어서 "보다 섬세하게 동시에 보다 포괄적으로 보도록 힘쓰는 것이 해석의 깊이 를 보장한다(「해석의 폭과 깊이」)"고 생각하는 것, 또는 한 시인이 시류 혹은 대세를 따르기보다는 자신의 득의의 영역을 지키고 그것을 심화시키는 것 을 더욱 바람직하게 생각하는 태도, 여성 시인들에게도 항상 육화, 체화, 체험, 구체적 삶과 역사적 진실 등을 강조하는 버릇, 김춘수의 개성과 조 병화의 다양성을 함께 인정하는 비평의식, 강은교가 허무를 노래할 때에 도 내밀한 현실인식을 지니고 있었고, 역사로 나아갈 때에도 존재에 대한 사유로부터 멀어지지 않은 것을 간파하고 그것을 인정하는 데에서 볼 수 있는 날카롭고도 폭 넓은 시각 등이라고 할 수 있을 것이다. 여기서 우리 는 그의 문학에 대한 진지한 사랑과 읽는이와 보조를 함께 하는 공감의 원 천을 확인하게 된다. 우리는, 깊이 있게 숙고하고 지혜롭게 판단하며 정직 하게 비판하는 비평가 이혜원이 지금의 순수성을 간직한 채 높은 품격을 지니는 비평가가 되리라 믿고 있다.

한국 현대시사의 기술 방식 비판

한국 현대시사의 기술은 정한모의『한국 현대시문학사』(일지사, 1974), 김종길의「현대시」,『한국현대문화사대계 I 』(고려대 민족문화연구소, 1975) 이후 김용직의『한국근대시사』(새문사, 1982)를 거쳐 김혜니의『한국근대 시문학사연구』와『한국현대시문학사연구』(국학자료원, 2002), 최동호의『한 국현대시사의 감각(고려대학교 출판부, 2004), 오세영 외의『한국 현대시 사』(민음사, 2007) 등으로 이어진다. 물론 안자산의『조선문학사』(한일서점, 1922)나 이명선의『조선문학사』(조선문학사, 1948) 이후의 한국문학사 전체 에 관한 저술들까지는 논외로 하더라도 백철의『조선신문학사조사』(수선 사, 1948)나 조연현의『한국현대문학사』(성문각, 1957), 김윤식 · 김현의『한 국문학사』(민음사, 1973) 이후 김재용 · 이상경.오성호.하정일의『한국근대 민족문학사』(한길사, 1993), 홍문표의『한국현대문학사 I · II 』(창조문학사, 2003) 등에 이르기까지 수많은 한국현대문학사에 대한 저술들은 한국현대 시사를 일정한 시각으로 정리한 부분을 포함하고 있으므로 이들은 본고의 논의 대상에 포함하기로 한다.

문학사의 기술에는 여러 가지 난점이 따른다. 구비문학과 기록문학 사 이의 관계, 장르의 구분, 역사적 장르의 선별 또는 명명, 각 개별 장르의 생성, 융성, 소멸에 대한 사실 확인, 서술의 시각 등 고려해야 할 사항이 너무도 많다. 그러나 이것이 한국현대시사로 한정될 경우 현대시의 기점 에 관한 논의가 조금 부각될 뿐 많은 문제가 소멸한다. 그럼에도 불구하

고 한국현대문학사의 일부분이건 아니면 한국현대시사에 국한된 저술이
건 지금까지의 한국현대시사의 기술 방식에 대해 만족할 수 없는 것은 어
떤 연유인가. 그 기술 방식에 별다른 차이를 느끼지 못하는 것은 또 어찌
된 일인가.

10년 단위의 서술과 맞물린 공저(共著) 혹은 편저(編著)에의 유혹

최근의 한국현대문학사에 대한 기술은 한국문학사 전체에 대한 기술
과는 커다란 차이점을 보인다. 무엇보다도 현대문학사의 범위가 시간적
으로 그 서술의 초창기에 비해 두 배 이상으로 확대되었다. 이제는 20세
기 전체를 포괄할 수 있게 되었다. 그런데도 아직 대부분의 현대문학사
는 이러한 양적 확대에 부응하는 의미 있는 기술방법론을 수립하지 못하
고 있다.기존의 현대문학사 혹은 현대시사 기술 방식의 주류는 단연 10년
단위의 서술이라 할 수 있을 것이다. 10년 단위의 현대문학사는 조연현의
『한국현대문학사』와 김종길의 「현대시」에서 비롯된다. 이후 수많은 현대
문학사류의 저술이 10년 단위로 기술되고 있다. 김종길은 자신의 독자적
인 기준에 따라 '1908년~1918년, 1919년~1929년, 1930년~1944년, 1945
년~1954년, 1955년~1960년대'로 정밀하게 시기 구분을 하고자 시도하
였다. 그러나 이러한 방식 또한 같은 부류의 한 변형이라 할 것이다. 우리
의 현대문학사가 1920년대와 1930년대를 중심으로 할 때에는 10년 단위
의 서술이 온당한 하나의 기술 방식이겠지만 100년여의 시기를 거의 10년
단위로 나누는 최근의 경향은 매너리즘에 빠진 결과라 아니할 수 없다.

홍문표의 『한국현대문학사 I · II』는 개화기부터 1990년대에 이르기까
지의 한국현대문학사를 성실하게 정리한 최근의 역작이다. 이 저서 또한
대략 10년을 단위로 시기를 나누어 각 시기별로 사회역사적 배경과 시, 소
설, 희곡, 비평 등을 기술하고 있으며 1945년부터 2000년까지를 다룬 제

Ⅱ권에서는 북한의 문학까지도 시대 배경과 각 장르에 걸쳐 빠짐없이 서술하고 있다. 그가 10년 단위로 나누어 문학사를 기술한 이유는 그것이 "우리에게 익숙한" 것이기 때문이라 한다. 이것은 가장 무난한 기술 방식인 듯하지만 때로는 중요한 부분을 간과할 위험성이 짙은 방식이다. 최동호가 『현대시의 정신사』(열음사, 1985)에서 70년대를 논하면서 매우 이례적으로 김현승과 전봉건의 시를 인용했던 데에서 볼 수 있듯이 어느 한 시대의 주류로 분류되지 않았던 중견 시인의 작품이 그 시대를 가장 적절히 드러내는 작품을 쓰고 있는 경우가 실제로 존재할 것이기 때문이다. 비슷한 문제점은 유행하는 담론 중심의 기술 방식을 비판할 다음 장에서도 제기될 것이다.

　10년 단위로 나누는 데에 그치지 않고 그것을 다시 장르별로 나누어 각각 한 사람이 어느 한 부분만을 집필하는 것은 지나친 편의주의에 의한 문학사 기술이라 하지 않을 수 없다. 이러한 10년 단위의 문학사 기술의 유혹에 가장 약한 것은 필자가 10여명에서 40여명에까지 이르는 공동 저작의 문학사이다. 김윤식 · 김우종 외 30인의 『한국현대문학사』(현대문학, 1989), 최동호 편의 『남북한 현대문학사』(나남출판, 1995), 신동욱 편의 『한국 현대문학사』(집문당, 2004), 박철희 · 김시태 편의 『한국현대문학사』(시문학사, 2005), 오세영 외의 『한국현대시사』(민음사, 2007) 등이 그 예이다. 이들 저서들은 부분적으로는 차별성을 보이지만 기본적으로 10년 단위의 기술 방식을 채택하고 있다.

　김윤식과 김현 공저의 『한국문학사』를 읽으면서도 이 부분은 누구의 글인가를 확인해가면서 읽었던 기억을 가지고 있는 필자로서는 김재용 외 3인의 『한국근대민족문학사』를 접하고는 필자가 3인이라는 사실에 어떤 의구심을 가지지 않을 수 없었다. 그러나 필자들의 성향이나 관점이 비교적 유사하다는 것과 이들이 치열한 토론과정을 거쳤다는 사실, 그리고 제목에 '근대'와 '민족'이라는 사상적 성향을 드러내는 어사가 포함되어 있다는 사실을 들어 이 저술이 일정 부분 의미 있다는 것을 수긍한 바 있다. 하지만 그 뒤에 간행된 위의 편저들에 대해서는 그 의의를 이해하기 힘들었다. 김윤식·김우종 외 30인의『한국현대문학사』는 책을 펴낸 주체가 '(주)현대문학 편집부'이다.『조선문학통사』의 편자가 북한의 사회과학원 문학연구소인 것과 큰 차이가 없어 보인다. 두 책의 머리말에서 우리는 유사한 언급을 대하게 된다.

가) 이 책의 집필에는 해당 부분의 연구자가 망라되어 그 집체성이 발휘된 우점이 있는 반면에, 그 문체상 총일을 원만히 기하지 못한 약점도 없지 않다.(사회과학원 문학연구소 편,『조선문학통사』, 1959)

나) 이 책에서는, 우선 남북의 분단을 문학사 수준의 작업에서라도 극복한다는 과제를 각 필자가 모두 인식한 데서 집필에 착수하였다. 다루는 자료와 전공이 다르나 통합된 문예사를 기술함으로써 분단적 불구성을 치유하고 이념의 건강성을 가능한 한 세워보는 작업으로서 이 책의 뜻은 인정될 수 있다.

　또 이 책은 작품들의 일정한 대표성을 염두에 두고 기술되어 있으므로, 침소봉대하는 과도한 연역적 논리가 배제될 수 있었다고 보인다. 그러나 여러 필자들의 관점이 서로 다른 점이 있으므로, 완전히 통일된 것으로는 볼 수 없지만, 그 대신 서로 다른 개성이 한 체계 속에서 기여하는바 학문에 있어서 일정한 민주적 기능에 관한 가능성의 실현으로서 독자적인 뜻이 담겨 있다.(김윤식·김우종 외 30인,『한국현대문학사』)

다) 각자가 전공으로 하고 있거나 학위논문을 쓴 분야의 항목에 대해서 집필의 책임을 맡았기 때문에 서술 내용의 신뢰도가 높음은 물론 최근까지 학계에서 이루어진 연구 성과와 국문학 연구가 장차 나아갈 방향까지도 함축되었으리라고 믿는다.(신동욱 편,『한국 현대문학사』)

가)는 집체 집필의 장점과 단점을 균형 잡힌 시각으로 서술하고 있는 반면, 나)에서는 그와 비슷한 우려를 하면서도 분단 극복의 문예사를 기술하는 것이라든가 이념의 건강성을 세운다든가 하는 식의 지나친 의미 부여를 하는가 하면, 집필 인원이 여러 명인 것에 대하여 '민주적 기능에 대한 가능성의 실현'이라는 무리한 자기변명을 하기도 한다. 다)는 42명이라는 기록적인 필자가 참여한 신동욱 편의 『한국 현대문학사』 머리말의 한 구절이다. 이러한 언급은 가)에서 말하는 장점을 좀더 구체적으로 적시하고 있는 것으로 어느 정도 타당성이 있기도 하다. 그러나 한편 문학사라는 것이 그런 방식으로 씌어진다면 그것은 문학사라기보다는 문학사에 관한 지식의 집적이 아닐까 하는 회의를 품지 않을 수 없다. 더구나 만일 편집 방침에 대한 일정한 합의라든가 원고가 수합된 후의 충분한 상호 토론의 장마저 없었다면 개개의 훌륭한 원고의 집합은 무슨 의미를 갖는 것일까. 이런 방식이 물론 아동문학과 해외 한국문학을 이 책에 포함시키는 데에는 결정적으로 편리하게 작용했을 것 같다. 지식의 양이나 범위를 확대하는 데에는 무척 유용한 방식이기 때문이다. 그러나 다)의 바로 앞에서 "이 책을 이용하는 많은 독자들의 요구도 문학 일반의 역사가 아니라 시문학이나 소설문학 같은 개별 장르사에 있다고 판단된다."고 하는 것은 문학사 저술을 개별 장르를 시대별로 나누어 기술한 단순한 모음집 혹은 현 수준에서의 현대문학연구의 현황에 대한 소개물 정도로 생각하는 그릇된 판단에서 나온 것이 아닐까 하는 의구심을 떨칠 수 없다.

최동호 편의 『남북한 현대문학사』는 해방 50년의 남북한의 문학을 하나의 시대구분에 포괄하되 각각의 문학적 전개를 다루는 기술방법을 택함으로써 이후의 문학사 기술에 기여한 바 있으나 해방 이후만을 다루고 있다는 점에서 일정한 한계를 지닌다. 박철희·김시태 편의 『한국현대문학사』는 16명의 중견 학자들이 참여한 저술로서 비교적 책임 있는 집필 양태를 보이고 있으나 앞서 제기한 문제점들로부터 자유로울 수는 없다. 이상과 같은 작업들에 대규모의 인원을 동원할 수 있다는 것은 우리 사회가 학연, 지연과 기타의 인연으로 엮인 '미풍양속'의 사회라는 반증이기도 할 것이다.

사조나 유파 혹은 유행 담론의 유효성, 현대시사의 기술 범위

현대문학사를 저술한 임화, 백철 등의 초창기 문학사가들은 역사적 배경을 중시하는 것은 물론이고 문예사조나 유파의 영향 혹은 문예잡지의 성향에 주목하는 경향이 있다. 이후의 문학사가들도 이를 계승하는 한편 해방기 이후의 문학을 정리하는 과정에서는 당대에 유행하는 담론들, 예를 들어 실존주의, 전쟁문학, 신서정시, 순수문학, 참여문학, 민족문학, 민중해방문학, 노동문학, 해체시, 도시시, 생태시, 정신주의, 여성주의, 미래파 등을 중시하는 모습을 보이고 있다.

가) 이 시기는 또한 전술(前述)한 자연주의 문학의 퇴화와 세기말적 혹은 '데카당'적인 낭만파주의문학 등의 분화 발전과 신경향파문학과의 세대교체기에 해당한다.(임화, 「조선신문학사론서설」, 조선중앙일보, 1935. 11. 7)

나) 근대적인 의미의 신문학운동이 조선문학사상에 등장된 것은 직접 근대사조라는 세계역사의 물결이 조선에 밀려들어온 그 지반 위에 동기가 된 것이며 또한 그 근대사조의 변천에 의하여 조선의 신문학이 성장되고 발전되어 온 것이다.
　　그 의미에서 우리가 조선신문학사를 쓸 때엔 그 근대사조를 무시하고 쓸 수가 없을 뿐 아니라 근대사조의 변천과정에 대한 부단(不斷)의 관찰을 해가는 가운데 써나가는 것은 문학사를 정당하게 쓰는 유일한 방법론이

되리라고 생각한다.(백철, 『조선신문학사조사』(수선사, 1948, 10쪽)

다) 시문학사의 단계에 대한 또 하나의 문제점은 우리의 근대시와 현대시의
분수령을 어느 시기로 잡느냐 하는 문제이다. 이에 대해서는 1925년의 '조
선 프롤레타리아 예술동맹'의 발족을 계기로 하는 카프(KAPF) 시인의 신
경향파 시로써 현대시에의 분수령을 삼는 견해와 1930년대의 『시문학』(詩
文學) 동인의 서정시 운동으로 우리 시의 현대에의 분수령을 삼는 견해와
1935년의 모더니즘 운동으로써 그것을 삼자는 견해가 있다. 나는 둘째 견
해, 곧 1930년대의 '시문학파(詩文學派)' 운동을 현대시에의 분수령으로 삼
고 있다.(조지훈, 「한국 현대 시문학사」, 『조지훈전집2 · 시의 원리』, 나남출
판, 1996, 268-269쪽)

가)는 한국 현대문학사에 대한 서술을 처음 시도한 임화가 1924년을 바
라보는 시각을 간명히 드러내고 있다. '자연주의', '낭만파주의'(여기서 우리
는 '…파'와 '…주의'가 이미 당대 문인들의 무의식을 지배하는 용어가 되어 있음
을 확인하게 된다), '신경향파', '세기말적', '데카당적' 등의 용어를 사용하여
문학사를 서술하는 것이 자연스러운 일이었음을 알 수 있다. 백철이 나)에
서 근대사조라 한 것은 '낭만주의', '자연주의' 등의 문예사조뿐만 아니라
'개화사조', '퇴폐주의', '민족주의', '이상주의' 등 사회역사와 철학적 조류
까지도 포괄하는 언급이다. 이 저서가 이후 많은 비판을 받게 된 것은 제
목에 '문학사조'라는 명칭이 들어 있는데다가 근대사조의 변천과정을 관
찰해 가면서 쓰는 것이 문학사를 '정당하게 쓰는 유일한 방법'이라고 특별
히 강조를 했기 때문이다. 박철희는 백철의 『조선신문학사조사』에서의 '신
문학'의 개념이 이광수의 「현상소설고선여언」에서 임화의 「조선신문학사
론서설」을 거쳐 이어온 것이라는 일련의 흐름을 지적하면서 백철이 선배
문인들의 영향 하에 있음을 강조한 바 있다. '사조'에 관한 개념 또한 우리

가 살펴 본 바와 같이 임화의 서술과 동궤의 것임을 확인할 수 있다. '한국 현대 시문학사'라는 명칭을 최초로 사용한 다)의 저술은 조지훈이 1964년 6월부터 이듬해 3월까지 『문학춘추』에 연재하다 중단된 것으로 아쉽게도 기술 범위가 개화기 시가를 벗어나지 못하고 있다. 그러나 '시문학사의 방법'과 '시문학사의 시대구분' 및 그 시기의 중요한 유파에 대한 언급 등은 이후의 문학사가들에게 일정한 영향을 미치게 된다. 그가 현대시사 시대 구분을 하면서 ①신체시의 남상(1894~1918)에 '개화가사-창가-신시'를, ②근대시의 여명(1919~1934)에 '상징시-노만시-카프시'를, ③현대시의 전환(1935~1944)에 '순수시-모더니즘-휴머니즘'을, ④해방시의 조류(1945~1954)에 '서정시파-사회시파-전쟁시'를, ⑤ 전후시의 제상(諸相)에 '아방가르드의 후예-신서정시의 기수-실험하는 시인들'을 논의할 예정이었음을 언급한 것이 그러한 예라 할 수 있다. 인용한 다)에서는 가), 나)에서와 같은 맥락에서 '모더니즘', '시문학파' 등의 용어가 자연스럽게 논의의 중심을 차지하고 있음을 확인할 수 있다.

문제는 문예사조 혹은 유파 중심의 문학사 기술을 비판하는 많은 문학사가들의 문학사가 실제로는 이들의 영향권 내에서 벗어나지 못하고 있으며 그 서술의 수준 또한 특별한 것이 없다는 사실이다. 문예사조나 유파의 문제에 더하여 유행하는 담론 중심의 기술이 대세를 이룰 경우 유행에서 조금 비껴나 자신의 세계를 구축하고 심화시키면서 서정시의 본령에 닿는 훌륭한 시를 창작하고 있는 시인들이 논의의 사각지대에 놓이게 되는 문제는 학자들이 진지한 토론을 통해 해결해야 할 문제이다. 시인들은 젊은 시절 등단 당시나 유행 담론 형성에 간여했을 때 주목을 받는 경우가 많았으며 과거에는 그것이 나름대로 의의를 지닐 만 했다. 그러나 당시에도 유행사조와는 무관하게 자신의 길을 간 김소월, 한용운, 윤동주 등이 문학사에서 높은 평가를 받고 있듯이 지금도 그러한 일이 반복될 우려가 있는 것이다. 더구나 평균 수명이 길어진 때문인지 정진규, 문인수, 천양희, 마종기 등과 같이 중년을 넘어 선 나이에도 불구하고 좋은 작품을 발표하여 새로운 전성기를 맞이하고 있는 문인들이 점점 많아지고 있는 작금의 현실에 대한 적절한 고려가 있어야 하겠다. 가), 나), 다)와 같은 저술은 기술의 범위가 매우 한정적인 데에 반해 근래의 문학사는 기술 범위를 서술 당시까지로 하는 것이 추세이다. 따라서 문학사 기술의 범위가 현저하게 확장되고 있다. 범위가 커지면서 이를 수용하는 효과적인 방안으로 유행 담론을 중시하는 방식이 채택된 것이라 할 수 있다. 여기서 우리는 또 하나 근본적인 문제와 부닥친다. 문학사 기술은 오랜 시일 동안 이어져내려 온 문학의 흐름과 사회역사적 배경을 깊이 인식한 바탕에서 개인의 작품과 집단적 성향 등에 대한 엄정하고도 수준 높은 지적 판단을 수행하는 작업인데 지금 이곳에서 활발하게 활동하고 있는 문인들에 대하여 그러한 엄정한 객관적 평가가 가능할 것인가 하는 점이다. 살아있는 문인과 문학사 집필자와의 친소관계를 비롯하여 이른바 문단 권력의 문제 등등 여러 가지 문제가 있음에 틀림없다. 지금으로서는 후대에 기술될 문학사를 통해 문제점들이 정리, 보완되리라 기대하는 수밖에 없을 것이다.

제언을 겸한 마무리-계보에 대한 인식, 기술 대상의 다양성 확보 등

의미 있는 문학사를 저술하는 문학사가가 되는 것은 많은 문학연구자들과 문학비평가들의 꿈이기도 하다. 그러나 고전문학을 포함한 한국문학사나 현대문학사는 물론이고 현대시사와 같은 개별적인 장르사라 하더라도 그것을 저술한다는 것은 한 개인의 노력으로서는 도달하기 어려운 경지처럼 느껴지기도 한다. 최근에 비교적 많은 수의 현대문학사와 현대시사가 씌어지고 있는 것은 이제 우리의 연구 수준이 상당한 수준에 도달했음을 말해주는 신호이기로 하다. 한 사람의 저서이건 여러 사람의 공저이건 문학사가 여러 권 간행됨으로써 우리는 문학사 연구와 문학사 저술에 상당한 도움을 받게 되었다. 이제 우리의 현대문학사는 조동일의 『한국문학통사』가 지닌 거시적인 안목과 구비문학, 한문학, 영화, 대중가요, 아동문학, 수필 등을 포괄하는 다양성을 확보하려는 노력과 함께 북한 문학의 현황과 미래까지도 염두에 두는 민족통합적 시각을 구축해가는 것이 필요하게 되었다. 나아가 최근에 연구가 시도되고 있는 지역문학에 대한 관심과 함께 해방 전 만주지역의 시문학이나 중국 조선족의 문학, 소비에트와 중앙아시아 고려인의 문학을 비롯한 재외 한국인의 문학을 아우르는 폭넓은 시각 또한 요청되는 시점에 이르렀다.

범위를 한국의 현대시사에 국한시켜 보더라도 우리에게는 이제까지의 10년 단위의 기술이나 유파나 유행 담론 등을 역사적 시각에서 고려하면서도 그에 함몰되지 않고, 불변하는 문학의 속성을 잣대로 하여 시인과 그들의 작품을 현대시사의 좌표 속에 위치시키려는 노력이 필요한 시점이라 할 수 있다. 김춘수와 김인환 등이 제기한 계보학적 사고를 문학사에 도입하는 것이 현대시사 기술의 새로운 한 방법이 될 수도 있을 것이다.

김춘수는 그의 저서 『시의 위상』(둥지, 1991)에서 한국의 현대시의 계보를, 사적인 개인의 감정을 드러낸 아주 서정적인 가닥, 사회의식이나 역사의식이 두드러진 현실참여적인 가닥, 그리고 문화의식이나 예술적 차원에서의 시대감각이 민감한 근대파(모더니즘)라고 일컬어지는 가닥 등 세 가지로 분류할 수 있다고 하였다. 서정적인 시인의 계보로는 김억, 김소월로부터 서정주, 박재삼, 박용래를, 현실 참여적인 시인으로는 최남선, 이광수로부터 이상화, 유치환을 거쳐 김수영, 김지하, 고은을, 근대파 시인으로는 황석우로부터 정지용, 이상, 김기림을 거쳐 김종삼, 이승훈, 오규원을 들었다. 그런데 초기의 서정주와 김수영은 세 번째 계보로도 취급되어야 한다고 하였다. 고은도 초기시의 성향은 이후의 시들과 다르다고 하였다. 김인환은 「이상 시의 계보」(『기억의 계단』, 민음사, 2001)에서 "한국현대시의 형식은 시조와의 거리를 척도로 규정된다."고 하면서 김소월의 시는 시조에 가까이 있고, 정지용의 시는 조금 떨어진 위치에, 이상의 시는 가장 떨어진 위치에 배정할 수 있다고 하였다. 김소월의 시가 시조와 현대시의 경계에 있다면 이상의 시는 시와 비시의 경계에 있다는 것이다. 그러면서 그는 1950년대 시인들은 정지용과 이상의 영향 아래 시를 지었고, 1970년대와 1980년대 시인들은 서정주, 김춘수, 신동엽, 김수영의 영향을 받았다고 하였다.

이러한 계보학적 고찰은 비록 간략한 서술이기는 하지만 대가급 시인과 비평가의 혜안이 느껴지는 깊이 있는 사색의 산물이라 할 수 있다. 두 글이 서로 일치하는 것은 아니지만 현대시사의 시인들을 크게 분류하는 기준을 제시했다는 점에서 우리에게 시사하는 바가 많다. 특히 김춘수가 계보를 언급하면서도 각 시인이 초기에 지녔던 다른 성향을 간과하지 않은 것은 문학사 기술에서도 참고해야 할 부분이다. 이들의 계보학적 분류방식을 참고하여 기법을 위주로 하여 나름대로 다음과 같은 간략한 계보를 설정하여 보았다.

전통적인 시인들 : 김소월, 서정주, 박목월, 박재삼, 김지하, 박노해, 문태준
통합형의 시인들 : 한용운, 정지용, 임화, 김종삼, 정진규, 김혜순, 박주택
실험적인 시인들 : 이상, 조향, 김수영, 김춘수, 오규원, 황지우, 장정일, 황병승

지금까지의 통상적인 분류와는 조금 다른 형태가 나타나 독자들이 의아해할 수도 있을 것이다. 이것은 김인환이 김소월과 이상을 양 극단에 위치지우는 방식과 김춘수가 세 가닥의 계보를 언급한 것을 종합, 지양하여 '기법'이라는 기준에 따라 한국의 현대시인들을 나누어 본 것이다. 여기서는 김춘수의 분류 가운데 '현실참여적'인 계열은 상정하지 않음에 따라 그 시인들은 본고에서 설정한 세 갈래로 흩어지게 되었다. 가장 모호한 부분이라 할 '통합형의 시인들'은 전형적으로 '전통적'이거나 '실험적'인 시인들

을 제외한 모든 시인군이 포함되는 가장 커다란 계보라 할 수 있다. 이들 시인들은 다시 몇 가지의 계열로 분류될 수도 있을 것이다. 기법을 분류 기준으로 삼는다고 했지만 실제로 기법은 내용과 동떨어진 것이 결코 아니라는 점에서 이 분류의 문제점이 노출된다. 그러나 기준이 명확하지 않은 분류는 현상에 매몰되는 경향이 있다. 계보학적 분류라는 발상은 이를 최대한 피해보고자 하는 데에서 나온 것이다.

이상과 같은 계보를 전제로 한 상태에서 현대시사를 새로 쓴다면 수많은 시인들과 그 작품들, 그리고 수많은 유파와 유행 담론 등으로 복잡다기한 양상을 보이고 있는 현대시단의 모습을 조금이라도 수월하게 정리할 수 있을 것이다.

100년 만에 다시 생명을 얻은 '청춘'
―『문학청춘』 창간에 부쳐

　20세기의 초입인 1908년과 1914년에 최남선은 『소년』과 『청춘』을 발간하여 이 땅의 젊은이들에게 세계를 바라보고 호흡할 수 있는 창을 열어주었다. 일제의 강점이 현실화되고 있던 시기에 그는 이 두 종합교양지에서 화보를 통해 직접 외부 세계의 다양한 문물을 보여주었다. 소년이나 청년과 같은 젊은이들을 계몽의 대상으로 삼은 것은 기성세대의 실패를 그들이 극복해주기를 바라는 희망이 담긴 것이라 할 수 있다. 『청춘』 창간호의 표지에 그리스 조각풍의 건장한 신체를 노출한 조선의 청년이 당시 우리 국토의 상징이었던 호랑이와 함께 서 있는 것은 이러한 시대적 여망을 웅변하는 것이었다. 그 시절의 『청춘』이 100년을 훌쩍 뛰어넘어 21세기의 초두에 『문학청년』으로 부활하고 있다.

　'청춘'이라는 화두는 정치, 사회, 문화의 역동성과 연관하여 끊임없이 논의되고 있지만 문학과는 피치 못할 숙명적인 관계이다. 청춘―곧 젊음의 끓는 피와 용기, 그리고 그로부터 분출되는 상상력은 세상을 이끄는 동력의 하나지만 문학의 관점에서 보면 그것은 거의 문학 그 자체이다. 그러나 젊은 시인들이 직접 '청춘'을 언급할 때 종종 그것은 어떤 좌절과 연계되곤 한다. 1920년대의 김동환은 장편서사시 「승천하는 청춘」에서 당시 일본 동경의 한 교회당에서 열린 하기대학강좌에서 처음 만나고 관동대지진이 발생한 후 우연히 조선인수용소에서 다시 만난 재일유학생 남녀의 비극적 사랑을 승화시키고자 시도하였고, 정지용은 「해협」에서 "나의

靑春은 나의 祖國!"이라는 경구를 던지며 현해탄을 오가는 것으로 짐작되는 젊은이의 '고독'과 '눈물', '연애' 등으로 표상된 비등하는 감정의 정화와 '태양'으로 비유된 미래에의 희망을 노래한 바 있다. 1980년대의 기형도는 뚜렷한 이유도 없이, 그래서 더욱 무섭다고 했지만 "가끔씩 어떤 홀연한 계기를 통해서/우리는 우리의 全靑春이/한꺼번에 허물어져버린 것같은/슬픔을 맛볼 때가" 있다고(「레코드판에서 바늘이 튀어오르듯이」) 썼다. 같은 시에서 그는 "나는 마른 나뭇가지처럼 힘없이/천천히 탁자 아래로 쓰러졌다"고 했는데 5년쯤 지나 그는 이처럼 힘없이, 그리고 홀연히 세상을 등지고 말아 우리를 우울하게 했다. '청춘'은 이처럼 젊은이들의 시 속에서 다양한 모습으로 분화한다. 시대와 상황에 대한 그들의 고뇌는 직접적으로 표출되기도 하지만 깊이 숨어있기도 한다. 외부 세계와 무관한 듯이 보이는 작품에서도 종종 시대적 번뇌의 그림자가 느껴진다.

山에
山에
피는꽃은
저만치 혼자서 피어있네

山에서우는 작은새요
꽃이좋아
山에서
사노라네

— 「산유화」 부분

비교적 안정된 정서를 보여주고 있는 「산유화」는 김소월이 20대 중반에 발표한 작품이다. 이 작품의 '저만치'에 주목한 '청산과의 거리' 혹은 '우주적 연민'이라는 비평적 수사에 대하여 우리는 감탄하지 않을 수 없다. 이 시에 깃들어 있는 비애와 우수의 깊이와 너비에 대한 탁월한 명명이었던 것이다. 그러나 이렇게 고공비행으로서만 만족할 수는 없다. 좀더 현실적이고 구체적인 판단을 보태고 싶다. 수많은 산에서 피고 지는 수많은 꽃, 그것도 이름을 들지 않고 그냥 꽃이라고 함으로써 지천으로 피어나는 모든 생명, 혹은 이름 없이 살다 가버리는 이 땅의 무지렁이들을 의식케 하는 이 '꽃'이 '저만치', 그것도 '혼자서' 외로이 피어 있다고 할 때의 소월은 도대체 어떤 정신의 경지에 도달한 것일까? 바로 다음 구절의 영탄조는 자신이 '작은새'로서 꽃이 좋아 산에서 울고 있음을 깨달은 데에서 오는 외침이다. 새삼스레 이렇게 시를 쓰고 있는 자신을 재발견한 것이리라. 「진달래꽃」, 「초혼」 등에서 떠나갈 님, 죽은 님을 그리며 격정적으로 절규하던 그는 청춘의 어느 순간 개별성과 보편성을 통합하여 이처럼 상대적으로 평정한 상태에 도달하고 있다. 꽃이 피고 지는 우주적 순환의 원리에 대한 확신과 함께 자신이 처한 자리에 대한 명확한 인식에 도달한 것이다. 이 것은 윤동주가 "그러나 겨울이 지나고 나의 별에도 봄이 오면/무덤가에도 파란 잔디가 피어나듯이"(「별 헤는 밤」)라고 했을 때의 '나의 별'에 대한 인식과 궤를 함께 한다.

20대 청년의 상상력은 또한 다음과 같은 시에서 전 인생을 관조하는 힘을 보여준다.

마음도 한자리 못 앉아 있는 마음일 때,
친구의 서러운 사랑 이야기를
가을햇볕으로나 동무삼아 따라가면
어느새 등성이에 이르러 눈물나고나.

제삿날 큰집에 모이는 불빛도 불빛이지만

해질녘 울음이 타는 가을江을 보것네.

저것봐, 저것봐,
네보담도 내보담도
그 기쁜 첫사랑 산골 물소리가 사라지고
그 다음 사랑 끝에 생긴 울음까지 녹아나고,
이제는 미칠 일 하나로 바다에 다와 가는,
소리죽은 가을江을 처음 보것네.

　　　　　　　　　　　－「울음이 타는 가을 강」 전문

　박재삼은 이 시에서 친구의 사랑 이야기와 해질녘 하구에 드리운 낙조
가 어우러져 빚어내는 아름다움과 서러움의 조화를 그려내고 있다. 화자
는 친구를 언급하며 이야기의 실마리를 풀어가고 있지만 실제로 이것은
자신의 이야기와 구분되지 않는다. 불타는 듯한 석양이 잔잔한 하구의 물
위에 비치는 것을 보며 화자는 제삿날의 흥성한 불빛을 연상하기도 한다.
'제삿날'의 복합적 의미는 3연의 '소리죽은 가을江'에 연결된다.
　3연의 '첫사랑의 산골 물소리', '그 다음 사랑 끝에 생긴 울음', '소리죽은
가을江'은 순차적으로 서술되어 사랑의 기쁨과 가변성, 사랑의 고뇌, 인생
의 회한으로 이어지는 인간의 삶의 양태를 비유적으로 표현하고 있다. 이
에 앞서 화자는 '저것봐, 저것봐' 하며 우리의 주의를 급격히 잡아챈다. '네
보담도 내보담도' 라고 하여 마치 1연의 '친구'가 옆에 있어 그에게 말하
고 있는 듯한 착각을 불러일으키기도 한다. 실제로는 이야기를 듣는 독자
인 나에게 밀착하여 속삭이는 것이다. 그가 무언가 새로운 것을 발견했음
을 말해준다. 그것은 무엇일까? 그것은 너보다도 나보다도 어느 누구보다
도 어떤 것보다도 강렬하게 그들 모두를 품에 안고 있는 '가을江'이다. 그
것은 젊은 시절의 '물소리', '울음' 따위를 모두 받아들이고 충분히 소화하

여 이제는 소리도 없이 막 바다로 소멸해 버리기 직전, 미치도록 찬란한 빛을 발하는 마지막 순간의 '가을 강'이다. 젊은 시절의 조지훈이 "西域萬里ㅅ길//눈 부신 노을 아래/모란이 진다."(「고사」)고 했을 때 그 역시 이러한 아름다움과 소멸의 미학에 주목하였던 듯하다. 이들 작품을 통해 우리는 젊음의 상상력이 환희와 서러움의 결합체로서의 인생의 끝까지를 보아내고 있음을 알 수 있다.

그렇다면 2연의 '제삿날'은 '가을江'과 어떻게 연결되는 것일까? 큰집의 제삿날은 흥성스러우면서도 한편으로는 죽음과 연관된 슬픔, 외경 등의 정서와 맞닿아있다. 이 또한 소멸을 앞두고 마지막 힘을 다하여 아름다운 광채를 뿜어내고 있는 '가을江'의 이미지와 내밀하게 연결된다.

이 작품의 화자는 마음이 가라앉지 않아 산등성이를 오르다 가을 강을 보게 되어 이런 발견을 할 수 있었다. 마치 랭보가 스스로를 시인이라기보다 보행자로 자처했던 것을 연상시킨다. 여기 저기 돌아다니며 새로운 세계를 접하고 그런 가운데 유형무형의 미지의 것을 보아내는 것이 랭보의 소위 '견자의 시학'이라면 바로 지금까지 살펴 본 젊은 시인들의 시세계가 그에 부합한다 할 수 있을 것이다.

이상의 다음과 같은 시구는 어떠한가?

　　나의아버지가나의곁에서조을적에나는나의아버지가되고또나는나의아버지의아버지가되고그런데도나의아버지는나의아버지대로나의아버지인데어쩌자고나는자꾸나의아버지의아버지의아버지의…… 아버지가되나니나는왜나의아버지를껑충뛰어넘어야하는지나는왜드디어나와나의아버지와나의아버지의아버지와나의아버지의아버지의아버지노릇을한꺼번에하면서살아야하는것이냐
　　　　　　　　　　　　　　　　　　　　　－「烏瞰圖 詩第二號」

'나'의 아버지가 졸고 있을 때 그는 그 자신의 역할과 아울러 그의 아버

지를 비롯한 선조들의 역할을 한 몸으로 감당하며 살아야 한다는 느낌을 받는다. 당대의 현실에 비추어 조상들의 무능을 의미하는 것으로 받아들여지기도 하지만 조금 시야를 좁혀 보면 자신의 시작에 대한 의미 부여라고도 볼 수 있다. 이상은 언제나 새로움을 지향했고 시에 있어서는 특히 형식에 대한 관심이 유난했다. 그는 전통적 시형식으로서는 도저히 자신의 시상을 펼칠 수 없다고 여긴 듯하다. 전대의 양식을 부정함으로써 그는 자신만의 세계를 펼칠 수 있었다. 또한 이 작품에는 자신의 작업을 주도하는 책임 있는 자세가 나타난다. 본인의 위상에 대한 의미 있는 재발견이라 할 수 있다.

이상화, 홍사용 등에게서 우리는 지금까지 논의해 온 바와는 조금 다른 방향에서의 청춘의 문학의 한 전형을 볼 수 있다.

〈마돈나〉지금은밤도, 모든목거지에, 다니노라 疲困하야돌아가려는도다,
아, 너도, 먼동이트기전으로, 水蜜桃의네가슴에, 이슬이맺도록달려오느라.
– 「나의 침실로」 부분

아! 한나제 눈을뜨고도이리든것은 나의病인가? 靑春의病인가? 한울이 붓그로운듯이 샛밝애지고 바람이 이상스러운지 속삭일뿐이다.
– 「몽환병」 부분

나는 王이로소이다 어머니의 외아들 나는 이렇게 王이로소이다
그러나 그러나 눈물의 王! 이 世上의 어느 곳에서든지 설움 있는 땅은 모다 王의 나라로소이다.
– 「나는 왕이로소이다」 부분

나가자! 집을 떠나서 내가 나가자! 내 몸과 내 마음아 빨리 나가자. 오늘까지 나의 목숨을 支保하여 준 고마운 恩惠만 사례해 두고 나의 생존을 비롯

하러 집을 떠나고 말자. 自足心으로 많은 죄를 지었고 彌縫性으로 내 양심을 시들게 한 내 몸을 집이란 〈隔離舍〉 속에 끼이게 함이야말로 우물에 비추이는 별과 달을 보라고 아무 쩜 모르는 어린아이를 우물가에다 둠이나 다름이 없다. 이따금 아직은 다 죽지 않은 양심의 閃光이 가슴 속에서── 머릿속에 번쩍일 때마다 네 마음 반쪽엔 自足이 먹물을 들인 것과 그 남은 반쪽에 彌縫── 파먹은 자취를 오── 나의 생명아, 너는 얼마나 보았느냐! 어서 나가자 ── 물들인 데를 씻고 이지러진 데를 끊어 버리려 내 마음 모두가 癌疾을 품고 움직일래야 움직일 수 없는 半身不遂가 되기 전에 나가자, 나가자── 힘 자라는 데까지 나가자!

─「출가자의 유서」(산문)중에서

이상화의 「나의 침실로」와 「몽환병」에는 '마돈나'와 '요정'이 등장한다. 두 시의 화자들은 몽매에도 이들을 그리워한다. 밤에는 울부짖고 낮에는 몽환 속에서 그녀를 만난다. 밤낮으로 이들을 그리워하는 근본 원인은 다름 아닌 '靑春의 病' 때문이다. 청춘의 에너지가 넓고 높고 먼 곳을 향하면 앞서 살펴본 시들에서와 같이 새로운 것을 보게 된다. 그러나 그 에너지가 자신의 몸 안에 갇히면 '마돈나', '요정'등을 찾게 된다. 새로운 시야를 확보하지도 못하고 갇힌 에너지의 분출구조차 찾지 못하면 비탄과 설움에 잠길 수밖에 없다. 그러나 홍사용은 「나는 왕이로소이다」에서 화자가 눈물과 설움 속에서도 몰락한 우리 민족을 끝까지 끌어안고 있는 모습을 보여준다.

이상화의 「출가자의 유서」에는 뿌리를 부정하고 떠돌 수밖에 없는 당대의 청년들의 심정이 극단적으로 표출되고 있다. 그러나 이 글은 죽으러 가는 이의 유서가 아니라 과거에의 반성과 미래에의 희망이 담긴 출가의 변에 가깝다. '출가'에서 '생존'이 비롯된다는 것은 그만큼 현재의 상황을 감옥과 같이 자유가 없는 곳, 에너지의 분출구 또는 상상력의 출구가 꽉 막힌 상태로 느낀다는 말이다. 자족과 미봉을 버린다는 것은 안이한 태도와 임기응변적인 생활태도를 근본적으로 바꾸어 양심에 거리낌이 없는 행동을 하겠다는 것이다. 집을 나간다는 것은 이러한 결연한 의지의 표상이다.

청춘의 감각과 청춘에의 회한이 어떻게 같고 어떻게 다를까? 윤동주와 최영미의 시를 통해 살펴보면,

가슴속에 하나 둘 새겨지는 별을
이제 다 못헤는것은
쉬이 아츰이 오는 까닭이오,
來日 밤이 남은 까닭이오,
아직 나의 靑春이 끝나지 않은 까닭입니다.

－「별 헤는 밤」 부분

4 · 19를 맞이해 나는 어떤 노래도 뽑지 않으리
나와 관계없이 내 속에 웅크린 기억
그 기억의 싱싱한 봄날, 다듬을수록 날이 서던 상처
모두 다 떠나거라
나도 모르게 내 속에 씨뿌린 열망
그 열망의 숱 많은 머리 틈으로 시때 없이 쳐들어오던 바람
모두 고개 숙이고 청춘의 뒷문으로 사라지거라

－「다시 찾은 봄」 부분

윤동주는 추억과 사랑과 쓸쓸함과 동경과 시와 어머니, 어릴 적 아이들의 이름, 가난한 이웃 사람들의 이름, 동물들, 시인의 이름 등등을 그리워하며 밤을 지세운다. 이들이 너무 멀리 떨어져 있다는 막막한 심경에서다. 시는 바로 이런 청춘의 감각 속에서 나온다. 우리 시인들 가운데 청춘이 다한 사람은 아무도 없다. 있다면 그는 이미 시인이 아닐 것이다. 그런데

시인 최영미가 기억, 상처, 열망, 바람을 '청춘의 뒷문'으로 보내고자 함은 어찌된 까닭인가? 무엇이 그렇게 억울하고 무슨 노래를 부르지 않겠다는 것이며, 거꾸로 무슨 노래를 그토록 부르고 싶은 걸까? 4·19는 최영미 시인 세대의 젊은 시절, 곧 청춘을 앗아간 정치적 압제와 그에 대한 저항의 상징이다. 청춘의 생명은 한편으로는 바로 이런 저항에 있다. 부모, 형제, 선생, 선배에 대한 반항에서부터 반민주, 반인권, 독재, 제국주의, 매판자본에 맞서는 저항에 이르기까지. 그러나 이런 거대 담론이 지배하는 사회에서 그 폭풍에 휩쓸려 청춘을 소모했던 작은 개인은 억울하다. 최영미가 "나의 봄을 돌려다오 / 원래 내 것이었던 / 원래 자연이었던"(「돌려다오」) 하고 외칠 때 그는 본래의 자신을 되돌아보며 흘러가버린 지난날을 아쉬워하는 것이다. 4·19를 맞이해 그는 과거식의 노래부르기를 중단하겠다고 선언하지만 습관이 되어버린 그의 혀가 "뜨거운 국수가락처럼 헐떡"인다. 그가 "서른, 잔치는 끝났다."(「서른, 잔치는 끝났다」)고 단언해도 결코 잔치는 끝나지 않는다. 그는 이제 새 노래를 불러야만 한다.

> 그러나 부러지지 않고 죽어 있는 날렵한 가지들은 추악하다
> — 「노인들」

기형도는 어째 이런 말을 했을까? 긴 겨울을 견뎌낸 나뭇가지들은 봄빛이 닿으면 목을 분지르며 떨어져야 자연스럽다고도 했다. 겉으로만 살아 있는 척하는 것은 죽은 것만도 못하다는 것이다.

'청춘'이라는 철 지난 어휘에 다시 생명을 부여하는 작업은, 줄기만 남기고 가지들은 모두 제거함으로써 시작되는 작업이다. 그리하여 문학이 나아가야 할 새로운 지평을 설정하는 일은 청춘을 되돌리는 것만큼이나 힘들지 모른다. 지금과 같은 혼돈의 터널을 혼신의 힘을 다하여 헤쳐가노라면 '저만치'에 또 다른 르네상스의 광휘가 기다리고 있을지도 모른다. 이

제 우리는 20세기 초의 선조들이 지니고 있었던 사명감과 열의를 되새기
며 새로운 문학의 시대를 열어가야겠다.

II

경계인, 그 고뇌의 시적 역정
— 이용악론

1

1930년대의 작가 이용악의 작품이 최근 들어 새삼스레 전면에 부각되고 있다. 용악의 시를 '국내외 유이민의 집단적 비극을 민족 모순으로 명확히 인식한 민족시'로 내세운 윤영천의 글(『한국 근대 리얼리즘 작가연구』, 문학과 지성사, 1988)을 비롯하여 약 2년 전부터 여러 학자, 비평가들에 의해 개진된 이용악과 그의 문학에 대한 논의는 이미 상당한 정도의 심도를 획득한 것으로 보인다. 지난해에는 『이용악시전집』(윤영천 편, 창작과 비평사, 1988)도 간행되었다. 해금문인들 가운데 정지용, 김기림, 백석 등에 비해 비교적 덜 알려진 이용악 시인에 대한 연구가 이처럼 신속히 진행된 것은 일차적으로 온전한 문학사에 대한 연구자들의 해묵은 갈구에 기인하는 것이지만, 그의 작품이 우리의 주의를 끌만한 다양한 의미의 진폭을 지니고 있음을 반증하는 것이기도 하다.

이용악은 1930년대와 1940년대에 각각 2권씩, 모두 4권의 시집을 상재한 바 있다. 그의 작품에 대한 이제까지의 평가를 보면 민중시, 민족시, 친일시, 리리시즘, 리얼리즘, 모더니즘 등등으로 현대시의 제 성향을 결집해 놓은 듯 다채롭다. 이러한 각종의 평가들은 용악 시의 일면을 지적하는 것으로 일단 받아들일 수 있다. 그러나 민족시와 친일시, 리얼리즘과 모더니즘(또는 리리시즘) 등의 대립항을 어떠한 형태로 한 시인이 공유하며, 그것은 어디에서 기인하는 것인가 하는 강한 의문을 품지 않을 수 없다. 이러한 의문점을 풀어갈 단서로써 용악의 빈한한 가계, 노동체험 등에 바탕을 둔 민중현실에의 공감과 식민지 지식인으로서의 주변적인 위치를 중심축으로 설정한 김종철의 견해(『창작과 비평』,1988. 가을호)는 주목할 만하다. 하지만 우리는 여기서 보다 섬세한 관찰을 요하는 몇 가지 문제를 제기할 수 있다. 그것은 용악의 빈한한 가계, 어린 시절의 노동체험 등이 그대로 민중현실에의 공감으로 이어지고 있는가 하는 문제와 함께 민중적 감성과 주변적 지식인으로서의 감성과는 어떠한 관련이 있는가 하는 것이다. 이와 함께 우리가 이 글에서 다루고자 하는 더욱 근본적인 문제는 용악시의 궁극적 지향이 어디에 있는가를 밝히는 것이 된다. 문화양식이 다른 두 집단에 동시에 귀속되는 사람, 아동기와 성인기의 과도기에 처한 청년의 입지를 규정한 경계인(marginal man)이라는 사회, 심리학적 개념은 용악의 작품성향 전반을 이해하는데 더욱 역동적인 개념으로 활용될 수 있을 것이다. 용악 시에 나타나는 다양한 양상들의 혼재현상은 이러한 시각으로 위의 문제들을 풀어 가는 가운데 좀더 명확히 이해될 수 있으리라 믿는다.

2

머언 海路를 이겨낸 汽船이
港口와의 人煙을 死守하려는 검은 汽船이
뒤를 이어 入港했었고
上陸하는 얼골들은
바늘 끝으로 쏙 찔렀자
솟아나올 한방울 붉은 피도 업을 것 같은
얼골 얼골 희머얼건 얼골뿐

埠頭의 인부꾼들은
흙을 씹고 자라난 듯 꺼머틱틱했고
시금트레한 눈초리는
푸른하늘을 쳐다본 적이 없는 것 닽앴다
그 가운데서 나는 너무나 어린
어린 노동자였고—

물위을 도롬도롬 헤여다니던 마음
흩어졌다도 도롬도롬 헤여다니던 마음
흩어졌다도 다시 작대기처럼 꼿꼿해지던 마음
나는 날마다 바다의 꿈을 꾸었다
나를 믿고저 했었다
여러 해 지난 오늘 마음은 港口로 돌아간다
埠頭로 돌아간다 그날의 羅津이여

—「항구」 부분

　앞의 인용시에서도 볼 수 있듯이 용악의 시에는 그의 개인사가 매우 구체적으로 나타나 있다. 그의 첫 시집 『분수령』에 수록된 이 시의 배경은 '太陽이 돌아온' 시간, 동트는 아침시간의 한 항구이지만, 아침이 주는 이미지와는 상반된 어떤 어두운 그림자가 전편에 짙게 드리워 있다. 거친 파도와 싸우며 멀고 험한 뱃길을 헤쳐 왔을 선원들의 얼굴은 생명감을 상실하여 해골을 연상케 한다. 부두 노동자들의 모습에서도 건강미 넘치는 활력이나 생에의 의욕 같은 것은 조금도 찾아볼 수 없다. 모두가 마치 강제노역에 시달리는 이들 같아 보인다. 어린 노동자의 눈에 비친 노동의 현장은 이처럼 기력이 상실된, 스산한 무채색이 감도는 곳이었다. 이런 분위기 속에서도 화자는 당시 어떠한 '꿈'을 지니고 있었음을 상기하며 어린 시절로 돌아가고자 한다. 성장한 1930년대의 용악에게 있어서 어린 시절의 노동체험은 그 실체로서보다는 오히려 그때 지녔던 '꿈'의 이미지로 기억되고 있음을 알 수 있다.

『분수령』에는 용악이 성장한 후에 겪은 공사장에서의 노동체험과 연관된 두 편의 작품이 함께 실려 있다. 인용시와는 달리 현재의 체험과 감상을 형상화한 작품들이다. 여기서 작가는 "산을 허물어/바위를 뜯어 길을 내고/길을 따라 집터를 닦는다/쓰러지는 동무……/피투성이 된 頭蓋骨을 건치에 싸서/눈물 없이 묻어야 한다"(「오늘도 이 길을」)와 같은 충격적인 사실과, 동일한 필름이 돌아가듯 날마다 반복되는 일과로 인한 권태감을 같은 비중으로 다루고 있다. 한편 그는 "꿈 같은 이야기는 이야기의 한마디도/나의 沈默에 侵入하지 말어다오"(「나를 만나거든」)라고 하여, 미래에의 막연한 희망과 동경마저도 냉엄한 현실에 앗겨 버린 자신의 모습을 그리고 있다. 이 두 편의 시에 나타나는 노동자로서의 용악의 모습은 「항구」의 선원 또는 부두 노동자의 모습과 흡사하다. 이렇게 볼 때 그의 노동체험이 담긴 시편들은 자신의 처절한 좌절의 기록으로서 일정한 의의를 갖는다 하겠지만, 민중현실에의 공감을 보이는 징표로서 확대 해석할 여지는 별로 없다. 다만 해방 후 용악은 '메에데에'(May day, 노동절)의 노래를 그리워하고, 농성하는 노동자들을 찬양하는 등, 노동자의 편에 서는 모습을 보이지만, 이러한 입장은 일제의 압제로부터 벗어난 후 우리민족이 지향해야 할 목표로서 새로이 설정된 것이라 할 수 있다. 그러므로 이 시기의 작품들은 앞에서 살펴 본 시들의 연장선상에서 파악할 수 없다.

용악의 시 가운데 당대 민중의 현실에 대한 공감을 확연히 드러내는 작품은 이른바 유이민시에 해당하는 것들이다. 여기에 나타나는 간도 등지의 국내외 유이민 처지에 대한 깊은 이해와 공감은 그의 노동체험에 바탕한다기보다는 몰락한 그의 가정과 이웃 및 그 역사적 배경이 되는 식민 현실에 대한 자각, 그리고 무엇보다도 이로 말미암은 용악 자신의 유민성(流民性)에서 비롯된 것으로 보인다.

우리집도 아니고
일가집도 아닌 집
고향은 더욱 아닌 곳에서
아버지의 寢床 없는 최후 最後의 밤은
풀버렛소리 가득차 있었다

(중략)

우리는 머리맡에 엎디어
있는 대로의 울음을 다아 울었고
아버지의 寢床없는 최후 最後의 밤은
풀버렛소리 가득차 있었다

　　　　　　　　　　　　　－「풀버렛소리 가득차 있었다」 부분

　아버지의 죽음으로 인한 경제적 파산이 용악의 성장과정에 끼친 영향
은 심각한 것이었다. 어린 시절부터 동경유학 때까지 힘겨운 막노동을 하
면서 때로는 심한 굶주림에 시달리기도 한다. 그렇지만 그의 시에는 아버
지에 대한 그리움이나 부정(父情)의 결핍으로 인한 고민 등이 거의 나타나
지 않는다. 위의 시에도 아버지의 죽음과 관련된 기억이 토로되어 있을 뿐
이다. 한·로 국경을 넘나들며 밀수를 하여 자식을 키운 아버지는 러시아
의 바다에서 배가 파선하여 객사한 것으로 나타나 있다. 그 당시 화자가
가졌던, 죽음의 구체적 의미는 모르는 상태에서 막연한 공포와도 같은 감
정으로 '있는 대로의 울음을 다아' 울었던 슬픔은 이후 이러한 사정과 자신
의 처지를 자각하게 되면서 더욱 절절하게 북받쳐 올랐을 것이다. 1연과
마지막 4연에서의 '풀버렛소리 가득차 있었다'는 반복 진술은 시신이 놓인

현장의 처창(悽愴)한 분위기가 지금까지도 이어지고 있다는 느낌을 준다. 또한 '최후(最後)'의 이중반복이 주는 위기감과 현장의 밤을 에워싸고 그들을 외부세계로부터 고립시키는 듯한 풀벌레의 울음소리가 어우러져 절통한 분위기를 조성한다. 그러나 화자는 전편에 걸쳐 서술형 과거시제를 사용하여 냉정한 어조를 유지함으로써 아버지의 죽음이 다만 지나간 기억 속에서만 살아 있는 어떤 것이며, 이제는 정서적으로 정리가 된 사건임을 강조하고자 하는 것으로 보인다. 이 작품이 우리에게 주는 충격적 인상은 상당 부분 차갑고 담담한 어조와 침통한 내용 사이에 빚어지는 갈등에 기인한다. 어조와 내용 사이의 불일치의 긴장을 통한 주제의 효과적인 표출—이것이 바로 이용악의 창작기법상 가장 두드러진 점이라 할 수 있다. 이는 실제로 상당한 효과를 거두었다. 용악의 시가 '감정과 언어의 날카로운 자기절제'에 의해 객관성을 성취하고 있다는 평가(최동호,『현대문학』, 1989.4)도 같은 맥락의 것이다.

이러한 기법은 오늘의 시점에서는 그다지 낯설지 않다. 60년대 말 이후 독자들에게 신선한 충격을 안겨 주었던 일군의 모더니즘 계열 시인들의 반어적, 냉소적 표현기법들이 이와 유사한 시작 원리에 기반한 것이었다. 그러나 당시로는 1920년대 감상적 낭만주의 시의 적나라한 감정의 분출, 30년대 주지주의 시의 지나친 탈감성화 등을 지양한 독특한 자아표출의 방식이었다 할 수 있다.

이처럼 예고 없이 찾아온 아버지의 죽음은 단란한 용악의 가정을 질식시켰고 그는 도망치듯 자신의 터전을 떠날 수밖에 없었다.

기름기 없는 살림을 보지만 말아도
토실토실 살이 찔 것 같다
뼉다구만 남은 마을……
여기서 생활은 가장 平凡한 因襲이었다

가자
씨원히 떠나가자
흘러가는 젊음을 따라
바람처럼 떠나자

- 「도망하는 밤」 부분

이 작품은 동무에게 말하는 형식을 빌고 있으나 실상은 스스로에게 하는 다짐이라고 할 수 있다. 용악은 고향에 대한 조그마한 미련마저도 애써 내던지고 황폐해진 마을을 떠나고자 한다. '흘러가는 젊음을 따라/바람처럼' 떠나는 그에게 어떠한 미래에의 비전도 기다리는 이도 있을 수 없다. 용악의 기약 없는 떠돌이 삶의 서곡이라 할 수 있다. 고향마을을 떠날 수밖에 없는 것은 용악과 같이 개인적 사정이 있는 경우에만 한정된 것은 아니다. 평화롭고 안온한 자족적 삶이 깨어진 '뼉다구만 남은 마을'에서 남아 버틸 수 있는 이들은 인습에 찌든 무기력한 이들뿐이다. 용악보다 먼저 가족 전체가 떠난 이웃 친구의 집은 이미 흉가가 되어 있다.

〈털보네는 또 아들을 봤다우
　송아지래두 붙었으면 팔아나 먹지〉
마을 아낙네들은 무심코
차그운 이야기를 가을 냇물에 실어보냈다는
그날 밤
저릏등이 시름시름 타들어가고
소주에 취한 털보의 눈도 일층 붉더란다

갓주지 이야기와
무서운 전설 가운데서 가난 속에서

나의 동무는 늘 마음졸이며 자랐다
당나귀 몰고 간 애비 돌아오지 않는 밤
노랑고양이 울어 울어
종시 잠 이루지 못하는 밤이면
어미 분주히 일하는 방앗간 한구석에서
나의 동무는
도토리의 꿈을 키웠다

그가 아홉살 되던 해
사냥개 꿩을 쫓아다니는 겨울
이 집에 살던 일곱 식솔이
어데론지 사라지고 이튿날 아침
북쪽을 향한 발자옥만 눈 우에 떨고 있었다

(중략)

지금은 아무도 살지 않는 집
마을서 흉집이라고 꺼리는 낡은 집
제철마다 먹음직한 열매
탐스럽게 열던 살구
살구나무도 글거리만 남았길래
꽃피는 철이 와도 가도 뒤울안에
꿀벌 하나 날아들지 않는다

– 「낡은 집」 부분

어린 시절 함께 놀던 동무의 출생과 생활의 모습, 그리고 야반도주하여 고향을 떠날 수밖에 없었던 불행한 이웃 털보네의 이야기를 담은 이 시는 절실한 체험과 공감을 효과적으로 전달함으로써 우리에게 커다란 울림을 준다. 또한 이 땅의 수많은 힘없는 백성들의 오랜 삶의 모습과 연결되어 있다. 용악 시의 상상력이 민중의 삶에의 깊은 이해가 뒷받침된 것이었음을 확인시켜 준다. 위에 등장하는 아버지 털보는 곡식 매매를 하느라 끝없이 먼 길을 다니고, 어머니는 방앗간에서 밤늦도록 일하는데도 화자의 동무는 늘 마음을 졸이며 살 수밖에 없다. 어찌된 까닭인가? 무엇보다도 아들보다는 송아지를 더 원해야 할 정도로 찌든 가난으로 인한 생존에의 불안감 때문일 것이다. 여기에 멀고 험한 길을 오가는 가장의 두려움이 더해진 듯하다. 암울한 환경 속에서도 '나의 동무'는 소박하고도 작은 꿈을 키우며 하루하루를 보낸다. 하지만 전편에 걸쳐 간도 등지로 백성들을 떠밀어 보내는 현실세계의 어두운 그림자가 짙게 드리워 있어, 그의 꿈이 「풀버렛소리 가득차 있었다」에서 아버지의 '피지 못한 꿈의 꽃봉오리'처럼 정말로 피어날 수 있을지 매우 의심스럽다.

털보네 일가가 '무서운' 낯선 곳에서 제대로 정착하였는지 아직도 이곳저곳을 떠돌고 있는 것인지는 '아무도' 모르는 일이기 때문이다. 털보네 아들과 송아지를 비교하는 마을 아낙네들의 '차그운 이야기'는 이러한 세태를 피부로 느끼는 이들의 이야기이다. 10년이 채 못 되어 나타난 털보네의 흉가화라는 현실이 이를 확인시켜준다. 이 작품의 마지막 8연의 배경은 7연까지와는 대조적으로 온 누리에 생명력이 충만한 '꽃피는 계절'이다. 그러나 '꿀벌하나 날아들지 않는'—모든 생명력이 소멸되어버린 장소이다. 여기서 '낡은 집'의 이미지는 말없이 스러져 가는 힘없는 백성들의 이미지와 중첩되면서 우리 모두의 삶의 터전이라는 상징성을 획득하게 된다. '낡은 집'은 시간이 지나며 점점 더 낡아 가겠지만, 용악의 기억 속에서는 오히려 더욱 생생하게 되살아날 뿐만 아니라 현실적 삶의 토대로서 그를 둘러싸고 압박해 오고 있는 것이다.

이 작품의 시점은 '찻길'이 놓인 후 나타나 있다. 일제하의 문명화가 진행되면서 오히려 조선민중의 삶은 더욱 피폐해져 갔고, 간도 등지로의 유이민은 나날이 늘어만 갔다.

가) 胡人의 말몰이 고함
　　높낮어 지나는 말몰이 고함—
　　뼈자린 채쭉 소리
　　젖가슴을 감어 치는가
　　너의 노래가 漁夫의 자장가처럼 애조롭다
　　너는 어느 凶作村이 보낸 어린 犧牲者냐

　　깊어가는 大陸의 밤—
　　未久에 먼동은 트려니 햇살이 피려니
　　성가스런 鄕愁를 버리자
　　제비 같은 少女야
　　少女야……

　　　　　　　　　　　　　　　　　　－「제비 같은 소녀야」 부분

나) 바람소리도 호개도 인전 무섭지 않다만
　　어드운 등불 밑 안개처럼 자욱한 시름을 달게 마시련다만
　　어디서 흉참한 기별이 뛰어들 것만 같애
　　두터운 벽도 이웃도 못미더운 북간도 술막

　　(중략)

　　차알삭 부서지는 파도 소리에 취한 듯
　　때로 싸늘한 웃음이 소리없이 새기는 보조개

가시내야

울 듯 울 듯 울지 않는 전라도 가시내야

두어 마디 너의 사투리로 때아닌 봄을 불러줄께

손때 수집은 분홍 댕기 휘 휘 날리며

잠깐 너의 나라로 돌아가거라

이윽고 얼음길이 밝으면

나는 눈포래 휘감아치는 벌판에 우줄 우줄 나설 게다

노래도 없이 사라질 게다

자욱도 없이 사라질 게다

- 「전라도 가시내」 부분

  인용시 가)의 '강건너 酒幕'에 있는 '제비같은 少女'는 나)에서의 '북간도
술막'의 '전라도 가시내'에 대응한다. 유사한 제재를 다루고 있음에도 불구
하고 이 두 작품은 매우 다르다. 무엇보다도 화자의 시선이 가)에서는 소
녀가 처한 정황에 집중되어 있는 반면, 나)에는 '함경도 사내'인 화자와 '전
라도 가시내'에 비교적 균등하게 분산되어 있기 때문이다.

  가)에서 용악은 소녀를 대하여 바로 떠오르는 극빈 농가의 현실과 그
로 인해 어린 나이에 노예처럼 팔려온 소녀의 뼈저린 한과 애수를 그리고
있다. 가혹한 눈앞의 현실과 직접 보고 듣지 않고도 미루어 짐작되는 소
녀의 고향집의 참혹한 정경묘사 등은 나)의 세련됨에 비해 거칠지만 오히
려 실감을 준다. 마지막 연에서의 화자의 희망 어린 위안의 말 또한 소녀
가 처한 정황에 대한 즉각적 반응으로서 행해진 것이다. 그러나 이 부분은
오히려 전반부에 형성된 시적 긴장을 저해할 뿐이다. 절망적 현실상황을
묘사한 뒤, 납득할 만한 중간단계를 빠뜨린 채 작품의 말미에 이르러 불쑥
미래에의 희망, 낙관 등을 표출하는 것은 "죽은 듯 눈감은 명상-/나의 冬

眠은 위대한 躍動의 前提다"(「동면하는 곤충의 노래」), "울면은 무엇해?//'
포플라'숲으로 가자!/잃었던 노래를 찾으려……"(「너는 왜 울고 있느냐」)등에
서 볼 수 있듯이 그의 미숙한 초기 시작의 습성이었다.

나)의 화자는 주막에서 술시중을 드는 전라도 가시내의 수심에 가득 찬
마음을 자신의 것으로 받아들이고, 봄노래로써 그녀의 향수를 달래고자
한다. 이 북간도 술막에서 그는 '자욱한 시름' 속에서 불안감에 젖어 있다.
이러한 시름, 불안은 '두터운 벽도 이웃도' 믿을 수 없게 만드는 위압적인
시대적 상황에 의한 것이다. 이때 전라도 사투리로 때 아닌 봄을 부르는 것
은 그녀의 애수와 나의 시름, 불안 등을 함께 위무하고자 함이다. 그는 무
엇인가 할 말이 있을 듯 눈보라를 뚫고 "발을 얼구며/무쇠 다리를 건너" 북
간도까지 찾아 왔으나 끝없는 비극의 확인에 그칠 뿐이다. 얼음길이 밝는
새 아침이 와도 눈보라는 여전할 것이며, 그는 '우줄우줄' 힘없이 눈보라
가 몰아치는 현실 속으로 다시금 떠날 수밖에 없다. 이와 함께 그가 부른
위안의 노래도, 다녀간 발자취도 눈보라 속에 곧 묻혀 버리고 말 것이다.
용악은 일본 상지대 유학기간 중 방학을 이용하여 간도 등지를 몸소 답파
하였다(윤영천, 앞의 글)고 하는데, 이 두 편의 시에 현장체험이 잘 나타나
있다. 그는 또한 "길을 걸어다니면서, 전차(電車)나 버스를 타고 손잡이 잡
고 흔들거려 가면서"(유정, 「암울한 시대를 비춘 외로운 시혼」, 『이용악시전집』)
시를 썼다고도 한다. 이러한 면모는 다음의 시편들에서 더욱 극명하다.

　　가) 江岸에 무수한 해골이 딩굴러도
　　　　해마다 季節마다 더해도
　　　　오즉 너의 꿈만 아름다운 듯 고집하는
　　　　江아
　　　　天癡의 江아

　　　　　　　　　　　　　　　　　- 「천치의 강아」 부분

나) 나는 죄인처럼 수그리고
　　나는 코끼리처럼 말이 없다
　　두만강 너 우리의 강아
　　너의 언덕을 달리는 찻간에
　　조고마한 자랑도 자유도 없이 앉았다.

　　(중략)

　　지금
　　차는 차대로 달리고
　　바람이 이리처럼 날뛰는 강 건너 벌판엔
　　나의 젊은 넋이
　　무엇인가 기대리는 듯 얼어붙은 듯 섰으니
　　욕된 운명은 밤 우에 밤을 마련할 뿐

　　　　　　　　　　　　　　　－「두만강 너 우리의 강아」부분

이 두 편의 시는 '국경의 강'이라는 공통의 대상을 대하는 자아의 심경을 토로하는 형식을 취하고 있으나, 시적 자아의 태도의 차이가 각 편의 고유한 시세계를 결정짓고 있다. 인용시 가)에서 백성들은 양측 국경수비대의 눈을 피해 목숨을 걸고 국경의 강을 넘어간다. 어렵게 찾아간 남의 땅이지만 그 곳에서의 적응 또한 쉬운 일이 아니다. 그들 가운데 일부는 더욱 심한 절망을 안고 산송장이 다 되어 고향땅으로 되돌아오기도 한다. 가혹한 현실상황과 이에 시달리는 백성들의 삶에의 몸부림이 1연에 천지를 무르녹이는 '열기'로 표상되어 있다. 그런데 날이 갈수록 더욱 심해지는 참담한 광경을 목격하면서도 '江'은 변함없이 냉정한 흐름만을 지속할 뿐이다. 여기서 화자는 비통한 민족의 현실을 강이 애써 외면 한다기보다는 차라리 모르고 있는 것으로 간주하여 '天痴'라고 부르짖는다. 자신을 포함한 많은 사람들의 실천의지가 결여된 현실도피적 성향의 대한 고발에 다름 아니다. 주변의 상황을 외면한 꿈이 그 자체로서 '아름다운 듯'하지만, 결코 그렇지 않다는 사실을 환기하고 있다. 화자의 격정적인 절규 또는 탄식은 현장을 직접 대하여 분출되는 것이다. 그의 시의 이러한 현장성은 사변적인 시들에 비해 독자들을 시의 세계 속으로 쉽사리 끌어들이는 역할을 한다.

나)에는 가)에서도 나타나는 우리 민족의 '욕된 운명'에 대한 죄인으로서의 자괴심이 형상화되어 있다. '두만강'은 화자의 감정이 이입된 강이다. 얼어붙은 강 건너 벌판에서 무엇인가를 기다리고 있는 젊은 넋은 얼어붙은 강 깊숙한 곳의 쉬임 없는 흐름처럼 그의 마음 속 깊은 곳에서 꿈틀거리는 깨어 있는 의식의 표상이다. 이러한 의식이 잠들지 않기를 화자는 스스로에게 다짐하고 있다. 그러나 욕된 운명은 밤을 이어 지속되고 있으며 그가 추구하는 길은 멀고도 험하다. 두만강변을 달리는 찻간에서 민족 비극의 표상인 '북간도로 간다는 강원도치'와 마주 앉은 그의 외로움은 여기에 기인하는 것이다.

여기서 또한 주목되는 것은 그가 이 시의 후반부에서 '검은 날개'에 비유한 조그마한 위안을 구하는 모습을 보이고 있다는 점이다. 자신의 힘으로 극복하기에는 한계를 느끼는 상황에서 나타나는 평범한 인간감정의 자연스러운 유로라 할 수 있다. 초기시의 섣부른 낙관적 태도와는 구별되는 그 나름의 현실적인 사고의 소산이다. 당대 민족해방운동의 차원에서 볼 때 용악의 태도는 현실 타개의 적극성을 결여한 것으로서 비판의 여지가 있다. 그러나 발로 뛰면서, 눈으로 확인되는 민족의 현실을 대하여 절실히 느끼고, 고민하고, 때로는 부르짖는 양심적인 한 인간의 진지함이 가져다줄 수 있는 감동이 시인으로서 그가 획득해야 할 몫이었다. 용악은 그러한 자신의 책무를 충실히 수행하였다.

3

당신께로의 불길이
나를 싸고 타올라도
나의 길은
캄캄한 채로 닫힌 쌍바라지에 이르러
언제나 그림자도 없이 끝나고

얼마나 많은 밤이 당신과 나 사이에
테로스의 바다처럼
엄숙히 놓여져 있습니까
당신은 당신의 슬픔에서만 나를 찾았고
나는 나의 슬픔을 통해 당신을 만났을 뿐입니까

어느 다음날
수풀을 헤치고 와야 할 당신의 옷자락이
휘얼 휠 앞을 흐리게 합니다
어디서 당신은 이처럼 소년을 부르십니까

− 「당신의 소년은」 부분

이 작품은 일단 순정한 소년의 감성으로 사랑하는 연인을 겸허하게 대하는 연시로 이해할 수 있다. '당신'을 향한 '나'의 열정은 불길이 되어 온몸을 태우지만, 어떤 이유에서인지 지금은 그 님에게 접근할 방도가 없다. 님에게 도달하기 위해서는 '쌍바라지, 밤, 바다, 수풀'등으로 표상된 단절과 장애들을 극복해야 한다. '밤'과 '바다'는 당신과 나 사이에 가로 놓인 무한한 시간적 거리를 뜻하는 동시에 단순히 기다리는 행위만으로는 결코 넘어설 수 없는 완강한 틀이 존재함을 시사한다. 당신과 나는 서로를 그리

위하고 있지만, 이처럼 엄숙한 현실적 제약 앞에서 구체적으로 행동할 바를 찾지 못하고 있다. 그들은 행복한 결합을 가로막는 대상에 대한 분노, 혹은 비장한 결의보다는 슬픔 속에서 서로를 갈구하는 모습을 드러낼 뿐이다. 그런데 그의 님은 도달하여야 할 어떠한 목표로서 존재하는 것일 뿐 아니라 마땅히 스스로 내게 '와야 할' 존재이기도 하다. 이 작품에 대한 우리의 인식이 전환되어야 한다. 이 시의 화자가 소년인 것을 상기할 때 '당신'은 소년이 추구하는 이상으로, '불길'은 시대적 어둠 속에서 그의 마음 속에 '호올로 타는 촛불'(「어둠에 젖어」)의 이미지로 전화될 수 있는 것이기 때문이다. 용악에 있어서 당위로서의 이상이란 어떤 것인가? 지금까지 살펴본 용악의 시를 통해 추론한다면, 그것은 타의에 의해 오랜 삶의 터전인 고향을 떠나거나 외지인들에게 자식을 팔지 않고도 단란하게 살아갈 수 있으면 하는 소박한 꿈인 듯하다.

용악의 고향 경성은 한반도의 북단 두만강가에 설치되었던 이른바 '북동 6진'에서 멀지 않은 곳이다. 이렇게 외진 곳에서마저 떠날 수밖에 없었던 용악의 삶은 애당초 이중 삼중으로 소외된 것이었다. 그의 시에 소시민적 안온한 삶에의 동경이 반복되어 나타나게 된 주된 동인이다. 해방 후 용악이 '우리 조그마한 고향 하나와 우리 조그마한 인민의 나라와 오래인 세월 너무나 서러웁던 동무들 차마 그리워 우리 다만 앞을 향하여 뉘우침 아예 없어라'(「거리에서」) 하고 외쳤던 것도 이러한 소박한 꿈에의 오랜 희원에 바탕을 둔 것으로 이해할 수 있다.

나는 그리워서 모두 그리워
먼 길을 돌아왔다만
버들방천에도 가고 싶지 않고
물방앗간도 보고 싶지 않고
고향아

가슴에 가로누운 가시덤불

돌아온 마음에 싸늘한 바람이 분다

이 며칠을 미칠 듯이 살아온 내게

다시 너의 품을 떠날려는 내 귀에

한마디 아까운 말도 속삭이지 말어다오

내겐 한 걸음 앞이 보이지 않는

슬픔이 물결친다

— 「고향아 꽃은 피지 못했다」 부분

　정지용이 '—그곳이 참하 꿈엔들 잊힐리야'하고 읊었던 고향은 강고한 식민현실의 압박에 시달리던 동시대 많은 시인들의 가슴에 어머니의 품속과 같이 안온하고 조화로운 공간으로서 절대적 의미를 지니고 있었다. 그러나 용악에게 있어서 고향은 이러한 이미지보다는 유배지로서의 이미지를 지닌 곳이다. 그는 쫓겨나듯 고향을 떠났으나 늘 '마음의 불꽃'을 지니고 살았다. '불길', '촛불' 등으로도 상징되는, 소박하지만 진정 이루기 어려운 꿈이라 할 수 있다. 이 꿈으로 인해 그의 고통은 더욱 심화된다. 빛을 찾아 곳곳을 헤매어 보았지만 어두운 현실 속에서 나아갈 방향을 잃고, "빗돌처럼 우두커니 거리에" 서 있을 수밖에 없다. 이 때 품안으로 돌아오라고 하는 고향의 소리를 듣게 되지만, 고향은 슬픔에 잠긴 그에게 상상의 세계로서 일시적 위안을 주는데 그칠 뿐이다. 정작 고향에 돌아온 그는 마치 가시덤불 속에라도 갇힌 듯 단 며칠도 못 참고 또다시 고향을 떠나야 한다는 강박관념에 사로잡히는 것이다. 이 강박감은 무엇인가? 그는 이미 '서울 살다 온 사나이'(「등잔 밑」)로서 "어쩌자고 자꾸만 그리워지는"(「막차 갈 때마다」)것인지 스스로의 힘으로는 서울 지향의 감정을 제어할 수 없기 때문이다. 이러한 심정은 "참나무 불이 이글이글한/오지화로에 감자 두어 개 묻어놓고/멀어진 서울을 그리는 것은/도포 걸친 어느 조상이 귀양 와

서/일삼든 버릇일까"(「두메산골3」)하는 데에 잘 나타나 있다. 동경유학까지 마친 지식인이며 시인인 그에게 제한적이나마 활동무대가 되어 주는 서울을 떠나서 그는 이제 생활할 수 없다. 여타의 모든 공간은 유배지에 지나지 않는다. 고향 역시 마찬가지이다. "아롱진 꽃 그늘로/나의 아들아 돌아오라"고 고향은 속삭이지만 용악은 "너의 아들 가슴" "고향아/꽃은 피지 못했다"라고 답할 수밖에 없다. 이제 용악은 고향을 잃은 사나이가 되어버렸다.

고향을 떠난 용악의 일차적인 슬픔은 소박한 꿈의 실현을 가로막는 시대적 제약으로 인한 것이었지만, 지금의 슬픔은 이에 더하여 고향마저도 불꽃을 찾아, 빛을 찾아 헤매어다니던 벌판과 같은 곳임을, 따라서 그를 더 이상 붙잡아 둘 수도, 위무할 수도 없는 장소임을 확인한 데서 오는 것이다. 외지에서 더 이상 버티거나 나아갈 바를 찾지 못하여 찾아온 고향이 더욱 그를 괴롭게 하는 용악의 생존현실—실제로 그는 이제 머무를 곳이 없다. 시골사람으로서도 서울사람으로서도 살아갈 수가 없다. 뿌리 뽑힌 그의 삶은 자신의 피에도 자신의 영혼을 머물 수 없게 한다(「별 아래」). 슬픔 속에서 위안을 구하고자 하나 그나마도 허용되지 않는 그의 처지를 다음의 시는 또 다른 각도에서 조명하고 있다.

> 아낙도 우두머리도 돌볼 새 없이 갔단다
> 도래샘도 띳집도 버리고 강건너로 쫓겨갔단다
> 고려 장군님 무지 무지 쳐들어와
> 오랑캐는 가랑잎처럼 굴러갔단다
>
> 구름이 모여 골짝 골짝을 구름이 흘러
> 백년이 몇백년이 뒤를 이어 흘러갔나

너는 오랑캐의 피 한 방울 받지 않았건만

오랑캐꽃

너는 돌가마도 털메투리도 모르는 오랑캐꽃

두팔로 햇빛을 막아줄께

울어보렴 목놓아 울어나 보렴 오랑캐꽃

－「오랑캐꽃」 전문

서두에 오랑캐꽃의 명칭에 대한 해제(긴 세월을 오랑캐와의 싸홈에 살았다는 우리의 머언 조상들이 너를 불러 '오랑캐꽃'이라 했으니 어찌 보면 너의 뒷모양이 머리태를 드리인 오랑캐의 뒷머리와도 같은 까닭이라 전한다)를 붙인 특이한 형식이 시선을 끈다. 1연은 고려의 침입을 받아 삶의 터전을 빼앗기고 정신없이 쫓겨 가는 오랑캐족의 모습을 그린 것이다. 화자가 서 있는 위치는 바로 오랑캐가 살던 곳─지금 용악의 고향인 경성 부근이다. '무지 무지'라는 표현. 그리고 땅바닥에 낙엽져 구르는 가랑잎의 묘사에는 고려 군사의 무지막지할 정도의 용맹성과 오랑캐들의 무력감이 나타나 있는 동시에, 그러한 정황을 바라보는 화자의 연민의 정이 표출되어 있다. 고구려 고토의 회복이라는 대의명분과 그 실천으로서 북진정책의 정당성을 믿어 의심치 않는 우리 민족의 입장에서 이 사건은 두고두고 매우 통쾌한 일로 기억되어 왔다. 그런데 화자는 제3자적 시각에서 남의 이야기를 전하듯이 과거회상의 시제로 담담히 서술하고 있다. 이 담담한 태도가 오히려 심상치 않은 느낌을 주어 흥미를 유발한다. 전술한 주제와 어조의 불일치에 의한 효과라 할 수 있다.

2연에서는 그 후 장구한 세월이 흘러갔다고 하는 객관적 사실을 화자 자신의 목소리로 전달하고 있지만, 아직도 화자는 간막이 뒤에 숨어 있는 듯하다. 3연에 들어서면 상황이 급전한다. 대뜸 '너는 ……오랑캐꽃'이라고 하여 오랑캐꽃과, 그것을 손가락으로 직접 가리키는 듯한 화자의 모습이 동시에 충격적으로 우리의 눈앞에 제시된다. 이는 단순한 충격으로 끝나지 않는다. 서두에 오랑캐꽃 명명의 유래담을 제시한 이유와 1연에서의 오랑캐의 삶의 모습을 대하는 화자의 미묘한 감정 등, 영문도 모르는 채 스쳐 지나갔던 여러 가지 사전정보가 우리의 의식 속에 되살아나면서 이 시가 내포한 의미공간이 서서히 확대되어 감을 느끼게 된다. 오랑캐꽃은 원래 오랑캐의 혈통이나 습속과는 무관한 야생의 꽃이었을 따름이다. 더구나 화자는 오랑캐꽃과는 전혀 관계가 없다. 그런데도 그것이 오랑캐꽃으로 불리고 있다는 사실만으로도 연민의 대상이 된다. 화자가 두 팔로 그늘을 지어 주는 것은 1연에 나타난 오랑캐에 대한 연민의 정이 오랑캐꽃에 그대로 전이 되고 있음을 보여 주는 행위이다. '숨어서 우는 것'은 「등잔 밑」 등의 시에 나타나 있듯이 용악 자신의 습벽이기도 하다. 오랑캐꽃을 인격화하여 자기 방식의 울음을 울게 한다는 것은 용악 자신이 오랑캐꽃과 일체화됨을 의미한다. 강대한 국가 권력에 의해 자신의 터전을 등지고 혈육과도 헤어져 강 건너로 쫓겨 간 오랑캐와 들에서 무수히 피어나는 오랑캐꽃, 그리고 화자가 합일된다는 사실은 이 시에서 용악이 힘없는 민중의 삶과 자신의 삶이 하나가 되는 높은 시적 경지에 도달하고 있음을 뜻한다. 20년대의 소월은 「산유화」에서 우주자연의 순환원리에 바탕을 두고 화자와 새, 그리고 꽃으로 표상된 그의 님을 하나로 통합하였는바, 그 님은 또한 '山에/山에', 즉 '이 땅의 어디에고' 피고 또 지는 민중이었음을 알게 되었다. 이에 비해 용악은 이 시에 이르러 몇 백 년이 흘러도 오랑캐의 이미지를 그대로 간직하고 있는 오랑캐꽃의 상징성에 비추어 통시적 의미의 민중과 자신과의 통합을 성취한 것이다.

4

「오랑캐꽃」에서 우리가 또 하나 주목해야 할 점은 오랑캐의 본래적 말뜻이라 할 변방인으로서의 우리 민족의 처지에 대한 자각이 나타나고 있다는 점이다. 역사의 중심으로부터 소외된 민족적 현실 앞에서 그의 삶의 양태는 개인적 노력이나 재능 여하와는 관계없이 이미 주변적인 것으로 규정되어 있었다. 「고향아 꽃은 피지 못했다」 등에 나타나 있는 그의 민중적 감성과 소시민적 지식인으로서의 감정 사이의 괴리는 이 시에서 심정적으로나마 어느 정도 극복된 것으로 나타난다. 그런데도 그가 울음을 그칠 수 없었던 것은 조선인이면서 일본인이요, 오랑캐가 아니면서 오랑캐일 수밖에 없는 정치적 현실의 어둠을 극복할 어떠한 전망에까지는 도달하지 못한 때문이었다. 이처럼 민중과 지식인, 조선인과 일본인, 오랑캐와 문명인 사이에 경계를 오가며 자신의 정체를 확인하는 것이 시인으로서 그에게 부과된 임무였다. 그의 문학에 민족시, 민중시와 친일시, 리얼리즘과 모더니즘, 리리시즘, 그리고 서사성과 서정성 등의 제 성향이 혼재되어 나타난 것은 이러한 자아의 정체성 모색의 방법으로 채택한 긍정적 의미의 절충주의적 태도에 의한 것이라 이해할 수 있다. 1940년대 초 전시의 신체제하에서 절필하기 직전에 발표한 작품들 가운데 일부 친일적 성향이 드러나는 것은 이러한 태도에 내포된 취약성이 단적으로 노정된 것이다. 사회학적, 심리학적 정의와는 구별되는 이러한 제한된 의미에서 우리는 그를 '경계인'이라 부르고자 한다. 경계인으로서의 그의 시적 역정은 끝없는 방황과 고뇌, 슬픔의 연속이었음을 우리는 이미 확인하였다. 해방이 되자 그는 자신의 오랜 꿈—시적 지향이기도 했던—소박한 기원을 이제는 주변인이 아닌 주체적 지식인의 입장에서 실현코자 동분서주하였으나, 끝내 뜻을 이루지 못하고 고향이 있는 '북쪽'을 택하였다. 그러면 과연 그는 그곳에서 경계인의 위치를 완전히 청산하고 행동하는 지식인으로서 그의 입지를 실현하며 나름대로의 행복한 삶을, 시적 성취를 이루었을까? 소식이 끊긴 그의 고향 '북쪽'을 바라만 보며 세월을 보내는 우리의 쓸쓸한 심정을 그의 시가 이렇게 대변한다.

북쪽은 고향
그 북쪽은 女人이 팔려간 나라
머언 山脈에 바람이 얼어붙을 때
다시 풀릴 때
시름 많은 북쪽 하늘에
마음은 눈감을 줄 모른다

—「북쪽」전문

끝내 눈감을 수 없었던 경계인—그가 바로 시인 이용악이었다.

* 이 글에 인용한 시는 『이용악시전집』(윤영천 편, 창작과 비평사, 1988)에 따른 것이다.

한(恨)과 원(願)의 동시대적 차원
— 허수경론

1

허수경은 이른바 노동해방시와 해체시 등이 기존의 권위와 질서 또는 전통적 시작법에 대한 각기 다른 방향에서의 안티테제로서 80년대 후반의 시단을 주도해 가는 동안, 농촌에 뿌리를 둔 전통적 민중정서를 남도 사투리, 고어 등이 혼합된 독특한 자신의 가락에 실어 보내고 있던 시인이다. 그의 시는 보는 이에 따라서는 민중시의 일종으로서 특별히 새로운 것이 없는 것으로 치부할 수도 있겠지만, 시적 표현과 인식의 양 측면에서 그 나름의 고유한 영역을 확보하고 있다. 그것은 또한 현대시의 새로운 진로 모색의 과제를 안은 90년대 초입의 이 시점에서 우리에게 시사하는 바가 큰 것이다.

허수경의 시를 대하는 독자들은 무엇보다도 시적 대상과 잘 어울려 우리의 폐부 깊숙이 스며드는 난숙한 문체의 힘에 압도당하는 한편, 수난의 우리 근대 민족사를 휘젓는 인식의 너비에 놀라게 된다. 그런데 작가가 불과 27세의 미혼 여성임을 알고서 우리는 당혹감을 느끼게 된다. 어떤 의구심마저도 동반하는 이러한 감정은 그의 시가 때로는 젊은이로서는 지나치다 싶을 정도로 인생경험이 풍부한 이의 시선을 지니고 있는데다가, 민족 근대사에 대한 폭넓은 관심을 보이는 많은 시들이 공식적인 관념성을 노출하고 있다는 데에 기인한다. 그러나 이로 인해 토속적 정감을 듬뿍 느끼게 하는 율조의 넉넉함으로 전통적 한(恨)의 정조(情調)와 시인의 대사회적 지향을 끌어안아 융해시키고 있는 「진주 저물녘」이나 장시 「저자에서」 등이 이룩한 성과가 훼손되는 것은 아니다. 우리의 관심사는 크게 보아 이렇게 두 가지로 대별되는 시적 경향이 그의 시세계를 어떠한 양상으로 이끌어 가고 있는가 하는 문제이다.

허수경의 시세계의 정신적 궤적은 전통적 한을 형상화하는 데에서 비롯된다. 이러한 관심은 그가 소외된 민중들의 삶의 애환에 관심을 기울이게 되면서 자연스럽게 형성된 듯하다. 우리의 선조들에게 있어서 한의 정조는 단순히 막연한 그리움이나 기다림의 정서로, 혹은 종교적 믿음에 바탕을 둔 원(願)의 정조로 이행되는 듯하다. 그러나 허수경의 시에 있어서의 한(恨)은 때로는 전투적 비장감에 차 있는, 때로는 넉넉한 포용성을 지닌 원(願)으로 이어지는 특이한 모습을 보인다. 이처럼 혼란된 정서의 근저에는 바로 앞서 제기된 문제가 자리하고 있다.

2

여계가 친정인가 저승인가 괴춤 전대 털리고 은비녀도 빼앗기고 댓가지로 머리 쪽지고 막걸리 담배잎 쩔어 미친 달빛 눈꼬리에 돋아 허연 소곰발 머리에 이운 곰보 고모가 삭정이 가죽만 남은 가슴 풀어헤치며 6·25 이후 빼앗길 것 몽땅 빼앗긴 친정에 왔는데 기제사 때 맞춰 왔는데 쑥대밭 쇠뜨기도곤 무성한 만단정회여 고모는 어느 녘에서 이다지도 온전히 빼앗겼을거나 빼앗김만이 넉넉한 빼앗김만이 남아 귀신 보전하기 좋은 우리집이여.

　　　　　　　　　　　　　　　　　　　　　　　　　－「그믐밤」 전문

위의 시에 등장하는 '고모'의 형상은 처참하기 그지없다. 그녀는 시집 올 때부터 고이 간직해 온 '은비녀'까지도 빼앗겨 '댓가지'를 머리에 꽂고 있으며, 옷깃도 제대로 여미지 못한 데다가 삭정이처럼 말라비틀어지고 땀에 절은 몰골이 이 세상 사람 같은 느낌을 전혀 주지 못한다. '미친'이라는 어휘는 술 담배에 절은 고모의 넋 나간 모습을 강조하는 동시에 바로 뒤의 '달빛 눈꼬리에 돋아'에 연결되어 한이 어린 여인의 형상을 부각시키고 있다. 여기에 '기제사', '귀신' 등의 말이 어울려 고모에게는 귀신의 이미지까지도 덧씌워진다. 전쟁 통에 남편을 잃고 의지할 데가 없어진 것으로 보이는(곰보이므로 더욱 그러할 것이다) 그녀가 친정으로 달려오는 것은 거의 본능적인 행동이다. 그러나 친정마저도 그녀를 위로하거나 돌보아 줄 수 있는 형편이 아니다. '쑥대밭 쇠뜨기'는 그녀가 이제까지 겪은 갖은 풍상을 비유하는 동시에 현재 그녀가 처한 황폐한 정황을 연상케 한다.

'미친', '귀신', '쑥대밭 쇠뜨기' 등의 어구에 사용된 '의미 겹치기'의 수법은 이 시인의 주된 표현기교의 하나이다. 또한 이 작품에는 '털리고'를 비롯하여 '빼앗김'을 뜻하는 어구가 무려 일곱 번씩이나 반복 사용되는 한편, '남은', '남아', '넉넉한', '보전하기 좋은' 등의 어구와 대비됨으로써 더욱 강조되고 있다. 그는 이처럼 지극히 평범한 어휘들의 교묘한 변주를 통해 의미와 율조와의 상승작용을 불러일으켜 이 작은 시의 울림의 폭을 무한히 증폭시키고 있다.

허수경의 작품 가운데에는 이와 같이 빼앗김 또는 상실의 한을 노래한 작품이 상당수 있다. 남편으로부터 버림받은 아낙네, 자식을 잃고 술에 취해 살아가는 할머니, 과부 등의 결핍된 여성은 물론이고, 다음과 같이 여편네가 가출하여 혼자 남은 남자가 시적 대상이 되기도 한다.

> 느티나무 쉴참에 기대 쇠파리 쫓다
> 털 헐 헐 빠져나간 꼬랑지 곳추세우며
> 으음메 긴 소리 한 마디 할 즈음엔
> 그놈 언저리에 순하디 순한 둥글레꽃이

바람이란 바람 다 뭉게며
몸내를 피워대는데
와 그리 눈물바람으로 나자빠질꼬
이서방아

- 「둥글레꽃」 부분

'벙구굿'의 '메장고'격으로 빈한한 농촌 살림에 흡족치는 못해도 기둥이
되어 주는 마지막 남은 재산인 암소 한 마리를 애지중지해오던 '이서방'이
그 '몸내'를 맡고 갑자기 비탄에 젖는 까닭은 무엇인가? 그것은 아마도 '거
덜난 살림'을 꾸려 나가기에 지쳐 집을 나갔으리라 여겨지는 그의 아내 생
각이 불현듯 들었기 때문일 것이다. 여성의 성기에 비유한 '둥글레꽃'과 같
은 성적 묘사를 통해 인간의 원초적 정서를 환기함으로써 작가는 빼앗김,
상실에 의한 그들의 결핍이 관념 속에서 존재하는 것이 아닌, 살아 숨쉬
는 것임을 보여 주고 있다. 그는 이처럼 결핍 또는 상실로 인한 한이 응어
리져 있는 사람들을 갖가지 정황을 설정하여 묘사한다. 직접 체험을 바탕
으로 한다기보다는 개연성을 상정하고 있다는 점에서 마치 근대 민족사의
격변기를 다룬 대하소설 속의 군상들을 연상케 한다.

그런데 상실과 결핍은 상대방을 잃은 부부간이나 부모 자식 사이에서만
심각하게 문제가 되는 것은 아니다. 고향상실감 또는 그에 못지않게 인간
의 원초적 회귀본능을 끝없이 자극함으로써 당사자들에게 깊은 한을 갖게
한다. 허수경의 시 가운데에서도 이러한 고향상실의식을 찾아볼 수 있다.
「밤소나기」에는 고향을 등지고 도시 산동네에 와서 살 수 밖에 없었던 어
느 부부의 어려운 삶의 모습이 생동감 있게 묘사되어 있으며, 「남강시편」
에는 시인의 고향인 진주 부근에 남강댐이 건설되면서 도시 변두리로 쫓
겨가는 이들의 조상에 대한 '죄인' 의식이 나타나 있다. 고향회귀 본능을
시의 형식에 담은 서정주의 『질마재 신화』나 고은의 『만인보』에서의 고향

이 지나치게 푸근한 회고적 이미지로 감싸여 있다면, 지금까지 살펴본 허수경의 작품은 고향 사람들을 포함한 전통적 민중들의 삶에 내재된 결핍의 비극성에 초점이 모아지고 있다.

허수경의 작품에는 이러한 상실과 결핍으로 인한 전통적 민중의 한의 정조를 감내하거나 극복하는 방식이 다양하게 제시되어 있다.

> 가) 남지나해 습기 찬 해풍을 알 길 없는 화덕이
> 　　불을 담아 젓갈 달여 가시를 지우지만
> 　　말간 국물 속에 무엇이 되살아오는지 알 수 있을꺼나
> 　　그것이 때론 팔포 앞바다 썩은 굴처럼 서럽고
> 　　갓 삼십 친정오빠
> 　　남새파도 고랑파도 팔포바다 저리도 흔한 파도길에 쓸려
> 　　영 영 돌아오지 않는 1950년의 진실처럼 아린 지
>
> 　　어머니의 꿈길로 절며 돌아오는 반도의 발효된 꿈이여
> 　　　　　　　　　　　　　　　　　　 – 「젓갈 달이기」 부분

> 나) 그러나 우리는
> 　　우리가 가장 그리워
> 　　쫓아낸 자의 어머니가 될 때까지
> 　　이 목숨 빨아 희게 입을 때까지
> 　　　　　　　　　　　　　　　　　　 – 「유배일기」 부분

한 개인이나 집단에 있어서 지극한 한(恨)은 그 자체로서 절대적 의미를 갖는다. 무자각 민중에게 있어서 그 수용방식은 대체로 체념이나 어떤 초월적 힘에 의지한 한풀이의 양상으로 전개된다. 그것은 한을 낳게 한 원인이 대체로 불가항력적인 것으로 인식되기 때문이다. 그러나 위의 인용

시 가)의 경우를 포함하여 허수경 시에 등장하는 인물들이 품은 한은 그렇게 불가항력적인 상황에 기인하는 것은 아니다. 가)에서의 '친정오빠'는 시 전체의 문맥으로 보아 지리산의 빨치산이었던 것 같다. 그는 나름대로의 이념에 충실했겠지만 우리 군경의 토벌 대상이 되어 목숨을 잃고 말았다. '1950년의 진실'이란 무엇인가? 이념의 절대성보다는 상황의 논리, 힘의 논리에 좌우되어 '어머니'의 아들은 죽고 말았으며, 그 죽었다는 사실만이 그때의 진실이 아니었던가. 어머니는 젓갈을 달이며, 서럽고 아린 가슴을 달래며 무슨 생각을 하고 있을까. 잘못된 이념의 도구가 되었던 아들을 책망하고 있을까, 아니면 하늘을 원망하고 세상을 한탄하고 있을까. '이념'보다는 아들의 목숨이 훨씬 더 소중했을 어머니가 숯불에 달이고 있는 것은 가시 박힌 듯 쓰라린 자신의 가슴이다. 여기서 떠오르는 '말간 국물'은 세월의 흐름 속에서 저절로 사태의 본질을 알게 된 어머니의 맑게 고인 한(恨), 즉 어떤 깨달음의 경지를 포함하는 투명한 정신세계를 표상하는 것이다. 전통적인 우리의 어머니 상(像)에서 크게 벗어나지 않는다. 그러나 이 작품의 말미에는 '반도의 발효된 꿈', 즉 이념적 대립 없이 하나로 뭉친 조국에의 꿈이 언급되어 있어 전통적 어머니 상에 우리 시대의 민족주의적 지향이 투영되고 있음을 알 수 있다.

나)에서의 '어머니'는 우리를 '유배지'로 쫓아낸, 또는 현재 우리의 삶의 터전을 그렇게 느끼도록 만든 상대방을 감싸 안아 결국에는 굴복시키고야 마는 무서운 정신을 지닌 시적 대상으로 형상화되어 있다. 그것은 힘없는 민중을 핍박하여 상실이나 결핍의 상태로 몰아넣는 거대한 외부 세계의 가시적 힘에 대하여 결코 굴복하지 않고 끝내 이겨내고야 마는 민중의 내부에 잠재된 거대한 뿌리와도 같다. 그런 어머니가 된다는 것은 한 맺힌 '이 목숨'을 '빨아' '희게' 만드는 것에 비유되고 있는데, 그것은 가)에서의 젓갈을 달여 가시를 지우고 '말간 국물'을 만드는 행위와 동궤의 것이다.

몸 성하거들랑
저자에서 술이나 한번 더 기울이고
몸 성하거들랑
술심에 싸움이나
한번 더 하고
몸 성하거들랑
미친 놈들 깡그리
깡그리 없애 버리고
병들어 돌아와요 이녁은
병들어 돌아와요

　　　　　　　　　　　　　　　－「저자에서」 부분

　총 530행의 장시 「저자에서」의 일부이다. 이 작품의 화자는 '이녁'을 '내 몸보다 더' 그리워하며 자나 깨나 기다린다. 그러나 '이녁'은 어쩌다 돌아와도 얼마 지나지 않아 다시 떠난다. 그녀는 기다린다는 말조차 '죽었다 깨어나도' 못하고, 그리움의 눈물이 장강이 되도록 베개를 적신다는 하소연도 '뼈마디가 으스러져도' 하지 못한다. "쇠전 피전 한푼 없이" "맨발 동상에 썩어나가는 발목 하나 달랑 이고" 돌아오는 그를 몸조리만 시켜 "어여 가요 아직 성하니/어여/어여 가요" 하면서 놓아 보낸다.

　도대체 무엇이 '이녁'에 대한 젊은 연인의 처절한 그리움의 정보다도 더 큰 힘으로 작용하는 것일까. 그것은 그녀를 '저자'로 내몬 '미친 놈들'을 '깡그리' 없애고자 하는 그녀의 '원(願)'이다. '미친 놈들'은 누구인가? 그녀와 이녁을 포함하여 소외된 민중들을 억압, 착취함으로써 부귀와 권세를 누리는 이들, 또는 그 기반이 되는 기존 사회의 질서나 제도 등이라 할 수 있다. 그녀의 태도는 「젓갈 달이기」, 「유배일기」 등에 나타난 '어머니 상'에 비하여 매우 공격적인 것이다. 그들은 공통의 대상에 대하여 한을 품고 있지만, 그 대응방식은 이처럼 차이가 난다. 여기서 작가 허수경이 추구하는 가치는 어디쯤 위치하는가? 그의 고향의 산을 배경으로 한 다음의 시를 통해 우리는 그녀의 실체에 좀 더 접근할 수 있다.

> 기다림이사 천년같제 날이 저물셰라 강바람 눈에 그리메지며 귓볼 불콰하
> 게 망경산 오르면 잇몸 드러내고 휘모리로 감겨가는 물결아 지겹도록 정이
> 든 고향 찾아올 이 없는 고향
> 문디 같아 반푼이 같아서 기다림으로 너른 강에 불씨 재우는 남녁 가시나
> 주막이라도 차릴거나
> 승냥이와 싸우다 온 이녁들 살붙이보다 헌출한 이녁들
> 거두어나지고
> 밤꽃처럼 후두둑 피어나지고
>
> $\qquad\qquad\qquad\qquad\qquad$ ─「진주 저물녘」 전문

이 작품은 「저자에서」의 전사(前史)에 해당하는 듯, 상황은 다르지만 매우 유사한 이야기를 담고 있다. 화자는 허수경의 고향 진주의 '망경산'에 올라 누군가를 애타게 기다리고 있다. 그녀가 망경산을 귓볼이 붉어지도록 숨차게 오르는 것은 마치 '천년'이나 기다리고 있었던 듯이 여겨지는 간절한 그리움 때문이다. 그런데 날이 저무는 것이 아쉬워, 지는 해를 좇아 산에 오른 그녀의 앞에는 한 줄기 물결만이 펼쳐질 뿐이다. 실제로 그녀는 자신을 찾아올 이가 없다는 것을 잘 알고 있기 때문에 '문디'나 '반푼이' 같다고 스스로를 한탄하면서 기다림의 열정을 차가운 강물에 담구어 식힐 수밖에 없다. 이때 그녀의 이러한 열정은 예기치 않았던 놀라운 변화를 연출해 낸다. 강에 담근 기다림의 '불씨'는 그대로 사그라지지 않고 '불타는 물', 곧 술로 전화되며, 힘차게 흐르는 '물결'은 숨을 몰아쉬며 진군하는 씩씩한 '이녁들'의 모습으로 살아난다. 그녀는 이제 주모가 되어 '승냥이'

와 싸우느라 상처 입고 지친 그들을 맞아들여 술과 음식을 대접하고 상처를 어루만지며 달래주고픈 환상에 젖는다. 여기서 '승냥이'는 「저자에서」의 '미친 놈들'과 같이 억압과 착취를 일삼는 무리를 뜻함을 쉽게 알 수 있다. 이 시의 후반부에는 이처럼 술과 주막과 주모의 풍성한 이미지, 그리고 마지막 행의 '밤꽃'이 풍기는 독특한 성적 이미지가 한데 어우러지며 전반부의 쓸쓸한 분위기를 희석시키고 있다.

지금까지 살펴본 바에 의하면 허수경은 상실과 결핍의 한을 지닌 전통적 의미의 민중의 삶에 주목하고 있으며, 그 한을 홀로 감내하고, 그 한을 생성케 한 상대방을 극복하여 포용하기까지 하는 「젓갈 달이기」, 「유배일기」등에서의 '어머니 상'에도 무한한 신뢰의 눈길을 보내는 한편, 착취와 억압의 무리에 대항하여 몸 바쳐 싸우는 이들을 여성의 포근한 품으로 안아 달래고 어루만지는 역할을, 젊은이로서 자신의 현실적 지향으로 삼고 있는 듯하다. 이러한 한의 극복의 두 가지 방식은 일견 대단히 바람직한 것이지만, 한 가지 문제를 안고 있다. 그것은 허수경 시의 시적 자아가 어떤 사태의 현장에 있다기보다는 한 계단 높은 곳에서 그 추이를 지켜보는 듯한 태도를 보인다는 점이다. 이것은 그의 소극적 성격 때문인가, 아니면 "돌아오지 않아도 불러야 할 이름 석 자/도처에 깔려 있어 시를 쓸 만한 땅/때로는 몫을 감당하지 못해 곤궁해도/즐거운 시련이 많은 땅"(「진주초군」)이나 "슬픔만한 거름이 어디 있으랴"(「탈상」) 등의 시구에 나타나는 낙관적 세계관에 기인하는 것인가? 혹은 그의 현실인식이 아직은 명료하지 않음을 반증하는 것인가?

3

부르는 소리로 저리도 청량하게 흐를 수 있는 세상은 두렵습니다 아름다와진 것이 겁나고 오밀조밀하게 색칠한 것이 화장독 오른 계집 아침 분세수 세

모시 옷깃새로 페니실린 냄새가 납니다

　물결같이 이를 악물고 바스라지기도 하지만 아래로 서면 빛나고 싶어 두려워집니다

　희끗희끗 칼금 그으며 지나는 바람이 나뭇잎 수척한 얼굴에 계절 굽이지는 길을 만들고 그 길 위에 내려앉아 우수수 몸을 떨지만 거미줄은 은빛으로 빛나도 나비는 거미에게 먹히고 불러세워 뒤돌아보아도 나는

　몇 광년 후에야 보는 빌빛으로 먼데요

– 「달빛」 전문

　'아름다움'과 '두려움'이라는 상호 배치되는 이미지가 긴밀히 연관되어 있는 이 작품은 화려하다기보다는 어수선하고 쓸쓸한 느낌이 지배적이다. 허수경의 다른 시들과는 달리 여기에는 따뜻함, 넉넉함이나 유머도 없고, 비장한 결의도, 어떤 의도나 주장도 보이지 않는다. 그런 만큼 자기 고백적인 것으로 여겨진다. 청랑함, 아름다움, 빛남 등이 이 시의 제목인 '달빛'의 속성을 지시하는 말들인데, 화자는 이에 대하여 강한 공포의식을 지니고 있다. 달빛은 청랑한 음성으로 지상의 만물에게 어떤 메시지를 전달하고 있다. 그것을 받아들이는 사물들은 아름다워진다. 마치 '화장독 오른 계집'이나 '은빛'으로 빛나는 '거미줄'처럼. 화장독 오른 계집은 화장으로 못난 바탕을 가리고 있지만 속으로는 병들어 썩어가고 있기 때문에 '페니실린'을 복용하고 있으며, 거미줄은 은빛으로 빛나고 있지만 나비를 잡아먹기 위해 위장된 함정일 뿐이다. 화자는 이러한 사실을 충분히 인식하고 있지만 '달빛'의 유혹 또한 대단히 강력하다. 흔들리는 '물결'처럼 달빛을 거부하려면 이를 악물어야 한다. 그는 때로는 달빛을 수용하여 화려하게 변신하고 싶은 생각이 들어 스스로가 두려워지기도 한다.

　세월이 흘러가도 이러한 달빛과 사물들 간의 관계는 그대로 이어지고 있으며, 그 달빛이 부르는 소리에 다시 확인해 보는 '나'의 위치는 '별빛'처

럼 아득히 먼 곳이다. 여기서의 '나'는 "내가 자라 강을 건너게 되었을 때" 건너온 쪽에 남겨두었던 "강 저편보다 더 먼 나"(『강』)와 같은 존재, 즉 '본연의 자아'를 뜻한다. 지상의 우리들에게 별빛은 달빛에 가려 미미한 존재이지만, 스스로 빛을 발산하여 몇 광년이 떨어진 곳까지 보내는 별의 잠재적 생명력은 무한한 것이다. 이 시의 화자는 이처럼 본연의 자아가 지닌 거대한 잠재력에 기대어 현세의 욕구와 맞서 있다. '달빛'으로 표상되는 허위의식의 달콤한 유혹과 '별빛'으로 암시되는 순수 자아에의 꿈과의 사이에 치열한 갈등이 전개되고 있는 것이다. 그러나 현실적으로 우리를 지배하는 것은 숨은 본질보다는 겉으로 드러나는 현상이다. 본연의 자아가 지닌 순수성의 현실 대응력은 가변적이다. 또한 이에 집착할 경우 퇴행적 소극성에 빠질 우려도 있다.

지나치다 싶을 정도로 의미부여를 해보았지만, 허수경의 시적 인식의 틀은 아직도 분명치 않다. 근대사와 연관되어 있어 비교적 명확히 의미가 드러나는 다음의 시들을 통해 그의 현실인식을 보다 구체적으로 살펴보기로 한다.

　가) 사람들이 돌을 던지고 사람들이 맞는다
　　　피를 흘린다.
　　　무죄한 이마가 깨지고
　　　유죄한 이념이 쓰러진다

　　　(중략)

　　　동향의 죽마고우가 엇갈려
　　　날아오르는 돌 속에
　　　황홀한 미움 속에

돌아올 수 없는 눈빛
저 아우성

아버지는 돌을 집어든다
아버지의 발등에 꽂히는 돌, 피가 흐르고
땅을 적신다

불볕 속에 피를 먹으며
땅이 갈라진다

- 「조선식 회상 6」 부분

나) 밤별에는 집이 없어요
    구름 무지개 꽃잎에는 우리의
    집이 없어요 나는 아버지가 돌아간
    집에는 살 수 없는 것
    세월이 가슴에 깊은 웅덩이로 엉겨 있듯
    당연한 것입니다

    (중략)

    아버지 나는 갑니다
    모두의 집을 찾아 칼을 들고
    눈물 재우며

- 「아버지, 나는 돌아갈 집이 없어요」 부분

허수경의 시집 『슬픔만한 거름이 어디 있으랴』의 제4부 「조선식 회상」

20여 편의 시는 대부분 '아버지'에 관한 것이다. 여기서 '아버지 상'은 앞의 '어머니 상'과는 달리 특정한 역사적 상황을 그 배경으로 한다. 인용시 가) 에서 '아버지의 발등에 꽂히는 돌'은 두 패거리가 서로 상대방을 향해서 던지는 돌이 아니라 아버지 자신이 집어들었던 돌이다. 아버지는 그 어느 편에도 참여하지 않는다. 패싸움으로부터 그는 비껴 서 있다. '이념'을 '유죄'로 판정한 것은 이 시의 화자이지만 여기에는 아버지의 생각이 투영되어 있다. 끝 행의 "땅이 갈라진다"는 것은 동족간의 이념적 분열로 인해 국토마저 분단됨을 의미한다. 분단의 아픔을 아버지는 자신이 던진 돌에 자신의 발이 찍히는 아픔으로 표현하고 있다. 「조선식 회상9」에서 '아버지'는 동족상잔의 전쟁이 발발했을 때 인민군에도, 국군에도 가지 않고 고향집으로 간다. 그래서 그는 "전쟁 후 십여 년 동안" 떠돌아다녀야만 했던 '병역기피자 출신 로맨티스트'이다(「조선식 회상 13」). 그는 "칼 맑스와 레닌을 알고" 있지만 굴원의 『초사』를 읽으며 운명론적인 사고에 공감하거나 무력증으로 쓸쓸해하기도 한다(「우리는 같은 지붕 아래 사는가」). 이처럼 낭만주의자이며 민족주의자이기도 한 '아버지'를 보는 허수경의 시각은 지극히 가치중립적이다. 그의 참모습을 객관적으로 탐구하는 듯한 태도이다. 그러나 이 땅 위에 '흔하게 늙어 온' 가난하고 착한 한 남자로서 그 나름의 삶을 최소한도나마 인정하고 있다(「나는 스물 넷, 아버지」). 그런데 왜 인용시 나)에서와 같이 '아버지'와 '나'와의 결별은 '당연한 것'이 될까? 그 이유는 아버지와 나는 전혀 다른 상황 하에서 살아왔기 때문이라는 것이다. 지금 아버지에게는 돌아갈 당신의 집이 있지만, 나는 '칼'을 들고 '모두의 집'을 찾아가야만 한다. 칼을 들고 나아가는 '나'의 모습은 「저자에서」, 「진주 저물녘」 등에서의 '이녁(들)'의 투쟁적 모습과 흡사하다.

그렇다면 이제 그 '이녁(들)'을 싸움터로 내보내고서 애타게 기다리고, 때로는 돌아오는 그들을 넉넉한 옷자락으로 맞아들여 보살펴 주던 여성적 자아와 싸움터의 투쟁적, 행동적 자아는 하나로 합치된 것인가? 그렇지는 않은 것 같다. 상황의 논리를 배경으로 할 경우 인용시 나)에서의 '칼'이 어떻게 사용될 것인지 명확하지 않기 때문이다. '이념(들)'의 싸움이 막연한 것으로 비쳐졌던 이유도 여기에 있다. 민족 근대사를 다룬 시편들이 성공하지 못한 것 또한 '아버지 상'을 중심으로 한 단순한 상황의 논리를 반복해서 다루었기 때문일 것이다. 지금까지 허수경은 현실인식의 정교한 방향성과는 관계없이 훌륭한 작품들을 쓸 수 있었다. 그러나 그의 시가 삶의 현장에 부딪치게 되면 그러한 것이 문제가 된다. 「저자에서」와 같은 때에 발표된 '여의도 엘레지' 시편들을 보면 그가 이제 전통과 관념의 세계를 벗어나 일터의 현장성을 살리는, 그로서는 새로운 시작(詩作)의 방식—문체를 시험하고 있음을 알 수 있다. 이 시들은 아직은 새로운 인식을 담아내고 있지 못하다. 그러나 우리는 무서운 잠재력을 지닌 이 시인의 시가 현실의 문제들을 파헤치는 날카로운 인식의 칼로 성장하리라 믿는다.

선감각과 슬픔의 미학
— 이원섭론

　이원섭(1924~)은 1948년 5월 『예술조선』지에 「기산부」와 「죽림도」가, 1949년 11월에 「언덕에서」, 「길」, 「손」 등이 『문예』지에 추천됨으로써 문단 활동을 시작했다. 두 잡지에서 모두 서정주의 추천을 받았는데 특히 「기산부」와 「죽림도」가 극찬을 받았다. 이원섭은 그 후 1980년 무렵까지 작품을 발표해 왔지만 1953년 『향미사』라는 시집을 한 권 발간한 뒤로는 이제까지 창작집을 내지 않고 있다. 『향미사』는 그가 1951년 10월 20일부터 12월 16일까지의 40여 일간에 걸쳐 쓴 시들을 모은 것이라고 한다. 실제로 이 시집 수록시 가운데 발표된 것은 시집 발간 직전 『문예』지에 실린 「향미사」뿐이다. 그는 한국문인협회 부이사장, 한국시인협회 회장 등을 역임한 현 문단의 원로 시인이며 한편으로는 『현대인의 불교』, 『불교대전』, 『법화경』, 『법구경』, 『선시』 등 불교와 관계된 수많은 역서와 저서를 낸 불교학자이기도 하다. 전국신도회 부회장을 지낼 정도로 신앙심 또한 두터운 것으로 보인다. 그는 1980년대 이후에는 시작보다는 불교, 유교의 경전 번역과 불교와 관련된 저작에 온 힘을 기울이고 있는 듯하다.

　지금까지 우리의 경험에 의하면 신앙심과 그 작가의 작품 성향과는 대체로 밀접한 관계가 있다고 할 수 있다. 그러나 이 '관계'라는 것이 그리 단순하지는 않다. 신앙심 그 자체가 개인마다 일정한 편차를 지닌 것이기도 하지만 그것이 문학작품에 반영되는 양상 또한 매우 다양한 것이다. 한 작가의 작품에 신앙심과 무관한 작품이 다수 등장하는 것은 지극히 자연스러운 일이며 때로는 신앙과 정면으로 배치되는 내용의 작품이 발표되기도 한다. 이원섭의 경우는 조금 특별한 부분이 부각된다. 초기시의 도가풍의 고답적 자세는 이후 그의 시세계를 규정하는 불교의 선적 감각과 관련이 있다 하겠지만 시집『향미사』에 나타나는 기독교 신앙과 관련된 시들을 어떻게 볼 것인가 하는 것이 문제이다. 6·25전란 중의 황폐한 분위기가 그를 기독교적 신앙, 특히 원죄의식으로 이끌었던 것인가 아니면 그 무렵 강한 인상을 받은 기독교의 사상과 성서의 예화가 그의 시상과 우연히 접맥되었던 것인가 하는 것이 명확치 않다. 또 그로부터 벗어나게 되는 것은 어떠한 계기에 의해서인가 하는 것도 의문점으로 남는다. 우리가 관심을 기울이는 것은 실제로 그의 사상적, 신앙적 변모양상 그 자체는 아니다. 그의 시에 나타난 종교적 양상에 대한 적절한 해석이다.

도가풍의 시

箕山 깊은 골짜기—
솔은 龍의 모습을 배우며 늙었다
그 밑에, 許由는 冠도 없이
풀을 깔고 앉아있었다.

흰 구름은 가벼이 하늘을 달리고
산새 한마리 날지 않았다.

언젠가 벗이 귀 씻던 그 물은
紅葉에 얼룩이 져 노래하며 흘렀다.

……나에게 天下를 주리라고

가지에 걸렸던 瓢까지 버렸다

마음을 흔드는 微風조차 없었다
모든 것은 太古
玄玄한 중에 있었다

어데선지 丁丁히
나무 찍는 소리……

許由는 微笑하며
앉아있었다

－「기산부」전문

　이원섭의 처녀작인 이 작품은 서정주가 '시선후감'에서 '말의 중량과 시상의 중량과의 절묘한 균형'을 이루어냈다고 하여 '대가의 풍모'가 보인다고까지 절찬한 작품이다. 중국 고대의 요임금 시절 소부-허유의 고사를 바탕으로 한 이 시는 언뜻 보아 고사의 내용을 크게 벗어나지 않은 평범한 발상의 작품인 듯하다. 그러나 이처럼 평범하게 읽히는 가운데 이 시는 어떤 깊은 울림을 내면에 지니고 있다.

　첫째 연과 둘째 연은 이 작품의 배경을 묘사한 것이다. '솔'의 그늘 아래 허유는 '冠'도 없이 풀을 깔고, 즉 탈속한 모습으로 조용히 앉아있다. 이 '솔'은 용의 모습을 배우며 늙은 것이라고 한다. 여기서 우리는 지조를 표상하는 소나무의 푸르름과 용의 기상을 지닌 듯 가지가 자연스럽게 벋어난 소나무의 자태를 떠올리게 된다. 이것은 물론 그대로 허유의 이미지와도 연결된다. 거칠 것 없음, 자연스러움, 지조, 세사에 초연함 등의 이미지가 자연스럽게 배어난다. 2연에서의 가벼이 하늘을 나는 흰구름 또한 허유의 무엇에도 얽매이지 않는 자유로운 정신세계와 호응한다. 조금 문제가 되는 것은 '산새 한 마리 날지 않았다'는 구절이다. 바로 앞에서의 구름의 움직임과 대립됨으로써 시상의 자연스런 흐름을 방해하고 있다. 그러나 불규칙한 움직임으로 정적을 깨는 산새의 움직임을 배제함으로써 주된 이야기의 흐름으로 시선을 모으는 효과를 가져온다.

셋째 연에서 귀를 씻는 것은 친구 소부의 행위가 아니라 허유 자신의 행위로 우리는 알고 있지만 그것은 여기서 별 문제가 되지 않는다. 소부가 허유의 호라는 설도 있으며, 정작 우리의 관심은 이러한 '탈속'이라는 제재가 시적으로 어떻게 형상화되는가 하는 문제이기 때문이다. 허유는 여기서 송아지를 끌고 상류로 올라가는 (소부의)모습에서 한 걸음 더 나아가 물 떠먹는 표주박까지 버리는 것으로 그려져 있다. 이러한 허유의 행위는 결과적으로 일곱째 연에서 절대 정적의 안정감을 획득하게 되는 것으로 나타난다. 이것은 '……나에게 천하를 주리라고'와 같은 파장이 큰 어구와 대비됨으로써 허유의 정신의 경지를 드러낸다. '미풍조차 없다'는 것은 '산새 한 마리 날지 않는다'는 것과 마찬가지로 정적을 강조하는 것이다. 모든 것이 '太古'의 '玄玄한 중'에 있다는 말에서 우리는 과거사를 넘어서 역사 이전의 어떠한 원초적 세계로 회귀하고 있는 듯한 느낌을 받는다. 이것은 마치 어떠한 종류의 분별도 없는 불교의 선적인 세계와도 통하는 것이다. 여기서 우리를 다시 현실계로 이끄는 것이 바로 'ㄱㄱ히/나무 찍는 소리'이다. '어데선지' 들려오는 이 소리의 진폭과 그 여운에 우리는 시속을 초월한 산중의 분위기에 젖는 한편, 다시금 현실로 돌아오게도 되는 것이다. 끝 연에서의 허유의 미소는 과거 자신의 행동을 돌이켜 보며 스스로 만족해함을 뜻한다. 그러나 이 미소는 작가의 유현한 정신의 소산인 동시에 또 읽는이의 공감을 자아내는 미소로 번져 나아가는 것이기도 하다. 이 시는 이렇게 하여 등장인물과 시인, 그리고 독자를 하나의 자장 속에 끌어안는다. 서정주가 '道敎風의 그의 詩의 世界의 高踏性 때문'이 아니라 '산

感動'을 주기 때문에 추천작으로 선정했다고 하는 것은 이 시가 이러한 깊은 맛을 지니기 때문일 것이다. 이 작품과 함께 추천을 받은「죽림도」에는 더욱 담담한 수채화도 같은 도가풍의 서정이 형상화되어 있다.

어찌 슬픔인들
없을까 마는
北斗같이 드높이
位置한 곳이었다

세월조차 여기에는
浪漫的하여
한판의 바둑이
百年인 곳이었다.

ㅡ「죽림도」부분

이 시에서는 신선들이 산다는 선계의 모습 뒤로 인간계의 그림자가 비친다. '浪漫的'이라는 말도 그러하지만 '슬픔'이야말로 속세의 온갖 갈등과 고뇌, 비애 등을 표상하는 것이다. 이 작품의 앞부분에서 "세상과 멀어/세상과 멀어/봄이란들 제비조차/안 오는 곳이었다"라고 하여 '봄'과 '제비' 곧 어떠한 생명력을 그리워하는 마음을 비친다든가 세상과 멀리 떨어진 신선계를 그리면서도 위에서처럼 인간의 체취를 남기는 것은 앞으로 진행될 그의 시세계의 흐름을 예고하는 것이기도 하다.

기독교적 상상력과 그 변용으로서의 시

등단 후 얼마 지나지 않아 한국전쟁이 발발하자 이원섭은「아들은 돌아왔습니다」와 같은 전쟁시를 발표한다. 그런데 이 전란 중에 그는 한 권의 시집을 준비한다. 약 40일간에 걸쳐 쓴 작품들을 모은 것이 바로 『향미사』이다. 이 시집에 수록된 시에는 그의 시 가운데에는 드물게도 어떤 열정이 담겨 있다. 짧은 기간에 집중적으로 쓴 것도 그러한 젊음의 열정과 무관하지 않을 것이다. 「불」, 「향미사」와 같은 작품이 특히 그러하다.

　　가) 나는 추겠다. 나의 춤을!
　　　　사실 나는 花郎의 후예란다.
　　　　장미 가지 대신 넥타이라도 풀러서 손에 늘이고
　　　　내가 추는 나의 춤을 나는 보리라.

　　　　달밤이다.
　　　　끝없는 은모랫벌이다.
　　　　풀 한 포기 살지 않는 이 사하라에서
　　　　누구를 우리는 기다릴 거냐.

　　　　　　　　　　　　　　　　　　　　－ 「향미사」 부분

　　나) 들어라 목청과 목청을 합쳐
　　　　호산나 호산나 부르는 소리.
　　　　　•
　　　　불빛에 아련히 비최는 것은
　　　　능금모양 새빨안 맨알몸으로
　　　　미치인듯이 춤추는 사람들.

　　　　기쁨에 넘치는 웃음과 함께
　　　　꽃 속으론양 뛰어드는 사람들.

아담의 자손은 다 오너라.
太古로부터 오르는 불길.

- 「불」 부분

　가)의 '향미사'라든가 '장미 가지', '사하라'와 같은 소도구, 배경들은 우리의 시적 전통에서는 대단히 낯선 것들이다. 그러나 1940년대 후반부터 1950년대 초의 시인들은 이런 낯선 것들을 그들의 시의 전면에 등장시켜 실존적 고민과 생명에의 의지 등을 그려냈다. '亞剌比亞의 沙漠'(유치환의 「생명의 서 일장」), '薔薇밭'(송욱의 「장미」) 등이 그것이다. 이원섭의 「향미사」역시 이와 유사한 성향을 지니고 있다. 사하라 사막에 사는 뱀으로, 기어갈 때 꼬리에서 방울 소리 같은 것이 난다는 각주까지 달아가면서 '향미사'라는 뱀을 등장시킨 것은 그것이 다름 아닌 '사하라'라는 불모지대 즉 극한의 상황을 설정하기에 용이했기 때문일 것이다. 향미사의 방울 소리에 맞추어 가)의 화자는 춤을 추겠다고 한다. 송욱의 '장미 가시'(「장미」)를 '장미 가지'로 인식한 것인지 '장미 가지'를 들먹이고 있다. 그러나 아무튼 이 춤은 '나의 춤'이다. 또한 그는 "내가 추는 나의 춤을 나는" 보겠다고 하여 강한 자아의식을 드러내고 있다. '풀 한 포기 살지 않는 사하라'를 배경으로 이 자아의식은 더욱 강렬해진다.

　나)에서의 '춤'은 가)의 것과는 달리 어떤 확신과 환희에 찬 몸짓으로서의 춤이다. 이 춤은 춤에 그치지 않고 '꽃 속으론양' 불길 속에 뛰어드는 데에까지 이른다. 이 '불길'은 "숨매키는 어두움"을 배경으로 삼고 있음으로써 더욱 극적인 효과를 자아낸다. 그런데 이들은 이렇게 춤추면서 다 같이 목청 높여 '호산나'를 연창하고 있다. 한데 모여 합창하고 춤추면서 하느님을 찬양하는 가운데 이들은 황홀경에 빠져드는 것이다. 그것은 바깥이, 당시의 외부 세계가 억압으로 가득 찬 것이기에 더욱 그러한 듯하다. 그들이 "능금모양 새빨안 알몸"인 것은 절대자 앞에 선 알몸뚱이로서의 인간이기 때문이다. 에덴동산의 아담과 이브의 모습이 연상된다.

여기서 우리는 가)의 화자가 "사실 나는 花郎의 후예란다."라고 새삼스럽게 고백하는 의미가 무엇인가를 다시금 살펴보게 된다. 아담의 자손이라는 생각과 화랑의 후예라는 것은 생각하기에 따라 자연스럽게 받아들일 수도 있는 일이지만 이렇게 특별히 언급할 때에는 그것이 서로 모순된다는 인식이 한편에 자리하고 있다. 같은 시집의 "아담은 나의 222代祖. 나는 카인의 221代孫"(「족보」)과 같은 구절을 보면 더욱 그러하다. 그렇다면 이제 이 시 자체만으로는 잘 풀리지 않던, 가)의 끝부분에서 '우리'가 기다리는 것은 무엇인가라는 문제에 대한 풀이가 어느 정도 가능해진다. 그것은 다름 아닌 어떤 절대자인 듯하다. 불모의 지역 사하라에서 춤추는 '나'의 고뇌를 해소해 줄 어떤 전지전능한 존재를 가)의 화자가 애타게 기다리고 있었음이 드러나기 때문이다. 하나의 작품이 그 작가의 다른 작품과의 연관 속에서 그 내포가 더욱 풍부해지는 경우도 있지만 그렇게 해야 그 의미가 제대로 파악된다면 곤란하다. '향미사'라는 독특한 대상을 등장시켜 시선을 끈 데 비해 이 시가 선명한 인상을 남기지 못함은 바로 이 때문이다.

다음의 작품들에서도 기독교의 원죄의식이 그 골간을 이룬다. 그러나 「향미사」가 그러하듯이 그대로 신앙심의 고백으로만 볼 수는 없다.

> 가) 얼마나 숨매키는 기쁨이었을까.
> 　　떨려오는 떨려오는 가슴이었을까.
> 　　영원보다도 천 곱은 긴
> 　　그렇게 긴 순간이었으리.
>
> 　　주렁 주렁 매달린 그 과일의
> 　　빛갈은 얼마나 아름다웠을까.

처음으로 환히 눈 트이는 곳
부끄럼은 얼마나 눈부셨을까.

-「그날 1」 부분

나) 나의 百代의 또 百代의 조상으로부터
물려 받은 서글픈 나의 이름은
종일을 두고 닦아보아도
화수분모양 남아 있더라.

-「목욕」 부분

다) 어머니 배 속에 있을 때부터
쓰고 있던 빛나는 영광이란다.
내 삶의 물줄기의 흘러 나오는
젖처럼 솟아나는 샘물이란다.

죽을 때까지 벗지 못 하는
무서운 禁斷의 율법이란다.
조상으로부터 피로 이어 온
서리보다도 더 엄한 계명이란다.

-「탈」 부분

가)는 아담과 이브가 뱀의 유혹에 못 이겨 선악과를 따 먹고 에덴동산으로부터 추방당하는 성서의 일화를 이원섭이 재해석한 것이다. 인류의 조상으로서 지은 죄, 곧 원죄를 후대의 온 인류에 남기게 된 통한의 사건을 가)의 화자는 전혀 다른 각도에서 고찰한다. 뱀의 유혹에 빠지는 순간의 이브의 고조된 감정의 상태를 이처럼 극도로 설레는 심정이었던 것으로 볼 수 있다는 것은 매우 놀라운 일이다. 그것은 나)와 같은 원죄의식에의 침잠, 다)와 같은 숙명으로서의 인식이 뒷받침되었기에 오히려 가능한 일이었다.

나)의 ‘서글픔’은 다)에도 이어지는 것이다. 나)의 “서글픈 나의 이름”은 다)의 작품에 “서글픈 나의 탈”로 변용되어 나타난다. 이것은 나)의 “종일을 두고 닦아보아도/화수분모양 남아있더라”라거나 다)의 “죽을 때까지 벗지 못 하는/禁斷의 율법”이라고 하여 숙명으로 받아들임으로써 지니게 되는 감정이다. 그렇다면 다)의 ‘빛나는 영광’이라던가 ‘샘물’이라는 언급의 의미는 무엇인가. ‘영광’은 체념으로부터 오는 반어에 가까운 표현이라 할 수 있을 것이다. 그러나 ‘삶의 물줄기로부터 솟아나는 샘물’이라 하는 것에서 우리는 화자가 스스로 그러한 의식을 증폭시키고 있는 것이 아닌가 생각할 정도로 원죄의식이 완강히 뿌리내리고 있음을 느낄 수 있다. 가)는 이러한 의식으로부터의 반전을 성공시킨 이원섭의 시정신의 승리라고까지 말할 수 있다. 시적인 변용이란 결코 단순한 기교가 아니라 이처럼 좌절과 체념, 그리고 고착화되어가는 관념의 세계를 뚫고 일어서는 정신에서 얻어지는 시신(詩神)의 자기 구현이라고 할 수 있다.

이렇게 볼 때 이원섭의 기독교적 신앙은 매우 특이한 양상으로 전개되었음을 알 수 있다. 그가 훗날 「기도(祈禱)」(『現代文學』, 1968. 8)에서 “主日이면 당신 앞에 무릎꿇는 경건한 신도되게 하시고/딴날이면 영혼을 파는 성스런 장사치되게 하여주시옵기를”하고 기원했던 데에서 보듯이 그는 전적인 신앙인으로 자처하는 것은 아니었다. 다만 그는 기독교 사상에 한 때 강렬한 충격을 받아 그의 시세계의 진폭을 확대할 수 있었던 것 같다. 『향미사』 발간 이후에 전개되는 그의 시에는 기독교적 체취가 거의 제거되어 있다. 휴전이 성립되고 극한 상황을 벗어났다는 사회적 변화도 그 한 원인이 될 수 있다. 그러나 기독교 신앙과 관련된 시를 쓰던 당시에도 비판적인 시각을 유지했던 것이 그러한 변화의 더욱 커다란 원인이라 할 수 있다.

선감각과 슬픔의 시

이원섭 시의 본령은 지금까지 살펴 본 시들에 나타나는 도가풍, 혹은 기독교적 상상력에 있지 않다. 그보다는 오히려 서러움과 슬픔, 외로움을 그리는 시들이 저류를 형성하고 있다. 이러한 시들은 또한 불교적 상상력이나 선감각과도 결합되어 있는 경우가 많다.

가) 잔뜩 무를 캐 인 女人이
　　나를 스치고 지나간다.
　　등에는 혹처럼 애가 달려서
　　蕭條한 가을을 울면서 간다.
　　모든 것은 마땅히 그래야 하듯이
　　꼭 그렇게 있다.

– 「마을」 부분

나) 나로 하여 너와 함께 있게 하라.
　　끝없이 짙은 네 외롬 속에
　　지나가는 기러기가 흘리고 간
　　핏방울처럼 꺼지게 하라.

– 「바다」 부분

다) 바다ㅅ가에 서 보면 무엇하랴.
　　허전한 마음
　　바다에도 띄울 수 없어
　　애처로웁다.

– 「바위」 부분

가)는 어떤 마을의 가을 정경을 그리고 있다. 여기서 '女人'은 애를 업고 서 무를 잔뜩 캐서 나르고 있는 중이다. 그런데 이때 소조한 즉, 쓸쓸한 가을을 울면서 가는 것은 누구인가? 애가 우는 것인가, 아니면 여인이 우는 것인가? 애와 여인과 화자까지도 함께 우는 듯한 느낌이다. 이들을 둘러싼 정경 가운데 '베태질하는 소리', '저녁연기', '우는 소리' 등이 상승의 이미지라면 '느티나무 잎사귀', '눈물' 등이 하강의 이미지라 할 수 있다. 그런데 느티나무는 그 가지로 저녁연기와 베태질하는 소리 등을 덮어 주려는 것으로 나타남으로써 전체적으로는 무거운 분위기를 형성하고 있다. 나), 다)에서 보듯이 이원섭의 시에는 때때로 자신과 일체화시키고 싶은 대상으로서 '바다'가 등장한다. 이 '바다'는 '짙은 외롬'을 표상하는 즉, 외로운 자신의 심정을 투영하는 대상이 되는가 하면 때로는 '허전한 마음'이 투사된 대상이 되기도 한다. "音波 되어/함께 슬퍼하련?"('바다」, 『문예』, 1953. 12)에서 보듯이 슬픔을 나누기 위해 화자인 '나'를 바다에게 주겠다고도 한다.

이처럼 이원섭에게 있어서 바다는 허전하고 외로운 심정, 슬픈 감정 등을 받아줄 대상으로서 존재한다. 바다는 때로는 폭풍우를 일으키기도 하지만 결국은 그 모든 것을 수용하여 본래의 고요한 모습으로 돌아가 버리곤 하는 속성을 지닌 존재이기 때문일 것이다. 쓸쓸함, 허전함, 외로움, 슬픔 등의 감정이 불교에서 말하는 집착 등으로 인한 인간의 생득적인 고뇌와 번민 등과 결부된 것이라면 가)의 끝부분에서의 "모든 것은 마땅히 그래야 하듯이/꼭 그렇게 있다"는 식의 언급은 온갖 번뇌를 초탈한 사람의 말처럼 들린다. 그런데 쓸쓸함이나 슬픔의 감정과 이같은 평정심과의 사이에 어떠한 연결 고리도 없으며 조그마한 설명도 없다. 마을의 정경도 대체로는 심상한 것이지만 자세히 들여다보면 움직임들이 적지 않다. 상승과 하강 운동의 교차 역시 이러한 감정의 꿈틀거림과 무관하지 않다. 일부가 겉으로도 드러나지만 대체로 잠재되어 있는 이런 모든 동적 이미지들을 이 작품의 화자는 누구보다 예민한 촉수로 받아들이면서도 짐짓 모른 척 하는 것이다. 이것은 말로는 표현되지 않는 진여(眞如)를 말로써 표현하기 위한 방법론적인 전략의 하나이다.

이원섭의 시 가운데에는 불교 용어로 채색된 많은 시편들이 있다. 그 하나하나가 높은 깨달음의 경지를 보여준다. 그러나 불교 용어를 사용했다는 것만으로도 오히려 그 성취도가 감소하고 마는 경우가 있다.

가) 비는 은행나무의 五根을 적시고
    意識에 스며든다.
    末那(manas)가 젖어서
    희미한 阿賴耶(ālaya)의 언저리에
    낙엽져 딩군다.

                                    ―「은행나무」 부분

나) 山이 흐른다. 星座가 흐르고, 달나라 姮娥가 흐르고, 佛陀가 흐르고, 畢竟
    空이 흐른다. 一切가 흐른다. 나까지 흐른다.

                                    ―「산상에서」 부분

두 작품 모두 깊은 불교적 이해를 바탕으로 한 우주적 사유와 그것에 기반하여 눈앞에 나타나는 대상의 본질을 추구하는 모습을 보여준다. 가)의 은행나무는 모든 감각기관이 비에 젖고 그것의 의식마저도 비에 젖는 모습으로 의인화되어 나타난다. 셋째 행부터의 주어는 '비'가 아니라 '末那' 곧 '사유'이다. 이것은 둘째 행의 '意識'과 통한다. 의식이 어떠한 변화를 겪게 되는가를 말한다. 그렇다면 '이성적 사유 또는 의식이 비에 젖어 희미한 아뢰야(阿賴耶) 곧 잠재의식(죽은 뒤에도 없어지지 않는)의 언저리에 낙엽져 뒹군다'는 것은 어떠한 의미인가? 우리가 평상적으로 사고하고 인식하는 모든 작용—분별심이 비에 젖은 뒤에 즉, 혹독한 시련을 겪거나 혹은 수련을 통해 스러진 뒤에 남는 어떠한 본질적인 요소를 강조하는 듯하다. 그러나 마음의 마음, 존재의 뿌리인 아뢰야식이 결국은 분별의 모체인 바에야 그것마저도 끊어버려야 하는 것이기에 그러한 고민을 해소할 길 없는 "은행나무는 / 地熱 같은 高熱을 앓"는 현상이 나타나는 것이다. '은행나무'에 화자의 심경이 투사되어 있음은 물론이다.

나)의 화자는 산에 올라가 모든 자연 혹은 인공의 만물이, 상상계의 모든 것이 한데 어우러져 마음속의 한 점으로 수렴되었다가 다시 흘러나오는 것, 혹은 세월의 흐름 속에 한 배를 타고 있음을 깨닫게 되었다고 한다. '필경공(畢竟空)'이라는 관념 중의 관념까지도 그 흐름 속에 넣고 있음을 볼 때 이것은 언어로 그 본뜻에 도달하기 힘든 높은 경지의 정신세계를 그리고 있는 듯하다. 이 작품들은 이처럼 쉽사리 도달할 수 없고, 쉽사리 이해되지도 않는 단계의 것들이지만 그 한 구석에는 우리의 감동을 약화시키는 부분이 있다. 그것은 다름 아니라 이 시들에 쓰인 불교용어들이다. 일반인들에게 익숙한 것은 익숙한 대로 그것이 불교를 연상케 함으로써 특정 사상의 맥락으로 그 시를 규정짓게 하고, 낯선 것은 낯선 대로 어떤 거부감을 불러일으키기 때문이다.

아래와 같은 작품은 어떤 특정의 사상을 적어도 용어 사용의 면에서는 전혀 내색하지 않고서 위의 작품들에 못지않은 정신의 높은 경지로 우리를 끌고 올라간다.

세 살짜리가
그림을 가리키며
모란꽃 속으로
들어가잔다.

마치 별빛이 들어갔다가
이슬 되어 맺히고
나비가 들어갔다가
향기 되어 내풍기는 듯
모란꽃 속에 들어가 놀다가
그렇게 나오자는 것이다.
세 살짜리가, 세 살짜리가.

– 「모란꽃 속에」

 세 살짜리 아이의 시선을 따라가며 무엇에도 얽매이지 않는 그 상상력의 자유로움에 성인인 화자가 놀라움을 표하는 과정이 손에 잡힐 듯 묘사되어 있다. 한 행의 길이가 제4행까지는 7자로 된 제2행이 가장 긴 것이지만 그 이후에는 모든 행이 그보다 길다. 제4행까지는 간결한 객관적 묘사이다. 그로부터 감정이 개입되는 표현으로의 진행과정은 그 호흡의 변화와 함께 나타난다. 제4행의 '들어가잔다'로부터 제11행의 '그렇게 나오자는 것이다'로 변환되는 것이나 끝 행의 '세 살짜리가'의 반복은 화자의 감정이 고조되고 있음을 드러낸다.

 모란꽃 그림과 실제의 모란꽃 사이에는 어떠한 차이가 있는 것일까. 전혀 다른 것으로 여기는 우리들의 생각과, 그것을 실제의 모란꽃과 구별을 두지 않는 아이의 생각과는 어떤 차이가 있는 것일까. 현상과 본질, 가상과 실재, 주관과 객관, 미와 추, 선과 악, 적과 동지, 안과 밖, 나와 남, 동서남북……. 이 모든 것의 분별을 버리는 것이 절대적 진실을 추구하는 선(禪)의 기본이라면 아이의 시선은 곧 우리가 지향하는 선심과 통하는 것임에 틀림없을 것이다. 그런데 여기서 한 가지 더 생각해 볼 것은 모란꽃 속으로 들어갔다가 나오자는 아이의 발상이다. 아이는 마치 우리 인간을 '별빛'이나 '나비'처럼 몸이 가볍고 자유로운 존재로 인식한다. 거칠 것 없는 사고의 자유로움에 우리는 화자와 함께 놀라움을 금할 수 없다. 아이가 모란꽃 속에 들어가고 싶은 것은 그곳을 놀이 공간으로 인식한 때문이다. 놀이는 아이의 삶의 거의 모든 것이다. 아이가 모란꽃 속에 들어가 노는 그 순간 우주 자연은 혼연일체가 된다. 그리고 그것은 인식과 행위와의 분별이 없는 이 시에서 이미 실현되고 있다. 또 하나 그대로 넘어갈 수 없는 것은 '별빛'이 들어갔다가 '이슬'되어 맺힌다든가 '나비'가 들어갔다가 '향기'되어 내풍긴다는 말이다. '이슬'이나 '향기'가 만들어지는 원인을 이렇게 파악한다는 것은 우주 자연의 생성 원리에 대한 동화적 인식을 화자와 아이가 공유하고 있다는 것이다. 실제 생성 원인이나 그것의 실재 여부와는 별개로 이러한 자연친화적 발상 자체가 이원섭의 선감각의 수준을 보여주는 것이다. 현란한 불교 용어로 채색된 시들도 각기 그 선적 감각과 깊이를 자랑하고 있지만 전혀 일상용어의 범위를 벗어나지 않고 쓴 이러한 작품이야말로 그의 시 가운데 백미에 해당하는 것이라 할 수 있을 것이다.

이원섭은 조주(趙州)의 '정전백수자(庭前栢樹子)'라는 공안을 소개하면서 "시적인 체취를 완전히 벗어던진 실재 자체의 제시를 과제로 삼고 싶다."고 말한 바 있다.(「내 시의 언저리」) 주객미분(主客未分)의 세계의 소식을 전하는 '庭前栢樹子'와 같은 시를 쓰고 싶은 것이 그의 희망이었다면 아마도 위의 「모란꽃 속에」와 같은 시 혹은 필자의 짧은 소견으로는 접근이 용이하지 않은 「석굴암」, 「인수봉」 등의 시편들이 그러한 희망을 어느 정도 실현하고 있는 것이 아닐까 한다. 이원섭은 1980년대 이후 거의 시를 발표하지 않고 불경 혹은 선시 등을 위주로 하는 번역과 해설을 자신의 일로 삼은 듯하다. 그가 지향하는 시는 말로써 표현하기에는 너무도 벅찬 것이요, 말하지 않는 것이 오히려 더욱더 진실과 실재에 다가서는 길이라고 생각했는지도 모른다. 처녀시집 『향미사』 발간 이후 지금까지 시집을 펴내지 않고 있는 것도 같은 맥락에서 보아야 할 것 같다.

죽창과 꿈꾸는 존재로서의 삶

— 고재종론

1

고재종시인은 1984년에 작품 활동을 시작하여 지금까지 5권의 시집과 2권의 산문집을 펴냈다. 그의 작품은 산업화가 진행될수록 더욱 소외되어가는 우리 농촌과 모습과, 종전과는 다른 종류의 온갖 고통을 겪는 최근 농민의 삶의 기록 그 자체이다. 그가 매우 왕성한 창작열을 보인 이유는 우리 농촌의 현실과 그 문제점에 대한 발언 욕구가 그만큼 큰 것이었기 때문일 것이다. 농업 중심의 산업 구조를 지녀온 우리의 과거사에서 농촌과 농민의 문제는 언제나 삶의 근저에 닿아있는 것이었고 따라서 많은 시인들이 그러한 문제를 그들의 작품 속에서 다루어 왔다. 하지만 고재종처럼 농업생산의 현장에서 지속적이고도 본격적으로 구체적인 현실의 문제를 곱씹은 이는 없었다. 그가 현대시사에서 본격적 의미의 농민시인이라는 하나의 전형을 이루게 되는 것은 이 때문이다.

고재종의 시는 눈에 띄는 커다란 두 개의 이미지를 지니고 있다. 그 가운데 하나는 '죽창'의 이미지이다. 그것은 바로 농촌 현실에 대한 그의 날카로운 현실인식을 표상하는 것이다. 그러나 그의 시에는 농촌의 문제의식만이 불쑥 드러나 있지는 않다. 그의 첨예한 현실 비판의식은 대체로 보다 근원적인 생산력에 기대인 어떤 낙관 또는 미래에의 희망에 의해 감싸여 있다. 이를 두고 혹자는 사상성의 부족을 염려하기도 하지만 실제로 농민 의식의 보편적 성향을 대변한다는 점에서 그것은 그의 직업에 따른 의식을 충실히 반영하는 것으로 보는 것이 마땅할 것이다. 그의 시의 또 다른 하나의 커다란 흐름으로서 '꿈꾸는 존재로서의 삶'의 이미지들은 이러한 그의 태도와 결부되어 있다.

2

가) 그렇다 절망이 짙다 보면
　　지금 이슬 끼는 풀잎조차도 칼끝으로 일어섬을
　　벌써 발뻗고 누운 것들은 모르리라
　　그래 무섭도록 깊은 외로움 추스리고
　　끝내 어둔 마을로 드는 그대 당당함 모르리라.

　　　　　　　　　　　　　　　　　　　　　　－「벌모」부분

나) 그렇게만은 안된다고 아니된다고
　　퍼런 보리이삭들 칼끝 창끝으로 치솟고
　　떠났어도 떠나지 못한 서러운 그는
　　앞뒷산 소쩍새로 저다지 울어예는 길
　　끝내 우리의 불끈 쥔 주먹 떨리게 하는
　　절망보다 더 붉은 절통한 길이 보인다
　　분노보다 더 퍼런 노여운 길이 보인다

　　　　　　　　　　　　　　　　　　　　－「장성골 소쩍새」부분

다) 바람 차운 날 대숲에 들면
　　어쩐 일일까, 죽창 죽창 부딪는 소리
　　이따금 스걱스걱 발자국 소리도 들리고
　　떨리는 떨리는 내 넋 속에도 무언가

자꾸만 쑤욱쑤욱 자라게 하고
칼날 같은 창날 같은 것들의
번뜩임 소리 저 결연한 소리

- 「대숲이 부르는 소리」 부분

　인용시 가)의 '그대'는 품꾼을 사서 온종일 벌모를 심었다. 제대로 심기
지 않은 모를 다음날 하나하나 손으로 꽂아 넣는 이러한 정성은 어떤 희
망이 남아 있음을 뜻하는 것은 아니다. 그러한 노역은 다만 생존의 행위
일 따름이다. 피땀 흘려 농사를 지어도 빚만 늘어가는 경우가 허다한 것이
근래의 농촌 현실이지만 그럼에도 불구하고 정성을 다하는 것이 바로 농
민의 삶의 본 모습이다. 결과에 더욱 관심이 큰 것이 자본주의의 논리이
지만 그것만으로는 농민의 생산 노동을 온전히 설명해내지 못한다. 가)의
첫 행의 '절망'은 몰락해 가는 우리의 농촌 사정을 단적으로 드러내는 단
어이다. 벌모를 다 심고 난 저녁 시간에 느끼는 감정이 가슴 뿌듯한 만족
감 또는 희열이 아니고 절망이라는 것은 비극적인 농촌의 현실을 웅변하
는 것이다. 그런데 화자는 뜻밖에도 이러한 절망의 끝에 '풀잎'이 '칼끝'으
로 일어서는 것을 본다. 풀은 전통적으로 끈질긴 생명력을 지닌 민중의 형
상으로 인식되어 왔지만 이 시의 '풀잎'에는 그러한 이미지와 함께 '칼끝'
의 날카로운 이미지가 보태져 있다. 주목되는 것은 이러한 절망과 치열한
생명력이 '그대'의 가슴속에 교차되고 있음을 '벌써 발뻗고 누운 것들'은
모를 것이라고 화자가 말하는 것이다. 이 '그대'의 깊은 '외로움'은 '절망'의
현실로부터 오는 것이다. 그러나 그는 결국 어둠 속의 외로움을 정면으로
받아들이고 이를 감내하여 '당당함'을 내면화한 채 마을로 돌아온다. 가)에
는 벌모를 심은 농민인 '그대'와 '풀잎', 그리고 '칼끝' 등이 한데 어우러져
'벌써 발뻗고 누운 것들' 즉 생산 현장의 신성한 노동이나 농민의 고통과는
무관한 이들과 대립되는 양상이 나타나 있다.

나)는 매년 늘어나는 빚더미에 눌린 채 "부자는 더 부유해져 태산처럼 높아지고/가난뱅인 더 가난해져 날마다 죽어간다"는 원한 어린 유서를 남기고 죽은 이를 조상하는 글이다. 그는 "못 감은 눈 치뜨고 항거하며" 떠나갔다. 그렇게 떠나가는 것에 대한 격렬한 거부의 심정을 울분을 넘어 저항 의지로까지 심화된다. '앞뒷산 소쩍새'의 울음이 죽은이의 절규로 들리는 것은 자연스러운 일이다. 언 땅을 뚫고 올라 온 보리싹이 자라는 모습을 고재종은 언제나 경이와 감동의 시선으로 보아왔다. "멀리 삭풍 울음 스산한 들에 보리싹 청청히 일어나고 보리싹 함성 치는 소리를" 그는 "찬란한 승리의 그날"을 위한 것으로 들어왔던 것이다.(「겨울보리」) 오월에 이삭이 팬 보리를 보면서도 화자는 그것을 '칼끝 창끝'으로 느낀다. 들판에 가득 차 있는 '퍼런 보리이삭들'이 그렇게 느껴진다는 것은 그의 죽음이 개인적 사정에 의한 것이 아니라는 생각을 하게 됨으로써 개인적 분노가 아닌 민중적 저항의식이 솟구치게 됨을 말해준다.

가), 나)에서 보듯이 농민의 서러움이나 분노는 단지 그들의 어려운 삶때문에 솟아나는 것만은 아니다. 농민인 '그대'와 '벌써 발뻗고 누운 것들', 혹은 '부자'와 '가난뱅이'와의 대립을 의식함으로써 발생하는 소외감이 더 큰 원인이었음이 드러난다. 인용시 다)를 통해 우리는 가), 나)에서 언급하고 있는 '칼끝', '창끝' 등의 이미지가 실제로는 '죽창'에 통합되는 것이었음을 알게 된다. 크고 작은 과거 남도의 민란들이나 동학농민혁명, 나아가 근래의 농민 시위에 이르기까지 죽창은 가장 표나는 농민의 저항의식의 상징이었다 할 것이다. 농민이 목숨을 걸고 죽창을 들고 나서는 것은 실제로 매우 드문 일이다. 농민이란 어떤 경우에건 봄이면 씨를 뿌려 풍성한 가을을 준비하는 꿈을 버리지 못하는 이들이기 때문이다. 그러나 어느 순간 그들의 넋 속에 '자꾸만 쑤욱쑤욱' 자라는 그 무엇이 일정한 한계를 넘게 되면 결연히 그들의 몸을 던지고 마는 것이 또한 그들이다. 대나무의 고장 담양이 고향이며 실제로 농삿일, 동네 이장일 등을 하고 있는 고재종

시인이 바람 부는 대숲에서 느끼는 '떨리는 떨리는' 심정은 누구보다도 절실한 것임에 틀림없다.

3

고재종의 시에는 농사짓는 일, 또는 농촌에서 느끼는 갖은 애환을 그린 것이 주류를 이루며 그 가운데에는 앞서 살펴 본 것과 같은 날이 시퍼렇게 선 시선의 작품들이 종종 있다. 그러나 그의 시에는 자연과의 교감을 그린 것, 애틋한 사랑의 정을 나타낸 것, 남의 이야기를 하는 듯 현실로부터 조금 비껴 선 마음의 자세를 보여주는 작품들이 또 다른 맥락을 형성한다. "가슴속에 암덩이처럼 맺힌 원한을 저녁바람으로 씻어내며 때론 그 바람에 들녘의 풀잎 하나로 가만가만 흔들릴 줄도 알아야 혹서의 견딜 수 없는 세월과 싸울 수도 있다"(「외로움은 자라서 山이 되지 못하고」)는 그의 말에서도 엿볼 수 있듯이 그의 시의 힘과 끈기는 오히려 전통적 의미의 서정성을 기반으로 하는 것이기 때문이다.

가) 그 사람 발자국 소리만 들어도
　　벼들이 한 뼘씩이나 자라고
　　그 사람 손길 한번에
　　온갖 것들이 일파만파로 사운거리고

　　　　　　　　　　　　　　　　　　　　－「지상에서 하늘까지」 부분

니) 숲은 그러자 이윽고 꽃들을 흔들어주네
　　어제는 산나리꽃 오늘은 달맞이꽃
　　혹은 깊은 골의 백도라지조차 흔드니
　　내 생 또 얼마나 순해져야 저 맑은 꽃 하나

우주 속 깊이 밀어올릴 수 있을 것인지

－「숲의 묵언」 부분

인용시 가)는 농사일을 천직으로 생각하는 한 농민의 모습을 그린 것이다. 벼뿐만 아니라 '온갖 것들'이 그 사람의 행위에 반응한다. '모든 들과 산과 나무와 풀', '별들'이 그에게 호응한다. 나)의 '숲'과 여러 가지 꽃들은 '나'에게 호의 어린 행위를 한다. 그러나 그는 아무 때나 이러한 자연의 행위를 감지할 수 있는 것은 아니다. "명경처럼 환해진 마음" 상태가 되었을 때에만 그러한 지경에 이른다. 그의 궁극적 희망은 '맑은 꽃 하나'를 '우주 속 깊이' 밀어 넣는 것이라 한다. 이것은 우주 자연의 질서에 완전히 동화되어 그 운행에 능동적으로, 정성을 다하여 참여하게 됨을 뜻한다. 여기서 꽃들은 '맑은 꽃', 즉 순수의 결정체로서의 이미지를 부여받는다. 이러한 완전한 교감은 그의 생이 순해져야, 다시 말해 모든 인위적인 욕구, 사악한 욕망들을 제거한 연후에야 이루어진다는 것이다. 그것은 가)의 '그 사람'이나 나)의 '나'가 진정한 의미의 농민일 때 가능할 것이다. 이때의 그들은 앞의 작품들에서 볼 수 있었던 절망, 분노, 노여움, 저항 등의 감정이 순치된 상태의 농민일 것이다. 신화적, 동화적인 상상력을 바탕으로 한 이 작품들은 모든 헛된 욕망으로부터 해방된 인간이나 무구한 촌사람의 심성과 잘 어울리는 것이다.

자연과 교감하고 자연을 사랑하는 고재종의 방식은 선적인 깨달음의 경지를 노래하거나 환경문제를 환기하는 데로 나아가기보다는 좀 더 구체적으로 자연과 한데 어우러지는 쪽이다. 가령 "방울새는 은방울꽃을 흔들고/핑핑핑 크루루 하고 쏘는/흰눈썹황금새는 산괴불주머니를 터뜨린다면"(「오월의 숲속에선 저절로 일렁이네」)과 같은 식으로 자연에 몰입하면서 세상사의 서러움을 잊고 마는 것이다. 다음과 같은 시에서 느끼는 애틋한 인간에의 정은 그의 자연 사랑과 통하는 일면이 있다.

오무라졌던 분꽃이 다시 열릴 때
저 툇마루 끝에
식은 밥 한 덩이 앞에 놓고 앉아
혼자서 멀거니
식은 서천을 바라보는 노인이여!
당신, 어느 초여름날
햇살이 환하게 비추는 것도 모르고
옆 논의 아제가 힐끔대는 것도 모르고
그 푸른 논두렁에서
그 초롱초롱한 아이에게
퉁퉁 불은 젖퉁이를 꺼내 물리는 걸
난 본 적이 있지요
당신, 그 薄暮 속의 글썽거림에
나는 괜히 사무치어서
이렇게 추억 하나 꺼내봅니다
생은 추억으로 살 때도 있을 법해서
그만 죄로 갈 생각 한 번 해본 거지요.

-「저물녘을 견디는 법」 전문

고재종의 자연 사랑의 방식이 자연과 자신과의 거리를 최대한 좁히는 데에 있다면 그것은 이 시에서 볼 수 있는 인간 사랑의 방식과 통하는 일면이 있다. '식은 밥 한 덩이'를 앞에 놓고 '식은 서천'을 바라보는 노인의 모습은 자연의 성경 그 자체인 듯 너무나도 자연스럽다. 그런데 바로 그 시각 '오무라졌던 분꽃'이 다시 열리듯 화자에게는 과거 그녀가 젊었던 시절의 대낮의 한 광경이 겹쳐 떠오르는 것이다. '젖퉁이'를 드러내고 있는 그녀와 '옆 논의 아제'와 화자인 내가 이루는 그 삼각형 또한 자연스러운 생명력이 넘쳐흐르는 모습이다. 이런 풍경을 두고 '죄'라고 하는 것은 인위적인 질서 속에서의 판단이다. 그것은 여기서 '추억'의 이름 아래 자연스러운 인간의 정으로 변화되고 있다. 사람과 사람 사이의 관계가 이처럼 애틋한 연민의 정으로 연결된다면 대부분의 갈등은 해소되어 분노, 저항 등의 단어가 생소한 것이 되고 말 것이다. 이것은 물론 '추억의 시선'이라는 다소 비현실적인 시각을 전제로 한다. 그러나 자연 사랑이나 자연 친화의 방식 또한 신화적, 동화적 상상력에 힘입은 바 크다는 점을 고려한다면 그것은 비현실적인 것이라기보다는 인본주의적인 상상력이 발현된 것으로 보아도 될 것이다.

80년대 말 이후 거대 담론이 힘을 잃으면서 많은 이들이 적응 기간을 제대로 누리지 못한 채 자연이나 인간에 대한 사랑으로 성급히 내닫는 경향을 보이기도 했지만 고재종의 경우를 하나의 예로 생각해 본다면 그런 것은 애초부터 그의 시세계의 일부로서 존재해 온 만큼 그러한 경향이 조금 확대되는 것은 지극히 자연스런 일이었다. 농민의 체질은 바로 이처럼 자연과 인간과의 어우러짐에 익숙한 것이었기에 더욱 그러하다. 다음과 같은 작품이야말로 그의 시가 자신의 길을 어떻게 설정하고 있는 가를 잘 보여준다.

> 제주도 섶지코지 정상에 판자집 한 채 있다
> 성산포 가다 우측 바닷가에 큰 녹색 오름
> 그 정상에서 남해파도 우지끈 먹고 서 있다
> 그 옆에서 연인들 사진 펑펑 찍고 갸웃거려도
> 난 그 집 거기 왜 서 있는지 묻지 않는다
> 세간의 쓰라린 슬픔 늘 부풀려올 뿐인 나는
> 하늘과 바다만을 향해 선 그 집 모른다
> 다만 더께진 욕망에 막힌 내 생 무심히 열고

오늘도 삐그덕거릴 뿐인 그 집으로 외로 앉아
머리에 갈매기똥 온통 뒤집어써도 좋겠다
내 잠깐 길을 잃고, 웬 모를 집에 든다면
아아, 이도 저도 다 사무치게 쓸쓸하다면
거기 그 집으로 앉아 그냥 그 집도 없이
남해바다 숱한 파랑, 먼 수평선 그 뒤까지
한 이레쯤 눈길 망연히 두고 싶은 집
그러면 그러면, 때 맞춰 시린 해조음에도 울며
내 생 조류처럼 들고 나는 법도 알 수 있을 집
섶지코지 정상에 판자집 한 채 외로 서 있다
                        -「섶지코지 정상의 판자집 한 채」, 전문

자연에 의지하고 순응하며 그에 동화된 삶을 영위하는 보통의 농민들에게는 별다른 갈등이 없어야 마땅할 것이다. 그러나 실제로 우리 농민들은 생산의 절대 부분을 담당하면서도 언제나 생존을 위협받을 정도의 궁핍에 시달리는 경우가 허다했다. 이러한 모순으로 인한 갈등과 그에 따르는 분노, 노여움 등의 감정을 표출하는 시는 현실의 여러 측면에 관심을 보이는 경우가 많았으며 그것은 어떤 구체적인 의도나 방략 등과 연결되기도 했다. 인용시는 이와는 전혀 다른 양상을 보인다. 농민으로서의 입지를 벗어나 있는 듯한 이 시는 쓸쓸하고 외로운 화자의 심정을 외딴 판잣집에 가탁하여 나타내고 있다.

인용시의 화자 '나'는 제주도 바닷가의 큰 오름 가운데 하나인 '섶지코지' 정상에 있는 판잣집 한 채를 보고 있다. 그 집은 하늘과 바다만을 향해 무심히 서 있는 데 반해 '나'는 "세간의 쓰라린 슬픔 늘 부풀려올 뿐"이며 '더께진 욕망'으로 시야 또한 막혀 있다. 그런데 그는 그 집이 왜 거기에 서 있는지 묻지도 않으며 나아가 그 집을 모른다고까지 한다. 그러나 그 자신이 '그 집'이 되어 "머리에 갈매기똥 온통 뒤집어써도 좋겠다"고 하는 것을 보면 그가 묻지도 않고 모른다고 했던 그 집은 실제로 그의 마음속 깊이 다가와 이미 그와 혼연일체가 되어 있음을 알 수 있다. 지금 '나'의 심정은 그 판잣집처럼 바다 저 먼 곳을 망연히 바라보고만 있고 싶다. 그러면 인생의 길을 잃은 듯 쓸쓸한 그가 '조류처럼 들고 나는' 생의 법칙을 저절로 깨닫게 될 것 같은 것이다.

여기서 주목되는 것은 그 판잣집이 '외로' 서 있다는 말이다. 이것은 화자가 그 집이 되어 '외로' 앉으며 확인되었다. 무언가로부터 조금 비껴나 있고 싶은 화자의 태도의 산물인 듯한 이 단어는 세속과 절연한 바다를 향한 무심한 시선마저 정면을 향하고 있지 않다는 것을 강조하는 것이다. 이와 동시에 그 판잣집은 '그냥' 사라지고 이 시에는 '나'만이 남게 된다. 세속의 구체적 현실은 물론이요 자연마저도 정면으로 마주 대하지 않고 자세를 조금 틀어 외면하고 있는 이 시는 화자의 쓸쓸함, 그리고 지향 없음을 온전히 드러내고 있다.

고재종 시인은, 사람은 언제나 꿈꾸는 존재이므로 분노와 싸움으로서만 세상을 살 수는 없고 풀 한 포기를 흔드는 저녁바람의 의미까지도 사랑해가며 뜨겁고 청정하게 사는 삶을 모색해야 한다고 말한 바 있다.(「들녘의 풀 한 포기 흔드는 생명의 바람까지 사랑하며」) 위의 시에는 한 걸음 더 나아가 민중, 농민, 평등, 자연 등 모든 지향을 포괄하는 '세간의 쓰라린 슬픔'으로부터 비껴서고 싶은 자신의 태도가 외로 앉은 판자집의 모습을 통해 여실히 묘사되어 있다. 물론 현실을 떠나 언제까지나 이렇게 지낼 수는 없다. '한 이레쯤'만 그렇게 지낼 수 있기를 소망해 보는 것이다. 그러나 그동안도 '삐그덕거릴' 그 모습 또한 갈등 속에서 '꿈꾸는 존재'의 모습이 아닐 수 없다.

생명을 부르는 영혼의 노래

― 한하운론

1

한하운(韓何雲)의 시에 나타나는 특수한 경험세계는 어떠한 감상에 앞서 우리를 전율케 한다. 천형(天刑)의 병이라 불리는 난치의 문둥병 환자로서 그의 삶은 밝은 세상으로부터 철저히 소외된 것이었다. 그의 시에는 이처럼 참담한 현실체험이 아로새겨져 있다. 경험적 현실의 직설적 묘사―이는 그의 시세계를 특징짓는 중요한 요소이다. 그러나 그의 시가 우리의 심금을 울리고 또 인구에 회자되는 이유는 단순히 그의 경험세계가 불러일으키는 충격에 있는 것만은 아니다. 그의 시세계는 김소월 ― 박목월로 이어지는 우리 시의 전통적 서정과 율조, 생명파 시인들의 원초적 생명의지 등에 맥이 닿아 있다. 한하운의 독특한 정서는 이같은 전통적 요소와 결합되어 공감의 폭을 넓히고 있다.

2

가도 가도 붉은 황톳길
숨막히는 더위 뿐이더라

낯선 친구 만나면

우리들 문둥이끼리 반갑다

天安 삼거리를 지나도
쑤세미같은 해는 西山에 남는데

가도 가도 붉은 황톳길
숨막히는 더위속으로 쩔룸거리며
가는 길

신을 벗으면
버드나무 밑에서 지까다비를 벗으면
발가락이 또 한개 없어졌다

앞으로 남은 두개의 발가락이 잘릴때까지
가고 가도 千里, 먼 全羅道길

－「전라도길」 전문

　'소록도로 가는 길'이라는 부제가 붙은 이 시에서는 감정이 절제된 시어
가 더욱 커다란 울림을 주고 있어 한하운의 시가 병고의 신음이나 절규에
그치는 것이 아님을 뚜렷이 보여준다.
　이 시의 화자는 가혹한 불모의 환경에 처해 있다. 문둥병으로 온몸이 썩
어가고 있는데 하늘은 '숨막히는 더위'를 뿜어대고 있고 메마른 황톳길은
열기를 조금도 식혀주지 못한다. 인간사회가 버린 그를 자연마저도 철저
히　외면하는 듯하다. 그러나 그는 천리 먼 길일지라도 그 길을 가고 또 가
야만 한다. 서산에 지는 해가 수세미로 보이는 것은 지쳐 늘어진 그의 몸
과 마음의 상태 때문이다. 그는 병을 치료해야겠다는 집념으로 먼 길을 떠
났지만　그 길은 인간사회로부터 버림을 당해 떠나는 유형의 길이나 마찬

가지다. 소록도에는 나병환자를 위한 수용소와 병원이 있다. 그러나 소록도로 가는 그에게서 조그마한 희망도 느껴지지 않는다. 세 번이나 반복되는 '가도 가도 … 길'이라는 표현에서 나타나듯이 화자는 그의 인생길을 끝없는 고난의 연속으로 받아들이고 있다.

제 2연의 '우리들 문둥이'라는 직설적 표현에 이어, 하나하나 썩어서 잘려나가는 발가락이 등장하는 5, 6연에 이르러 우리는 극심한 충격을 받지 않을 수 없다. "발가락이 또 한개 없다", "남은 두개의 발가락이 잘릴 때까지"라는 진술적 어구는 '……이더라'는 제 1연의 과거회상어미와 어우러져 화자의 감정을 수면 아래로 이끌고 있지만 그럴수록 우리의 가슴 속에는 더욱 커다란 물결이 일게 된다. 여기서 우리는 문둥이 혹은 인간의 참모습에 대해서, 나아가 시의 개념에 대해서 자문하지 않을 수 없다. 시란 무엇인가. 릴케는 '시는 체험이다'라고 했지만 경험의 직절성으로 이토록 독자를 전율케하는 시를 우리는 일찍이 본 일이 없다.

육체의 일부가 잘려나가는 고통은 한하운의 다른 시 「손가락 한마디」에서도 볼 수 있다. 걸식길에 거리에서 잠을 자고 일어난 듯한 화자가 머리를 긁는데 간밤에 얼어붙은 손가락 한 마디가 땅에 떨어진다. 이러한 충격적 정황 역시 담담한 어조로 서술되어 있다. 한 세대가 지난 후인 1980년대의 노동시 가운데 박노해의 「손무덤」이란 시에서 체험의 직설적 표출이 주는 강렬한 효과를 다시 볼 수 있다. 여기에는 한하운의 손가락 한마디와 그의 사회비판시 「인골적(人骨笛)」, 「명동거리 2」, 「명동거리 3」 등의 시상이 결합되어 나타난다. 손가락, 발가락이 잘려나가고 때로는 유리창에 비친 자기의 얼굴마저 알아볼 수 없을 정도로 망가져가는 경험을 지닌 그는 스스로를 어떻게 인식하고 있는가? 다음의 시에서 우리는 그의 자아인식의 일단을 엿볼 수 있다.

아니 올시다

아니 올시다
정말로 아니 올시다

사람이 아니 올시다
짐승이 아니 올시다

하늘과 땅과
그 사이에 잘못 돋아난
버섯이 올시다 버섯이 올시다

–「나」부분

'아니 올시다'를 다섯 차례나 반복한 후에 이 시의 화자는 스스로를 버섯과 같은 존재라고 말한다. 사람도 동물도 아닌, 광명을 등지고 사는 음지식물 버섯처럼 남의 눈을 피해가며 생존을 유지해야 하는 자신의 처지를 부정하고 싶은 안타까운 심경이 드러나 있다. 그는 "첩첩한 어둠속에 浮標처럼" 떠있는 하찮은 벌레와도 같은 존재이며(「자벌레의 밤」) 이 골목 저 골목 기웃거리며 삶을 구걸해야 하는 신세이다.(「막다른 길」) 그는 성한 사람들과 어깨를 나란히 하여 네거리를 건너가 보기도 하지만 막상 갈 곳이 없는 몸이며(「고오 스톱」) 함흥학생사건의 행렬에 몸을 던져 참여하고 싶어도 그렇게 할 수 없는 불편한 몸인 것이다.(「데모」) 인용시의 화자가 지금의 생을 '어쩔수 없는 목숨', 또는 남들이 말하듯 하늘이 내린 '罰'이라고 하는 것은 시인의 이러한 자아인식에 의한 것이다. 그러나 그가 문둥이로서의 삶을 숙명적으로 받아들이고 있는 것만은 아니다. 오히려 그것은 법문의 어느 조항에도 없는 어처구니없는 벌이며 변호할 길조차 없는 죄라고 항변한다.(「벌(罰)」「흉월(凶月)」, 「도처춘풍」, 「쉬이 문둥이」 등의 시에 반복해서 나타나는 '쉬이 문둥이'라는 어구에는 혐오의 대상, 비웃고 놀리는 대상, 혹은 경계의 대상으로서의 문둥이에 대한 자조의 심정이 단적으로 표출되어 있다. 그러나 그것은 주술처럼 반복되면서 거꾸로 인간사회에 대한 그의 모멸감을 함께 뜻하는 것으로 의미가 확대되어 나타난다.

이처럼 자신의 불우한 처지에 대한 끝없는 한탄과 좌절, 회의와 방황 속에서도 그는 끝내 자기방기의 심연에 떨어지지 않는다. 끝내 수긍할 수 없는 세계의 횡포에 대한 저주와 원망, 사회비판의식 등이 가혹한 시련 속에서 그를 버티어주는 하나의 힘이 된다.

> 아득히 아득히 몇 億劫을 두고 두고
> 울고 온 소리냐, 人骨笛 소리냐
>
> 엉, 엉, 못살고 죽은 生靈이 운다
> 아 千恨 切痛의 우름이 운다
>
> 蒙古라 하늘 끝 亞細亞의 北僻
> 幽愁와 沙漠이 맞서는 通古斯 죽엄의 밤에
>
> 喇麻僧은 오늘 밤도 金色廟堂에
> 神에 접한다고 人骨笛을 불며
> 象形文字 같은 呪符의 經典을
> 灰色에 낡은 때문은 얼굴로 惡魔를 중얼거린다
>
> ─「인골적(人骨笛)」부분

인골적이란 선남선녀를 생매장한 뒤 도색이 풍기는 뼈를 골라내어 그것을 잘 다듬고 구멍 뚫어서 만든 피리이다. 몽고의 라마승은 천상천하의 절대자로 군림하면서 온갖 비행과 착취를 자행하여 한때 세계제국을 건설했던 나라와 민족을 거의 멸망시켰지만, 오늘도 '神에 접한다'는 미명 하에 인골적을 만들어 불고 있다. 한하운이 이처럼 기이한 몽고의 풍습을 이야기하는 것은 아무 죄없이 피리감으로 생매장당한 선남선녀의 통한이 문둥이의 처지에 있는 그에게 와 닿기 때문이다. 라마승이 부는 이 피리 소리가 그에게는 천한 절통(千恨 切痛)의 울음으로 들릴 수밖에 없다. 여기서 그는 세계쟁패의 대제국이 라마승들의 횡포, 성병의 만연 따위로 멸망했음을 들어 문둥이를 죄인 취급하는 이 세상에 대한 분노, 저주와 아울러 경고를 보내고 있는 것이다. 그런데 그는 원통하게 죽어 아직 저승으로 떠나지 못하고 있는 생령이 씌인 인골적이 "한떨기 꽃을/한마리 새를/한가람 강물을 찾으며 운다"고 한다. 천지창조의 신이 부여한 자연스럽고 아름다운 생명에의 원이 담긴 울음이다. 그의 시에 나타나는 인간 세계에의 분노와 저주, 모멸과 비판이 시원의 자연스러운 생명력에의 오랜 지향에 뿌리내리고 있었음을 알 수 있다.

이제 나보고 病들었다고
저 느티나무 아래서 성한 사람들이
나를 쫓아 냈었다.
그날부터 느티나무는 내 마음속에서
앙상히 울고 있었다.

다 아랑곳 없이 다 잊은 듯이
그 適者生存의 人間의 하나하나가
哀歡이 기쁨에 새로워 지며
山川草木은 흐흐 느끼는 切痛으로
燦爛하고 또 燦爛하다.

—「국토편력」 부분

이 시의 화자는 친밀히 어울려 지내던 이웃으로부터 쫓겨나 전국을 방랑할 수밖에 없게 되었다. 성한 사람들이 그를 쫓아낸 것은 적자생존의 동물적인 세계의 질서에 따른 행동이다. 화자가 이처럼 쓰라린 애환이 담긴 과거사를 다 잊은 듯 아랑곳하지 않을 수 있다는 것은 지금 이 순간 상쾌한 기후와 아름다운 단풍, 결실의 풍요로움 등 대자연을 마음껏 즐길 수 있기 때문이다. 잠시나마 그는 그간의 서러움을 잊을 수 있다. 이때 느끼는 자연의 찬란함은 김영랑의 시구 '찬란한 슬픔의 봄'에서 볼 수 있는, 개인의 비극성을 극한으로까지 증폭시킨 황홀경으로서의 찬란함만은 아니다. 여기에는 극단의 슬픔과 자연의 아름다움이 역설적으로 통합된 감정과 함께 그러한 슬픔마저도 덮어주는 실제적인 자연의 아름다움을 찬양하는 심정이 결합되어 있다. 국토편력의 길이 "황톳길 눈물 뿌리치"고 걷는 "천리 만리 걸식 길이라도" 천도(天道)로 인식되는 것은 그 때문이다. 그의 다른 시 「청지유정(靑芝有情)」에도 한 맺힌 슬픔을 자연의 품에 안겨 해소하고 새로운 힘을 충전 받는 모습이 잘 나타나 있다. 여기서 화자는 파란 잔디를 찾아가 '天刑怨恨'을 울다가 그가 발 디딘 푹신한 파란 잔디가 바로 지령(地靈)의 혈맥이 전해지는 생명의 태반임을 깨닫는다. 그런데 이러한 생명에의 욕구는 바깥세계를 통해서만 전해오는 것은 아니다. 그의 몸속에서도 꿈틀거리고 있었다. 다음의 작품은 인간의 정신과 육체의 관계에 대한 해묵은 질문을 그 나름의 방식으로 다시 제기한다.

쓰레기 통과 나란히 앉아서
밤을 새운다

눈 깜박하는 사이에
죽어버리는 것만 같았다

눈 깜박하는 사이에
아직도 살아있는 목숨이 굼틀거린다

배꼽아래 손을 넣으면
三十七度의 體溫이
한마리의 썩어가는 생선처럼 뭉클 쥐여진다

아 하나밖에 없는
나에게 나의 목숨은
아직도 하늘에 별처럼 또렷한 것이냐

– 「목숨」전문

　한하운은 학창 시절 스포츠로 단련된 건장한 신체를 지니고 있었다. 이
는 훗날 육체적, 정신적 병고에 시달리는 그를 지켜주는 커다란 힘이 된
듯하다. 육신이 썩어나가는 병으로 꿈 많은 젊은 시절을 내내 괴로워했
던 그가 육체에 대한 관심이 깊었던 것은 자연스러운 귀결일 것이다. 인용
시의 화자는 쓰레기통 곁에서 자는 것이 아니다. 눈 깜박하는 사이에 얼어
죽을 것만 같은 밤 시간을 견뎌내고 있는 것이다. 제2연과 제3연에서 반
복되는 메시지 "눈 깜박하는 사이"에 죽음과 삶이 엇갈린다. 이러한 위기
상황에서 그는 꿈틀거리는 육체를 발견함으로써 스스로를 살아있는 목숨
으로 인식하게 된다. 그 삶의 신호는 꿈틀거리는 인간의 동물적 본능과 뭉
클한 그것을 지각하는 손의 감각이다. 고향을 떠나 거리의 미아가 되어 쓰
레기더미 같은 삶을 살아야 하는 그에게 37도의 소중한 체온이 담긴 남성
의 상징—성기의 움직임은 '하늘에 별처럼' 또렷이 그의 뇌리에 와 박힌다.
육체와 아울러 정신마저 쇠락해가는 그를 버텨주는 힘은 육체로부터도 솟
아오르는 것이다.

한하운의 시세계는 지금까지 살펴본 바와 같은 충격적인 육체적 경험세계, 문둥병 환자로서의 자아인식, 생명의지의 표출만으로 이루어져 있지는 않다. 향수의 정이 가득한 시, 꽃 같은 소녀들의 아름다움을 그린 시, 어머니, 애인을 그리는 시, 분노와 한탄, 기다림과 안타까움 등으로 터질 듯한 젊음의 열정이 사그라진 뒤 인생을 관조하는 듯한 여유 있는 태도가 나타나 있는 시 등등 그의 시세계의 외연은 그 폭이 매우 넓다. 이 가운데 과거, 현재, 미래의 모든 고뇌와 어려움을 생명의 아름다움 속에 감싸안고 있는「生命의 노래」와 같은 시는 인식의 전환이란 측면에서 놀라운 것이다. 그러나 여기서도 아름다움은 곧 서러움과 중첩되어 나타나고 있어 그의 시세계는 역시 그의 혹독한 인생체험을 구심으로 하고 있음을 알 수 있다. 다음의 시는 그의 시세계를 집약해서 보여준다.

보리피리 불며
봄 언덕
故鄕 그리워
피――ㄹ 닐니리

보리피리 불며
꽃 靑山
어린때 그리워
피――ㄹ 닐니리

보리피리 불며
人寰의 거리
人間事 그리워
피――ㄹ 닐니리

보리피리 불며
放浪의 幾山河
눈물의 언덕을 지나
피--ㄹ 닐니리

-「보리피리」 전문

   꽃피는 봄날 아름다운 청산 언덕에서 우연히 불어보는 보리피리의 가락 속에 문둥병은 물론이요, 세상의 어떠한 고난도 알지 못하던 어린 시절 고향의 기억이 떠오른다. 고향의 산천은 누구에게나 그리운 것이지만 어머니의 무덤이 있고, 애인과 동생이 살고 있을 고향길이 분단의 벽으로 가로막힌 한하운에게는 더욱 간절한 그리움의 대상이 된다. 그것은 제 3연에 이르러 인간의 세상, 인간사에 대한 그리움으로 이어진다. 탐욕과 비리, 갈등과 고뇌로 가득찬 세상, 어지러운 인간사로부터 벗어나고 싶다는 것이 대부분의 시인들의 오랜 꿈이었지만 세상으로부터 소외된 그이기에 오히려 그는 부대끼며 사는 시정의 거리, 일상의 세계가 그리워지는 것이다. 이처럼 어린 시절 혹은 고향에의 그리움과 인환의 거리, 인간사에 대한 그리움이라는 상호모순된 감정이 어울림으로써 이 시의 의미의 자장은 확대된다.

   제 4연의 피리가락 속에는 갈 곳 없는 방랑자의 눈물이 얼룩지고 있다. 끊어질 듯 끊어질 듯 무한히 이어지는 피리 소리에는 안타까운 그리움의 정과 함께 세상에의 한마저 어려있음을 느낄 수 있다. 여기서 우리는 앞서 살펴 본 「인골적」의 피리가락을 떠올리게 된다. 인골적의 가락이 원통하게 죽어 저승길을 가지 못하고 사막을 떠도는 선남선녀의 생령이 깃든 소리라면, 보리피리의 가락은 현세를 떠도는 한하운의 영혼 깊숙한 곳에서 울려오는 소리이기 때문이다. 그의 시집『보리피리』에서 「보리피리」는 첫 번째로 실려 있고 「인골적」은 마지막에 실려 있어 시집 수록시 전체를 끝없이 지속되는 영혼의 피리소리의 여운 속에 몰아넣고 있다.

3

　한하운 시의 화자는 대부분 그 자신이라고 할 수 있다. 그의 시는 대체로 그의 개인사와 연관되어 있으며, 특히 문둥병 환자로서의 쓰라린 체험에 근거한 자아인식이 나타나 있는 것들이 많다. 그러나 그의 시를 이해하는데 그의 개인적 이력을 살피는 것이 특별히 요구되지는 않는다. 작품 속에 수시로 언급되고 있는, 그가 나병환자였다는 사실을 인지하는 것만으로 족하다. 개인의 문제에 지나치게 집착한 것이 아닌가하고 비판할 수도 있겠지만 그는 자신의 삶을 솔직하게 드러내는 한편, 운명과 정면 대결함으로써 영혼의 밑바닥으로부터 울려오는 소리를 전할 수 있었다. 「파랑새」에는 자신의 좁은 시야로부터 벗어나고자 하는 모습이 나타나 있다.

　　나는
　　나는
　　죽어서
　　파랑새 되어

　　푸른 하늘
　　푸른 들
　　날어 다니며

　　푸른 노래
　　푸른 울음
　　울어 예으리

나는
나는
죽어서
파랑새 되리

- 「파랑새」 전문

　자신의 죽음 이후를 가정한 이 작품에서 한하운은 「인골적」, 「보리피리」
등의 시에 나타나는 제한된 시각을 벗어나 이 땅에서 고통 받는 모든 불우
한 이들에게까지 가슴을 열고 있다. 죽어서도 마음 편히 저승으로 떠날 수
없기에 생명의 아름다움, 자유로움을 누리지 못하는 지상의 모든 이들과
언제까지라도 고통과 슬픔을 함께 나누고자 하는 것이다. 전편을 감싸는
푸른 색조에는 서럽고 한스런 감정의 그늘이 드리워 있다. 그러나 그는 파
랑새의 비상을 통해 온갖 고통이 사라진, 행복한 생명의 나라에의 염원을
노래하고 있다. 그의 이러한 사랑의 노래는 언제까지나 남아 우리의 가슴
을 적시게 될 것이다.

흑과 백의 변증법
— 최승호의 「대설주의보」, 「눈보라」

최승호의 시세계를 죽음의 문제와 분리시켜 논의하는 것은 거의 불가능하다. 죽음의 모티프가 그의 시세계를 이끌어가는 일관된 힘으로 작용하고 있기 때문이다. 이때 '죽음' 의식은 자기 자신을 포함한 개체의 생물학적 죽음, 도시로 상징되는 물질문명의 비생명성, 사회정치적 억압에 의하여 고사해가는 삶, 그리고 존재의 무의미성 등의 광범위한 내포를 지닌다. 우리는 여기서 이러한 죽음의 문제에 새삼 관심을 기울여 시인 최승호의 전모를 파악하려 하지 않는다. 그보다는 좀 더 작은 문제에서 출발하여 그의 시세계로 통하는 문을 찾으려 한다. 이를테면 '최승호에게 있어서 죽음의 빛깔은 어떻게 나타나는가'와 같은 것이다. '빛깔' 또한 내포가 너무 큰 용어로 비쳐질 우려가 있으므로 우선 그것이 까만색이냐 하얀색이냐 혹은, 파란색이냐 빨간색이냐 하는 식의 말초적인 감각을 문제 삼고자 한다.

교회당 종소리가 뎅그렁거리고
유난히 크고 밝은 금성이 번쩍번쩍거리는 새벽에
돌연 늙은 개의 짖음은 음울하고 서러운
늑대의 울음으로 변해버린다.
시커먼 늑대의 울음이
새벽하늘을 시커멓게 적셔버린다.

- 「울음」 부분(1-17)

칠흑의 그믐밤에

터지는 금빛처럼 닭이 운다

아마 통닭이나 켄터키치킨용 수탉이리라

들닭의 피가 향기로운 수탉이리라

— 「하늘의 어둠」 부분(2-56)

"뼈다귀가 가죽을 내미는", "이빨마저 다 빠져버릴 병들고 늙은" 개나 곧바로 도시인의 식탁과 술상에 오를 채비가 되어있는 '수탉'이 돌연 "새벽하늘을 시커멓게 적셔버"리는 '늑대의 울음'을 울고, '칠흑의 그믐밤'에 '터지는 금빛'의 울음을 우는 것은 죽음의 그림자가 덮쳐오고 있음을 예감한 그들의 동물적 본능이 발동한 때문이다. 이 두 편의 시에서 '죽음'은 어떤 빛깔로 나타나는가? 시커먼 빛, 그믐밤의 칠흑빛인가? 잘 어울린다, 죽음의 이미지와. 그러나 조금만 주의해 살펴보면 그렇지 않다는 것을 알 수 있다. 이 두 작품의 배경색과 울음의 빛깔과는 서로 엇갈려 대응하고 있다. 배경과 울음의 빛깔 가운데 하나씩만을 뽑아내 그것이 죽음의 빛깔이라고 말할 수는 없다. 「울음」에서의 '늙은 개'는 "유난히 크고 밝은 금성이 번쩍번쩍거리"길래 '음울하고 서러운', '시커먼' 울음을 우는 것이고, 「하늘의 어둠」에서의 '수탉'은 '칠흑의 그믐밤'이라서 '터지는 금빛'의 울음을 우는 것이다. 이들의 울음은 현재의 상황을 온몸으로 거부하는 폭발의 빛과 소리를 공유하고 있다.

'늙은 개'와 '수탉'은 비록 사람의 손에 사육되고 길들여진 가축이지만 죽음의 냄새를 맡은 그들에게서는 먼 기억 속에 묻어두었던 '늑대'와 '들닭'의 야성이 튀어나온다. 그렇다면 이 두 편의 시에서 죽음의 빛깔은 어떤 것인가? '시커먼' 빛이나 '금빛'이라기보다는 오히려 그 '울음'의 내면에 담긴 폭발의 섬광과도 같은 것이다. 그것은 매순간 늙어가고 또 죽어가는 줄도 모르고(「지하철 정거장의 노란 의자들」, 1-23) 일상의 타성에 함몰한 우리의 가슴을 섬뜩하게 하는 푸르고도 붉은 빛이다.

이밖에도 죽음을 노래하는 최승호의 많은 시에는 '밤' 혹은 '어둠'의 이미지가 종종 나타나 있다. 최승호의 두 번째 시집 『고슴도치의 마을』이후 꾸준히 등장하는 '변기'에서의 구멍 역시 그러한 예다. 그러나 검은 색은 그 자체가 죽음의 빛깔이 되기보다는 대체로 배경색의 역할을 하는 데에 머물고 만다. 그가 "나의 두개골 안에/불타는 가시덤불의 거센 불길이/느껴지는" '싱싱한 밤'(「밤의 힘」, 1-11)이라고 노래할 때 '밤'은 '죽음'의 한 상징체인 도시를 때려 부수는 천둥의 에너지를 내포하고 있기도 하다.

이희중에 의해 '미이라의 상상력'이라 명명된 '北漁', '쥐치포', '오징어', '海馬' 등의 건어물에 있어서 죽음의 빛깔은 또 어떠한 것인가? 맥없이 말라비틀어진 겉모습에서는 그것을 찾을 수 없다. "너도 북어지 너도 북어지 너도 북어지"(「북어」, 1-85) 하는 절규의 빛깔이야말로 이들의 죽음의 색깔일 것이다. 최승호의 시에 있어서 죽음의 빛깔은 이처럼 단순치 않다. 그것은 숙명론적 절망과 체념의 검은 색이기도 하지만 폭발의 광휘, 절규의 핏빛 혹은 싱싱한 생명의 불빛으로 나타나기도 한다. 이것은 죽음의 일반적 이미지와는 대척적인 위치에 놓이는 것이라 할 수 있다. 우리는 여기서 '흰 색'이 배경색으로 나타나는 '눈'과 관련된 두 편의 시를 분석하는데 긴요한 어떠한 암시를 받을 수 있을 것 같다.

최승호의 첫 시집의 표제이기도 한 「대설주의보」에는 '눈'의 풍요롭고 포근한 이미지와 재난을 예고하는 '대설주의보'라는 기상용어의 이미지가 어우러져 아슬아슬한 긴장을 자아내고 있다. 그것은 대설의 폐해를 직접 경험하지 못한 이에게는 어떤 낭만적 감상마저 불러일으킬 수 있는 반면, 때때로 대설로 인한 눈사태와 고립무원의 상태를 겪은 이들에게는 어떤 불길한 예감마저 느끼게 하는 것이다. 최승호의 시 「대설주의보」에는 후자의 정서가 당대의 시대적 배경과 조응하는 절묘한 조합이 나타나 있다.

해일처럼 굽이치는 백색의 산들,

제설차 한 대 올 리 없는

깊은 백색의 골짜기를 메우며

굵은 눈발은 휘몰아치고,

쬐그마한 숯덩이만한 게 짧은 날개를 파닥이며……

굴뚝새가 눈보라 속으로 날아간다.

길잃은 등산객들 있을 듯

외딴 두메마을 길 끊어놓을 듯

은하수가 펑펑 쏟아져 날아오듯 덤벼드는 눈,

다투어 몰려오는 힘찬 눈보라의 군단,

눈보라가 내리는 백색의 계엄령.

쬐그마한 숯덩이만한 게 짧은 날개를 파닥이며……

날아온다 꺼칠한 굴뚝새가

서둘러 뒷간에 몸을 감춘다.

그 어디에 부리부리한 솔개라도 도사리고 있다는 것일까.

길잃고 굶주리는 산짐승들 있을 듯

눈더미의 무게로 소나무 가지들이 부러질 듯

다투어 몰려오는 힘찬 눈보라의 군단,

때죽나무와 때 끓이는 외딴 집 굴뚝에

해일처럼 굽이치는 백색의 산과 골짜기에

눈보라가 내리는 백색의 계엄령.

- 「대설주의보」 전문(1-95, 96)

이미 '굵은 눈발'이 휘몰아치고 있다. 백색의 옷을 입은 산들은 '해일처럼' 굽이치고 있다. 먼 산부터 가까운 산에 이르기까지 온통 새하얗게 뒤덮인 모습이 마치 해일이 밀려오는 듯하다. 1연 2행의 "제설차 한 대 올 리 없"다는 지나치게 사실적인 표현에서 우리의 낭만적 환상은 무너지고 이 시의 화자가 현실적이고 구체적인 일상의 삶과 부닥치고 있다는 암시를 받는다. 다음 4, 5행에서 천지가 흰 눈으로 덮인 가운데 새 한마리가 비상하는 정경은 매우 낭만적인 것일 수 있다. 더구나 눈보라 속으로 날아가는 모습은 백색의 하강과 흑색의 상승이라는 독특한 이미지의 대비를 이루고 있다. 하지만 여기서는 '숯덩이'라든가 '굴뚝새'의 세속적 이미지로 인해 그러한 감상에 제동이 걸린다. "쬐그마한 숯덩이만한 게 짧은 날개를 파닥이며" 눈보라 속으로 날아가는 안쓰러운 모습이 낭만적 애상을 넘어서 어떤 불안감마저 느끼게 하는 것이다. 말없음표 '……'가 그러한 감정의 꼬리를 나타내는 듯하다. 여기에 훨훨 창공을 날아가기보다는 낮은 곳을 구석구석 파고드는 작고 보잘 것 없는 굴뚝새의 속성이 오버랩되면서 좌절의 기미마저 엿보인다. 그러나 어쨌든 1연의 굴뚝새는 어디론가 날아간다.

2연은 눈에 관한 이야기다. 산길이건 마을길이건 '펑펑' 쏟아지는 눈은 '길'을 없애버린다. 그래서 '등산객들'은 나아갈 방향을 잡지 못하고, 마을 사람들은 뻔히 알던 길도 갈 수 없게 될 듯하다. 1연에서의 '굵은 눈발'은 점점 그 기세를 더해 마치 하늘이 무너져 내리듯 쏟아진다. 이 '눈'은 이제 화자에게는 무심한 자연현상으로서의 눈이 아니다. "덤벼"든다든가 "다투어 몰려"온다든가 하는 표현에서 나타나듯이 뚜렷한 목표를 가진 공격적인 눈이다. 눈보라가 힘찬 '군단'으로 보이는 것은 그것들이 공격성을 공유한 때문이겠지만 '계엄령'으로까지 연결된 것은 자연스런 상상력의 흐름이라 할 수는 없다. 60년대 이후 군부 독재의 쓰라린 경험을 안고 있는 한국 근대사의 멍에가 작가의 상상력에도 굳게 씌워져있음을 누구나 직감할 수 있다. '계엄령'이란 어구는 그 사태의 다급함으로 긴박감을 고조시켜 '대설주의보'의 조그마한 여유조차 앗아간다. 그것은 심정적으로는 이미 '대설경보'다.

3연에는 다시 '굴뚝새'가 전면에 내세워져 있다. '계엄령' 하의 굴뚝새! 그 초라하고 애처러운 모습을 그리는 화자의 심경은 '……'에까지도 그대로 이어지지만 이제 굴뚝새는 화자가 서 있는 곳을 향해 날아온다. 눈보라를 헤치며 돌아다녀보아도 의지할 곳도, 먹을 것도 찾지 못해 더욱 그렇게 보이는 듯 '꺼칠한' 모습이 화자의 시선에 잡힌다. 굴뚝새는 생래의 습성대로 쫑쫑 날아 어떤 구석을 찾아가지만 화자에게는 그가 서둘러 몸을 감추는 것으로 보인다. '눈보라'보다도 '부리부리한 솔개'의 존재가 굴뚝새에겐 피부로 느껴지는 더욱 심각한 위협일 것이다. 진짜 '계엄령'이다. 2연에서 길을 끊어버리는 것으로 묘사된 '눈보라'는 3연에 와서 굴뚝새의 생명을 위협하는 '솔개'처럼 보다 구체화된다. '산짐승들'이 굶주린다든가 '소나무 가지들'이 부러질듯하다고 말하는 것, 그리고 "때 끓이는 외딴 집 굴뚝"을 그리는 것이 그것이다.

'굴뚝새'로부터 '계엄령'에 이르기까지의 제 3연의 전개는 1, 2연의 과정을 되풀이하면서 그 내용이 보다 심화되거나 구체화되는 과정을 보여준다. 어디론가 날아가던 굴뚝새가 날아와 눈앞에서 움직이고, '외딴 두메 마을'이 '외딴 집'으로 바뀐 것은 화자의 시선이 먼 산과 골짜기에만 머물지 않고 피부로 느껴지는 곳에까지 이동하기도 함을 말한다. 이처럼 미세한 변화를 담은 시어 및 시구의 반복을 통해 리듬감과 함께 내적 의미의 상승효과를 추구하는 것이 최승호의 주된 시적 기교 가운데 하나이다. 이 작품에서의 반복이 주는 효과는 눈보라 군단의 지속적 내습을 알리는 데에, 변화는 그것을 받아들이는 화자의 심정에 닿아있다.

3연에 등장하는 두 종류의 나무의 이름 즉, '소나무'와 '때죽나무'는 각기 만만치 않은 함의를 지닌다. '소나무'는 눈보라가 치는 한 겨울에도 그 푸른 잎을 그대로 지니고 있는 늘 푸른 나무다. 하늘을 향해 쏘는 화살표의 모습을 한 '소나무'는 1, 3연의 '굴뚝새'보다 훨씬 강한 상승의지의 표상이라 할 수 있다. 하지만 눈보라의 시련 또한 그만큼 커서 '눈더미'의 무게를 감당 못하면 가지들이 부러질 수밖에 없다. 이에 비하면 '때죽나무'는 잎을 떨군 채, 그러나 생명의 원천은 땅속 깊이 묻어둔 채 '소나무'보다는 훨씬 수월하게 '눈보라'의 군단을 견뎌내고 있다. 그것은 바로 '때 끓이는'의 '때'에 연결되고, 다시 '굴뚝'의 '연기'에까지 이어져 뚜렷이 드러나지 않는 가운데 삶을 지켜가는 또 하나의 방식을 보여주고 있다. '눈보라'에 묻혀 보이지도 않아 '때 끓이는 외딴 집 굴뚝'까지만 언급되고 있지만, 이 '연기'야말로 눈보라의 겨울―'백색의 계엄령'을 견뎌내는 외로운 삶의 표징이라 할 수 있다.

크게 보아 이 시는 위협적인 대설의 눈보라 속에 함몰되어가는 생명들의 작은 움직임을 그리고 있다고 할 수 있다. '계엄령'이라는 무시무시한 어구 속에서 '백색'의 눈은 뜻하지 않게도 공격성, 공포, 죽음, 그리고 '하강'의 거센 이미지로 채색된다. 이에 맞서 꿈틀거리는 '생명'의 표상으로서 '상승'의 이미지를 지닌 것은 '굴뚝새', '소나무', '때죽나무', '때 끓이는 외딴 집 굴뚝'(의 연기) 등이다. 여기서 가장 두드러지는 것은 백색의 '눈보라'와 흑색의 '굴뚝새'의 대립양상이다. 굴뚝새는 식물들이나 무생물인 연기보다도 이 시에서 유일하게 움직임을 통해 주목받는 생명체이다. 그러나 한 줌도 안 되는 굴뚝새가 짧은 날개를 퍼덕여 날아가 보아야 천지를 뒤덮는 거센 눈보라에 휩쓸리고 말 것은 자명한 일이다. 외딴 집을 찾아와 그것도 '뒷간'에 쫓기듯 숨을 수밖에 없다. 하지만 눈보라 이외엔 미동도 없는 백색의 세상에서 미세하지만 이러한 검은 움직임의 의미는 결코 작은 것이 아니다. 비록 실패할 지라도 비상을 시도하며 그것이 여의치 않을 때는 쫓겨와 어느 구석에라도 숨는 굴뚝새의 저항은, 부러질지언정 눈더미를 이고 눈보라를 그대로 감내하는 소나무의 기상에 못지않은 실제적 의의를 지닌다. 정치사회적으로 극심한 억압의 시기인 식민지 시대를 생각해보더라도 그것은 커다란 사건에 상응하는 것이다. 현대사에서 반체제에 연루된 많은 사건들 역시 전반적인 사회의 흐름에 비교하면 이 '굴뚝새'의 행위에도 못 미치는 것이 대부분일 것이다. 때죽나무와 굴뚝(의 연기)의 응축된 삶의 형태 또한 마찬가지다. 특히 굴뚝의 연기는 끼니를 잇기 위해 아궁이에 지피는 불을 전제로 한 것이므로 그것은 때(時)를 기다리며 눈보라에 함몰되지 않고 최소한의 삶을 지탱해가는 많은 이들이 각기 '외딴 집'에서 외로운 삶을 살아가는 표상으로서 인식되는 것이다. '굴뚝새'와 '굴뚝'의 펀(pun)은 이처럼 내포가 깊다. 물론 이러한 해석은 지나치게 사실적인 현상의 적용일 것이다. 문학작품은, 소설조차도 사실보다는 조금 과장되어야 주의의 경제에 부합하는 것일 텐데, 시의 경우에 이처럼 지나치게 사실적인 표현에 머문다면 시인의 의도가 독자들에게 효과적으로 전달되기 어려울 것이기 때문이다. 「대설주의보」에 나타난 '굴뚝새'의 양태 또는 '굴뚝'의 모습 등이 바로 그러하다. 그것은 무력적 폭압에 대한 지나치게 소극적이고 또 소심한 반응으로만 비쳐질 가능성이 크다고 할 수 있다. 그러나 또 한편 최승호의 시의 힘은 바로 여기에서 나온다고 할 수 있다. 현상과 현실의 관찰과 분석이 이처럼 명료하고 또 냉정하다는 것은 그를 특징짓는 커다란 미덕이다. 그의 이처럼 섬세한 사실적 전언은 독자들의 예민한 떨림판을 통해 더욱 예리한 소리로 증폭되고 있다.

앞서도 언급한 바와 같이 「대설주의보」에는 겉으로 드러나는 '죽음'의 거센 힘보다는 미약하나마 '생명'에의 의욕이 강조되고 있다. 따라서 뚜렷이 '죽음'의 빛깔이라 할 것이 나타나지 않는다. 단지 의외로 '백색'이 생을 위협하는 죽음의 이미지를 담고 있어 그의 다른 시들에 종종 나타나는 배경으로서의 '흑색'에 대비될 뿐이다. 굴뚝새의 검은 색 또한 단순한 배경색이지 그것을 삶의 의지가 담긴 빛깔이라고 할 수는 없다. 그러나 배경색으로나마 이렇게 대립을 이루게 한 데에서 우리는 「울음」에서 엿볼 수 있었던 그의 독특한 취향을 확인할 수 있다. 다음에 살펴 볼 「눈보라」에도 마찬가지로 흑백 이미지의 전도된 양상이 드러나 있다.

　　책상엔 백지가 놓여 있었다.
　　눈처럼 뭉쳐버린 더 많은 백지들이 휴지통에
　　눈더미처럼 쌓여 있었다
　　나는 내 안에 들끓는 마그마를 백지에
　　황홀하도록 쏟아붇지 못하고
　　벽돌 딱딱한 벽에 머리를 기댄 채
　　비스듬히 드러누워 있었다 내 대신
　　의자가 책상의 백지와 마주앉아 있었다
　　무력한 어제의 나는 의자여도 좋았다
　　뒤로 넘어진 의자여도 좋았다
　　밖에는 끝없는 눈보라가
　　유리창을 눈의 깃털들로 덮으며 휘돌아가고

　　눈보라를 일으키는 힘의 날개를 나는
　　생각하고 있었다 그 힘의 날개는 붕새의 날개여도 좋았다
　　북극의 흰 올빼미의 날개여도 좋았다
　　문득 추억은
　　결국 하얗게 파묻힌다는 생각이 들었다
　　나는 흰 웃음을 많이 잃었다는 생각이 들었다
　　밖에는 끝없는 눈보라가
　　유리창을 눈의 깃털들로 덮으며 휘돌아가고
　　끝없는 눈보라와 싸우며
　　남극벌판을 눈에 취해 비틀거리는 해군대령 스코트의 모습이 보였다
　　종이인간들이 휘날리는 종이공장이 보였다
　　밖에는 끝없는 눈보라가

유리창을 눈의 깃털들로 덮으며 매섭게 휘돌아가고
책상엔 여전히 백지가
놓여있었다 눈처럼
더 많은 백지들이 휴지통에 눈더미처럼 쌓여 있었다 그 속에
말들이 있었다 버린 말들이 버석거렸다
의자 대신 내가 다시금 책상의 백지와 마주 앉아야 한다는
생각이 들었다 나는
혀를 목구멍 속으로 삼킬 수 없다는 생각이 들었다
책상에 백지가 놓여 있었다
펜이 놓여 있었다

－「눈보라」 전문(1-98, 99)

　이 작품에서 '눈보라'는 '유리창' 밖에서 "매섭게 휘돌아"간다. 휘몰아치는 것이 아니라 휘돌아간다는 것은 직접적인 위협이 되지는 않는다는 말이다. 그러나 세 번씩이나 '끝없는 눈보라'를 언급하는 것을 보면 이 시의 화자가 공포에 가까운 강박관념에 사로잡혀 있음을 알 수 있다. 그런데 방 안에 있는 화자의 책상에는 '백지'가 놓여있고 그보다 '더 많은 백지들'이 휴지통에 쌓여 있다.　마치 「대설주의보」의 화자가 집안에 들어가 무엇인가 글을 쓰고 있는 장면을 보는 듯하다. 그는 '어제'부터 한 줄의 글도 쓰지 못한 듯하다. 그의 내면에는 '들끓는 마그마'와 같이 터뜨려 발산해야만 할 정열이 꽉 들어차 있었다. 그러나 그것은 아직도 '말'이 되어 터져나오지 않는다. 책상 위에 펼쳐진 백지 위에 무엇인가 끝없이 끄적거려 보았지만 제대로 된 글이 나오질 않아 구겨서 휴지통에 던져 버릴 수밖에 없었다. 이런 답답한 심정이 흡족한 글을 쓰지 못하는 자신과 '빈 의자' 혹은 '뒤로 넘어진 의자'를 동일시하게 하는 것이다. 그의 글쓰기에 대한 집념이 어떠한 것인가를 알 수 있다.

이 시에는 '눈보라'에 대한 언급보다도 '백지'에 대한 언급이 더 많다. 눈보라에서 느끼는 강박관념은 어느덧 백지에 대한 강박관념으로 전이되고 눈보라는 분위기를 조성하는 배경으로서의 역할로 물러앉은 듯하다. 2연에서 "눈에 취해 비틀거리는 해군대령 스코트의 모습"은 "강박관념 속에 백지 위에 놓인 시원찮은 말들의 모습"으로 환치해놓고 보아도 별다른 무리가 없을 것 같다. '종이공장'은 최승호의 시 「종이공장」(1-43)에 나오는 용어로 그의 '詩의 경작지'에 세워진 하나의 공장이며 '종이인간들'은 거기서 일하는 사람들이다. 그들은 시를 일구어야 할 것인데 제대로 된 시가 나오질 않으므로 제 가슴을 열어 종이를 내던지고 "제 몸에 불을 지르고 있"기도 한다. 이렇게 보면 '종이인간'이란 창작에의 강렬한 욕구 혹은 '창작정신'을 뜻하는 것 같다. 「눈보라」 2연에서 '종이인간들'이 휘날린다는 것은 눈보라가 휘날리는 상황으로부터 유추된 표현이다. 그렇다면 눈보라 혹은 백지에는 창작에의 강렬한 욕구가 내재해 있었음을 알 수 있다. 이제 비로소 2연 1행의 "눈보라를 일으키는 힘의 날개"가 무엇을 의미하는지 밝혀진다. 그것은 작가의 창작욕을 불러일으키는 원천을 뜻한다. 그렇다. 이 힘은 누구도 거의 거역할 수 없는 것으로 「대설주의보」에서의 '계엄령'보다도 더 큰 힘 즉, 대자연의 섭리와도 같은 것이다. 이처럼 흰 색을 창작과 결부시켜 생각하면 "추억은/결국 하얗게 파묻힌다"든가 "나는 흰 웃음을 많이 잃었다"든가 하는 수수께끼 같은 말의 의미가 '추억은 결국 묻혀져 창작의 원천이 된다', '나는 창작의 기쁨으로 인한 소탈한 웃음을 많이 잃었다' 등으로 풀이된다. 2연 끝 부분의 '의자 대신 내가 다시금 책상의 백지와 마주 앉아야한다' 또는 '혀를 목구멍 속으로 삼킬 수 없다'는 말은 1연에서 "비스듬히 드러누워 있"던 화자가 자세를 가다듬고 창작에 재도전하겠다는 강한 의지의 표출이라 할 수 있다. 그의 눈에 책상의 백지만이 아니라 '펜'이 보인다는 사실은 심기일전한 그의 자세를 단적으로 보여준다.

「눈보라」에는 '백색'의 분위기가 전편을 가득 메우고 있다. 이 백색의 이미지는 창작에의 욕구와 결합되고 있다. 그러나 그 욕구는 '내 안에 들끓는 마그마'를 지니고서도 쏟아붓지 못하는 고뇌를 수반하는 욕구이다. '유리창을 눈의 깃털들로 덮으며 휘돌아가'는 '끝없는 눈보라' 역시 밀려오는 창작에의 열정인 동시에 그를 재촉하는 '백지'와도 같은 것이다. 「눈보라」의 백색은 이처럼 불타는 열정과 그것을 이루지 못하는 화자의 고뇌가 뒤섞인 특이한 이미지를 지니고 있다. 이에 대비되는 것은 바로 그 창작정신의 결정체인 '말'이다. 백지 위에 '펜'으로 씌어진 '말' 즉, 백지 위를 누비는 검은 글씨다. 최승호에게 있어서 이것은 바로 시이다. 그러면 이 시의 참된 빛깔은 무엇인가? 마그마처럼 들끓는 열정과 말 못할 고뇌가 '백지'를 뚫고 솟아 한데 엉겨 붙은 빛깔, 곧 분출된 마그마의 검붉은 빛깔이라 할 수 있을 것이다. 결국 이 작품에서 '백색'은 고뇌마저도 녹일 듯한 마그마의 빛깔과 통하며, '흑색'은 지상으로 분출되어 엉겨 붙은 마그마의 빛깔과 통하는 것으로 나타난다. 최승호의 시가 지나칠 정도로 감정이 억제되어 소설보다도 더 사실적인 것은 그의 시가 마그마 상태를 그대로 표출한 것이 아니고 차가운 외부의 공기와 만나 굳어지는 과정을 거친 것이기 때문일 것이다.

위에서 우리는 흑색 이미지와 백색(혹은 금빛) 이미지의 교직으로 짜인 최승호의 몇몇 시들은 그 색깔이 지닌 이미지와 실제로 의미하는 내용이 거의 무관함을 알 수 있었다. 최승호의 시에 자주 등장하는 '죽음'의 이미지와 밀접히 연관되리라 생각되는 흑색은 단지 배경색으로 작용하고, 죽음의식의 이면에는 오히려 폭발의 광휘, 절규의 핏빛, 싱싱한 생명의 불꽃 등이 자리하고 있는 경우도 있음을 알 수 있었다. 「대설주의보」에서는 백색과 흑색이 각각 죽음의식과 생명의식에 닿아 있어 색깔의 이미지가 완전히 전도된 양상과 함께 끈질긴 생명력을 보았으며, 「눈보라」에서는 백색과 흑색의 이미지가 거의 하나로 통합되어가는 모습을 지켜볼 수 있었다. 이렇게 볼 때 최승호는 결코 죽음에 함몰되어 죽음을 노래하는 허무주의 시인이 아님을 알 수 있다. 그가 현사회의 부정적 모습을 지칠 줄 모르고 끈질기게 탐구하고 있다는 사실 자체만 보더라도 스스로 명백하다. 더욱이 그는 「눈보라」에서 살펴보았듯이 흑백의 양극성을 그의 시의식 속에서 변증법적으로 통합시키고 있다. 이 순간 그는 한때나마 자기 동일성을 회복한다. 물론 대사회적, 대문명적 비판의식에 함몰되어 자기 존재의 이유를 찾지 못하는 면모가 그의 시에는 종종 나타난다. 그러나 이러한 부정적 자기 인식을 지님에도 불구하고 '어느덧 다시 한 번 일반적인 자기 동일성을 회복한다'는 점에서 우리는 그를 헤겔적 의미의 회의주의자라 부르고 싶다.

* 윗 글의 괄호 안에서는 시집의 번호와 쪽수만 표기하였음. 시집1은 『대설주의보』 (민음사, 1983)이고, 시집2는 『고슴도치의 마을』(문학과지성사, 1985)임.

시, 그 끝없는 물결

— 신석초의 「돌팔매」

1

석초(石艸) 신응식(1909~1975)은 일제하의 많은 문사, 지식인들이 그러하듯이 유복한 집안에서 태어나 동경유학을 한 후 언론계통에 종사하면서 작품활동을 해왔다. 그는 한때 KAPF에 가입하여 유인(唯仁)이란 필명으로 1930년대 초의 창작방법에 관한 논쟁에 참여하였으나 곧 탈퇴하였다. 이후 그는 작고할 때까지 30여 년간 대체로 프랑스 시인 폴 발레리의 영향권에 드는 비교적 일관된 시풍의 작품들을 발표하였다. 발레리는 때때로 노자(老子)에 대해 경의를 표하기도 하는 등 동양사상에 대한 이해가 깊고 이것이 석초를 매료시킨 하나의 원인이 되기도 했다. 하지만 그의 사상은 본질적으로 과학과 지성에 바탕을 둔 서구적인 자아의 소산이다. 석초는 그러한 서양의 합리주의가 과연 최상의 것인가에 대하여 의문을 지니고 있었다. 그래서 그는 발레리를 통해서 "일단 나를 튀어나오게" 했다고 하는가 하면, "나는 발레리와 반대 쪽에 선 사람"이라고도 했다.(『바라춤』, 융성출판, 1985) 그러나 그는 이처럼 발레리를 의식함으로써 결국 그의 영향으로부터 자유로울 수 없었다.

신석초의 시세계는 감각적인 본능과 순수에의 이성적 의지 사이의 갈등, 축조물로서의 시의 언어성에 경도된 시의식 등을 그리는 발레리적인 주제와 「서라벌 단장」 시편들에 나타나는 사라져버린 옛 시절에의 회고,

「처용은 말한다」와 같은 고전에 대한 패러디, 「비가집」의 애정시편이나 자연친화시들에서 볼 수 있는 소박한 서정, 나아가 국토분단에의 한(恨) 등을 포괄하고 있다. 또한 향가, 고려가요, 시조, 가사 혹은 청록파 시인들의 시의 율조와 구절 등의 차용을 통해 전통에 뿌리박은 새로운 고전을 창조하고자 하는 열망을 담고 있다. 신석초의 시는 이처럼 서구의 정신사적 전통에의 깊은 사색에서 비롯된 발레리의 시세계와 도가적 허무관을 비롯하여 유교, 불교 등의 동양사상을 자연스럽게 받아들이고 있는 석초의 체질 사이의 갈등과 조화의 산물이라 할 수 있다. 그의 시세계가 이 가운데 어디에서 더 많은 영향을 받았는가 하는 문제는 그동안 여러 연구자들이 다루어왔고 또 상당 부분 밝혀졌다. 현 단계에서 우리의 관심은 더 이상 그러한 표층적인 영향관계를 밝히는데 있지 않다. 그의 시세계는 그다지 변화가 심하지 않은 편이다. 그럼에도 불구하고 1941년 『문장』지에 서장(序章)만 발표된 뒤로부터 1959년 시집에 실리기까지 20년 가까이 다듬었던 장시 「바라춤」의 최종(?) 수정본이 시집 발간 10년이 지난 후 김종길 시인에게 보낸 증정본에 실려 있음이 다시 알려졌다. 우리는 이러한 그의 투철한 시정신에 더욱 주목하고 싶은 것이다. 발레리가 모든 시작품을 "거의 언제나 손질해 고쳐질 수 있는 하나의 작업 상태"(『발레리 시전집』, 민음사, 1987)로 보았듯이 석초의 「바라춤」은 아직 완성되지 않은 것인지도 모른다. 이 글은 석초의 시가 그 다양한 겉모습과는 달리 유사한 주제를 끈질기게 추구하고 있음에 착안하여 서술되었다. 그가 이미 발표된 시를 끝없이 매만질 수 있었다는 사실은 그의 많은 시들이 하나의 주제에 대하여 미세한 편차를 지닌 변주가 될 수 있는 가능성을 보여주는 것이다. 따라서 그의 시세계와 시의식을 규명하는 작업은 유달리 섬세한 검토를 필요로 한다. 이러한 작업이 충분히 이루어진 뒤에야 그의 시의 비교문학적인 혹은 사상론적인 연구가 깊이 있게 전개될 수 있을 것이다.

2

신석초의 초기시 가운데 「돌팔매」는 발레리의 「버려진 포도주」와 유사한 발상의 작품이라 하여 주목을 받아왔다. 이런 의미에서만이 아니라 이 시의 주제가 그의 다른 많은 작품 속에서 갖가지 형상으로 재창조된다는 점에서 각별히 우리의 주의를 끈다.

바다에 끝 없는
물결 위으로
내, 돌팔매질을 하다
虛無에 쏘는 화살 셈치고서.

돌알은 잠깐
물연기를 일고
金빛으로 빛나다
그만 자취도 없이 사라지다.

오오 바다여!
내 화살을
어디다 감추어 버렸나.

바다에
끝없는 물결은,
그냥, 가마득할 뿐……

　　　　　　－「돌팔매」 전문, 『발레리 시전집』(민음사, 1987), 박은수 역

이 시의 화자는 주위에 아무도 없는 바닷가에 외로이 서 있는 듯하다.

끝없이 펼쳐진 바다의 무한성 앞에서 그의 존재는 더욱 왜소해 보인다. 석초는 '밀려드는 고독' 때문에 시를 쓴다고도 했는데 바다의 '끝 없는/물결'은 바로 이 '밀려드는 고독'의 형상을 닮았다. 바다 물결에 휩쓸려, 고독에 잠겨 화자는 아주 소멸되고 마는 것이 아닌가 싶다. 그러나 1, 3연의 '내'라는 언급에 의해 화자의 존재는 힘을 받는다. '돌팔매질'은 그가 살아있음을 보여주는 상징적인 행위이다. 밀려오는 물결이 없었더라면 그의 이러한 반발심은 일어나지 않았을지 모른다. 그가 아무 돌멩이나 집어들어 아무렇게나 던지는 듯하지만 그렇지 않다. 널려있는 돌멩이 가운데 하나라 할 지라도 던지는 행위에 온몸이 실려있을 때 그것은 이미 선택받은 돌이다. 돌을 '화살'이라 부르는 것은 그의 혼신의 힘이 실려있다는 말이다. 여기서 조금 의아한 것은 그의 이런 행위가 '……질', '……셈치고서'에서 보듯이 다소 자조적인 어조로 표현되고 있다는 점이다. 더구나 그 화살의 표적은 '虛無'라 한다. 그의 행위가 아무런 실효가 없을 것임을 감지한 때문인가, 아니면 허무한 그의 심정으로부터 벗어날 돌파구를 마련하고자 함인가. 이도저도 아니라면 이른바 '허무에의 의지'를 표상함인가. 1연만 보아서는 그 의미가 정확히 들어오지 않는다. 유사한 이야기를 담은 다른 시의 구절들을 살펴보고 전체시의 문맥을 좀 더 따져본 뒤에 다시 생각해 보아야겠다.

석초의 시 가운데에는 아래와 같이 바다에 돌을 던지는 것'과 유사한 이미지를 지닌 구절이 상당수 있다.(이하 신석초의 시는 『바라춤』(융성출판, 1985)에서 인용함.)

> 가) 오오, 활이여! 네, 나는
> 黃金의 아리따운 살로써
> 내가 가진 思念의
> 묘망한 구름을 쏘게 하여라.
>
> — 「궁시」 부분

나) 제절로 살아 예는 내 맘을
　　뉘가 알까 저어하건만
　　때로는 높이 소리쳐 홀로
　　빈 穹蒼을 울려라.......

—「백조의 꿈」 부분

다) 하룻밤, 내가 달을 좇아서
　　이름도 모를 먼 바닷가
　　모래 위에다 장미꽃으로
　　秘密의 城을 쌓고 있더니

—「흐려진 달」 부분

라) 날마다, 날마다
　　孤寂한 거울을 대하여
　　내 모양 꾸미는
　　내 심사를, 그대는 알아요?

—「화장」 부분

마) 네가 秘密한 장막 드리우고,
　　꽃과 같은 규방 속에서
　　내 女人이여! 너는 네 가슴에다
　　무슨 虛無의 심사를 그리는가?

—「규녀」 부분

　가)에서 화자는 황금 화살로 자신의 '思念'의 구름을 맞추고 싶다고
한다. 그의 사념은 묘망(渺茫)한 구름 같은 것이어서 스스로도 잘 파악할

수 없다. 그 화살이 노리는 과녁은 아무도 모르는 '秘密한 곳'이기 때문이다. 화살이 '黃金'으로 되어 있고 '아리따운' 것이라 하여 여성적인 이미지를 띠고 있는 것을 보면 정성을 담은 것이지 목표물을 파괴하는데 목적이 있는 것이 아님을 쉽게 알 수 있다. 그런데도 그는 쏘고 싶다. 화살을 쏘면 하늘에 '뵈지 않는 물결'이 인다고 하지만 아직은 이것으로 그가 추구하는 바를 알 수 없다. 외부를 향해 발산하지 않고서는 안 될 내재적 욕구 혹은 정열이 그 근본 동인이라고 일단 가정할 수밖에 없다. 그것은 나)에서 백조가 소리쳐 외치는 행동과 큰 차이가 없다. 여기서 "제절로 살아예는" 백조의 삶의 모습은 그의 정열의 뿌리가 어디에 있는가를 암시해 준다. 남이 나를 사랑하지 않는다 해도 백조는 그를 싫어하거나 원망하지 않는다. "純粹한 나의/宇宙"를 그리며 맑고 고요한 물 위에 "빈 배인양" 떠돌 뿐이다. 이 백조의 형상에서 우리는 시인의 담담한 내면과 고아한 풍격을 떠올릴 수 있다. 이렇게 고적한 삶의 은밀한 곳에 조금씩 고이는 에너지가 때로는 날카로운 외침으로, 때로는 시위를 떠난 화살처럼 솟구쳐 오르는 것이다.

시인의 내부의 열정은 항상 이렇게 날카로운 분출의 형상으로 나타나지는 않는다. 다)에서처럼 '城'을 쌓듯이 차근차근 이루어가는 꿈의 형태로 나타나기도 하며 라)에서와 같이 섬세하게 다듬어나가는 '化粧'의 손길에 비유되기도 한다. 마)는 그 극단의 형태이다. 대갓집의 후원 깊숙한 규방에 갇혀 아무런 외적인 행동이 없는 아가씨의 마음속의 움직임이 그려져 있다. 가), 나)의 시에서 나타나는 폭발적인 행동, 다), 라)에서와 같은 차분한 움직임, 마)의 내적 고뇌의 모습 등은 행위의 크기가 각기 다르지만 이것은 화자의 심정적 절박감과는 별다른 관련이 없다. 유사한 주제이지만 미세한 편차를 지니고 있으며 다루는 범위가 각기 다르기 때문에 나타난 현상이다. 강물의 영상에 비유하자면, 그것은 같은 강이로되 날씨에 따라, 계절에 따라 모습이 다르고, 또 상류에서 하류까지 길게 벋은 강줄기 가운데 어디서 어디까지를 보여주느냐에 따라 천차만별인 것과 마찬가지라 할 수 있다. 가령 다)와 같은 시에는 장미꽃으로 쌓는 아름다운 성이 그려져 있지만 그것은 달빛을 받아 빛나는 모래 위의 성으로서 곧 스러지고 말 꿈과 같은 것이며, 밤이 다하여 달이 지면서 함께 사라질 것이라는 운명적 예감을 불러일으킨다. 라)의 시에는 시인의 강렬한 자의식이 표출되어 있다. 이 시의 화자는 "구태여 그대의 욕구를/끄을려 함은 아니"라고 하면서도 날마다 화장하는 일에 팔려있다고 한다. 누구의 눈에 들려고 할 때의 마음가짐보다 훨씬 강도 높은 자의식에서 나오는 행동이다. 석초의 다른 시 「나르시스」에는 저녁의 해 으스름이 '물 거울'에 비친 '내 그림자'와 나 사이를 갈라놓는 '낯선 칼날'로, '내 그림자'는 나를 버리고 달아나는 배신자로 묘사되어 있다. 두 자아 사이의 합치를 이루어내지 못하고 마는 것을 문제 삼고 있는 것이다. 그런데 인용시 라)에는 여기에 더하여 거울에 비치는 자신의 모습에 언제까지나 만족하지 못하는 인간의 숙명적 고뇌까지 나타나 있다. 그러면 그나마 소극적인 행동조차도 보여주질 않는 마)의 '女人'에게는 무엇이 문제일까? 그녀의 방은 '秘密한 장막'을 드리운 '꽃'처럼 아름다운 장소이다. 이 꽃은 그대로 그녀의 이미지로 전이된다. 여기서 그녀의 가슴에 그려지는 '虛無의 심사'란 무엇인가? 외부 세계를 그대로 받아들이는 상태에서, 행동으로 자신의 심정을 표출한다는 것은 상상도 못하는 그녀의 감성이 익어 타는 듯한 '몸'과 순결한 '혼' 사이를 오가는 가운데 얻은 좌절감 같은 것인가? 아니면 이렇게 양분된 자아를 그대로 수용할 수 있는 어떤 정신의 경지를 표상하는 것인가? 일단 이두 가지 안을 포괄하는 고착되지 않은 정신의 흐름 같은 것이라 가정해 두기로 한다.

「돌팔매」의 1연과 유사한 양태를 보이는 구절들을 살펴보는 가운데 우리는 석초의 시세계의 단초 같은 것을 느낄 수 있었다. 그것은 석초가 자신도 명확히 알 수 없는 강한 내적인 욕구를 지니고 있다는 것이다. 이것을 그는 마음 속 깊이 담아 두고 곰삭이고 있는가 하면 조금씩 꺼내어 매만지거나 하나하나 돌을 모아 성을 쌓듯이 정성을 들이기도 한다. 때로 이것은 그의 통제를 벗어나 분수처럼 솟아오르기도 한다. 그런데 이 욕구는 타인의 눈길과 관련된 사회적 욕망이나 현실 상황의 문제와는 격리된 것이다.(「돌팔매」의 1연을 비롯하여 위에 인용한 5편의 시에 한결같이 나타나는 '나', '내' 등의 어사는 시인의 강한 자의식을 웅변하는 것이며, 그 저변에는 타인과의 비교심리와 같은 것이 의식되지 않은 가운데 작용하고 있음을 알 수 있다.) 특히 어떤 행동의 조짐도 보이지 않는 마)의 시에서 우리는 다시금 '허무'의 문제와 만났지만 우리가 처음에 제기한 '돌팔매질'의 표적으로서의 '허무'의 문제와 기본적으로 유사한 구조의 것이라는 느낌이 있을 뿐 아직 명확한 답안을 제시할 수 없다.

3. 산화하는 자아

「돌팔매」의 2연은 화자가 던진 돌이 바닷물에 떨어져 물속으로 사라지는 광경을 그린 것이다. 그의 온몸이 실린 돌은 물의 표면에 부딪혀 물방울을 튀게 하는 것이 아니라 '물연기'를 일게 한다. 물방울을 미세한 입자들로 잘게 쪼개어 놓을 정도로 강력한 접촉이 발생한 것이다. 그 순간 돌은 '金빛'으로 빛난다. '돌알'의 '알'은 속, 핵심을 뜻하는 '알맹이'보다는 낱개라는 의미의 '알갱이'에 가까운 말이겠지만, 돌알이 달걀의 뜻으로 사용되듯이 동그란 것 혹은 정수, 알짜라는 의미와도 뜻겹침의 연상 작용을 불러일으킨다. 특히 그것이 '金빛'을 띠게 됨으로써 돌멩이가 그의 모든 힘을 다하여 불꽃으로 산화하는 모습으로 비치는 것이다. 물보라가 이는 가운데 금빛으로 빛나는 돌─이것은 아주 짧은 순간에 이루어지는 영상이며 온 힘을 다한 후의 스러짐이란 비극성을 띠는데, 그렇기 때문에 더욱 신비롭고 아름답다. 아래의 시구들을 통해 이 부분을 좀 더 깊이 이해할 수 있다.

가) 자알 잘 흔드는 장도

　　공연히 죽을 중도 모르는

　　魅力의 잎만 떠돌게 하누나.

－「검무랑」 부분

나) 저문 산 길가에 져

　　뒤둥글지라도

　　마냥 붉게 타다 가는

　　환한 목숨이어.

－「꽃잎 절구」 부분

다) 갈대 옆에 외로이 서서

　　먼 雨露를 꿈꾸노라

　　생각하는 새여

　　조용히 숙인 부리

　　고이 접은 깃

　　의젓한 눈매여

　　너의 白日夢으로 하여

　　하늘엔 휘영청 이내가 인다.

－「백로」 전문

라) 나는 그대의 푸른 蘭꽃 모습과

　　보랏빛 라일락 향내음과

　　五月의 호수의 아침 나우리를

　　헤매는

　　나비가 되었다.

－「매화 한 가지」 부분

석초의 시 가운데에는 「바라춤」, 「무녀의 춤」, 「무희부」, 「불춤」 등 춤을 묘사한 것이 여러 편 있다. 이들은 대체로 육체와 정신 사이의 갈등을, 때로는 신명 든 모습을 그리고 있다. 가)의 춤은 이들과는 달리 칼을 들고 추는 춤으로서 섬뜩한 긴장감과 율동의 미가 어우러진 것이다. 가)의 앞부분에는 "건드러지게 돌아가는/몸매"와 "반쯤 흩날리"는 "快子"자락과 두 팔을 따라 돌며 허공을 가르는 "銀장도"의 사위가 그린 듯 묘사되어 있어 우리의 흥취를 자아낸다. 언제 누구의 목에 칼이 들어올지 모른다는 일촉즉발의 위기감이 내재해 있지만, 그것을 잊고 싶어하는 우리의 잠재의식과 결합되어 오히려 보는 이를 더욱 취하게 하는 것인지도 모른다. '魅力의 잎'이란 번쩍이는 날카로운 칼날이 빠르게 지나간 직후 그 자리마다 우리의 뇌리에 남는 잔상(殘像)의 아름다운 모습을 묘사한 듯하다. 그것은 춤의 율동을 따라 나타나는 듯 곧바로 사라져 아쉬움조차 남긴다. '서늘한 아름다움'이라 부를 수 있을 것이다. 누구나 한 번은 겪어야 하는 것이면서도 아무도 경험해 본 이가 없는 미지의 순간─죽음의 순간은 우리에게 두려움과 함께 묘한 미적 감성을 환기한다. 석초는 이처럼 대체로 비장미의 범주에 속하는 죽음 또는 소멸과 관련된 미의식을 끈질기게 추구한다.

　　인용시 나)의 '꽃잎'은 산길에 피고 진다. 아무도 돌보아 주는 이 없이 혼자 비바람에 시달리다 '가'버린다. 앞서 살펴 본 「규녀」의 '秘密한 장막' 속의 "蘭꽃 한떨기"가 아니라 소월의 시 「산유화」의 '꽃'처럼 "山에/山에" 피고 지는 '꽃잎'이다. 그것은 결국 '저문 산 길가에 져/뒤둥글' 운명이지만 "다토아 피어"나 "마냥 붉게" 타오른다. 그렇게 스러져 갈 운명을 예감하기에 더욱 힘을 다하여 붉게 타오르는 것인지도 모른다. 인용된 끝 행의 '환한 목숨'이란 그처럼 짙게 드리운 숙명의 그림자에도 불구하고 온 힘과 정열을 다 바쳐 활짝 피어난 꽃잎을 가리키는 이름이다. 이 꽃잎은 '하늘과 구름의 속' 즉, "가 없는 宇宙의 황홀한 그 속"(「바다에서」)을 그리워하

여 붉어진 것이라 한다. '하늘과 구름'은 영원과 무한, 지속적 흐름의 이미
지를 지닌 것으로서 시인의 이상향이기도 하다. 비바람 속에서도 꽃잎의
가냘픈 살갗을 붉게 물들이는 생의 신비는 시골 소녀의 싱싱한 정열과 소
녀다운 부끄러움을 연상케 한다. 1930년대에 씌어진 「돌팔매」에 비교한다
면, 1970년대의 이 작품은 생성과 소멸의 끝없는 유전(流轉)을 자연의 섭
리로서 충분히 받아들인 듯 유사한 주제를 전체적으로 안정된 율조에 담
아내고 있다.

　다), 라)에는 '이내', '나우리' 등 흐릿하게 피어나 환상적인 느낌을 주
는 신비한 이미지의 자연 현상이 그려져 있다. 다)의 외로운 '白鷺'는 의젓
하고 품위가 있는데다가 갈대 옆에서 생각하는 모습이 사색에 잠긴 흰 옷
입은 여인의 모습과 흡사하다. 「규녀」의 '女人'보다도 더 기품 있는 모습
이다. 자연이 주는 만물의 생명력의 근원으로서의 '雨露'를 꿈꾸는 백로의
상상이 하늘에 휘영청 밝은 '이내'를 일게 한다. 더욱 환상적인 것은 석초
의 시에 여러 번 등장하는 '나우리'이다. 라)에서 보듯이 그것은 '보랏빛 라
일락 향내음'과 함께 화자가 선호하는 것이며, '푸른 蘭꽃 모습'을 한 '그대'
의 배경이 되면서 그대 자체의 이미지와도 하나가 되어 있다. '나우리'는
"떠도는 나우리"(「흐름」), "金빛 나우리"(「바라춤」), "寶石같이 타오르는/붉
은 나우리도 어렸에라"(「자개껍질」) 등의 구절로 보아 이내나 놀과 유사한
것인데 유동성이 있으며, 아침 햇살을 받아 금빛으로 빛나는 등 더욱 환상
적인 느낌을 주는 자연의 현상을 뜻하는 것 같다.

　가), 나)는 「돌팔매」의 '돌'이 바닷물에 부딪혀 '金빛'으로 빛나게 되는 순
간의 미의식과, 다), 라)는 '물연기'가 형성하는 분위기와 연관된다고 보아
인용한 것이다. 석초는 누군가가 목숨을 노리고 있음을 느끼는 순간이나,
본인의 의지에 의해 맞게 되는 장렬한 죽음이나, 자연의 섭리에 의한 숙
명적 죽음 등에 독특한 의미를 부여함으로서 그 비장미를 추구하고 있다.
「돌팔매」에서는 '돌'이 사라지는 순간의 비극적 아름다움을 '金빛'으로 묘사

하는 한편, '이내', '나우리' 등과 유사한 이미지를 지닌 '물연기'에 감싸이게 함으로써 더욱 환상적인 분위기를 연출하였다.

4. 시, 그 끝없는 물결

「돌팔매」의 3, 4연은 돌이 바다에 빠져버린 뒤의 허전함에서 오는 탄식 어린 영탄과 그 모든 상황을 받아들이는 듯한 화자의 서술적 언급이다. '돌알'이 사라진 직후, 3연에서 화자는 '화살 셈'쳤던 그것을 자연스럽게 '화살'이라 부른다. 그렇다. 그것은 온 몸이 실린 것이기에. 목표물이 무엇이건, 목표물이 있건 없건. 그런데 그 화살은 목표물에 명중했는지 안했는지도 모르는 가운데 사라져 버렸다. 우리가 1, 2연에서 살펴본 바에 의하면 온 몸으로 던져진 '돌알'이 '물연기' 속에 '金빛'으로 빛나는 순간은 환상적이기까지 하다. 이러한 느낌은 본래 목표물에 정확히 들어맞았을 때 받는 것이다. 그러나 2연의 말미에서 화자는 '돌알'이 '그만 자취도 없이' 사라졌다고 하여 매우 아쉬워하는 한편, 3연에서는 '바다'가 능동적으로 '내 화살'을 감추어 버렸다고 원망에까지 이른 섭섭한 심정을 표출하고 있다. 물보라 속에 금빛으로 빛나는 순간은 그야말로 '잠깐'의 환각이며 이제는 아쉬움, 원망이 섞인 섭섭함 등의 감정만 남았다는 것인가? 그렇다면 4연의 담담한 서술은 좌절에서 오는 허무감의 표백인가. 그렇지는 않은 것 같다. 4연에 나타나는 것은 그 안정된 형태와도 같이 이 모든 상황에 대한 담담한 수용의 자세이다. 4연에 두 번 쓰인 쉼표(,)가 3연에서의 고조된 감정을 제어하여 평정한 가운데 어떤 여운을 남기는 말없음표의 결말로 이끌어간다. 특히 2연의 '그만'과 4연의 '그냥,' 두 어사의 병치는 이러한 감정의 흐름을 잘 요약해 보여준다.

더욱 주목을 요하는 것은 1연의 '바다에 끝 없는/물결'이 4연에 와서 '바다에/끝없는 물결'로 미묘한 형태상의 변화를 보인다는 점이다. 1연의

'물결'이 밀려오고 있는 듯하여 불안정한 느낌을 주는데 비해 4연의 그것은 조금 다르다. '돌팔매질' 후에 돌이 떨어진 자리에 고정되었던 화자의 시선은 이제 아주 먼 곳으로 이동한 듯하다. '물결' 또한 먼 바다의 것처럼 잔잔하게 느껴진다. 바다의 물결은 1연에서 화자를 도발케 했지만 4연에서는 그를 가라앉히는 역할을 한다. '바다' 혹은 '물결'은 석초에게 과연 어떤 것이기에 그를 뜨겁게 달구는가 하면 그의 가슴을 식히고 달래주기도 하는가?

가) 아아 내 꿈이 덧없음이런가
　　바다의 神이 나를 시기하였음이런가
　　深淵으로 달은 빠지다.

　　달이여, 너는 어디로 갔는가
　　나는 헤매다, 나는 보다
　　물결쳐 움직이는 바다의 그 큰
　　모양을⋯⋯

　　　　　　　　　　　　　　　　－「흐려진 달」부분

나) 뛰어들리 구름 속으로
　　광대한 바다 저 속으로

　　내 몸을 던지리 하늘 속으로
　　가 없는 宇宙의 황홀한
　　그 속으로

　　날아가 물결 되리
　　가 닿을 언덕이 없다 하여도

날아가 꽃배 되리

구름의 돛이 되리

— 「바다에서」 전문

　단락 2에서도 살펴본 바와 같이 인용시 가)에서 화자의 꿈은 달이 바다 속 깊이 빠짐으로써 사라질 수밖에 없다. 그의 꿈은 "술에 취하여" 쌓은 "모래 城"과도 같은 것이었다. '달'을 잃고, 지향하던 '꿈'을 잃고 그는 탄식하며 헤매인다. 그러다가 그는 물결치고 있는 바다의 모습에 새삼 주의를 기울인다. 그것은 늘 있어왔던 것이며 조금도 새롭지 않은 사실일지 모른다. '바다의 그 큰/모양'에서 무엇을 느꼈는가 더 이상의 설명도 없다. 하지만 「돌팔매」의 4연에서와 같이 어떤 새로운 인식이 그를 달래주었으리라 가상할 수 있다. 그것은 격정의 불을 식히는 차가운 '물'의 속성에 의한 것이라 할 수만은 없다. 나)를 보면 그 이유가 명확히 드러난다. 여기서 화자는 '하늘'로, '구름 속'으로 날아가 '구름의 돛'이 되어 자유로이 떠다니고 싶고, '바다'에 뛰어들어 '물결'이 되어 '꽃배'처럼 언제까지나 흘러 다니고 싶다. 석초에게 있어서 '바다'와 '하늘'은 그 공간적인 무한성과 시간적인 영원성, 그리고 흐름의 지속성 등을 공유함으로써 동일시된다. 1, 2, 3연에서 화자의 행동을 뒤섞어 놓고, 4연에서도 '날아가 꽃배' 되고, '구름의 돛'이 되겠다고 하는 등 하늘과 바다의 역할을 뒤집어 놓은 것은 그 때문이다. 그곳은 "내밀한 속에" "눈부시게 빛나는/꽃 섬들을"(「나의 바다」) 감추고 있는 곳, '황홀한' 곳이다. 이런 곳에 뛰어들고 싶은 것은 자연스러운 인간의 욕망일 것이다. 「돌팔매」 1연에서 밀려오는 고독의 형상으로 화자를 유혹하여 돌을 던지게 한 것도 그런 바다의 물결이었다. 스스로도 뚜렷이 인식하지 못하고 있는 것으로 나타나지만, 가)의 화자가 절망의 순간에 본 것도 바로 이러한 '바다'였을 것이다. 시간이 지나면 사라질 수밖에 없는 허망한 꿈을 좇던 그에게, 그가 진실로 추구하는 것이 무엇이었나를 바다의 물결은 깨닫게 해주는 것이다.

「돌팔매」 4연의 '바다에/끝없는 물결' 역시 그러한 맥락에서 이해될 수 있을 것이다. 돌이 사라진 직후 비탄의 부르짖음을 거쳐 고조된 감정이 절로 수그러지는 것이 아니라 어떤 안정감마저 얻을 수 있다는 것은 이런 특수한 맥락에서가 아니면 받아들여지기 어려울 것이다. 하나 더 첨가할 것은 '물결'의 '끝없는 흐름'에 관한 것이다. '물결'의 내포는 나)의 3연에 '가 닿을 언덕이 없다 하여도'에서 볼 수 있듯이 무한 지속의 운동성이다. '바다'라는 것이 이미 시원의 생명력을 암시하고 있지만 '물결'은 여기에 규칙적인 심장의 박동과도 같은 구체적인 생명력의 이미지를 추가한다. 「돌팔매」에서 생명력의 암시는 여기에 그치지 않는다. 2연 '돌알' 또한 '알(卵)'의 이미지를 지님으로써 한 개체의 정화일 뿐더러 새 생명의 의미를 담고 있기도 하다. 2연의 끝 행에서 화자는 '돌알'이 '자취도 없이' 사라진다고 했지만 어떤 여운이 남는 것은 이런 의미의 파장과 무관하지 않다. 돌은 따라서 '金빛의 알'이라는 특수한 이미지를 지니게 된다. '虛無'와 함께 한자로 표기되어 눈에 두드러지는 이 '金빛' 혹은 '金빛의 알'은 석초의 시에 종종 나타나는 비취, 금강석, 옥 등의 보석이 갖는 영원함, 순결무구함 등의 이미지를 공유하는 것이다. 이것은 우리가 단락 3에서 찾아낸, 돌이 바다 물결과 부딪혀 사라지기까지의 지극히 짧은 순간의 '비극적 아름다움' 혹은 '비장미'와 상충되는 듯하다. 그러나 그것이 1차적 의미로 전면에 떠오르는 것이라면 '보석'과 연관된 이미지는 내면에 숨어있는 것이라 할 수 있다.

이렇게 보면 「돌팔매」에는 전체적으로 죽음 혹은 소멸과 연관된 비장미, 격정적 행동과 그에 따르는 허탈감 등이 주조를 이루지만, 그 이면에 생명력에 대한 끊임없는 암시가 어려 있음을 알 수 있다. 1연에서 화자를 도발케 하고 4연에서 그를 달래주는 '물결'의 생명력이란 무한 지속인 동시에 무목적적인 움직임이다. '가 닿을 언덕'을 상정하지 않는 것이다. '꽃배'가 어떤 목적지를 향하는 것이라 할 수 없고, '구름'의 흐름이 일정한 지향을 갖지 않는 것과 마찬가지이다. 그렇지만 그것들은 보이지 않는 자연의 질서에 순응한다. 아니, 자연 그 자체이다. 이것이 석초의 궁극적 지향이라면 석초는 노자의 우주관에 깊이 젖어있다고 말할 수 있을 것이다. 바다에 끝없는 물결이 "그냥, 가마득할 뿐……"이라는「돌팔매」의 결구가 모든 상황을 그대로 받아들이는 듯한 태도로 해석된다는 것은 이러한 의미에서이다. 이제 우리는 '화살'이 되어버린 '돌알'의 목적지, 지향점, 또는 과녁이 '虛無'인 이유를 알 듯하다. 그곳은 문자 그대로 '텅 비어 아무 것도 없는 곳'이다. 거꾸로 '모든 곳'이기도 하다. 만유의 본체는 하나이기에 어디라도 상관없다. "寂兮廖兮 獨立不改 周行而不殆"(『노자』제25장 '象元')한 천하만물의 모체와 비교적 근사한 형상의 하늘이나 바다라면 더욱 좋다.

여기서 우리는「돌팔매」가 "인간의 삶이나 앎이라는 것도 거대한 대자연에 용해됨으로써 허무로 귀속된다는 근원적인 회의와 각성"을 표현하고 있지만 "인간적인 의지로써 극복을 시도"하는 행위인 '돌팔매질'을 통해서 그 평면적인 인식을 벗어난다고 한 신동욱교수의 견해(『현대문학』, 1986. 7)와 '화살'을 그의 '詩'로 해석한 김윤식교수의 말(『현대문학』, 1975. 5)을 돌이켜 생각해 볼 필요가 있다. 이러한 해석들은 모두 화자가 돌을 던지는 행위에 초점이 맞춰져 있다. 그러나 우리는 바다의 물결에 더욱 주목하고자 한다. 그것은 화자의 행위를 유발한 것도, 화자가 던진 돌이 떨어진 곳도 바다의 '물결'이며, 끝까지 그와 함께 남은 것도 '물결'이었기 때문이다. '돌팔매질'의 행위 자체에 주목할 때 위의 두 연구자의 견해는 대체로 온당한 것이지만 '물결'에 주목하는 우리의 생각은 조금 다르다. 우선 '虛無'는 인간의 의지와 부딪힐 성질의 것이 아니며 극복의 대상도 아니다. '돌팔매질' 또한 유한한 인간의 행위임은 물론이지만 '위대하고 영원한 바다'와의 대결의 행위는 아니다. "활 시위를/당겨 한번 힘껏 쏘으면/휘영찬 하늘에 가

이없이/뵈지 않는 물결"(「궁시」)이 일듯이 그 자체가 하나의 물결을 이루는 것이다. '돌알' 곧 '화살'은 인간처럼 어느 순간 사라지고 말 숙명을 지니고 있지만 혼신의 힘이 실림으로써 '金빛의 알'이 된다. 이 경우 영원성과 생명성에 미세한 끈으로 연결된다. '虛無'를 쏘는 '화살'은 이처럼 '물결'의 무목적적 생명성과 영원성 등을 공유하게 됨으로써 '물결'에 포섭되며 따라서 그가 꿈꾸는 '시'는 '화살'을 품에 안은 '물결'이라 할 수 있을 것이다.(이렇게 보면 발레리가 "버려진 그 술에" "물결들"이 취했으며 "더없이 깊숙한 형상들이/쓸쓸한 대기 속에 뛰어오르는 것을"(「버려진 포도주」, 박은수 역) 보았다고 한 말들을 석초는 사족이라고 생각했을는지 모르겠다.)

살아있는 생명체는 그 겉모습이 동일한 듯하여도 한 시도 쉬지 않고 변화한다. 바다의 '물결' 역시 그러하다. 석초는 이처럼 시원의 생명력을 지닌 '끝없는 물결'같은 세계를 지향하고 있었다. 그곳은 동양과 서양, 고전과 현대, 유한과 무한, 정신과 육체, 삶과 죽음, 참여와 순수가 애당초 하나인 곳이다. 그가 지향하는 시 역시 그러한 것이었다. 그의 시에 조국의 산하가 이념 대립으로 분단되어 있음을 안타까워하는 심정이 때때로 나타나 있는 것도 그의 이러한 '흐름'의 미학과 무관하지 않다. 그런데 이것이 그 밖의 현실적 삶의 문제로는 확장되지 않아 어찌 보면 세태의 '흐름'에 그를 맡기고 자아의 내면세계만을 파고 들어간 것이 아닌가 하는 아쉬움이 남는다. 그러나 이것은 그의 몫이 아니었다. 죽음을 예감하고 쓴 듯한 아래의 시에도 그의 이러한 시의식이 나타나 있다.

내가 다시 붓을 들을땐
나의 내부의 아득한
먼 바다

아무도 일찌기

발 들여놓지 못한
미지의 영역(領域)에
정신이 팔려 있나니……

– 「내가 다시 붓을 들을땐」 부분

석초는 평생 동서양의 고전, 한국의 고전을 읽으며 스스로 새로운 하나의 전형을 창조하고자 노력하였다. 그가 깨달은 것은 결국 그의 내부 깊은 곳을 흐르는 끝없는 시의 '물결'을 따라 아득히 먼 '미지의 영역'으로 나아가야 한다는 것이었다.

III

자아 찾기와 세상 보기
— 김종철의 『오늘이 그날이다』

시를 쓰지 않으면
친구들은 나를 볼 수 없었다고 합니다

기도를 하지 않으면
하느님은 내가 보이지 않는다고 합니다

시를 짓고 기도를 열심히 한 날
밖을 나가 보았지만
친구도 하느님도 만날 수 없습니다.

— 「보이지 않을 때」 전문

　김종철에게 있어서 시는 무엇인가. 위의 작품에 의하면 세상의 친구들에게 자기를 드러내는 도구이다. 이때 외부세계는 시를 통해 그를 인식한다. 하느님이 기도를 통해 그를 인식하는 방식과 꼭 같다. 삼단 논법은 논리적으로 모순이지만 여기서는 그다지 낯설지 않다. 시는 자아와 세계 사이에서 소통의 장으로서의 역할을 한다는 믿음이 있기에 더욱 쉽게 받아들여지는 것이다. 그러나 제3연에서 우리는 그러한 기대가 섣부른 것이었음을 알게 된다. 소통, 즉 인간과 외부세계와의 자연스러운 대화는 이미 오래 전에 상실한 꿈에 불과하다. 이 시의 화자 또한 그의 시작 행위를 통해 '친구들', '하느님'으로 표상되는 외부세계의 본질에 다가설 수 없음을 인식한다. 그가 지닌 소통의 도구는 언어뿐인데, 길을 발견할 수 없을 때 시인은 절망하지 않을 수 없다. 이러한 절망감은 언어의 사용법만이 문제가 아니라 길이 보이지 않는 '세상'(「말씀에 대하여」)의 문제이기도 하다. 설상가상으로 그에게는 그 자신마저 보이지 않는다. 외부세계의 본질에 가닿을 실체가 없다.

　　　　그날 밤
　　　　내가 보이지 않았습니다
　　　　잊고 있었던 것 갖지 못했던 것
　　　　볼 수 없었던 것들이 모두 모여
　　　　나를 찾고 있었습니다
　　　　그때 누군가 담을 타고 살짝 들어왔습니다
　　　　우리집은 눈을 감고 모른 체했습니다
　　　　도둑놈이었습니다
　　　　아끼던 것들만 모두 챙겨
　　　　갔습니다 나는 텅 비었습니다
　　　　그날 밤 처음으로 그물을 던져
　　　　사람 하나를 끌어올렸습니다

「그날 밤·1」 전문

　　이 시인의 작품에는 종종 여러 층위로 분리된 자아의 모습이 나타난다. "잊고 있었던 것 갖지 못했던 것/볼 수 없었던 것"은 일상에 매몰된 본래적 자아라 할 수 있다. 담을 타고 들어온 도둑은 일상의 자아가 아끼던 것들만 모두 챙겨 갔다. 이와 함께 의식을 포함하여 그의 일상성은 철저히 무너져 버렸다. 그런데 그날 밤 텅 빈 가슴으로 던진 그의 그물에 '사람 하나'가 낚인다. 이제 비로소 '사람'이라고 다시 부를 수 있게 된 그 자신을 의미한다. 그물로 사람을 낚는다는 이야기는 신약성서의 부적절한 비유인 듯하다. 도둑을 모른 척하는 '우리집'의 태도가 신앙과 연관된 것임을 주목할 때 이러한 의문은 해소된다. 기독교는 득도를 위한 스스로의 노력을 강조하는 불교와는 달리 믿음에 모든 것을 맡기고 따르는 의신득구(依信得救)의 신앙이다. 따라서 도둑의 출현 역시 절대자의 뜻에 의한 것으로 받아들이고 있는 것이다. 이러한 수동적 태도는 '예', '아니오'의 키를 두드려 주어야만 반응하는 컴퓨터(「컴퓨터를 치며」, 「컴퓨터와 함께」), 혹은 턱을 괸 채 창백한 얼굴로 장고하는 의인화된 컴퓨터의 형상(「컴퓨터 바둑」)이 부각된 작품들에 더욱 여실히 나타나 있다. 그러나 김종철에게 있어서 자신을 되찾는 일이 갈등 없이 수동적으로만 이루어지는 것은 아니다.

> 담배를 끊었다
> 손가락 사이에 무심결 끼워지는 담배 하나가
> 오늘은 걸림돌이 되어
> 자주 나는 넘어졌다
> 나를 태우는 것은 마음이지만
> 마음마저 담배가 태워버린 오늘
> 비로소 나를 멀리할 수 있었다
>
> ─「금연법」 전문

담배를 끊는다는 것은 건강을 위한다는 것과 함께 세속적 삶으로부터 벗어난다는 의미를 내포한다. 무심결에 자꾸 담배에 손이 가는 것은 몸으로 배운 습관이라 어떠한 경우에든 버리기 어렵기 때문이다. 나를 자주 넘어지게 하는 걸림돌은 '예, 아니오'를 결정해 주기를 기다리는 컴퓨터의 자판과 같은 것이다. 이러한 사소한 망설임이 이 시의 화자의 마음을 태운다. 이렇게 보면 끝의 두 행은 화자가 다시 담배를 피움으로써 오히려 자유로워지는 것으로 해석할 수 있다. 이 경우 담배의 내포는 건강과 관련된 일차적 의미로 한정된다. 그런데 5행에서의 마음을 태우는 이유를 현실의 세속적 삶과 본질적 삶에의 추구 사이의 갈등 때문이라 가정하면, 끝의 6, 7행은 끽연과 금연이라는 비본질적 문제에 사로잡힘으로써 세속적 자아에의 경사에서 벗어날 수 있었다는 뜻으로 읽힌다. 물론 후자의 해석이 시인의 의도에 좀 더 가까운 것이 되리라 생각되지만, 이때의 문제는 5행의 해석이 담배의 2차적 의미로부터 유추된 것인데도 불구하고 담배의 내포는 역시 그대로 1차적 의미에 머문다는 점이다. 다소 번거로움을 무릅쓰고 이렇게 분석해 본 것은 5, 6행의 묘사 기법에 주목하고자 함이다. 이 작품의 경우 5행의 서술이 구체성이 없는 조금 무리한 것임이 드러났지만, 말 뒤집기 혹은 인식대상의 환치 등의 기법은 그의 작품에 때때로 사용되어 활력을 불어넣거나 의미의 폭을 확대시키는 역할을 하고 있다.

「그날 밤·1」, 「금연법」 등에서의 나를 비움 또는 나를 멀리함으로써 진정한 자아를 찾고자 하는 생각은 때로는 죽음을 통한 깨달음(「열쇠 꾸러미가 보일 때」)으로, 때로는 '말과 생각'을 단절시킴으로써 자아와 외부세계와의 소통의 통로를 찾아야 할 것이라는 인식(「우리 시대의 산문」)으로 나타나기도 한다. 이것은 이제까지의 그의 삶이 흰 돌과 검은 돌을 양손에 하나씩 쥐고 스스로 '한 점씩 한 점씩' 몰아붙이고 있는 형국이었다는 자각(「오이도·7」, 『오이도』, 42~43쪽)을 바탕으로 한 것이었다. 그러면 김종철 시인이 이처럼 애써 찾고자 했던 참된 자아의 모습은 어떠한 것인가? 실제로 그의 작품 가운데에는 진정한 자아를 획득하기 위한 방도만이 제시되어 있을 뿐 그 실체가 구체적으로 드러나 있지는 않다.

> 그 후 나는 무식하고 무식함을 알게 되었습니다 내 눈에 보이던 그 별들은
> 몇십 년 몇백 년 혹은 몇천 년이 걸려 내 눈 속에 온 것을 알게 된 것입니다
> ─「별을 세며」부분

나무기러기는 산을 보았고 나는 보질 못한 것입니다.
ㅡ「나무기러기」 부분

마흔 살에는 귀신도 보인다는 미당의 속기(俗氣)처럼 정말 사십이 되니 귀
신도 보이고 여자도 보였습니다
ㅡ「신부님」 부분

오르내리는 몸과 마음만 멈추면
서울과 부산은 같은 자리고
천당과 지옥은 한곳 한얼굴인지 모른다
오늘이 한얼굴인 그날인지 모른다
ㅡ「오늘이 그날이다 · 5」 부분

이처럼 이전에는 보이지 못했던 것, 모르던 사실들을 알게 된다거나 모
든 것이 마음먹기에 달렸다고 생각하게 된 것은 참자아를 확립해 가는 과
정에서 외부세계에의 눈이 트이고 있음을 시사하는 것이다. 이 시인의 자
아의식이 외부의 현실세계와 접맥되는 모습은 「못에 대하여」 시편들에 잘
나타나 있다. 그의 세상보기는 어릴 적부터 좋아했었다는 못의 심상으로
부터 촉발된다. 여기서 우리는 '못'의 고정성, 안정성을 추구하는 그의 독
특한 상상력을 접할 수 있다.

오늘도 못질을 합니다
흔들리지 않게 삐걱거리지 않게
세상의 무릎에 강한 못을 박습니다
부드럽고 어린 떡잎의 세상에도
작은 못을 다닥다닥 박습니다

그러나 익숙지 않은 당신들은
서로 빗나가기만 합니다
이내 허리가 굽어지기도 합니다
그때마다 굽어진 우리의 머리 위로
낯선 유성이 길게 흐르는 것이 보였습니다
- 「못에 대하여 · 2」 전문

이 시의 화자가 박는 못은 인위적인 것과 자연스러운 것이 대립, 충돌함으로써 삐걱거리는 세상을 고정시키고 위치를 바로 잡아주는 역할을 하는 것이다. 부드럽고 어린 떡잎의 세상에도 못을 박는 것은 불안정한 성장 환경으로부터 그들을 보호하기 위한 것이다. 현실에 만족할 수 없는 대부분의 시인들과 마찬가지로 김종철 역시 문명화, 개발 등의 명목으로 비인간적 형태가 자행되는 우리의 현실을 비판적 시선으로 바라보고 있지만(「어린 왕자를 기다리며 · 5」, 「편안한 잠을 위하여」), 그들이 현실을 고정된 것으로 보아 변화를 추구함에 비하여 그는 현실을 부동적인 것으로 파악하여, 거기에 못을 박음으로써 바람직한 세상이 되리라 믿고 있는 것이다. 따라서 그의 못은 결코 일반적 의미의 현실의 개혁 또는 사회변혁의 도구라고는 할 수 없다. 이 '못'은 순교자들의 희생으로 상징되는 것으로서 순교자가 가혹할수록 더욱 큰 사랑을 알게 하듯이 "망치가 정수리를 정확히 내리칠 때 더욱 못다워"지는 순교의 못이며(「못에 대하여 · 5」), 재개발지역 주민들을 포함하여 모든 이가 뿌리내린 대로, 그 자리에 '박힌 대로' 살게 하는(「못에 대하여 · 4」) 못이다.

따라서 제자리에 박혀 있는 못을 뽑는 것은 옳지 않다. 희생과 사랑으로 이 사회를 받쳐 주며 사람들 사이의 자연스러운 삶과 원만한 관계를 추구하는 역할을 하는 것이 못이라 할 수 있다. 그러나 이러한 긍정적 의미의 못만 있는 것은 아니다. 세상의 모든 이들은 자신을 포함한 모든 이들에게 혹은 세상에 못을 박고 사는데 이 가운데에는 빗나간 못, 제대로 박히지 못하고 구부러진 못도 있다. 이 시인은 스스로 박은, 잘못 박은 못을 고해성사를 통해서 뽑아낸다. 그러나 그에게는 아직도 숨겨둔 못이 있어 그것이 드러날 때 부끄러움을 느낀다(「못에 대하여·1」). 인용시의 끝 부분에서 잘못된 못이 박힐 때마다 우리의 머리 위로 흐르는 '낯선 유성'은 못과 망치가 부딪쳐 튀는 불꽃을 연상케 한다. 이것은 "제비 한 마리만 보아도/천하의 봄이 왔다고 소란 떠는 젊은이와/봄을 어찌 한 마리 제비에 노래할 수 있겠느냐는/늙은이"와의 다툼일 수도, 최루탄과 화염병 사이의 투쟁일 수도 있으며(「어린 왕자를 기다리며·5」), 노사 간의 마찰일 수도(「밤에 대하여·2」), 철거반원과 재개발지역 주민들과의 싸움일 수도 있다. 이때 '유성'은 죽음의 이미지를 지닌 불꽃이 된다. 시인은 이러한 갈등의 세상에서 구경만 할 수밖에 없는 자신이 "부끄럽고 창피"하다.(「밤에 대하여·1」) 희생과 사랑, 믿음, 평화, 안정 등은 부끄러운 시인 김종철이 추구하는 가치이다. 못의 상상력은 여기에 그 뿌리를 두고 있다. 실제로 이러한 가치의 질서가 우리의 현실을 보이지 않는 곳에서 떠받치고 있다. 그러나 이러한 가치의 세상이 동심의 눈으로 돌아감으로써 이루어질 수 있는 것인가, 불의와 부자연스러움에 대한 불꽃의 더욱 강력한 저항을 통해서 이루어질 수 있는가는 아무도 모른다.

> 딸아, 잠시 후면 바람 불고
> 잠시 후면 날이 기울고 그림자가 갈 때
> 이 젊은 애비가 붙들고 있는
> 거친 들을 보게 될 것이다.
> 아직 세상의 아무 이름도 갖지 않은 딸아,
> ― 「딸에게 주는 가을」 부분(『오이도』 69쪽)

오늘은 정말 슬픈 날입니다
만나지 말아야 할, 영영 책 속에 있어야 할
몇 페이지의 작은 활자들이
드디어 오늘이라는 옷을 입고 나타났습니다
그것은 우리집에서 가장 게으른 막내딸이
기어코 바오밥나무를 보았기 때문입니다

―「어린 왕자를 기다리며 · 4」부분

　시인은 성인의 입장에서 어린 떡잎 같은 아이들이 비바람 몰아치는 험한 세상―작위의 부자연스러움과 폭력이 난무하는 외부의 현실세계와 만나는 것을 매우 슬픈 심정으로 바라보고 있다. 그러나 그들은 베일에 싸인 신비의 세계를 얼마나 동경하고 있는가. 그들의 성장을 막을 수는 없다. 그러면 "어른이면서도 아이의 꿈을 갖고 있는 이 애비"는 어떻게 할 것인가? '오늘이 그날'인데, 이 시인이 우리에게 보내는 '밥 이야기'도 "사람이 소로 보이는 마을의 이야기"도 아직 끝나지 않았다고 한다. 모두가 '부자'이고 '욕심장이'인 우리 앞에 "낙타가 바늘구멍에 들어가는 법"(「낙타를 위하여」)을 밝혀 모든 것이 함께 "팔짱을 끼고 걸어가는", 진정 '오늘이 그날'이 되는 날을 기다려 보아야겠다.

녹색의 불
— 박희진의 『사행시 삼백수』

　박희진은 이 시집에 모아놓은 4행시 이외에도 1행시, 14행시, 장시에 이르기까지 다양한 형식의 실험을 해 온 시인이다. 그의 시는 자연시, 불교시, 연애시, 사회비판시, 민요시, 패러디시 등으로 불리울 정도로 주제의 폭 또한 거의 무한하다. 그럼에도 불구하고 그의 시에는 '정통적' 혹은 '고전적'이라는 수식어가 붙곤 한다. 이처럼 상호 모순되어 보이는 두 요소—실험성과 고전성과의 관계에 주목하는 것이 바로 그의 장단점을 비롯하여 그의 시세계의 본질을 파악하는 열쇠가 된다. 스스로의 말처럼 '자유와 실존을 추구'하는 전통적인 시정신이 그의 평생의 버팀목이 되었다면 1행시, 4행시, 14행시와 같은 고착적인 시의 틀이 그의 시적 추구에 과연 어떠한 도움을 줄 수 있었겠는가, 이러한 경우 실험정신이 오히려 스스로를 얽어매는 역방향으로 작용한 것은 아닐까 하는 의문을 갖게 된다. 박희진 시인은 위에서 열거한 여러 가지 틀을 마련해 놓고 그때그때의 시상에 적합한 형식을 따랐다고도 하며 "行數의 제약은 즐거운 구속일 뿐"이라고도 하여 전혀 부자유를 느끼지 않았다고 한다. 그러나 두툼하게 한 권의 책으로 묶여진 『사행시 삼백수』를 대하는 우리의 느낌은 그렇게 자유롭지 못하다. 실제로 한 편 한 편을 읽어볼 경우 자유로운 정신의 유희에 동참하는 즐거움을 누릴 수 있지만 전체적으로 왜 이 삼백 편이 '4행시'라는 외형적 틀에 가두어져야 했는가 하는 의문은 풀기 어렵기 때문이다.

산산 조각난, 낡은 비오롱이 몹시도 아름답다.

산산 조각난, 낡은 비오롱이 웬일로 그러할까.

시를 못쓰는, 어떤 노시인이 그 앞에 못박히다.

이윽고 프르릉, 그의 망가진 心琴이 소리내다.

- 「전시장에서」

'낡은 비오롱'이 아름답다는 느낌은 그다지 특별한 것이 아니다. 오랜 기간 연주한 이의 손때가 묻어있는 바이올린에서 연주자의 숨결을 느낄 수 있기 때문이다. 특이한 것은 여기서의 바이올린은 '산산 조각'이 나 있고 그것이 몹시도 아름답다는 말이다. '산산 조각난 '이란 표현은 제3행의 "시를 못쓰는"이란 표현과 어울려 시심이 메말라 버린 어떤 노시인의 처연한 심정을 뜻하는 것으로 쉽사리 이해된다. 이때 '낡은 비오롱'을 바라보고 서 있는 그의 심금에서 울려나오는 '프르릉' 하는 둔탁한 소리는 무엇일까? '비오롱'과 '노시인' 자신의 모습이 닮은꼴임을 깨달은 데에서 오는 공명의 소리일 것이다. 이런 문맥이건만 우리는 이 시를 그렇게 읽지 않는다. '프르릉'하는 소리가 다름 아닌 박희진 시인의 가슴 속에서 꿈틀거리는 시심의 울림으로 들리는 것이다. 단순한 문맥을 뛰어넘는 이러한 느낌은 우리가 백발이 성성한 박희진 시인의 모습을 떠올리기 때문만은 아니다. 아마도 이 짧은 시에서 '산산 조각난'을 반복해 읽으면서 그것이 '어떤 노시인'의 모습을 그리고 있다기보다는 시인 자신의 절실한 호흡임을 감지할 수 있기 때문일 것이다.

이 작품은 결국 시인의 시심이 태동하는 모습을 그리고 있는 것이다. 시인의 예민한 감각은 사물이 보내는 미세한 신호를 흘려버리지 않고 그의 가슴의 공명통을 통해 무한히 증폭시켜 받아들인다. 마치 아이들이 달밤에 까닭도 없이 "풀밭에 엎드려서 벌레 소리 듣고"(「벌레소리」) 있는 것과도 같다. 박희진이 "하늘의 침묵을 깨는 건 천둥번개"이고 "우주의 침묵을 깨는 건 귀뚜라미"(「하늘의 침묵을……」)라고 했을 때 귀뚜라미의 울음소리는 그의 가슴속에서 우주자연의 창조주로부터 전해오는 심령의 소리로 울리고 있음을 뜻한다. 그러면 이렇게 하여 태어나는 시들은 그에게 있어서 어떠한 의미를 갖는가?

> 가) 눈도 코도 없는 地熱의 어둠 뚫고
>   비바람 피해 긴 초록의 터널을 달리다가
>   마침내 어느 날 眞紅의 門을 열고 나가 보니
>   더는 갈 데 없네 寂滅의 빛살바다!
>
> — 「통로」

> 나) 솔밭 위에는 하늘을 나는 바다
>   해변의 묘지 속엔 영혼의 불길 바다
>   밤의 바다 위엔 靑紅의 꽃잎 바다
>   시인의 가슴 속엔 꿈꾸는 빛바다
>
> — 「무제」

미세한 소리로, 영혼의 울림으로 전해진 시의 씨앗은 오랜 인고의 세월을 거치며 숙성하여 언젠가는 한 떨기 꽃처럼 피어난다. 가)는 연약한 식물의 싹이 대지를 뚫고 줄기로, 가지로 자라나 마침내 꽃으로 피어나는 과정을 보여주고 있다. 그의 시는 이렇게 하여 태어난다. 꽃은 언제나 하늘을 향하여 피어나 빛과 조우한다. 꽃이 피어나는 순간—시가 탄생하는 그 순간은 이 시인에게 어떠한 것과도 비교할 수 없는 폭발적인 환희의 순간이다. 아니, 기쁨과 슬픔이 하나가 되고, 生과 死가 하나가 되고, 어둠과 밝음이 하나가 되고, 육체와 정신이 하나가 되는 절대의 시간이다. 더 나아갈 데가 없는 적멸의 찰나이다.

나)는 밤의 바닷가 어디쯤엔가 서 있는 시인의 가슴속에서 하늘과 바다, 대지와 바다가 하나 되는 모습을 보여주고 있다. 묘지 속에 잠든 영혼들, 어둠에 잠긴 바다마저 불꽃으로 되살아나고 있다. 박희진의 시 세계에서 시는 언제나 이처럼 꽃, 또는 꽃이 내포하고 있는 폭발과 상승의 이미지, 혹은 빛과 불의 이미지로 표출된다. 그의 시는 '불 속에서 푸드득' 날아가는 '한 마리 새'(「술」)로, 사십년 전에 스몄던 햇살이 피어나는 '한 떨기 미소'(「지금」)로, 발바닥을 통해 올라와 정수리를 뚫고 하늘로 뻗치는 '산의 精氣'(「신들린 사나이」) 등등으로 표현된다. 박희진이 이러한 시를 잉태하기 위해 들이는 정성은 그야말로 전적인 것이다. 그는 "세상에 태어나서 오직 한 남자만을/참되게 알다 가는 여자"(「세상에 태어나서」)처럼 시만을 추구한다. "바다 위로 불을 뿜으며" 솟아오르는 '용'에 비유되는 시를 잉태하기 위해 지구의 음문에 대고 '무려 백년간의 사정'(「어느 시원의 바닷가에서」)을 한다.

　박희진이 추구하는 시는 폭발적인 빛과 불의 이미지—상승의 이미지를 담은 젊음의 시이다. 그러나 그를 둘러싼 세계는 젊은 시절부터 그를 끊임없이 침체와 하강의 늪으로 끌어들이려고 한다. 수난의 우리 현대사가 그러했고(장시 「혼돈과 창조」), 또 지금은 세월이 그의 정신과 육체를 쇠락하게 만들고 있다. 무기력한 그의 모습은, 사흘을 계속해서 흰 눈이 내려도 "그 속에 뛰쳐 나가고픈 기력은 없"(「사흘을 계속해서」)으며 한 해가 바뀌는 제야의 순간에 "별로 이렇다 할 감회도 없"(「고요」)다고 하는 데에서 찾을 수 있다. 육체적으로도 그는 거울 속에서 무르익은 가을과 같은 자신의 모습을 보거나(「추일서정」), 아무리 입안을 청결히 하여도 자신의 입에서는 '닳아 진 살냄새' 혹은 '절반쯤 간 냄새'(「무제」)가 나고 검버섯이 낀 거친 손등이 '死色'(「늙은 손」)에 가깝다고 느낀다. 젊은 시절에 빠졌던 절망의 심연으로부터의 탈출 욕구, 끝내 사그라지지 않는 열정을 구하는 필사적인 노력—이러한 것은 누구에게나 있음직한 일로 치부할 수도 있다. 그러나 그의 고뇌가 범상한 것이 아니었다는 것은 아래의 시에서 '綠色의 불길'과 같은 빛나는 이미지를 창출해낸 데서 거꾸로 유추해볼 수 있다.

> 가장 투명하고 순수한 하늘의 살 속 깊숙이
> 보라 타오르는 大地의 혓바닥 綠色의 불길!
> 쉿쉿 소리내며 그 작열하는 입맞춤에 눈이 부셔
> 당황한 天使들이 서로 부딪치는 소리도 난다
>
> ―「칠월의 포플라」

'불길', '작열', '눈부심'으로 이어지는 불과 빛의 상승과 폭발의 이미지로 점철된 이 작품에는 시인이 의식했건 그렇지 않건 그 자신의 시작 행위가 잘 나타나 있다. '나무'의 이미지를 통해 알 수 있는 것은 대지에 맞서는 그의 꿈―절대 순수의 경지를 향한 그의 열정은 굳건한 상승의지로 나타난다는 것이다. 위만 보며 자라나는 포플라의 잎들이 '대지의 혓바닥'이라는 것은 뿌리와 잎으로 표상되는 절망과 희망이 결국 하나라는 것을 뜻한다. '綠色의 불길'이란 평범해 보이는 이미지가 이 작품에서 빛을 발하는 것은 그것이 끝없는 고뇌와 절망 속에서 정제된 열정의 육화된 모습이기 때문이다. 이것은 그의 장시 「빛과 어둠의 사이」나 「한 방울의 만남」 등의 시에 나타나는, 온 세상의 고뇌와 꿈을 용해, 응집시킨 결정체로서 형상화된 '이슬', '눈물', '여의주' 등의 이미지와 상통하는 것이기도 하다.
　자신의 시와 시작 행위에 대하여 시인이라면 누구나 깊이 사색하고 또 반성하겠지만, 박희진, 이성선, 최명길 등과 같이 자연 속에서 호흡하고 자연에서 배우는 시인들이 특히 그러하다. 이들에게 있어서 자연은 '그대로 살아 숨쉬는 크나큰 책'(「무제」)이다. 다음과 같은 한 편의 시를 통해 박희진의 자연관과 언어관을 엿볼 수 있다.

산에 가면 만사형통, 안 되는 것이 없다.
바닷속 여행을 즐기고 싶으면 거북바위 타면되고,
단박에 저 건너 봉우리에 가려면 비호바위 타면 된다.
명상에 잠기려면 소나무 아래 방석바위가 안성마춤이고.

─「산에 가면 만사형통」

　대자연의 품에 안긴 박희진은 언제나 행복하다. 그는 자연의 신묘한 조화를 즐길 뿐 아니라 아예 자신을 내맡기기 때문이다. 바닷속 여행을 즐기고 싶어 '거북바위'를 타면 '산'은 곧 깊은 바닷속이 되어 버린다. "소나무들은 해초이고 단풍나문 붉은 산호/흰 조각구름들은 푸른 해상의 돛배들"(「거북바위論」)이다. 말을 살아 있는 실체와 동일시한 서구의 낭만주의자들처럼 그는 사물의 본래의 이름을 중시한다. 광화문을 '光化門'으로 환원해야 그 눈부신 제 모습이 살아나고, 방학동을 '放鶴洞'으로 표기해야만 '하늘로 비상하는 학'의 자태가 살아난다고 한다. 사물의 본래의 형상을 재발견하여 산봉우리들을 '蓮꽃'(「발견」)으로, '나비'를 '물고기'(「꿈」)로 바꾸는 자유로운 유희를 즐기기도 한다. 이름 없는 사물에 이름을 지어주는 시인 고유의 사명도 잊지 않고 있다. 그가 이름 없는 거대한 바위를 '두꺼비'라 부르면 그 바위는 "눈을 가늘게 뜨고 미소로 답"하며 "가볍게 공중에 뜨더니 다시 내려앉는다"(「무제」). 그러나 그는 함부로 이름 짓지 않는다. 그의 시에조차도 이름을 못 붙여 '無題'로 남기는 경우가 많다.

　자연과 하나 되어 박희진은 아무런 걱정이 없지만 고해의 뿌리를 결코 잘라낼 수 없다. 지옥처럼 느껴지는 현실로 돌아올 수밖에 없는 인간이다. 다음의 시에서 우리는 그의 존재론적 사유의 방식과 만난다.

폭포는 거기 언제나 있다. 실존의 핵이다.
생명의 더없는 충족이 자아내는 굉음이자 고요이다.

순수지속이다. 협잡의 티끌은 추호도 개입될
여지가 없는, 폭포 앞에 서서, 그대도 폭포 되라.

─「폭포」

폭포가 '거기 언제나 있다'는 말은 대지에 뿌리박힌 박희진의 모습을 연상케 한다. 그것은 하강과 상승의 이미지를 동시에 갖는다. 폭포가 자아내는 '굉음'이 '고요'라는 것은 그것이 최고도로 발현된 생명의 소리이며 변함이 없는 '순수지속'이라는 의미에서이다. 세속의 인간사에서와 같은 어떠한 불만이나 번뇌, '협잡의 티끌'조차 용납하지 않는 것—이것이 바로 박희진이 그리는 실존의 꿈이다. 김수영의 「폭포」에도 이와 유사한 시상의 전개가 나타나고 있다. "意味도 없이", "高邁한 精神처럼 쉴 사이없이" 떨어진다든가 "懶惰와 安定을 뒤집어 놓은 듯이" 떨어진다는 것이 그것이다. 한 가지 다른 점은 김수영의 「폭포」가 "곧은 소리는 곧은/소리를 부른다"고 하여 김수영 자신을 포함한 다른 이들에게도 이 '소리'의 반향이 확산되어야 함을 암시하고 있는데 반해, 위의 인용시에서는 폭포 앞에 서 있는 화자나 그가 "폭포 되라"고 지목하는 '그대'가 등장하지만 이들은 모두가 시인 자신으로 수렴된다는 점이다. 대지에 뿌리박힌 채 미동도 하지 않고 수직적 상승을 꿈꾸는 시인, 그가 바로 '녹색의 불'을 가슴에 지닌 박희진이다.

우리는 지금까지 박희진의 4행시 3백편을 대략 살펴보았지만 아직도 그것이 왜 4행시의 형식에 담겨야 했는가는 알 수 없었다. 다만 이렇게 짧은 시편들을 통해서도 그의 면모가 생생하게 나타나고 있다는 것을 확인할 수 있었다. 어떤 그릇에 담기었건 그의 시세계는 원형을 상실치 않고 그대로 살아남았다. 따라서 그의 형식 실험은 실패한 듯하지만 역설적으로 그것이 바로 성공이다.

지식인의 가락
— 송욱의 『하여지향(何如之鄕)』

　시인으로서의 송욱은 이 시대의 젊은이들에게 기상에 가까운 자유연상의 언어를 구사하는 이, 혹은 언어유희를 즐기는 시인이라는 정도로 기억되고 있다. 전쟁 이후 현대 시단의 개척자의 한 사람인 그는 이런 식으로 점차 잊혀져 가고 있다. 여기에는 당대의 시인, 비평가들이 그의 언어 사용의 기교에 너무 집착하였다든가 그의 시 세계를 지나치게 미화시키는 등의 오류를 범한 것이 한 몫을 한 듯하다. 적정 수준의 비평이 중요하다는 명제는 더 말할 나위도 없거니와 송욱의 시는 '비평의 도구화'라는 나락에 빠졌던 것이 아닐까 하는 의심마저 든다. 여기서 우리는 『하여지향』의 몇몇 작품을 다시 읽고 분석함으로써 송욱 시의 제모습찾기의 출발점으로 삼고자 한다.

　　비단 무늬 눈부시게
　　窓을 울리며
　　봄이 왔는데
　　가야겠는가.
　　가락이 간 곳으로
　　지붕 위에 서리던
　　연기를 따라
　　가슴을 에워싸고

길이 도는데,

촛불이 다하면,

銀河ㅅ물이 잦아들고—

술잔이 눈부시게

窓을 울리며

나무 위에

달이 지듯

가야겠는가.

—「비단 무늬」 전문

　　송욱 시세계의 근간이 되는 것은 소멸의 미학이다. '가다', '다하다', '잦아들다', '지다' 등 스러짐의 이미지를 지닌 동사가 겹고 트면서 이루어 내는 서러움의 정감이 이 작품에서뿐만 아니라 초기시의 주조를 형성하고 있다. 이 시는 '촛불'이 다하고 '銀河ㅅ물'이 잦아드는 새벽녘까지 술잔을 나누며 석별의 정을 나눈 이들이 날이 밝아올 무렵 어쩔 수 없이 헤어져야만 하는 순간의 쓰라림을 제재로 삼고 있다. 이처럼 전체적으로 알기 쉬운 정황을 평이한 어휘를 사용해 그리고 있지만 둘째 단락에 해당하는 '가락이 간 곳으로~길이 도는데'와 같은 부분은 그의 시의 독법에 익숙지 않은 독자에게는 얼른 눈에 들어오지 않는다. '가락'은 어떤 것이며 '길'은 또 무엇인가 그것은 모두 '연기'처럼 잠시 서리어 있지만 곧 스러지고 말 어떤 것이다. "길이 돈다"고 했을 때의 끝도 시작도 없는 '길'의 이미지는 이 시의 화자의 끈끈한 정(情)과 닿아 있다. 그러나 '가락', '연기', '길'은 모두 이 작품에 상정된 정인(情人)들이 함께 쌓아온 구불구불한 삶의 길과 연관됨으로써 그러한 이미지로부터 벗어난다. 이제까지도 순편치만은 않았던, 유행가의 가락처럼 사연이 많은 인생행로이건만 오늘 이 순간이 지나면 그러한 그들의 기억마저 안개처럼 흔적도 없이 사라져버릴 듯하다.

'비단 무늬', '술잔' 혹은 '봄'과 '새벽'의 눈부시고 화사한 이미지는 이 시의 정황과는 대조적인 것이다. 그것은 이 작품의 비극적 정황을 약화시키거나 강화시킨다기보다는 제3의 미적 효과를 가져온다. '窓—銀河—窓'으로 이어지는 은빛의 이미지와 어울려 반복과 대조를 통한 리듬감을 조성하는 한편 조금 환상적인 분위기를 자아낸다. 그러나 이 시에서 보다 극적인 효과는 '비단 무늬'와 '술잔'의 눈부신 빛이 두드리는 '窓'의 음감을 통해서 이루어진다. 앞뒤에서 울리는 '창—', '창—'하는 소리는 이 작품을 하나의 작은 오케스트라로 변모시킨다.

송욱의 시에는 「窓」, 「비오는 窓」 등 '창'을 제재로 한 작품이 두 편 더 있다. 여기서는 "비가 오면/하늘과 땅이/손을 잡고 울다가/입김 서린 두 가슴을/창살에 낀다"고 하는가 하면, "꽃빛이 흐르는" 아침에 窓의 '안'이 빈다고도 한다. '窓'을 가운데 두고 밖이 괴로울 때에는 안에 갇혀 있어야 하고 밖이 행복할 때에는 안으로부터 스러져가야만 한다는 것은 혼란한 시대를 살아가는 지식인으로서의 그의 고뇌와 무관하지 않을 것이다.

薔薇밭이다.
붉은 꽃잎 바로 옆에
푸른 잎이 우거져
가시도 햇살 받고
서슬이 푸르렀다.

벌거숭이 그대로
춤을 추리라.
눈물에 씻기운
발을 뻗고서
붉은 해가 지도록
춤을 추리라.

薔薇밭이다.

핏방울 지면

꽃잎이 먹고

푸른 잎을 두르고

기진하며는

가시마다 살이 묻은 꽃이 피리라.

— 「장미」 전문

이 시는 「비단 무늬」의 비극적 환상에 육체의 옷을 입힌 듯하다. 애잔한 서러움의 '가락'보다는 몸으로 부딪쳐 '피'를 튀게 만드는 육감적인 행동성이 두드러진다. '붉은 꽃잎'과 '푸른 잎'의 대비(라기보다는 이미지의 충돌)속에 서슬 푸른 '가시'가 돋아나 있다. 이런 '薔薇밭'에서 '벌거숭이'로 춤추고 있는 시적 자아는 도대체 무엇을 표상하는 것일까? 그는 온몸이 '눈물'에 젖은 채로 해질 때까지 춤을 추겠다 한다. 벌거숭이로 추는 춤에 색깔이 있다면 그것은 붉은 색일 것이다. 가시에 찔려 살이 묻어나고 피가 흐르는 춤을 대낮에 추어야만 한다는 것, 또 지금 그렇게 하고 있다는 것이다. 그러면서 그는 한 그루의 장미가 되고자 한다. 그러나 그것은 끝내 성공하지 못할 시도에 불과하다. 이것은 몸부림을 쳐보아도 상처만 입을 뿐이지만 그렇게 하지 않을 수 없는 인간의 숙명 같은 것을 암시하고 있다. 제2연의 행위의 주체가 사람인지 장미인지 언뜻 보아 분간이 가지 않은 것은 시인의 이런 의식이 투영된 까닭이다.

이 시는 밤을 시간적 배경으로, 창 안쪽의 다소 고립된 징소를 공간적 배경으로 삼고 있는 「비단 무늬」의 무채색 이미지와는 모든 면에서 대조적인 작품으로 유채색의 강렬함이 돋보인다. 실제로 「장미」는 송욱의 데뷔작으로 젊음의 힘이 솟구치는 작품인데 『하여지향』에는 '피', '불꽃', '살',

'뼈', '목숨', '미치다' 등의 시어가 수시로 등장하여 그의 엑스타시에 가까운 정신세계를 표출하고 있다. '窓'을 통해 모든 사태를 조망하며 나름대로 해석하고 그 처방까지도 가지고 있지만, 현실적으로 혹은 생리적으로 그의 행동을 가로막는 유리벽을 가슴속에 지니고 있어 갈등을 겪는 지식인의 참담한 모습이 그의 시 곳곳에 아로새겨져 있는 것이다. 「하여지향」과 「해인연가」 시편들에 유난히 돌출되어 있고, 때로는 눈에 거슬리기도 하는 언어 유희적 발상이나 무의식의 세계로부터 거르지 않고 쏟아지는 듯한 언어의 폭포를 대하는 우리는 시인의 이러한 정신세계를 염두에 둘 때 좀 더 그의 진실에 가까이 다가갈 수 있을 것이다.

> 솜덩이 같은 몸뚱아리에
> 쇳덩이처럼 무거운 집을
> 달팽이처럼 지고,
> 먼동이 아니라 가까운 밤을
> 밤이 아니라 트는 싹을 기다리며,
> 아닌 것과 아닌 것 그 사이에서,
> 줄타기하듯 矛盾이 꿈틀대는
> 뱀을 밟고 섰다.
> 눈 앞에서 또렷한 아기가 웃고,
> 뒤통수가 온통 피묻은 白丁이라,
> 아우성치는 子宮에서 씨가 웃으면
> 亡種이 펼쳐 가는 萬物相이여!
> 아아 구슬을 굴리어라 琉璃房에서―
>
> ― 「하여지향 · 일」 부분

'먼'동이 아니라 '가까운' 밤, '밤'이 아니라 트는 '싹', 矛盾이 '꿈틀대는', '뱀', 혹은 '亡種'이 펼쳐 가는 '만물상', '琉璃房'에서 '구슬'을 굴린다고 말하는 식의 언어구사는 전도된 가치의 시계를 말하는 하나의 방법으로서 나름대로 가치가 있다. 특히 송욱 시의 경우에서처럼 날카로운 현실인식이 뒷받침되고 있을 때 그러하다. 그러나 이런 말재롱이 지나치게 반복 사용되었을 때 그것은 어렵게 획득한 진실마저도 그 무게를 상실케 하는 경우가 종종 있다. 「하여지향」과 「해인연가」의 시편들 역시 그러한 경향이 있다고 하겠다.

인용시에서 '솜덩이 같은 몸뚱아리'와 '쇳덩이처럼 무거운 집'이란 50년대의 척박한 사회풍토 속에서 지식인으로서의 자아의식과 주위 사람들의 기대에 찬 시선이 나약하고 실제로 힘도 없는 화자 자신을 얼마나 짓누르고 있는가를 말해 준다. 그러기에 그는 "눈 앞에서 또렷한 아기"의 웃음을 보이지만 '뒤통수'를 보면 '온통 피먹은 白丁'의 형상을 한 시대의 어둠을 걷어갈 '먼동'을 기다리지만 그것은 말 그대로 '먼' 것일 뿐이다. 따라서 그의 발걸음은 왼쪽도 '아닌 것'이요 오른쪽도 '아닌 것'인 한복판을 줄타기하는 듯 위태롭다. 그것은 어떠한 목표를 향해 전진한다기보다는 순간순간을 넘기는데 급급할 뿐인 발걸음이다. 설상가상으로 그 외줄 같은 길마저도 자꾸만 좁아 들어가는 느낌이다. 바로 뒤에서 "이렇게 자꾸만 좁아들다간/내가 길이 아니면 길이 없겠고/안개 같은 地平線 뿐이리라"고 한탄할 수밖에 없다. 그런데 우리가 여기서 주목할 것은 오히려 "내가 아니면 길이 없겠고"하는 구절이다. 위기를 극복하는 하나의 방안으로서가 아니라 스쳐 가는 탄식에 불과한 듯한 이 말이, 실은 「해인연가」를 발표할 무렵에는 이미 굳건히 자리를 잡게 되고 「월정가」, 「시신의 주소」 등 그의 후기 시편들로 이어지는 현실 초월적 성향의 씨앗이 되고 있기 때문이다.

「하여지향」은 물론 「해인연가」 시편들에도 종종 나타나는 '自由', '데모크라시', '데모', '現實', '抵抗' 등의 어사가 아니더라도, 현실비판의식이 이 시집의 가장 주된 흐름이라 할 수 있다. 그런데 비판정신이 무르익음과 동시에 찾아온 초월적 의식의 거대한 뿌리를 감지하고 우리는 조금 실망스런 느낌을 갖지 않을 수 없다. 이와 함께 또 한 가지 짚고 넘어가야 할 것은 "아안 돼요 흐응/아안 돼요 흐응—"(『해인연가 · 8』) 또는 "으응 으응 싫어요"(『제2창세기』) 등의 구절에서 볼 수 있는 성적 묘사에 관한 문제이다. 이는 현실 초월적 혹은 자연주의적 성향의 시인들이 종종 활용하는 제재이다. 송욱에게서도 이러한 유사한 성향이 발견된다. 그러나 우리는 그렇다고 하여 송욱 시인을 의심스런 눈으로 바라볼 필요는 없다. 지식인의 변절이라고 부를 필요도 전혀 없다. 일정한 수준의 성실성을 인정할 수 있으므로. 오히려 서구의 시론을 소개하며 우리의 전통을 부정하는 입장에서 있던 이 시인이 고향으로 회귀한 것이라 볼 수도 있다. 조금 아쉬운 것은 무거운 부담을 짊어지고 어렵사리 획득한 비판의식을 좀 더 밀고 나아갔었더라면 하는 것이다. 그러나 이것은 그이 몫이 아니었다. 그는 '창'에 갇힌 서러움의 시인이었다.

시간의 길
— 채성병의 『연안부두 가는 길』

채성병 시인이 문단에 나온 지 이제 15년이 되었다. 좀처럼 변하지 않을 듯하던 그의 시가 이번 시집에 와서는 커다란 굴곡을 지으며 변화하는 모습을 보인다. 세월의 흐름 앞에 성숙해지는 한 시인의 자취를 더듬어보면서 우리는 한편 아쉬움을 느끼기도 하지만 다른 한편으로는 가슴 뿌듯한 기쁨을 느낀다.

'이상하다' 혹은 '문득'을 연발해가며 떠오르는 시상을 포장하지 않은 채 쏟아내는 그의 버릇은 여전하다. 하지만 이 시집에 와서는 어느 순간 그것이 '알 것 같다' 혹은 '비로소 안다' 등으로 바뀔 때가 있다. 그의 시세계가 심상찮은 변화를 겪고 있음을 나타낸다.

지나감도 하나의 인연이다
쌍계사 초입 하동군 화개면
장터는 쓸쓸한데 화개장터 비문만 남아
떠날 사람 떠나고 찾아들 사람
찾아드는 여기도 분명
만나면 그리운 사람들이 사는 곳
인연도 스쳐감에 지나지 않는다
바람도 그저 부는 바람이 아니라
우연히 마주친 바람이란 걸

섬진강 뒤로 하고 멀어져 갈 때

비로소 나는 알았지

가지마다 온통 하얀 눈으로 덮여

피어난 눈꽃송이들 뚝뚝 눈물로 떨어지는

일렬종대 묶은 벚나무들도 잘 있어라

섬진강 참게는 물고기를 파 먹고

살아감도 하나의 우연이라면

지리산 밑 산자락으로 떠도는 사람아

우리도 이와같이 만나고 헤어지는구나

현재와 과거와 미래

거짓말처럼 만나고 헤어지는구나

— 「화개에서」 전문

채성병의 시는 대체로 직설적이지만 때때로 말뒤집기를 포함한 언어유
희의 기교를 사용하기도 한다. 그의 말뒤집기는 "나는 어디에도 있지만 또
없다/……/나는 어디에도 없지만 또 있다"(「구름과 불」), "나는 실패했지만
/내 삶은 실패하지 않았다/……/아니, 내 삶은 실패했지만/내가 실패한
것은 아니다"(「무지개같은 날들」)처럼 불쑥 나타나기도 하고, "……라고 적
고/다시 머리를 들어 자세히 보니"(「신천리에서」)와 같은 상황 설명이 덧붙
은 경우도 있다.

이러한 말뒤집기의 기교를 드러내고 사용하지 않았지만 위의 인용시에
서 '우연'이란 말의 내포는 '인연' 혹은 '필연'의 의미까지도 포괄하고 있다.
'지나감', '스쳐감'은 우연에 가까운 것이지만 '스쳐감'을 이 시의 화자는
'인연'이라 부른다. '마주침'이 될 때 그것은 우연을 넘어선 어떤 것일 것이
다. 그러나 그는 '그저 부는 바람' 즉, 우연히 부는 바람이 아니라 하면
서도 그것을 굳이 '우연히 마주친 바람'이라 부른다. 나아가 그는 "섬진강

참게는 물고기를 파 먹고/살아감"마저도 '우연'이라 한다. 이렇게 보면 자연계 내의 모든 현상은 인연이요 또 특별한 의미의 '우연'이 되는 셈이다. 그렇다면 이 시는 불교에서 말하는 연기설을 이야기하는 것인가? 떠나고 찾아들고 만나고 헤어지고 하는 인간사를 이야기하는가 하면 벚꽃을 의인화하여 말하고 있고, '거짓말'같은 만나고 헤어짐이 '현재와 과거와 미래' 언제까지나 이어지고 있다고 하는 것을 보면 그럼직도 하다.

그러나 이 시가 널리 알려진 종교사상을 새삼 반복하고 있는 것만은 아니다. 화자에게서 "지리산 밑 산자락으로 떠도는 사람아"하고 영탄이 터져 나올 때 거기에는 분명 어떤 깨달음의 그림자가 어려 있다. 그 '사람'은 화개장터 부근을 오가던 화자의 눈에 띈 모든 이들이다. 누구보다도 특히 시인 자신이다. 실제로 이 작품에는 화개 장터를 찾아가는 길, 화개 장터, 그곳을 떠나는 길이 나오고 시간 역시 과거, 현재, 미래가 한데 어우러져 있다. 우연이 결코 우연이 아니라는 인식이 섬진강을 떠나 화개면으로 향하는 길에 이미 수면 위로 떠오르고 있었다는 사실이 '비로소 나는 알았지'의 구절에 나타나 있다. 이때의 '비로소'는 의미상 '이미'로 볼 수 있는 것이다. 이 '비로소'가 문자 그대로 '비로소'가 되려면 화개와 섬진강을 모두 떠나 귀향하는 길이 되어야 하는데 그것은 「화개에서」라는 제목과 조금 어긋난다. 그러나 그것은 또한 문자 그대로 '비로소'이다. 40이 넘은 시인이 이제야 이런 사실을 깨달았다는 의미에서 그렇다. 그러나 무엇보다도 '비로소'와 '이미'의 간격이 무너진 '비로소'라는 의미에서 그렇다. 마찬가지로 누가 보더라도 우연이 아니라는 의미의 말을 반복해서 '우연'이라고 말할 때—바로 그 순간 우연과 필연 혹은 인연 사이의 거리는 무너지고 있는 것이다. 불교의 연기설과는 조금 다른 채성병 고유의 깨달음이란 바로 이런 것이다. 이런 방식의 독법이 또한 쓸모 있는 것은 '만나면 그리운 사람들이 사는 곳'이란 구절을 읽을 때이다. 그립기 때문에 만나는 것이 아니라, '만나면 그리운 사람들'이라니? 그리워서 만나는 것과 만나서 그리운 것이

별다른 것이 아니라는 말이다. 이러한 인식의 전환은 매우 신선하다. 그가 '비로소 알았다'고 하는 것은 그것을 가능케 하는 어떤 깨달음에 이르렀음을 말하는 것인지도 모른다.

위의 인용시에도 나타나지만 채성병의 이번 시집에는 시간과 관련된 구절이 많이 들어있다. "나는 다시 시간의 고삐를 늦출 줄 아는 법도 배워야 한다"라든가 "죽음은 낡은 파이프 오르간 소리를 낸다/그렇다, 언제나 때는 늦었다 라고"하는 시구에서 우리는 그가 불혹의 나이를 넘기면서 새삼 자신을 되돌아보게 되는 모습을 본다. '기억'을 이야기하는 많은 시들에도 그런 회감의 정서가 나타나 있다.

> 세상의 모든 길들은 어디로 흘러가는 것일까
> 새떼들의 길을 따라가다
> 도시에서 산에서 강에서 숲에서 들에서
> 각기 다른 삶들의 집을 지었다
> 각기 다른 생존의 법칙으로 닦아 온 무수한 길들
> 더러는 곧 잊혀졌고 더러는 망가진 기억으로 남았다
> 하늘에도 땅에도 길은 어디에도 있었다
> 간신히 빠져나온 길 하나가 끝을 보여 주었다
> 한참 동안을 정신이 맑아지기를 기다렸다
> 그 길이 다시 처음인지 끝인지는 알 수 없지만
> 도시에선가 산에선가 강에선가 숲에선가 들에선가
> 만났던 적이 있다는 느낌이 들었다
> 멀리 대륙이나 바다 건너가는 철새처럼
> 문득 길의 끝까지 훨훨 날아가고 싶었다
>
> ― 「새떼들의 길을 따라가다」 부분

이 시에서 말하는 '길'은 인생행로와 유사한 것이라고 쉽게 생각할 수 있다. 그 '길'이 '하늘에도 땅에도'—'어디에도' 있는 '세상의 모든 길'로 무한히 확대될 때 그것은 우주자연의 섭리에까지 닿게 된다. 일상사로부터 전해오는 느낌을 자신의 욕망의 눈으로 여과하여 뱉어내던 젊은 날의 시작 태도가 바뀌어 이제 어떤 방향으로 나아가고 있는가를 극명히 보여준다. '새떼들의 길'을 따라가던 것이 젊은 날의 삶이었다면 이제는 그것을 돌이켜보는 과정인 것이다. 여기서 '모든 길'은 물론이요, '무수한 길' 또한 자신만의 것은 아니다. 자신을 포함한, 아니 자신이 주체가 되어 파악한 길로서 "더러는 곧 잊혀졌고 더러는 망가진 기억으로" 남아 있다. 추억이나 기억은 대체로 아름답거나, 그렇지 않더라도 삐죽삐죽한 감정의 모서리가 시간의 흐름에 닳고 닳아 둥글둥글해진 것인데 이 시의 화자에게는 그것이 '망가진 기억'으로 남아 있다. 채성병이 다른 시에서 "나는 옆구리에서 한 웅큼의 피멍을 꺼낸다/머리에서도/계절이 바뀔 때면 유난히 삐그덕거리는/무릎에서도//나는 꾸역꾸역 피어나는 안개를 꺼낸다"(「유혹」), "나는 내 머리 속에서도/붉은 구름 한 무더기를 울컥 토해 놓는"(「붉은 구름 앞에서」)이라고 하는 것을 보면 그의 '기억'이란 것은 들추면 울컥 피어올라 정신을 혼미케 할 정도로 깊은 상처로 남아있는 것인 듯하다. 젊은 날의 욕망의 그림자가 채 가시지 않고 있음을 말한다.

화자의 현재의 위상은 '간신히 빠져나온 길 하나'라는 말로 표현되어 있다. 도시나 산, 강, 숲, 들, "어디에선가 만났던 적이 있다는 느낌"을 주는 길을 따라 그는 어디론가 흘러가고 있다. 그 길의 '끝'까지 철새처럼 훨훨 날아가고 싶다는 것은 지금의 그가 미래에의 확신이 없다는 것이며, 또 한편으로는 때때로 '희망'을 노래하던 지난날들에 비해 그 욕망이 현저히 둔화되어 있기는 하지만 과거의 욕망을 아직도 완전히 버리지 못하고 있다는 말이기도 하다.

'세상의 모든 길들'이 어디로 흘러가는가 하는 의문과 '간신히 빠져나온 길 하나'의 끝을 보고 싶다는 충동은 '세상사'와 '한 개인의 일'로 확연히 나누어지지 않는다. 여기에는 자신의 현재의 위상에 대한 불만과 미래에의 불안감이 깔려있다. 하지만 시인의 관심이 자연인으로서의 시인 한 사람의 문제를 벗어나고 있다는 데에서 우리는 그의 미래를 기대할 수 있다.

　미래에의 희망이 없다면 시인이 시를 쓰는 행위도 스스로 가치를 느끼지 못하는 행위로 전락할 수밖에 없을 것이다. '말'의 무한한 생명력을 채성병 시인이 아직도 신봉하고 또 추구하고 있는 것은 그러한 미래에의 욕구의 다른 표현이다.

　　　나는 말을 믿지 않는다
　　　말의 끝을 따라가다 보면
　　　나도 모르게 마주치는 말의 벼랑이 있다.
　　　말의 벼랑길이 있다
　　　말이 말을 떠다미는 사회
　　　말에도 말의 풀씨가 있다
　　　말의 풀씨는 자라 말의 뿌리를 내리고
　　　말의 꽃을 피우고……
　　　말의 두려움 말의 공포에서 벗어나려는
　　　대낮에도 말이 되지 못한 떠도는 말의 혼들이 보인다

　　　…… (중략) ……

　　　말과 말이 만나 이루는 말의 풀씨가
　　　마침내 싹을 틔우기까지는
　　　나는 말을 믿지 않으련다
　　　나는 말의 자유를 믿지 않으련다
　　　마침내 말에도 꽃이 피기까지는
　　　나는 말의 진실을 믿지 않으련다
　　　　　　　　　　　　　　　－「말의 풀씨를 찾아서」 부분

'말'은 땅에 떨어져 뿌리를 내리고 또 새로운 싹을 틔우기도 한다. 그러나 채성병 시인은 자신의 말이 아직 그러한 단계에 이르지 않았다고 한다. 그의 말은 '말로만의 잡초'가 되어 '말로만 자라고', '말이 죽을 때 따라서 죽는 풀'(「잡초」)에 지나지 않는다고 한다. 인용시의 서두에서 '나는 말을 믿지 않는다'고 했지만 실제로 그는 '세상을 변화'(「풀꽃」)시키는 풀씨와도 같이 말은 강인한 생명력을 지니고 있다고 믿는다. 그는 그의 말이 '마침내' 싹을 틔우고 또 꽃을 피울 날을 기다리며 살아가는 것이다. 이러한 기다림이 현재의 그를 지탱해주는 힘이다. 그는 "당분간 詩人만"(「풍장」)을 직업으로 삼겠다고 한다. 그의 두 번째 시집에 실린, 기형도의 죽음을 애도하는 한 작품에서 "시인은 직업이 아니"라고 자조적인 말을 하기도 했지만 누가 뭐래도 그의 직업은 시인이다. 발과 기교만 가지고는 결코 오를 수 없는 겨울산을 오르듯 온몸으로(「겨울산」) 말의 숲을 헤쳐나아가고 있다. "무엇하나 이룬 것 없어도/땅은 저 스스로 깊어"(「10월」)가듯 그는 성숙해갈 것이다. 시간의 길을 따라……

절제된 생명의 언어
― 이시영의 『조용한 푸른 하늘』

　이시영의 초기시는 농촌의 정서에 뿌리를 둔 서정성을 바탕으로 사회역사적 발언을 강화시켜나감으로써 독자들의 호응을 얻은 바 있다. 특히 근대사의 비극적인 현장으로서의 지리산과 섬진강을 배경으로 하는 절절한 사연, 근대화 혹은 공업화와 더불어 전개된 이농―도시빈민화 과정의 서러운 현실을 남도의 향토적 선율에 얹어 이른바 이야기시로 담담하게 풀어놓은 것이 독자들의 공감을 불러 일으켰다. 그러나 그의 시에서 향토적 서정은 단지 사회역사적 발언을 담은 그릇으로서 뿐만 아니라 서정성 자체로서의 의의 또한 만만치 않다. 그의 가족사를 다룬 시 혹은 이웃들과의 추억을 담은 시편들을 읽으며 우리는 오히려 이것이 그의 시의 본원으로서 그의 시의 내면에 깊고 풍부한 흐름을 이루고 있음을 감지하게 되는 것이다.

　이시영의 여섯 번째 시집인 『조용한 푸른 하늘』에는 6행 이하의 단시가 3분의 2 이상이다. 초기의 시집들에도 이러한 단시들이 간혹 등장했지만 본격적으로 그의 시가 단시 형태로 나아감을 보여주는 것은 네 번째 시집 『이슬 맺힌 노래』(1991)에서부터이다. 그런데 이러한 단시들은 초기시에서 독자들을 매혹시킨 향토적 서정 혹은 그것과 결합된 사회역사적 의식과는 일정한 거리를 두는 것이다. 율조와 문체 또한 그러하다. 대체로 건조하고 간결한 구어체와 담담한 서술체를 혼용하고 있는 이러한 단시들은 얼핏 보기에는 그의 초기의 시들과는 전혀 다른 감성과 시의식으로부터 솟아나오고 있는 듯하다. 예를 들어 아래와 같은 시에는 작가의 개입이 거의 배제되고 있다.

가) 건너편 창가에 비둘기가 아슬아슬 걸터앉는다
　　아이가 작은 주먹을 펴 무엇인가를 열심히 먹여주고 있다
　　바람이 불어온다

– 「이 세계」 전문

나) 화창한 가을날
　　벌판 끝에 밝고 환한 나무가 한 그루 우뚝 솟아 있다

　　모든 새들이 그곳에서 난다

– 「자존」 전문

　가), 나)와 같은 시들에는 화자의 육성이 거의 나타나지 않는다. 화자의 주관이 거의 제거된 이런 시들에서 우리는 무엇을 느끼는가? 사진 또는 소리 없는 영상물의 한 컷을 보는 느낌이다. 시인이 바라는 것이 바로 이처럼 주관이 소거된 영상의 제시인가? 철저히 주관이 배제된 광경을 극도로 절제된 언어로 그림으로써 이시영은 무엇을 말하고 있는 것일까? 우리는 한 폭의 풍경화를 보듯이 그냥 스쳐 지나가야 하는가 아니면 당나라의 사공도가 말한 '운외지치'(韻外之致: 표현된 것 밖에 표현된 것)나 '미외지지'(味外之旨: 맛 외의 맛)를 찾아보아야 할 것인가? 굳이 의미를 찾으려 한다면 다음과 같이 이야기할 수 있을 것이다. 즉, 가)에는 비둘기와 아이와의 사이에 거리 없는 교감이 이루어지고 있는 모습이 나타나 있다. 먹이를 주는 아이와 그의 마음이 담긴 먹이를 받아먹는 비둘기와의 사이에는 이 순간 다른 상념이 개입할 여지가 없다. 둘 사이에는 생명을 매개로 한없는

신뢰와 애정의 자장만이 의식되지 않은 채 흐를 뿐이다. 아이는 본래 스스로의 삶에 필요한 음식물을 어른들에게 의지해 살아가는 존재이지만 여기서는 그 공여자가 되어 있는 모습이 전혀 어색하지 않다. 스스로도 그러한 자신의 위상을 조금도 어색하지 않게 받아들이고 있는 듯하다. 아이는 동물적 본능을 지니지만 쓸데없는 욕심, 분수를 모르는 존재로서 경험한 것을 재현하거나 모방하는 습성을 지니고 있기 때문이다. 이처럼 먹이 사슬이 아닌 먹이 제공의 중간자로서의 역할을 아이는 자연스럽게 수행한다. 그러면 이때 끝 행의 '바람이 불어온다'는 것은 어떠한 속 깊은 의미를 전하고 있는 것인가? 이 역시 실제로 있었던 자연 현상을 화자가 그대로 서술한 것이라고 할 수 있겠지만 여기에는 만만치 않은 해석의 여지가 있다. 일단 이 구절은 아이와 비둘기 사이에 이루어지고 있는 교감의 자장에 자연 현상으로서의 바람이 조응하는 모습을 그린 것으로 보인다. 그렇지만 반드시 조화로운 현상을 뜻하는 것만은 아니다. 언제나 스쳐 지나가버리고 마는 바람의 속성상 여기에는 비둘기와 아이가 느끼는 막연한, 그러나 근거 있는 생에의 불안의식의 그림자가 스며들게 된다. 윤동주의 시 가운데 "오늘 밤에도 별이 바람에 스치운다"(「서시」) 혹은 "하늘에선가 소리처럼 바람이 불어온다"(「또다른 고향」)에서의 '바람'이 지니는 '변화', '인간 세계의 유한성' 등의 불안정한 이미지를 가)에서의 '바람' 또한 내포하고 있는 것이다. 결국 이 작품은 담담한 어조로 작가의 눈에 포착된 짧은 순간의 광경을 스케치하고 있지만 독자들은 여기서 아이와 비둘기, 그리고 이들과 바람 사이의 따스한 교감의 정과 함께 어떤 연민과 불안 어린 감정을 또한 느끼게 되는 것이다.

나) 역시 주관이 겉으로 드러나지 않는 풍경의 소묘 같은 작품이다. 그러나 어떤 풍경화라도 작가의 주관의 눈을 거치지 않은 것이 없는 것과 마찬가지로 자세히 살펴보면 여기에도 도처에 주관의 그림자가 어른거리고 있다. '밝고 환한 나무'라는 것은 그 순간의 화창한 날씨 때문에 그렇게 보

이는 것이며, '우뚝' 솟아 있다거나 '모든 새'를 품안에 보듬고 있다는 언급에는 부성, 모성의 이미지를 아울러 지닌 그 나무의 위용에 탄복하고 있는 화자의 마음가짐이 드러나 있다. 이 작품에 '자존'(自尊)이란 제목을 붙인 것을 보고 우리는 이시영시인의 자존심이 어떠한 모습인가를 짐작하게 된다. 그것은 아마도 거칠 것 없는 밝고 환한 심성에 높은 기개와 품위로서 주위를 압도하면서도 주위의 생명들을 거두어 보살필 수 있는 마음가짐을 지녀야 함을 뜻할 것이다.

이시영의 단시들은 대체로 객관적 대상을 매우 절제된 언어로 형상화하고 있지만 그 대표적인 작품들도 완벽한 객관에는 도달할 수 없다. 어떤 작품도 주관의 작용을 완전히 배제하고 쓴다는 것은 불가능한 일이다. 단시의 다음과 같은 구절들에는 시인의 주관이 더욱 짙게 배어 있다.

가) 자세히 보니 등에 아픈 반점들이/찍혀 있다.(「생」)

나) 커다란 손을 들어 이마의 싱그러운 땀을 닦는다.(「오후의 풍경」)

다) 제 새끼의 어리고 부산스런 등을 이윽한 눈길로 바라보고 있겠다.(「애린」)

라) 오양간의 송아지란 놈이 슬픈 앞발을 들고 맨 처음 그것을 치어다 본다
(「조락」)

마) 그 옆의 콩꼬투리가 배시시 웃다가 그만 잘 여문 콩알을 우수수 쏟아놓는
다(「시월」)

바) 괜히 퉁방울 눈을 뜨고 울어제끼던 매미 울음 소리며(「단순한 기쁨」)

가)~라)에 등장하는 '아픈', '커다란', '싱그러운', '어리고 부산스런', '이 윽한', '슬픈'과 같은 수식어에는 화자의 주관이 묻어 나온다. 특히 가)의 '아픈 반점'이라든가 라)의 '슬픈 앞발'과 같은 표현에는 어린 생명을 연민 의 정으로 바라보는 화자의 감정이 투영되어 있다. 가)의 화자가 '찬 여울 목'을 오르는 '피라미떼 새끼들'의 모습에서 인생의 어떤 아픔을 연상하고 있다면, 라)의 화자는 푸른 하늘에서 밤톨 하나가 떨어지는 모습과 그것 을 바라보는 송아지의 모습을 대비시키면서 한 평생 인간을 위해 몸을 바 치다 생을 마치는 송아지의 숙명적 슬픔을 떠올리는 것이다.

마)의 시에는 재두루미, 콩꼬투리, 미꾸라지 등이, 바)에는 매미가 눈에 두드러지게 의인화되어 있다. 바)에는 이밖에도 나비와 구름이 같은 차원 에서 다루어진다. 의인화되는 과정에 작가의 주관이 개입하게 되는 것은 당연한 일이다. 그런데 이 가)~바)의 작품들에 공통적으로 나타나는 것은 생명에 대한 깊은 연민 혹은 생명력에 대한 경외심 같은 것이다. 이것은 그의 단시들이 지닌 가장 특징적인 요소라 할 수 있다. 생명력에 대한 그 의 예민한 감각은 다음과 같은 시에 잘 나타나 있다.

> 겨울 나무의 찬 가지 위로 올해의 가장
> 매서운 눈보라가 휩쓸고 지나가자
> 땅속의 앞 못 보는 애벌레들이 제일 먼저 알고
> 발그레한 하품을 한다.
>
> — 「신생」 전문

'가장 매서운 눈보라' 뒤에 올 봄을 예비하는 태도는 낯익은 것이다. 그 러나 '땅속의 앞 못 보는 애벌레'라는 신선한 이미지를 지닌 갓 태어나는 생명체를 제시함으로써, 또한 그들의 탄생의 순간을 '발그레한 하품'이라 는 공감각적 이미지로 표현함으로써 이 작품은 육체적 형상성을 획득해내고 있다. 우리는 이 시를 읽으며 한 마리의 애벌레가 되어 붉은 입속을 드러내면서 탄생의 첫 하품을 하고 있는 듯한 느낌마저 받는다. 그러면 여기서 땅속의 앞 못 보는 애벌레들이 이 겨울의 추위가 절정을 지나고 있음을 아는 까닭은 무엇인가? 그것은 이제 겨울이 봄으로 바뀌는 기미를 포착하는 것이 다름 아닌 그들의 몸 전체이기 때문이다. 육체의 변화로서 그들은 자연 현상의 변화를 드러내는 것이라 할 수 있다. 보이지 않는 땅 속의 애벌레를 묘사하는 이 작품은 앞의 시편들보다 더욱 주관이 깊숙이 개입된 작품이라 할 수 있다. 우리는 이렇게 점차 주관의 개입이 짙어지는 경로를 따라가고 있지만 이시영의 단시에 개입하는 주관의 정도는 일반적인 서정시에 비해 대단히 미미한 수준에 불과하다. 다만 생명에의 관심의 농도가 짙어짐에 따라 주관의 개입이 점차 증가하고 있음을 알 수 있다.

생명에 대한 감각은 곧잘 죽음과 대비되어 표출된다. 다음의 두 작품이 그러한 성향을 단적으로 보여준다.

　가) 나는 저렇게 수많은 싱싱한 생명들이 한 순간에 죽음의 낯빛으로 바뀌는
　　　것을 본 적이 없다.

　　　　　　　　　　　　　　　　　　　　　　　　　　　－「에스컬레이터에서」 전문

　나) 나는 죽음이 이처럼 수많은 사람들을 싱그러운 활력으로 넘치게 하는 것
　　　을 본 적이 없다.

　　　　　　　　　　　　　　　　　　　　　　　　　　　－「지하철 정거장에서」 전문

『조용한 푸른 하늘』의 난시들 가운데서도 이처럼 난 한 마디의 경구로 끝나는 것은 드물다. 행갈이조차 하지 않은 것은 이 두 편뿐이다. 그것이 모두 죽음과 삶의 대비로 이루어진 대조적인 작품이라는 것이 특이하다. 생명과 죽음은 동전의 양면과도 같은 것이라는 잠재적 의식과 무관하지

않을 것이다. 에스컬레이터에 탄 이들의 무표정을 '죽음의 낯빛'으로, 지하철 전동차의 정거를 '죽음'으로 상정함으로써 이 시편들은 삶과 죽음의 순간적 교차, 나아가 생사일여(生死一如)라는 깨달음까지도 담고 있다. 이러한 시들이 지향하는 바는 무엇인가. 단순한 언어의 절제를 넘어 이같이 응축되는 시상의 흐름을 우리는 어떤 시각으로 보아야 하는가. 그것은 이른바 정신주의시, 선시 등과 맥락을 같이 하는 것인가?

간밤 누가 내 어깨를 고쳐 누이셨나
신이었는가
바람이었는가
아니면 창문 열고 먼길 오신 나의 어머님이시었나

뜨락에 굵은 빗소리

– 「자취」 전문

'신', '바람', '어머니' 등을 동일한 위상으로 파악하는 것은 선시의 사유 방법과 통하는 것이다. 의인법이나 은유의 활용 또한 선시의 발상법과 유관하다. 이러한 것들은 서정 양식의 전통적 표현 기법이기도 하다. 그러므로 이시영의 짧은 시편들은 선시 취향을 드러낸다기보다는 극도의 언어 절제를 통한 함축미의 발현을 추구하는 것으로 보는 것이 무난하다. 그가 시조 시인으로 문단에 진출했다는 사실은 그의 시가 극도의 언어 절제를 추구해 나간 데 대한 우리의 이해를 높여준다. 위의 시에서 끝 행과 같은 배경 묘사는 시조나 한시 등에서 익히 보아오던 바이다. 객관적 배경 묘사를 통해 외부 세계와 단절된 어떤 고립감을 나타내고 있다고 할 것이다. 그러나 그는 시조나 짧은 한시들에서보다도 더욱 응축된 시상을 표현하고자 시도하는 듯하다. 말이 범람하는 시대에 그는 말로서는 쉽사리 표현되지 않는 시상을 전하려 오히려 주관의 노출을 억제하고 한없이 언어를 절제하고자 하는 모습을 보인다. 위의 시와 같은 성향의 시들은 그의 단시들 가운데 주관의 개입이 심한 것들이라 할 수 있다. 그러나 이 역시 겉으로 보기에는 최대한 주관이 억제된 객관 묘사의 양태를 보이고 있다.

이시영은 그의 단시들에서 가급적 주관을 배제한 객관적 상황의 소묘를 통해 겉으로 표현된 것 이외의 보다 깊은 생명의 의미를 음미하고자 하는 듯하다. 그의 시는 인생 또는 자연 현상의 어떤 순간을 포착하여 생명의 기미를 전달하는 데에 일정한 정도 성공을 거두었다고 할 수 있다. 이러한 그의 시가 앞으로 어떤 방향을 모색하게 되는지 궁금하다. 우리는 그가 언제나 현재의 삶과 현실의 상황에 예민한 감각의 촉수를 대고 있다고 믿는다. 그의 이번 시집에는 소외된 아파트촌 도회인, 혹은 직장인의 모습을 그린 「경계」, 「회식」과 같은 작품, 자본주의 사회의 병폐를 고발한 「상품, 상품」, 「홀리데이 인 서울」과 같은 이른바 해체시풍의 작품들도 있다. 그러나 우리가 살펴 본 작품을 포함하여 일상 자연의 정경을 스케치하는 많은 단시들 또한 현실 사회와 전혀 무관한 것은 아닐 것이다. 그것들은 다변의 사회와 다변의 시들에 대한 반발이며 서정시의 본질을 추구해가는 작업의 한 과정이리라 믿는다. 그러나 경구 혹은 잠언을 연상케 하는 지나치게 짧은 서정시가 주는 감동의 한계 또한 이미 암묵적으로 알려져 있다. 현실과 항상 마주하고 있다는 의미에서 객관적 현실을, 혹은 객관적 상관물을 그리는 것은 시인, 작가의 기본 태도일 것이다. 그러나 이시영 시인의 작품에서 우리가 더욱 보고 싶은 것은 새로운 현실 상황과 과거의 기억이 마주치는 곳에서 발생하는 서정적 감성의 넉넉한 분출이다. 이것은 단순히 과거의 그의 시에 대한 개인적인 향수 때문만은 아니다. 이시영 시인을 비롯하여 민중적 감성이 풍부한 여러 시인들이 찰나의 서정을 추구하기에, 혹은 비의와 초월의 세계로 나아가기에 현실은 아직도 그렇게 낙관적이지 않다고 우리는 생각하기 때문이다.

언제나 유효한 그의 노래
— 황지우의 『어느 날 나는 흐린 주점에 앉아 있을 거다』

황지우의 이번 시집은 대사회적, 정치적 발언보다는 그의 삶의 밑바닥을 훤히 드러내 보여주는 회한과 고백의 언어로 가득 차 있다. 재치 문답식으로 저 드높은 화엄 창천에 오른 적이 있었다는 말처럼(「우울한 거울 3」) 자신의 시작(詩作)을 포함한 모든 행위에 대한 반성은 물론, 아버지, 어머니를 비롯한 가족사에 이르기까지 모든 것을 포장하지 않고 드러낸다. 특히 지나간 삶을 되돌아보며 그 결과라 할 현재 자신의 모습을 인정할 수 없다는 언급은 이 시집 전체에 웅웅거리며 퍼져 있어 어떤 주술과도 같은 효과를 불러일으킨다. 황지우의 이 시집에 수록된 시들은 상호 침투의 정도가 매우 심하여 전체로서 들려주는 전언이 하나하나의 작품이 지닌 개체성을 넘어서는 것으로 보인다. 이 시집이 황지우가 『게 눈 속의 연꽃』(1990) 이후 8년여 만에 펴낸 본격 시집인 것을 감안한다면(1995년 발간한 조각시집 『저물면서 빛나는 바다』에 실린 10여 편의 시도 첨삭되거나 다른 작품의 일부로 편입되어 대체로 여기에 포함되었음) 이것은 그만큼 그가 상당한 기간 동안 특정 주제에 심각한 몰입의 상태에 있었음을 나타내는 것이기도 하다. 무릇 하나의 시집은 발간 그 자체로서 혹은 수록시 전체의 집적으로서의 의의를 지니고 있는 경우도 많지만 보다 본질적인 것은 거기에 실린 한 편 한 편의 시가 가진 하나의 소우주로서의 독자성일 것이다. 황지우는 그의 제3시집 『나는 너다』(1987)에서 시에 대한 이러한 전통적 개념마저 비웃듯이 거의 모든 작품에 제목을 부여하지 않고 일련번호도 아닌 불규칙한 번호를 매겨놓았다. 그러나 그 시들조차 이번 시집 수록시들보다 상호 교섭의 정도가 약하다. 그의 시는 초기의 다양한 방법적 일탈의 단계를 지나 전통적 주제와 형식으로 되돌아오는 측면도 있지만 그의 의도와 상관없이 이처럼 시집 전체가 스스로 어떤 저항의 몸짓이 되어버리기도 한다. 이 시집 후반부에서 볼 수 있는 연극 장르와 접선이 된 몇몇 시편들은 시의 직접성에 대한 도전이기도 하다. 얼핏 보기에 무모한 듯이 보이는 이러한 시도를 지금도 행할 수 있다는 것이 황지우의 자랑이다.

> 가) 사춘기 때 수음 직후의 그
> 죽어버리고 싶은 죄의식처럼,
> 그 똥덩어리에 뚝뚝 떨어지던 죄처럼,
> 벚꽃이 추악하게 다 졌을 때
> 나는 나의 생이 이렇게 될 줄
> 그때 이미 다 알았다
>
> ─「수은등 아래 벚꽃」부분

> 나) 나, 이번 생은 베렸어
> 다음 세상에선 이렇게 살지 않겠어
> 이 다음 세상에선 우리 만나지 말자
> ……
> 　　(중략)
> 아내가 말했다 "당신은 이 세상에 안 어울리는 사람이야
> 당신 이 지독한 뜻을 알기나 해?"
> 괘종시계가 두 번을 쳤을 때
> 울리는 실내: 그는 이 삶이 담긴 연약한 膜을 또 느꼈다
> 2미터만 걸어가면 가스 밸브가 있고
> 3미터만 걸어가도 15층 베란다가 있다
>
> ─「거울에 비친 괘종시계」부분

가)의 화자는 지나간 젊은 시절의 빛나는 아름다움을 회상하면서 그에 반하여 지금의 삶이 지나치게 초라한 것임을 느끼고 자신의 생에 대하여 자조적인 태도를 보이고 있다. '사춘기 때 수음 직후'는 위축된 지금의 그의 심사를 드러내는 놀라운 비유이다. 끓어오르던 욕망이 분출되고 난 뒤의 한없이 허탈한 심정과 또 죄의식으로 인해 나락에 빠져드는 듯한 감정이 복합된 것이 지금의 심정이라는 것이다. 수음을 하던 장소가 지나간 시절 재래식 화장실이어서 부나방 같던 열정의 뒤끝이 '정액'과 '똥덩어리'와의 만남으로 묘사되어 있으며 이것은 그대로 지금의 그의 처지와 심경의 표상이 된다. 젊은 시절에 본, 벚꽃이 다 지고 난 뒤의 그 화려함과 대조되는 추한 모습이 '추악한' 것으로까지 생각되는 것은 아마도 지금의 상황에 대한 비관적 인식의 작용일 것이다. '그때 이미 다 알았다'는 것도 지금 '이렇게' 되고 난 후의 생각임은 물론이다.

나)의 앞부분은 화자가 '아내가 나가버린 거실'의 거울 앞에서 중얼거리는 말이다. "나, 이번 생은 베렸어"라는 탄식, 가)에서의 자조적인 언급, 그리고 그밖에도 "이것도 삶이라면, 삶은 욕설이리라"(「점점 진흙에 가까워지는 존재」), "언제 이번 생을 나는 인정할 수 있을까"(「8월 16일」)와 같은 언급의 이면에는 모두 이 시의 화자의 아내가 말하는 것처럼 '이 세상에 안 어울리는 사람'으로서의 시인 자신에 대한 자괴감이 잠재되어 있다. 나)의 뒷부분은 이러한 자신의 처지에 관한 비관이 극에 달하여 죽음까지도 생각해보는 화자의 모습이 나타나 있다. 그는 아내가 외출한 집에 혼자 남아 있는 '오후 2시'경에 이러한 생각을 하는 그를 인용시에서 스스로 '깨달은 사람'이라고 평가한다. 이것은 스스로를 비꼬는 언급이다. 그러나 그는 스스로의 위상을 자각하고 있는데다가 생사의 한가운데에서 생사를 가르는 '연약한 膜'의 존재를 인식하고 있기도 하다. 황지우 시의 화자들은 "겨울밤 아파트의 출입구에 걸린 추운 謹弔燈"에서 '생이 담긴 막'을 보기도 하며(「막」) '비닐봉지 속의 금붕어'처럼 자신의 생이 비닐 막 같은 데에 담겨서 들려가고 있는 것처럼 느끼기도 하는 것이다.(「비닐 봉지 속의 금붕어」)

나)에서의 '아내'는 다른 시에서 "하마터면 피아니스트가 될 뻔했던 아내"로서 '출장 레슨'을 나가는 것으로 나타난다.(「살찐 소파에 대한 일기」) 이것은 "이상하지, 난 돈은 못 버는데 잘 산단 말야."(「우울한 거울 2」)의 답이기도 하다. 그러나 그녀가 말한 '지독한 뜻'은 단지 경제적인 부적응만을 뜻하는 것은 아니다. 오히려 그가 끊임없이 자아를 학대하며 괴로워한다는 것이 더욱 본질적인 의미일 것이다.

> 젊은 시절, 내가 自請한 고난도
> 그 누구를 위한 헌신은 아녔다
> 나를 위한 헌신, 한낱 도덕이 시킨 경쟁심;
> 그것도 파워랄까, 그것마저 없는 자들에겐
> 희생은 또 얼마나 화려한 것이었겠는가
>
> 그러므로 나는 아무도 사랑하지 않았다
> 그 누구도 걸어 들어온 적 없는 나의 폐허;
> 다만 죽은 짐승 귀에 모래의 말을 넣어주는 바람이
> 떠돌다 지나갈 뿐
> 나는 이제 아무도 기다리지 않는다
> 그 누구도 나를 믿지 않으며 기대하지 않는다
>
> ─「뼈아픈 후회」 부분

이 시의 화자가 가장 뼈아프게 후회하는 것은 "언제 다시 올 지 모를 이 세상을 지나가면서" "아무도 사랑해본 적이 없다는 거"다. 위에서 그가 젊은 시절에 겪었다는 '고난'이란 시인의 이력과 다른 시들을 참조하여 판단하건대 몇몇 시국사건 등으로 인한 구속, 취조 등을 뜻한다. 그런데 이러한 고난은 그가 자청한 것으로서 '그 누구를 위한 헌신'도 아니요, 그것은 바로 자기 자신을 위한 헌신에 불과했다고 한다. 당대의 대의를 따른 것이었다고 말하여도 아무런 문제가 없을 터인데도 그는 굳이 그의 과거의 행위를 '한낱 도덕이 시킨 경쟁심'으로 비하하고 있다. 한 걸음 더 나아가 그는 당시 그러한 행위를 할 '파워'가 없었던 이들의 선망 어린 시선까지도 재구해 낸다. 이처럼 철저한 반성적 시선에 의한 회고담을 듣는 우리는 이내 얼굴이 화끈거리는 것을 느끼게 된다. 그것은 우리 자신의 속내를 훤히 꿰뚫고 있는 황지우의 시선 앞에서 몸 둘 곳이 없기 때문이다. 정직함의 힘, 통찰의 힘이란 바로 이런 것이다.

끝 연에서의 사막과 폐허의 이미지는 그의 삶의 역정이 바로 이렇게 그의 주변을 모두 폐허로 만들어가는 것에 다름 아니었음을 표상하는 것이다. 그 주된 이유로서 그는 "끝내 자아를 버리지 못하는 그 고열의 神像이 벌겋게 달아올라 신음했"었다는 것을 든다. 그의 자아의식은 여기서 '神像'의 위치로까지 고양되어 있다. 자아를 버리지 못하는 사랑이란 결코 진정한 사랑이 아니며 그의 고난 또한 어떠한 헌신도 아님을 고백하는 그에게 우리는 더 이상 의혹의 시선을 보낼 필요가 없음은 물론이다. 그러나 그가 끝부분에서 "나는 이제 아무도 기다리지 않는다"고 말하는 것은 액면 그대로 받아들일 수 없다. 그것은 아직도, 아니 언제나 무엇인가를 기다리고 있겠다는 말의 반어이기 때문이다. 또한 끝 행에서 그는 "그 누구도 나를 믿지 않으며 기대하지 않는다"고 하였지만 이미 우리는 그를 신뢰하고 있다. 여기서 그가 '그 누구'를 의식하는 모습을 보면, 그리고 앞서 살펴 본 시들에서 그가 현재의 삶에의 심한 자괴감을 나타내고 있는 것을 보아도 그의 생에의 집착과 미련은 대단한 듯하다.

　가) 오직 이 별에서만 초록빛과 사랑이 있음을
　　　알고 간다면

나) 內藏寺 가는 벚꽃길; 어쩌다 한순간

　　나타나는, 딴 세상 보이는 날은

　　우리, 여기서 쬐끔만 더 머물다 가자

　　　　　　　　　－「여기서 더 머물다 가고 싶다」 부분

다) 부르주아지들은 이제 만고에 떳떳하다.

　　　　　　　　　　　　　　－「등우량선 3」 부분

라) 다시 탄압이나 받았으면!

　　　　　　　　　　　－「서해까지 밀려 있는 강」 부분

마) 나는 너의 그 말 한마디에 굶주려 있었단 말야;

　　"너, 요즘 뭐 먹고 사냐?"고 물어주는 거

　　　　　　　　　　　　　　－「성 찰리 채플린」 부분

바) 오랜만에 올라온 서울, 빈말이라도 집에 가서 자자는 놈 없고

　　불 꺼버린 여관 앞을 혼자 서성거릴 때

　　　　　　　　　　　　　　－「세상의 고요」 부분

　위의 인용시들을 통해 우리는 이 시인이 얼마나 예민한 감각과 여린 감성의 소유자인가를 다시 한 번 깨닫게 된다. 그는 이 세상의 아름다움을 누구보다도 깊이 인식하고 있으며 이것이 오히려 그를 더욱 절망으로 빠지게 한 하나의 동인이 되고 있었음을 또한 감지할 수 있다. 황지우는 자연 예찬의 시인은 아니지만 그가 결코 자연의 아름다움에 눈감고 있었던 것은 아니라는 것을 우리는 가), 나)와 같은 언급을 통해 새삼 인식하게

된다. 나)에서의 '내장사 가는 벚꽃길'에서 '딴 세상'이 보인다는 말에는 '이 세상'이 꽃길과는 대조되는 험난한 곳이라는 언급이 포개져 있다. 그러나 거기에는 이 세상은 '딴 세상'처럼 느껴질 정도로 가끔은 그렇게 아름다운 모습을 드러내 보여주는 곳이라는 의미가 더욱 크게 자리하고 있다.

　다), 라)는 근본적으로 삶은 변화하지 않았는데 투쟁으로 대표되는 열정의 분출구를 잃은 이들의 넋두리이다. 그것은 동시에 "……격정 시대를/ 뚫고 나온 나에게 가장 견딜 수 없는 것은 지루한 것이었다."(「몹쓸 동경」), "YS가 다시 계엄령을 선포했으니 어서 피하라/는 말을 들었을 때 나는 왜 그랬을까, 기뻤다."(「청동 마로니에 숲」)와 같은 언급에서 보듯이 긴장과 대치, 억압과 반작용으로서의 쟁투 등이 습관화함으로써 변화된 환경에 적응하지 못하고 어떤 정신병적인 상태에 이르고 만 시인의 날카로운 신경증을 보여준다. "나는 지금 내년 大選 局面을 어떻게 피해갈까, 궁리한다"(「커피 자동 판매기가 꿀꺽, 침을 삼킨다」)와 같은 언급에서도 현실 정치에 대한 관심으로부터 결코 자유로와질 수 없는 그의 섬세한 성격이 드러난다. 마), 바)에는 외롭고도 힘든 자신의 처지를 이해하고 자신을 어루만져 줄 따뜻한 손길을 기대하는 시인의 여린 심성이 그대로 묻어나온다. 이처럼 시인 황지우는 지극히 현세적인 사고의 소유자임을 알 수 있다. 그런데 이러한 심성은 그 극한에서 낭만적 심성과 만나고 있다.

　가) 흰 영구차가 따뜻한 봄 산으로 들어갈 때

　　그때, 이 세상은 문득 이 세상이 아닌 듯,
　　고요하고 한없이 나른하고 無窮과 닿아있다
　　자살하고 싶은 한 극치를 순간 열어준 것이다
　　　　　　　　　　　　　　　　　－「세상의 고요」 부분

　나) 그러므로 어느 날 나는 흐린 주점에 혼자 앉아 있을 것이다

완전히 늙어서 편안해진 가죽부대를 걸치고
등뒤로 시끄러운 잡담을 담담하게 들어주면서
먼 눈으로 술잔의 水位만을 아깝게 바라볼 것이다

문제는 그런 아름다운 廢人을 내 자신이
견딜 수 있는가, 이리라
　　　　　　　　 ─「어느 날 나는 흐린 주점에 앉아 있을 거다」부분

　가)는 앞서 살펴 본 바)의 바로 뒤에 이어져 있다. 바)의 "불 꺼버린 여
관 앞을 혼자 서성거릴 때"와 가)의 첫 행 '흰 영구차가 따뜻한 봄 산으로
들어갈 때'의 병치에 놀라지 않을 수 없다. 그러나 이들은 죽음의식으로
연결되며 그 죽음이 깨끗하고 따스한 것으로 비침으로써 '膜'의 바깥 세계
라 할 죽음의 세계, 곧 '無窮'과 '이 세상'이 하나가 되어 버린다. 이 글의
앞부분에서 살펴 본 지나간 삶에 대한 회한으로서의 죽음의식은 바)와 연
결되는 것이다. 그런데 그것은 가)의 첫 행과 어울려 낭만적인 죽음의식으
로 변환된다.
　나)의 화자는 '딸아이'가 커가고 자신은 나이 먹어 뚱뚱해져 가면서 점차
세상으로부터 소외되어 가고 있다는 느낌을 받는 듯하다. 여기서 그의 '딸
아이'가 '사랑의 빵을 나눕시다'에 동참하는 일을 한 것은 "이젠 제발 '나'
아닌 것을 위해 살 때다"라고 자꾸 되뇌이기만 하는(「거룩한 저녁 나무」) 그
를 쉽사리 넘어서는 행동이다. 그가 집을 나와 '바깥'을 거닐고 있는 것이
그러한 사정을 축약해서 보여준다. 지금도 자신의 삶을 "옷걸이에서 떨어
지는 옷처럼/그 자리에서 그만 허물어져버리고 싶은 생"이라고 말하고 있
지만 나)의 첫 연은 세월이 좀 더 흘러 '완전히' 늙은 다음의 이야기이다.
그러나 이것을 지금 문제 삼는 것은 조만간 닥쳐올 그것이 피부로 느껴지
는 단계이기 때문이다. 그는, 시국 사건으로 인해 미행을 당한 경험 또는
쓸데없는 자존심 따위로 인해 생겼을 듯한 '사람을 피해 다니는 버릇'으로

말미암아(?) 그 '어느 날' 주점에 '혼자' 앉아 있을 것이라고 말한다. 주막도 까페도 아닌 '酒店', 그것도 '흐린' 주점은 나이든 이들이 편히 들를 수 있는 허름한 술집을 말한다. 여기서 그는 이제 늙어가면서 익숙해져 편안해진 몸뚱이를 주점의 의자 혹은 벽에 기대어 놓고 술을 마실 것이다. '먼 눈'에서 바로 우리는 이런 그의 자세를 짐작할 수 있다. 그가 '술잔의 水位'를 '아깝게' 바라보게 되는 까닭은 무엇인가? 그것은 그가 마셔서 점차 줄어드는 술잔의 수위를 바라보며 저도 모르게 저무는 인생의 수위를 느끼게 되기 때문일 것이다. 감상적 낭만이 느껴지는 이러한 시구(詩句)는 우리를 어떤 애상적 공감에 젖게 한다. 그러나 그는 종국에 가서 이러한 감상과 낭만을 배반한다. 그가 가상한 '그런 아름다운 廢人'을 그는 온전히 받아들이지 못하는 것이다. 하지만 이러한 회의적 언사가 이러한 상상을 없었던 것으로 돌려놓지는 못한다. '아름다운 폐인'이라는 말 자체가 이미 모순을 내포한 것이기도 하지만 아름답다고 말하면서도 그러한 상황을 자신의 것으로 받아들이지 못하는 그의 내면에는 아직도 어떤 열정이 불타오르고 있다.

황지우는 연극과 접맥된 시 「석고 두개골」에서 "이 현기증나는 나선형 심연에 메아리를 만들면서 들여넣는/나의 노래는 과연 유효한가?" 하고 자문하고 있다. "옛날에 내 노래를 들어주던 아이들"(「서해까지 밀려 있는 강」)이 어디론가 다 가버린 지금, 그가 이렇게 말하는 것은 어떤 이유에서인가? 우리는 그의 "전혀 새로운, 이른바 '기쁜 소식'에 대한 나의 파일"이나 "내 눈부신 蒼空의 사상"을 기대하지 않는다. '마이머'(「모래 지평선이 있는 유리 상자」, 「모래 지평선이 사라지는 유리 상자」)의 육체 언어에도 별다른 감흥을 느끼지 못한다. 이 시집의 첫머리에 실린 시 「아직은 바깥이 있다」의 작위적인 율적 효과에도 어떤 의미를 두지 않는다. 다만 우리는 자신의 모든 것을 드러내며 울부짖는 그의 처절하도록 솔직한 그의 시적 언어를 사랑한다. 이런 정신이 살아있을 때 그의 노래는 언제나 유효하다.

감각의 향연
— 양균원의 『허공에 줄을 긋다』

양균원의 시에는 세심하고 여린 감정의 결이 그대로 살아있다. 이러한 자신의 감성을 지키기 위함인지 그의 시는 외부세계가 개입하는 것을 끝내 거부하는 포즈를 취하고 있다. 마치 이 시대에 홀로 남은 원시인 같은 얼굴을 한 그의 시의 표정을 살피는 독자의 시선은 자꾸만 감추어진 시인의 내면세계로 향하게 된다. 이야기를 담은 서양의 고전적 담시들, 혹은 형이상학적 사고를 표출하는 서구의 시편들에 정통한 시인의 이 같은 태도는 독자들에게 그의 시적 성향이 자연발생적인 것인가 아니면 특별한 의도가 담긴 것인가 하는 고민을 하게 한다. 여러 해석의 가능성을 남긴 채 일단 우리는 그의 시세계가 내적 응축의 긴 터널을 지나고 있는 것으로 이해하기로 한다.

> 그친 비가 다시 오지 않는다
> 산사의 망중한은 여기까지
> 처마 밑 나서려는데
> 들리나요, 수국 꽃잎에 잠기는 저녁 어스름
> 갈참나무 떠난 깃털 족속의 날갯짓
> 배후나 언저리에서
> 아주 사소하게 일어나는 파동
> 들리나요, 종이 없는데 종소리를 내는 것
> 젖고 싶은 마음에 물이 빠지면

소란했던 빗소리 뒤로 정적이 따라오면
잠깐 살아나는 것
들리나요, 바람에 부대끼는 내가
훌쩍 날아가도 털썩 내려앉아도
여전히 남은 잎으로 떨고 있는 떡갈나무
숭숭 뚫린 수천 벌레구멍에서
빗소리 그치자 으스스 떨고 있는
금간 종소리
들리나요

- 「종소리」 전문

지향(紙香) 배나오는 묵은 책갈피
활자는 그만두고 체취를 맡고 싶은데
먼저 그어진 밑줄에게 손끝이라도 내주려는데
찾아다니는 여백엔 사람이 없다
행간 어디엔들 누군가 낙서를 남겼어도 좋으련만

- 「모나 밴 다인」 부분

쇠문은
어깨로 밀어내고
다시 한 겹 나무문은
한 손으로 젖혀서
비로소 드러나는 수납장, 그 속내
두 줄 삼단으로 쌓아올린 여섯 개 서랍
매달린 다섯 녹슨 손잡이
사라진 여섯 번째 손잡이
거기 점유된 빈 공간들
갇힌 공기를 가만히 꺼내

허공에 놓아주게

– 「옛 벨기에 영사관에 관한 안내 4」 부분

　위의 세 작품에서 독자는 시인의 섬세한 감각이 어떻게 현상과 사물들을 느끼고 있는가를 파악할 수 있다. 「종소리」는 비가 그친 뒤 산사의 망중한이 정중동으로 바뀌는 찰나의 소소한 그러나 엄청난 변화를 '종'이 없는 가운데 들려오는 '종소리'를 내세워 그려내고 있다. '저녁 어스름'의 새들의 '날갯짓'이 느껴지고 눈에 띄지 않는 '파동'이 일고 있는 가운데, 떡갈나무 벌레구멍에서 들려오는 '으스스 떨고 있는' 종소리는 시청각은 물론 촉각까지도 가미된 복합적 감각의 총화이다. 더구나 그 종소리는 '금이 간' 종에서 나는 소리임을 말해주는 이 시인의 섬세한 감각에 우리는 놀라지 않을 수 없다. '들리나요'를 세 번 반복하는 것은 우리 독자들도 함께 이 소리를 조심스레 귀 기울여 들으라는 간곡한 당부가 담긴 언급이다. 이 작품의 화자는 마치 새의 깃털처럼 바람에 날리는 연약한 존재로 나타나며, 이것은 부유하는 자아의 특성을 잘 보여주는 것이기도 하다.

　「모나 밴 다인」에는 현지 도서관에서 폐기된 유명한 미국의 근대 시인의 시집을 입수한 시인의 감회가 나타나있다. 1973년 뉴욕 산 초판본이라는 이 시집을 보는 화자는 그러나 그 자체의 가치보다는 그 책을 읽은 이들의 체취를 더 그리워한다. 지나치게 깨끗한 구 도서관 장서에서 인간의 내음을 맡지 못한 그가 실망어린 표정을 짓는 데에서 우리는 미묘한 종류의 소통을 원하는 그의 남다른 감각의 일면을 엿볼 수 있다.

　「옛 벨기에 영사관에 관한 안내 4」는 '옛 벨기에 영사관 바깥 회랑 돌기둥 사이'에 덩그러니 놓여있는 커다란 금고에 관한 이야기이다. 무엇이 그 안에 들어있었는지 왜 이렇게 나와 앉아있는지 하는 궁금증보다도 그 서랍들이 점유한 빈 공간의 오래된 '갇힌 공기'를 안쓰러워하는 것이 이 시인의 독특한 감수성이다. 여기에는 '쇠문'을 어깨로 밀어내고 '나무문'은 손으로 젖히고 서랍을 여는 비교적 적극적인 '행동'이 나타나 있다. 얼핏 근대사의 질곡이 느껴지기도 하지만 이 시의 화자가 거의 의미가 담겨있지 않은 '공기'라는 사물에 조응하는 것은 그의 섬세한 마음의 결을 보여주는 것이다. 거대 서사보다는 미세한 감각의 흐름에 더욱 관심을 기울이는 시인의 모습 또한 감지된다.

이러한 섬세한 감각은 이성과의 교류 등을 다루는 작품에 있어서 때때로 매우 조심스러운 대인관계의 방향성으로 연결된다.

> 음식 때문만은 아니다
> 가지런히 묶인 귀밑머리 탓도 아니다
> 저만치 어쩔 줄 모르는
> 나이든 수줍음일 리도 없다
> 세상의 빛이 소리 없이 잠기고 있는
> 흰 손에게 묻지 않는다
> 반찬그릇 사이로 환영(幻影)인 듯 스쳐간 약지
> 젖은 마디에 찍힌 더 흰 반지자국에게
> 이유를 물을 수 없다
> 조신함이란 먼 데서 아무도 모르게 온다
> 다시 찾고 싶은 느낌은
> 선뜻 다가서지 못하면서 머무는 마음은
> 단지 어색한 낯익음 때문일 것이다
> 서로 다른 생을 살면서
> 어깨너머로 돌아보는 닮은 시간 탓일 것이다
> 고깃살이 익어가는 석판에
> 묵은지 눈물이 찔끔 배어나는 동안
> 누나의 식당에는 찾아갈 용기가 아직 없다
>
> ─「자주 찾는 곳」 전문

글쎄, 직접 만나야 좋은 것은 아닐 듯
석양, 저 햇살을 오래 응시할 수 있는 것은
눈부시지 않으니까
다만 안으로 타들어가니까
     (중략)
어쩐지 저건 내게 곧바로 오지 않고
몇 번은 스쳐가고 몇 번은 망설이다가
이젠 따져 확인할 것도
마음 안에 가둬 둘 것도 다 잊은 듯
마냥 바라보다가 그저 물 한잔 건네려는 듯
없다가 있다가 없다가
어느새 함께 걸어가는 누군가로
혹은 내 안의 그 사람의 그림자로
왜 석양은 내게 저 햇살로 오는 걸까?
낯익은 필체의 엽서가 성큼 도착한 오늘

─「석양 저 햇살로」 부분

　「자주 찾는 곳」의 화자는 자주 가는 음식점의 여인에게 여러 가지 면에서 가까운 감정을 느끼게 된 듯하다. 화자가 '조신함'으로 표현한 친밀한 감정은 '……만은 아니다', '……탓도 아니다', '……에게 묻지 않는다'라고 하여 그 이유를 적시할 수 없다고 하지만 그 모든 것이 종합된 어떤 감정의 흐름을 그 이유로 들 수 있을 것이다. '스쳐간 약지'의 아련한 기억을 지니고 "서로 다른 생을 살면서/어깨너머로 돌아보는 닮은 시간"을 가졌다고 생각할 정도로 감정을 공유한 화자는 이제 그녀에게 다가가고 싶은 마음이 가득하지만 선뜻 다가서지 못한다. 이것은 '어색한 낯익음'이란 표현에서 보듯이 화자의 소극적인 성격 때문이다. 여인의 식당에서 묵은

지를 곁들여 고기를 구워먹고 '누나의 식당'이라고 부르면서도 그 식당을 찾을 용기의 부족을 언급하고 있는 것 또한 화자의 성격을 그대로 보여주는 것이다.

「석양 저 햇살로」에도 비슷한 성격의 화자가 등장한다. 좋아하는 사람을 석양과 같은 간접조명 성격의 햇살의 장점에 비유하는 화자는 좋아하는 사람을 직접 만나지 않고 있는 자신에게 스스로 만족하고자 하는 포즈를 보인다. 그는 "마냥 바라보다가 그저 물 한 잔 건네려는 듯" 있는 듯 없는 듯 그러나 늘 곁에 있는 정겨운 존재이기도 하며 때로는 '함께 걸어가는 누군가'로 때로는 '내 안의 그 사람의 그림자'처럼 내적으로 매우 깊숙하고 친밀한 관계로 나타나기도 한다. 이렇게 화자가 그이와 나와의 관계에 대하여 숙고하고 있을 때 오늘 도착한 '낯익은 필체의 엽서'는 그에게 좀 더 적극적인 대응을 요구하는 신호가 될 것이다.

이번 시집에 실린 양균원의 작품들 가운데 양적으로 가장 많은 것이 화목한 가족과의 관계에서 발생하는 끈끈한 정을 보여주는 시편들이다. 대인관계에서의 소극성이 이렇게 가족과의 밀착을 낳은 배경의 하나가 아닌가 싶다.

> 그리워, 어린 볼 살의 접촉
> 아이 입가에 남은 마지막 벌거숭이 웃음
> 머지않아 사라질 네 응석에
> 자꾸 널 안아 주려는 것인데
> 추워, 집으로 가는 겨울 논두렁
> 흔들리는 아버지 등짝
> 그 자리인들 걸음마다 주름져
> 내 이마에 다소곳이 접히는데
> 너무 가까운 내가

너무 멀어진 그 자리에 대한 기억으로
오늘, 상처 입고 돌아와 기도마저 못하는
아내에게, 나 하나 세상 속에 데우지 못하는
내가, 아직 씩씩하여 행복한 아이에게
어찌 사랑을 말할까, 내가

— 「내가」 부분

문을 열면
터지는 함성과 함께
배 높이 둘째가 목 높이로 뛰어올라 안길까?
첫째는 잠시 벙긋거리다
못내 등이라도 타고 오를 걸
구두끈을 풀기 전으로
내가 안아야 할 무언가를 위해
오른손을 꼭 비워둘 일

— 「귀가」 부분

엄니가 내미는 것
말리고 다듬어 곱게 빨아 내놓는 것

알겠다, 고향 김치가 왜
가슴이 떨리고, 맵고, 조금은 눈물이 나는지
검붉게 굳어가는 손등 살갗
내가 씹은 것은 주름살이다

— 「왜」 부분

지나간 접촉의 징표로 날카로워진 네 모발의 반란
잇몸에서 심장으로 피가 번지고

버릇처럼 가까워진 너를 버려야할까
네가 거기 목숨을 바쳤다는 것을 깨닫는 순간에
네 드러난 존재를 이제 부재로 바꿔야할까

혹 아내에게 나는 칫솔일까

- 「혹 아내에게 나는」 부분

지킨다는 것은
밖으로 등을 구부리고
안으로 허공을 끌어안는 것
술에 취하고 깨기를 기다리는 것
헛구역질 서너 번에 집 쪽으로 돌아서는 것

- 「우산」 부분

「내가」에는 인용한 부분만 보아도 아이와 아버지, 그리고 현재의 나, 어린 시절의 나 등 삼대가 동시에 등장하는데다가 아내가 또한 중요한 위치를 차지하고 있다. 이렇게 온 가족이 한데 뒤엉켜 출현하는 것은 이 시인의 정신세계의 한 풍경을 그대로 반영하는 것이기도 하다. 이 작품의 화자는 세상과의 관계에서 오는 어떤 자괴감에 빠지기도 하지만 가족과의 관계에서는 나름대로 자리를 확고히 하고 있는 모습이다. 「귀가」에는 아이들을 위해 빈손을 준비해야 하는 자상한 아빠의 모습이 손에 잡히듯 그려져 있고, 「왜」에는 고향의 어머니와 어머니의 정성이 담긴 고춧가루와 김치에 대한 외경심이 담겨있다.

「혹 아내에게 나는」은 우리의 치아 건강 유지에 필수적인 소모품인 칫솔에 빗대어 자신의 위치를 돌아보고 있는 작품이다. '혹 아내에게 나는 칫솔일까'하고 말하고 있는 그 자체만을 보아도 가족 내 화자의 위상은 그다지 문제가 없어 보인다. 이제까지 「우산」처럼 몸을 둥글게 말고 세상으로부터 자신을 방어하는 자세로 살아온 것이 효과를 발휘한 듯하다. 그렇다면 양균원시인이 다음의 시에서와 같은 적극적인 발언을 하게 된 이유는 지난날들의 이러한 태도와는 어떤 관계가 있는 것일까?

비가 내린다
때 앉은 눈금 띠를 따라
삼십센티 대나무 자로 세로 줄을 긋는다
한 곳에 잠시라도 머물지 않게
다만 지나감의 흔적으로
줄을 긋는다
낮은 처마와 먼 산 계곡 사이
구겨지다 만 하늘
재생용지에
살 같은 직선이 세세히 그어지면
연필심에 침을 묻혀 내리 쓸 것이다
팽팽한 줄 사이 흔들리는 시공에
시를 쓸 것이다
먼 강바람에 기울지 않도록
옆 빗줄에 씻겨 흘러가지 않도록
이번엔 분명한 말씨로
허리 세우고 시선은 앞에 두고
그렇게 너에게 곧바로 가게
마음을 쓸 것이다
비가 내린다

– 「허공에 줄을 긋다」 전문

양균원시인은 위의 시에서 앞서 살펴 본 시편들의 입장이나 태도와는 확연히 다른 어조로 자신의 새로운 시 쓰기에 대해 언급하고 있다. 이 작품은 그동안의 소심한 태도를 접고 적극적이고 능동적인 태도로 인생을 살아가겠노라는 다짐으로 읽힌다. 그러나 '연필심에 침을 묻혀', '이번엔 분명한 말씨로' 이 시의 화자가 말하고자 하는 것은 '너에게 곧바로 가게 마음을 쓴다는 것' 이외에 구체적인 내용은 나타나지 않는다. 생각해보면 그것도 비가 금을 그어 준 허공을 재생용지로 삼아 글을 쓰겠다고 하는 막연한 전언이다. 실제적인 내용이 담보되어 있지 않다. 하지만 그동안 이 시인이 담대함과는 거리가 있는 작품을 써 온 것을 생각해보면 이러한 선언적 발언은 그 자체만으로도 매우 신선한 것이라고 할 수 있다.

실제로 이 작품에는 비가 내리는 상황 자체에 대한 놀라운 주의력과 타고난 감각이 뒷받침되어 있다. 오히려 선언적 내용 자체는 별다른 의의를 갖는 것이 아닐 수도 있다. 그럼에도 불구하고 이 시에 주목하는 이유는 이번 시집을 마무리하고 새로운 세계로 떠나려는 모습이 이 시에 나타나 있기 때문이다. 요컨대 이 작품은 이후 발표될 다른 시작품들에 의해 그 본모습이 드러나게 될 미래지향의 작품이라 생각된다. 양균원시인의 이번 시집 『허공에 줄을 긋다』에서 우리는 섬세하고 아름다운 감성과 빛나는 감각의 향연을 마음껏 즐길 수 있었다. 새로운 각오를 표출하고 있는 위의 작품을 표제작으로 삼아 시집을 펴낸 양균원시인의 눈부신 재도약에 대한 우리의 희원 또한 이 작품에 실어본다.

IV

우주적 상상력

― 정진규의 『공기는 내 사랑』, 장인수의 『온순한 뿔』

장인수의 첫 번째 시집 『유리창』에서 우리는 주변의 사물과 현상에 대한 시인의 섬세한 관찰의 촉수와 따뜻한 시선, 동화적 상상력 혹은 사회비판적 시각 등을 엿볼 수 있었다. 장인수는 그의 두 번째 시집 『온순한 뿔』에서 상상력의 파장이 이전과 현격히 달라지는 모습을 보여주고 있다. 우주 자연에 대한 첨단의 과학적 지식과 어우러진 인간사에 대한 성찰은 우리의 관심을 끌기에 충분할 만큼 신선하다. 「유리창」 등의 시에 나타나는 매력적인 동화적 상상력은 두 번째 시집에서 전경화 될 우주적 상상력의 전초 단계로 보아도 될 것 같다.

정진규의 제 14시집 『공기는 내 사랑』에도 우주 자연으로 상상력이 확산되고 있는 작품들이 나타난다. 등단 후 50년이 다 되어가는 노대가와 시력 6년의 젊은 시인의 새 시집에 새로운 상상력의 공통분모가 나타났다는 것은 매우 흥미로운 현상이 아닐 수 없다. 우주적 상상력이라 부르지만 이들의 상상력의 방향은 판이하다. 아이러니컬하게도 객관적이고 원심적인 상상력을 보여주는 이가 젊은 장인수 시인이고, 주관적이고 구심적인 상상력을 드러내는 이가 노시인 정진규이다.

정진규 시집 ― 『공기는 내 사랑』

정진규의 열네 번째 시집 『공기는 내 사랑』에서 우리는 그가 30년 기거

하던 수유리 자택을 떠나 고향 안성으로 돌아가 자연과 좀 더 가까워지고 있는 모습을 곳곳에서 대하게 된다.

　　어제는 뒷밭에 播種을 했다 씨를 뿌렸다 씨 뿌리는 사람이란 제목으로 좋은 그림 하나 그려서 옛날 마을 이발소에도 걸려 있고 싶었다 푹신한 흙을 만지는 시간이 뿌리는 시간보다 길었다 황홀한 외도여, 저리는 오금이여, 새 여자의 몸을 탐하는 이 슬픈 속사정을 한창인 뒷문 밖 살구꽃이 분홍빛으로 더욱 부추기었다 범부채, 개미취, 금계, 채송화, 해바라기, 쪽도리 꽃, 아주까리, 상추, 치커리들 무더기로 다 뿌리고 나서도 이 나의 代理 播種이 不倫이란 생각이 전혀 들지 않았다 새싹 돋아 실하게 되면 모종을 집집마다 나누어드릴 작정이다 入養시킬 작정이다　장하시다고 回春하셨다고 모두 끼끗하다고 칭찬받을 작정이다

－「씨를 뿌리다」 전문

　아마도 시인이 고향으로 돌아간 이유의 반쯤이 텃밭을 가꾸는 이런 생활이 가능해서였으리라 생각된다. 파종의 설렘과 기쁨이 이처럼 절절하게 표현된 작품을 아직 나는 본 적이 없다. 파종을 준비하는 '푹신한 흙을 만지는 시간'은 여자의 몸을 탐하는 성적 이미지와 연결되어 자연과 접촉하는 기쁨이 무한대로 증폭되고 있다. 여러 가지 꽃과 채소들의 씨앗을 뿌리는 화자 자신의 행위 또한 '대리 파종' 혹은 '불륜' 등으로 묘사함으로써 분에 넘치는 행동을 하고 있다는 자의식을 표출하고 있다. 새싹 돋아 실하게 된 모종을 동네 집집마다 나누어드리는 행위는 고향에 돌아와 정착하였음을 실질적으로 신고하는 것이라 할 수 있다.
　여기서 간과해서는 안 될 것은 "씨 뿌리는 사람이란 제목으로 좋은 그림 하나 그려서 옛날 마을 이발소에도 걸려 있고 싶었다"는 비문인 듯한 구절이다. '옛날 마을 이발소'에 걸려 있던 그림은 아마도 밀레의 '만종'이

나 '이삭줍기', 혹은 '양치는 소녀'였을 것이다. '씨 뿌리는 사람' 또한 밀레의 유명한 그림이지만 씨 뿌리는 농부의 힘찬 동작이 그다지 편안한 느낌이 아니어서 안온한 '이발소'에 걸려 있기에 적합하지 않다. 당시의 평론가들로부터는 농부의 그 격렬한 동작에 불순한 혁명의 기운이 암시되어 있다고 비판 받기도 했다. '씨 뿌리는 사람'은 이후 프랑스의 클라르테운동을 이식하여 일본 프로문예운동의 선구가 된 잡지의 제목으로 사용되기도 했다. 시인이 고향에 돌아와 씨를 뿌리는 사이에 이러한 전사가 얼핏 뇌리를 스쳐가며 자신의 행위와 그러한 그림들이 중첩되고 있다. 명화 복제본이나 목가적 전원풍경을 그린 그림이 이발소에 걸려 있던 지난 날 정진규의 그림에 대한 욕구는 지금 이 순간 되살아나고 있다. 그의 그림은 이제야 완성되어 과거의 이발소 벽면으로 회귀하고 있다. 현실이 과거의 욕구를 환기시킴으로써 탄생시킨 것이 바로 이렇게 조금 비틀린 언어이다. 그가 그린 '씨 뿌리는 사람'은 밀레의 것과는 다르다. 무엇보다도 밀레의 작품에 등장하는 인물은 서서 씨를 뿌리고 있지만 정진규의 작품에 등장하는 인물은 앉아서 흙을 만지고 있을 것이다. 평안한 분위기의 밀레의 다른 작품들과 오히려 닮아 보인다. 그러나 정진규의 그림 역시 불순한 반역의 기운을 담고 있다. '대리 파종'이나 '불륜'이 아니더라도 '씨 뿌리는 사람'은 이미 그 자체로 그러하다. "헛짚기만 하다 날이 새"고(「몸이 말을 듣지 않는다」) "헛발 디디고 있"어(「가고시마 내 사랑」) '슬픈 살'이 오르고 있는(「슬픈 살」), 그러나 농익어 있어 이제는 '싱싱한 저승내'(「모과 썩다」)가 나는 정진규의 시가 그러하다. 사실 시도 그림도 제대로 된 것 가운데 반역 아닌 것은 없을 것이다. 무릇 모든 진정한 예술은 일종의 반역이다.

　　무한 팽창이거나 무한 응축이어서 상승과 하강의 속도가 무사고 과속 직진이다 허공, 살 한번 대보고 나서 나 서슴없이 너를 배신 때렸다 허공에 살리라 돌아설 생각 전혀 없다 이제야 家出이다 완전 出家다 매인 데 없다 장마 끝 햇

살 쏟아질 때 잘 살펴보시면 안다 비가 지나간 허공, 직선으로 끝 모르게 내리
꽂힌 구멍들 빼곡빼곡 깊다 햇살 깊다 통과 통과 길 내고 나다니는 새들의 비
상도 한 오리 얽히지 않은 채 저승까지 종횡무진이다 놀라운 體位다 바람마저
그렇다 허공, 파고드는 이파리들 몸살이다 맨살 가득 깊다 허공에 살리라

—「허공」 전문

어떻게 정진규시인의 시에 '무한 팽창'이나 '무한 응축'과 같은 우주적
이미지가 동원되었을까? 그가 일상적 자연과의 합일을 꿈꿔온 지는 오
래이며 시인 오규원의 죽음을 하나의 별의 재생으로 여기는 등(「죽음—詩
人 吳圭原에게」, 『껍질』) 전통적 우주자연의 이미지를 산출한 적은 있다. 이
번 시집에서 그가 "떨어지는 한밤 두레박이 별빛 부서지는 소리를 냈다"
(「새끼 만들 틈도 없다」)고 하든가 "이곳 하늘만은 실로 강령하시어서 별들의
행로가 날이 새도록 참방거리게 하는 찬우물 하나로 여기 와 나 연명하고
있다"(「찬우물—석가헌 시편」)고 하는 것은 그와 유사한 발상이라 하겠다. 그
러나 "끝내 너를 살해할 수 없도록 나를 접은 공기"(「공기는 내 사랑」)라든가
'무한 팽창'이나 '무한 응축' 등의 언급을 보며 우리는 만년의 그가 뜻밖에
도 상상력의 폭을 넓히고 있음에 놀라게 된다.
무한 팽창이나 무한 응축 시에는 허공을 지나는 물체의 상승과 하강의
속도가 너무나 빨라 과속으로 인한 사고가 걱정될 정도다. 그러나 비가 구
멍을 내며 지나간 허공을 해가 비칠 때 그 빼곡한 구멍으로 햇살이 무사
통과—하강하는 모습을 볼 수 있다. 새들의 비상—상승은 "아득히 비어 있
는 것들 조그만 제 몸으로 빠듯이 채워 날아오르는 절정의 방식"—허공과
몸을 섞는 '별난 체위'로 '임계속도'를 낸다.(「새들의 體位」) 새들이 저승까지
도 상승한다고 하는 데서 그의 상상력이 우주의 끝까지 무한대로 벋어 나
아가고 있음을 알 수 있다. 뿐만 아니다. '바람'도 '느티나무 이파리들'도
허공을 파고든다. 그런데 이 모든 것들의 상승과 하강 시에 아무런 사고도

발생하지 아니한다. 놀라운 조화다. 이 시의 화자는 이러한 허공에 살 한 번 대어보고 바로 가출 혹은 출가를 결정한다. "허공에 살리라"가 반복되면서 어떤 주술적 경지에까지 도달하는 듯하다. 그만큼 모든 것을 받아들여 불평 없이, 무리 없이, 사고 없이 소화하는 '허공'의 '맨살'이 매혹적이기 때문이다. 이때 '허공'에는 육체적인 이미지마저도 덧씌워지는 듯하다. 이때 너를 배신하고 허공 속에 산다는 것은 인간사로부터의 떠남, 바로 출가로 이어진다. 그러나 '허공'에 또는 '허공'과 살겠다는 것은 역시 허하다. 무언가가 비어있다. 매인 데가 없는 절대 자유의 몸에 우리는 아직 익숙하지 못한 때문인가 보다. 우주로 벋어 나아가던 상상력과 관심의 방향이 화자가 스스로 '허공에 살리라'를 반복하며 자신의 거취에 머물게 되면서 자신이 중심이 되어버리는 것이 이 시의 특색이자 한계이기도 하다.

장인수 시집 ―『온순한 뿔』

장인수는 이 두 번째 시집을 내면서 비로소 널리 인구에 회자될 시를 산출할 가능성을 보여주고 있다. 외부 세계를 관찰하던 화자가 궁극적으로 자신에게로 관심의 초점을 이동하게 됨은 서정시의 일반적 특질인 바이 시인은 때로는 정진규시인 못지않은 자아중심적인 시선을 드러내기도 한다. 하지만 많은 시에서 그는 비교적 객관적인 시선을 유지하고자 하였으며 그것이 상당한 효과를 거두고 있다.

저수지에 돌을 던진다
풍덩
파르르 열리며
수면에 동그란 과녁이 생긴다
과녁의 정곡(正鵠)에 박히는 돌

신기하다
무언가를 던지면
순간 순식간
자신에게 닿는 무언가의 존재에게
저수지는 중심(中心)을 내어준다

명중
잠시 후 흔적 없이
과녁을 소멸시키는 저수지

저수지는
자신의 중심을 뚫고 들어온 존재들을
고요와 격랑의 아득한 틈으로
밑바닥에 흐르는 끈적한 시간 속으로
질을 지나 자궁 속으로
착(着) 착착
들어앉힌다

－「정곡」전문

'풍덩, 파르르―명중―착(着) 착착'으로 이어지는 저수지에 던져진 돌의 궤적은 그것을 표현하는 음성적 변화를 따라서 매우 경쾌하면서도 안정되게 나타난다. 이 작품은 자신에게 던져진 '무언가의 존재'에게 언제나 순간적으로 '중심'을 내어주고 잠시 후에는 그 흔적조차 없애버리는 저수지의 행태를 정교하게 그리고 있다. 그리고 한 걸음 더 나아가 물에 잠긴 이후의 안 보이는 부분을 성적 이미지를 동원하여 담담하게 유추해 보여주고 있다. 이 작품은 바로 앞에서 살펴 본 정진규의 「허공」과 몇몇 측면에서 비교된다.

「허공」과 「정곡」의 시적 대상인 '허공'과 '저수지'는 외부 사물들로부터 침입을 당하는 이미지를 공유하고 있다. 하지만 「허공」은 상승과 하강의 이미지를 동시에 갖고 있어 생명의 에너지가 넘치는 반면 「정곡」은 일방향의 비교적 단조로운 하강의 이미지만을 지니고 있다. 「허공」의 화자는 관찰한 바를 서술하다가도 어느 순간 자신의 의지를 직설적으로 토로하고 있지만 「정곡」의 화자는 종내 일정한 거리를 두고 현상을 기술하고 있다. 요컨대 「정곡」은 「허공」에 비해 소극적인 태도를 보이는 작품이라 할 수 있다. 물론 소극적이지만 번거롭지 않고 단조롭지만 치대지 않는 단아한 풍격 또한 지니고 있다. 똑같이 딱따구리를 시적 소재로 삼고 있지만 정진규의 「딱따구리1」, 「딱따구리2」가 직접 화자의 상처와 슬픔을 드러내고 있는 데에 반해 장인수의 「울음 곳간」이 아내의 이야기까지만 언급하고 마는 것이나 '울음 곳간'이란 멋들어진 가상의 공간을 설정함으로서 자신의 감정을 드러내는 것을 차단하고 있는 것도 같은 맥락으로 생각할 수 있을 것이다. 장인수 시의 소극성은 다음과 같은 구절에 더욱 잘 드러나 있다.

> 나는 아주 나쁘다
> 시를 쓰기 때문에 나쁘다
> 시인은 낭만이 너무 가혹해서 나쁘다
>
> 눈치 없이 세상을 까고 싶다
> 늑대처럼 울부짖으며 욕하고 싶다
> 죽을 때까지 평생 불빛을 향해 울부짖고 싶다
>
> — 「나는 아주 나쁘다」 부분

이는 문정희시인의 「나는 나쁜 시인」에서와 같은 반어법도 아니고 그

렇다고 문자 그대로 자신을 비하하는 것도 아닌 어정쩡한 태도로 자신을
방치하고 있는 소극적인 울부짖음이다.

> 수많은 별을 허공에 걸기 위해
> 초저녁은 얼마나 힘들게 사다리를 올랐을까
> 수많은 별을 빼내기 위해서
> 새벽은 또 얼마나 높은 사다리를 올랐을까
> 충북 진천 초평 자갈밭에 누워 미행하듯
> 겹겹 무량(無量)한 암흑을 뚫어져라 바라본다
> 우주의 74%는 암흑 에너지
> 우주의 22%는 암흑 물질
> 암흑을 허공이라 부르기도 한다
> 어디선가 개골개골 수만 겹 울음 혈관을 따라
> 아카시아 향기가 퍼진다
> 암흑에 무명(無名)의 별을 걸고 빼는 분
> 별빛 한 채 켜고 끄는 분
> 외딴 집 할머니는 알고 계실까

― 「암흑」 전문

이번 시집에서 장인수는 이처럼 직접 우주를 거론하거나 우주 만물의
제 특성에 관한 과학적 지식을 제시하면서 우리의 상상력을 자극한다. 시
인의 고향에서 밤하늘을 바라보는 동안 암흑의 우주에 관한 여러 지식
이 떠오르는 한편 아카시아 향기가 개구리 울음소리와 어우러져 퍼져 나
온다. '울음 혈관'이라 함은 마치 위에서 살펴 본 정진규 시인의 '허공에 비
가 지나가면서 생긴 빼곡한 구멍'(「허공」)을 연상케 한다. 그러면 장인수의
시에 이러한 방향성이 나타나게 된 근본 원인은 어디에 있는 것일까? 그
것은 바로 장인수가 본인의 소극적 성격을 극복하고 넓은 세계로 관심의

범위를 확산시키고자 하는 데에 있을 듯하다. 위의 작품처럼 설화적 상상력과 우주에 관한 지식과 잘 접합된 경우에는 그러한 시도가 행복한 결과를 낳기도 한다. 그러나 과학적 지식의 단순 제시에 그치고 만다면 별다른 감동을 주지 못할 것이다. 새로운 시도의 생명력은 언제까지일까? 이번 시집까지일까? 그렇지는 않다. 그러나 이처럼 신선한 감각이 살아있을 때까지만 시의 생명력이 담보된다는 사실을 우리는 너무나 잘 알고 있다. 매너리즘은 시뿐만 아니라 모든 예술의 적이기 때문이다. 좀 더디더라도 지금처럼 바로만 가는 '온순한 고집'(「온순한 뿔」)을 견지한다면 장시인과 우리 독자는 언제나 한 식구로 남을 것이다.

소외의 시학

— 최을원의 『계단은 잠들지 않는다』, 전기철의 『로깡땡의 일기』,
김창규의 『먼 북쪽』

소외 혹은 결핍에 무관심한 시인은 거의 없을 것이지만 그 관심의 방향과 시적 형상화의 양상은 각기 다르다. 우리가 여기서 다루는 세 권의 시집 모두 소외라는 관점에서 논의할 수 있는 다양한 방향성을 보여준다. 최을원은 그의 첫 시집 『계단은 잠들지 않는다』에서 현실적으로 소외된 이들에게 관심을 기울인다. 도시의 철거민, 다세대 연립주택이나 서민아파트촌 사람들, 경로당 노인, 자전거포 노인, 옥탑방에 홀로 사는 여자, 우유배달부, 외국인 노동자, 철야 노동하는 소녀, 고시원에 사는 사람 등이 그 대상이다. 전기철은 그의 네 번째 시집 『로깡땡의 일기』에서 자아의 정체성에 대하여 심각하게 회의하는 모습을 드러낸다. 그의 어머니는 그를 낙태하려고 했었다고 하여 그의 존재 자체를 부정하고 있으며, 그는 스스로를 '이 지상의 불법 체류자', '체머리를 흔드는 관광객', 한 번도 내 나라를 떠나본 적 없는 '망명객' 등으로 규정하고 있다. 이것들은 실제로 부정적인 것으로 인식되며 시인은 그것들의 지양을 꿈꾼다는 점에서 헤겔적 의미와도 통하는 '자기 소외'의 한 양상을 보여준다 할 수 있다. 김창규는 그의 두 번째 시집 『먼 북쪽』에서 우리의 전통적 삶과 어우러진 애잔하고 소슬한 정서를 그려내고 있다. 꽃 진 대궁이나 늙은 암소의 눈빛, 폐사지의 풍경, 차고 가난한 유래를 가진 메밀국수, 울음인 듯 실밥처럼 터져 나오는 여승의 말소리, 몇 겹의 산을 넘어 고요한 눈길을 보내는 스님의 모습

등이 그의 시의 제재가 된다. 이러한 제재를 끌어안고 있는 정서를 우리는
원초적 소외감이라 부르고자 한다.

일산의 고시원 화장실, 변비로 끙끙거리는데
만가가 흐른다 만장들을 끌며 버스가 간다
참 천천히 간다 도시는 괄약근 악착같이 조여
버스 한 대 배설하는 중이다
빌딩과 아파트와 백화점 건물들 모두 땀투성이다
대로를 통째로 빌려 준 도시의 관용은 아름답다
정갈한 공원, 한 붕어빵장수의 일생을
잠시 지탱해준 꽃나무 줄기의 마음씨를 닮았다
도시는 고민이 많았던 거다 함께 흐를 수 없는 자
가장 큰 치욕이라고, 대형 전광판들 밤낮으로
늘 부릅뜨고 있는데, 맑은 물가에 추악한 똥덩이
마침내 떠내려 간다 고시원 계단의
주인 잃은 신발들도 떠내려 간다
생활고시생들 옥상에 올라 물끄러미, 말이 없다
마땅히 부끄러워해야만 한다
걸리기도 하면서, 맴돌기도 하면서
멀리 버스는 사라지고, 하늘엔 배가 뒤집힌 붕어빵들이
죄다 서쪽으로만 둥둥 떠갈 때
묵은 똥덩이 하나 시원하게 내갈긴
이 도시는 완벽하다 비로소 행복하다
살수차가 밑구멍을 말끔하게 씻어주며 간다

―「완벽한 행복」 전문

"일산 정발산공원 나무에 목을 맨/붕어빵 노점상 故 이근재 님의 명복

을 빕니다"라는 각주가 붙은 최을원의 이 작품은 도시 빈민들의 죽음까지를 포함한 삶의 모습을 적나라하게 묘사하고 있다. '붕어빵장수'의 주검은 도시의 배설물인 '추악한 똥덩이'로 반복 묘사되어 '빌딩, 아파트, 백화점 건물, 대형 전광판, 맑은 물가, 살수차' 등과 대비되고 있다. '붕어빵장수'의 장례식에 대로를 통째로 내어 준 '도시의 관용'을 그가 목을 매도록 허용한 '꽃나무줄기의 마음새'에 비유한 것은 그러한 사건 처리를 다만 일종의 배설행위시의 '땀 흘리기' 정도로 인식하고 있는 세태를 꼬집는 것이다. 죽은 '붕어빵장수'는 또한 땅과 물, 하늘의 '버스, 주인 잃은 신발, 배가 뒤집힌 붕어빵' 등의 사물로 변용되어 나타난다. 여기서 물에 떠내려가고 있는 '고시원 계단의/주인 잃은 신발들'은 "겹겹이 접었던 각진 살의를 반쯤 펼친 채/누군가의 발목을 노리는 저 많은 이빨들"이 물어뜯어 "순식간에 발목이 잘"리거나 "한 가족이 몽땅 실려"가 버리는 등 힘 없는 자들에게 폭력적인 도시적 세태를 고발하는 것이다. 도시의 곳곳에는 "화려할수록 어둠 속에 더 깊이 숨어, 번득이는 눈빛,/짐승처럼 은밀히 숨 고르는 소리들"('계단은 잠들지 않는다」)이 감춰져 있고 이들이 노리는 먹잇감은 사회로부터 소외된 힘없고 지친 이들이다. 고시준비생도 아니면서 고시원에 기거하는 '생활 고시생들'이 바로 이러한 대표적인 이들이다.

최을원의 이번 시집에는 고시원 외에도 중랑천변의 검은 진창, 똥물이 흐르는 둑방, 13평 서민아파트, 변두리, 옥탑방 등 많은 소외된 장소들이 등장한다. 특이한 것은 그에게는 '집'조차도 이런 소외된 장소와 맥이 통하는 공간이 된다는 것이다.

> 달도 앓던 무명의 밤 그 아궁이 툭! 꺼지고
> 오랜 관습으로 스스로를 단단히 채워버린 집
> 자물통 하나가 버티는 집
> 밤마다 조금씩 유실되는 집
>
> ─「폐허는 푸르다」 부분

절벽 위에 피어 있던 집
한강이 마당이던 집
비닐 창 새어나오는 불빛 강바람에 펄럭이고
루핑 지붕에 파란 별 오래 머물다 가던 집

– 「높은 집」 부분

'달도 앓던 무명의 밤'이란 문자 그대로 빛이 거의 없는 어두운 밤을 말하는 듯하다. 이때 아궁이조차 꺼지고 점차 집은 폐허화되어간다. 외부와의 소통을 단절하고 스스로 소외되어가는 것이다. 그러나 이 집은 아직도 "여전히 누군가의 집"이다. 소외의 골이 얼마나 깊은 것인가를 더욱 실감케 한다. 「높은 집」은 창은 비닐로 막았고 지붕은 루핑이라는 아스팔트 먹인 천으로 덮은 달동네 집이지만 인간미가 넘치던 아련한 기억의 집이다. 그러나 이 "기억의 금호동/높고 높은 그 벼랑의 집"은 "해머질 서너 방에 무릎 꺾이던 집/무명 보자기 몇 개로 싸이던 집"이다. 개발에 밀려 지금은 자취를 감추어버린, 이제는 시인의 기억에만 남는 집이다. '옥탑방'의 기억은 더욱 훈훈하다. 그나마 무허가 집도 못되고 세들은 방 하나에 불과하지만 옥탑방에 사는 그녀가 평생 한 일은 "상처 많은 분들 모셔와/목사님, 전도사님 만들어 떠나보낸 일"이고 "그럴 때마다 가벼워져, 떠올라/옥탑방까지"(「비둘기 교회」) 떠올랐다는 것이다. 현실적 소외는 빈곤한 이들을 더욱 어렵게 하지만 이런 극복의 방식이 또한 존재함을 시인은 갈파하고 있다.

전기철은 이번 시집에서 극심한 자아정체성의 혼란상을 노출하고 있다. 아버지와 결혼한 걸 후회하고(「풍경, 아카이브」)"네 인생은 덤이야. 그때 낙태를 하려고 했어."(「도루코 면도날」)라고 말하며 자식의 생명을 희롱하는 어머니, 결혼 후 조금씩 나를 바꾸어 이제는 "거울 속에서 내 자신이었을 흔적을 찾느라/얼굴을 아무리 뜯어보아도 내 모습이 없"(「아내는 늘 돈이 모자란다」)어지게 만든 아내가 등장하는가 하면 시의 화자가 스스로를 소외시키는 언급이 작품집 곳곳에 산재해 있다.

> 한 번도 내 나라를 떠나본 적 없는 나는 망명객
> 설명서가 가득한 얼굴로
> 변두리에 장난감 병원을 차려 놓고
> 멸종한 인간처럼 열심히 가계도를 그려보다가
> 그림자들의 소음을 따라 손가락이 지껄이는 농담에
> 원시의 고향을 그리워한다.
>
> — 「볼록거울」 부분

> 나는 이 지상의 불법체류자
> 고향을 떠난 적이 없지만 고향을 잃었고
> 한국어로 말하지만 알아듣는 이가 없다.
>
> — 「자바(jabber)」 부분

> 집에 있는데 술집에서 전화가 왔다. 술값을 계산하고 나를 데려 가라는 것이다. 지금 전화 받고 있는 사람이 바로 본인이라고 해도 술집 주인은 곧이듣지 않고 그런 거짓말을 하면 경찰에 신고하겠단다.
>
> — 「유레카」 부분

'한 번도 내 나라를 떠나본 적이 없는 망명객', '고향을 떠난 적이 없지만 고향을 잃은 불법체류자', '내게 나를 데려가라는 전화가 오는 것' 등은 역설적인 표현이다. 문제는 이처럼 스스로를 소외시키고 있는 언급이 읽는 이를 당황케 하기보다는 수긍케 하는 측면이 더 우세하다는 것이다. 그만큼 우리는 현 시점에서 이러한 상황에 익숙해질 준비가 되어있는 것이다. 「볼록거울」의 인용 부분은 한 구절 한 구절이 모두 이러한 역설적 표현이다. 따라서 무슨 소리인지 정확히 몰라도 정황적으로 받아들일 만하다. 더구나 마지막 구절은 이러한 투의 표현 기교가 감추고 있는 궁극적 지향점이 어디인가를 웅변한다. 「자바(jabber)」는 변해버린 고향 혹은 현실에 적응하지 못하고 있는 화자의 헛소리 또는 절규라 할 수 있다. 원시의 고향에 대한 말이 없어도 비슷한 발상의 작품임을 알 수 있다. 「유레카」는 극도로 비인간화된 외부적인 상황이 내가 나를 의심케 만드는 세태를 풍자한 작품이다. 결국 이러한 작품들의 근저에는 원시적 공동체의 평화로운 삶에 대한 향수가 깔려있다고 할 수 있다.

그 놈이 한때는 높은 자리에 있었다네, 높은 자리에 있는 놈들은 다 멘스를 하는가, 그러니 집구석이나 나라꼴이 되겠어, 아들놈은 집을 나간 지 삼년이 넘도록 감감소식이고, 딸년은 양놈하고 붙어서 지랄을 하지, 그 집 여자를 보면, 불쌍해서 말도 못해, 그놈이 분 바르고 염병 지랄을 떨 때, 그 집 여자는 세상에, 한 푼 벌려고 아픈 다리에 운동화 질질 끌고 꽃 배달을 다녀, 그것도 얼마나 이쁜 꽃인지, 싸가지 없는 세상에 잘못 태어난 것이 죄지, 어이쿠!
                                        ─「야쿠르트 아줌마가 말했다」 부분

그때는 무신 소린지 몰랐는지, 지금 생각해 봉께로, 어허, 어허, 양심을 다 곳간에다가 보관해 놓고 온 놈들이더라고, 말이여, 따구를 아무리 때려도 내 손만 아퍼, 얼굴은 말짱해, 우리는 한 대만 때려도 아프재, 근디, 그 놈들은 내 손만 아퍼, 내 손이 퉁퉁 분 거 안 보여, 시상 천지에 낯바닥이 그렇게 두껍고 단단한 놈들은 첨 봤구만
                                        ─「따귀 때리기 출장」 부분

자기 비하 혹은 자기 소외로 달려가던 전기철 시의 화자들이 갑자기 이

런 소리를 해 대는 것은 질서가 뒤집혀 버린 세상을 야유하는 데에까지 시선을 확장한 때문이라 할 수 있다. 「야쿠르트 아줌마가 말했다」에서 한때 높은 자리에 있던 남자가 여자노릇을 하게 되었다는 독특한 가정은 "지구의 기울기가 달라진 게 아닐까 의심"(「소수점」)하는 것과 유사한 발상의 산물이다. 「따귀 때리기 출장」 또한 온갖 힘 있는 자들이 "내일 또 별짓"을 열심히 하기 위해 따귀 때리기 출장 아르바이트를 쓴다는 기괴한 발상의 작품이다. 이런 작품들은, 지나가는 말인 듯 슬쩍 "오월의 금남로에서 본 듯한 얼굴, 산으로 도망간 빨치산의 얼굴"(「얼굴」)을 언급하는 것 혹은 북한 핵을 놓고서 "이렇게 위험한 물건을 버려야 할 것인가, 모른 체 할 것인가. 너와 나 사이에 꽃은 필 것인가"(「북한 핵에 관한 감상」) 하고 우리 민족의 아킬레스건을 멋지게 건드리는 것 등과 함께 사회정치적인 색채가 강한 발언이다. 그러나 이 작품의 말미에서 화자가 "잘못 건들면/우리들이 다쳐, 우리들의 가슴이 다쳐/꿈은 우리들끼리 꾸세나"라고 하는 것을 보면 앞서 살펴 본 「볼록거울」에서의 원시의 고향을 그리워 한다는 언급과 동궤에 놓이는 작품들임을 확인하게 된다.

김창균은 이번 시집 『먼 북쪽』에서 백석을 노래하는 한편 「도루묵구이」, 「겨울 민원(民願)」, 「가자미식해」, 「잔등(殘燈)」 등 백석투의 작품을 몇 편 발표하였다. 구수하고 정겨운 우리의 풍속을 다루면서도 어딘가 조금 쓸쓸하고 애잔한 정서가 스며있는 작품들이다. 이것을 '원초적 소외'의 정서라고 부르고자 한다. 다음의 작품들에도 그러한 정서가 담겨 있다.

잠깐 아주 잠깐
말인 듯
울음인 듯
탁탁 실밥 터지듯 터지는 소리가

내 쪽에 한 번
부처의 눈매 쪽에 한 번
닿았다
간다.

— 「운문(雲門)에 들다」 부분

나는 사양(斜陽)처럼 그 곁에 비껴 앉아
삶은 돼지고기 대신 묵은 김치 한 접시 놓고
이처럼 차고 가난한 유래를 가진 국수를 먹는다.

— 「메밀국수 먹는 저녁」 부분

이런 날은
멀리서 오신 손님 같은 저 말을 앞에 놓고
순도 높은 저녁 술을 마시며 곰곰
꽃 진 대궁이나 늙은 암소의 눈빛 같은 것도 생각하곤 하는데

— 「잔등(殘燈)」 부분

「운문(雲門)에 들다」에서 '내 쪽'과 '부처의 눈매 쪽'에 말소리 혹은 울음을 보내는 이는 절집의 '앳된 여승'이다. '말'이나 '울음'이라 하지만 실제로는 그냥 시선만 보낸 것일 수도 있다. 그것을 실밥 터지는 듯한 소리라고, 그것도 '탁탁'이란 의성어까지 동원하여 묘사하는 데에는 인간 세상으로부터 소외된 여승을 대하는 화자의 안쓰러운 시각이 내재되어 있다. 인용한 부분은 이 시의 후반부인데 전반부와는 전혀 다른 완만한 호흡을 보여준다. 시적 대상을 관찰하는 조심스런 시선이 절로 느껴진다. 시인의 득의의 표현이라 할 수 있을 것이다. 「메밀국수 먹는 저녁」에는 막국수 한 그릇 시키고 앉아 망연한 눈길로 문밖으로 몇 겹의 산 너머를 보고 있는 스님이 등장한다. 그 옆에 앉아 있는 화자는 매우 소박한 면모를 보이고 있다.

그의 소박한 자세는 스님의 초월적 태도와 어우러져 원초적 고독과 소외감을 극복해 나아가는 듯한 풍경을 만들고 있다. 「잔등(殘燈)」의 화자는 '잔등'이라는 말이 소슬하면서도 너무 이쁘다고 말한다. '멀리서 오신 손님 같은 저 말'이란 바로 이것이다. 이 말을 생각하며 술을 마시면서 '곰곰' 생각하는 것이 '꽃 진 대궁'이나 '늙은 암소의 눈빛' 같이 스러져 가는 것들이다. 이것들에는 시간이 감에 따라 어쩔 수 없이 겪어야만 하는 것에 대한 안타까운 시선이 머무르고 있다.

김창균의 아래 작품은 '무늬' 보다 무늬가 없는 무늬, 있던 무늬가 닳아 없어진 상태인 '민무늬'를 지향하는 초월적 감각이 시선을 끄는 작품이다.

> 꽃이 피고 꽃이 져
> 물로 가는 한목숨
> 낙산사 추녀에 비 내려
> 기왓장 알알이 꽃무늬 타고 내려
> 꽃이 피고 지는 저 한 걸음을
> 무엇이라 해야 하나
> 평생을 민무늬로 가고자 했던
> 한 호흡을 또 무엇이라 해야 하나.
>
> – 「빗방울이 무늬를 만들어」 부분

꽃이 피고 지는 우주 자연의 섭리와 기왓장의 꽃무늬, 그리고 그 무늬를 따라 흘러내리는 빗물—이것이 현상을 이루고 있는 우리 눈앞의 그림이다. 첫 번째 물음에는 우주 자연의 기본 질서와 현상계라고 어렵지 않게 답할 수 있을 것이다. 이제 두 번째 물음에 답을 할 차례이다. 왜 '민무늬'이며 그것이 지향하는 것은 무엇인가. 현상적으로만 본다면 오랜 동안 비가 내리고 그에 침식을 당하는 기왓장은 그 무늬를 상실하게 되어 점차 민무늬로 되어 간다는 것이다. 이렇게 세월의 흐름을 따라 저절로 풍화되고

침식당할 기왓장을 두고 평생을 민무늬로 가고자 했던 호흡을 강조하는
것은 현실 초월의 포오즈에 내재된 원초적인 소외의 정서를 노정하는 것
이다.

> 그리고 꽃이 핀다는 건
> 세상의 모든 졸음을 몰고와 오후의 처마에 내려놓는
> 봄날에 꽃이 핀다는 건
> 세상의 금기 같은 것을 깬다는 것
> 깨고 일어선다는 것
>
>　　　(중략)
>
> 하! 꽃이 진다는 건
> 꽃이 진다는 건
> 생을 한 발짝 앞으로 내디뎠다는 벅찬 말씀
>
>　　　　　　　　　　　　 - 「그리고 꽃이 핀다는 건」 부분

　　김창균의 시는 기본적으로 원초적 소외의 정서를 바탕으로 하지만 이처
럼 긍정적 시각을 드러내는 시들도 상당수 있다. 위의 작품에서 화자는 꽃
이 피고 지는 자연의 섭리를 소극적이거나 초월적인 시선으로 대하지 않
는다. 그것에 능동적으로 의미를 부여하고자 한다. 꽃이 피는 것에 대해서
는 "세상의 금기 같은 것을 깬다"고 하거나 "작고 여린 것 하나를 거역하
는 것"이라고 하여 도전적인 포오즈를 취하는 한편, 꽃이 지는 현상에 대
해서는 오히려 '생을 한 발짝 앞으로 내밀었다'고 해석하는 등 매우 적극적
인 입장에 선다. 소외의 시들이 언제까지나 소외에만 머무는 것이 아님은
전기철의 시에서 이미 살펴 본 바 있다. 김창균의 소외의 시편들 또한 궁
극적으로는 소외로부터 벗어나는 데에 그 목적이 있음은 물론이다.

석양의 시
— 박주택의 『시간의 동공』, 황학주의 『노랑꼬리 연』,
김영박의 『환한 물방울』

　황학주, 김영박, 그리고 박주택—이들의 시가 볼수록 점입가경이다. 오십대 고개를 사뿐히 뛰어넘은 이 시인들의 시가 우리에게 흥미를 잃게 하기는커녕 점점 더 기대를 키우고 있다. 사고의 깊이와 형상화의 너비가 이제 새로운 경지로 접어들고 있음을 보여주기 때문이다. 어찌된 까닭인가? 박주택 시인이 자문하듯 "나도 모르는 그리움"이 "저편 석양처럼 붉게"(「하루에게」) 타오르고 있기 때문인가. 지는 해처럼 소멸해가기 시작하는 인생사에 대한 아쉬움이 시작에 새로운 힘을 불어넣고 있기 때문인가. 「산유화」의 김소월이나 「울음이 타는 가을강」의 박재삼이 이십대에 인생의 끝까지를 보아버리는 상상력을 발휘하는 것을 보고 우리는 청춘의 무한한 에너지에 외경심을 느끼기까지 했던 기억을 가지고 있다. 그러나 최근에도 우리 문단은 젊은 시인들의 실험정신과 패기에 관심을 쏟고 있었지 오십대의 시인들에 대한 관심은 비교적 제한되어 있었기에 이들 세 시인의 시집이 던지는 밀도 있는 전언을 보고 필자는 놀라지 않을 수 없었다. 박주택의 『시간의 동공』, 황학주의 『노랑꼬리 연』, 김영박의 『환한 물방울』이 세 권의 시집이 가벼이 보아 넘길 수 없는 작품들로 가득 차 있는 것은 그들이 이전의 삼십대 시인들에게서 볼 수 있었던 정열을 지니고 있기 때문일 것이다.

　김영박은 의성, 의태어와 사투리를 자유자재로 부리는 언어의 마술사와도 같은 솜씨를 뽐내며 늙고 병들거나 시련의 가족사를 지닌 이들에 대한 끝없는 연민의 시선을 보내는가 하면 소년기에의 회상을 통해 열정이 남아있음을 확인하기도 한다. 동년배의 황학주 또한 아프리카의 빈민이나 장애자, 불쌍한 동물 등에 연민의 정을 표출하기도 하지만 무엇보다도 그 특유의 문법으로 고갈되지 않는 사랑의 에너지를 분출하기에 여념이 없다.

박주택은 이제 막 오십 고개를 오른 때문인지 앞의 두 시인보다도 그 정신적 방황과 고뇌의 진폭이 우심하다. 또한 이러한 고통을 이겨낸 자취가 각 편마다 절절하다. 그는 현금의 시단에서 밀도 있는 시편들을 지속적으로 산출하고 있는 명실상부한 현역 중견 시인이라 할 수 있다. 무엇보다도 이러한 그의 시심을 추동하고 있는 것은 과거에의 기억이다. 실제로 그의 기억은 기쁘고 행복한 것 보다는 대체로 싸움과 배반, 이별 등으로 점철된 것이지만 그 또한 그리움이나 미련으로 남기도 한다.

> 가) 자신이 만든 모든 것들이
> 　　자신에게 돌아오는 이 거리에서
> 　　남은 힘을 모아 나의 것이 아니라고
> 　　가로수 기둥에 기억을 묶는 밤
>
> 　　　　　　　　　　　　　　　　－「밤」 부분

> 나) 저 저물녘 누워있는 것들을 보라
> 　　파도는 출렁이고 노래는 물어물어 기억의 기슭에 닿는다
> 　　그리하여 철썩이고 철썩여 노래도 저물면
> 　　도시 저쪽에서는 이별한 자의 술잔과 빚에 쫓기는 고개들이 모여
>
> 　　　　　　　　　　　　　　　　－「기억제」 부분

다) 모든 것은 사라진다, 기억도 죽음보다 더
　　캄캄했던 시간도

　　밤이 온다, 또 어느 거리에 앉아 남은 노을에
　　달이 공허하게 떠오르는 것을 바라보아야 하리
　　　　　　　　　　　　　　－「여기 먼 곳의 벌판에서」 부분

라) 언덕에 서 있는 한 그루 나무도
　　붉은 사랑의 빛이 가느다랗게 서편을 향해 누우며
　　세상의 길이 시간에서 시작되어 배반으로 끝나다
　　헛된 역사로 남는다는 것을 알 것이리니
　　　　　　　　　　　　　　－「먼 곳의 들판에서」 부분

　특이하게도 박주택 시의 화자들은 위의 시들에서 보듯이 대체로 밤 또는 해 저물녘을 시간적 배경으로 하여 '기억'을 언급하고 있다. 가)의 화자는 할 수만 있다면 사물이나 사람을 기둥에 묶어놓는 것과 같은 물리적 힘을 사용해서라도 그 자신의 과거의 기억으로부터 도피하려고 한다. 나)의 화자는 철썩이는 파도나 노래의 리듬처럼 무한히 되풀이하여 찾아오는 과거의 기억에 대하여 언급하고 있다. '누워 있는 것들'은 무엇일까? 그것은 "병실이며 아파트며 강물에 등을 붙인 채/기억에 가위눌리며 흘러 떠가는 것들" 즉 어떤 끔찍한 기억을 지닌 사람들이다. 살아있는 사람이기는 하지만 그것은 죽어 떠내려가는 시체처럼 자아의 의지를 상실한 존재의 형상이다. 이런 저물녘이 지나고 밤이 되면 '이별한 자', '빛에 쫓기는 자'들이 모여 분노를 터뜨리고 또다시 아물지 않은 상처로부터 피를 흘리곤 한다. '기억'이 주로 저녁 시간, 밤 시간과 연결되는 것은 그것이 이처럼 부정적인 내포를 지니고 있기 때문이지만 한편 그 시간대야말로 무당에게 신이 내리듯 시인의 상상력을 거의 무한대로 확장시켜 과거와 접선케 해주는 시간이기 때문일 것이다.

다), 라) 역시 서편으로 노을이 지는 시간에 상상의 나래를 펴고 있는 화자의 모습을 보여주고 있다. 다)에서 화자는 기억과 '죽음보다 더 캄캄했던 시간'을 같이 취급하고 있다. 그러나 노을이 지는 저녁 어스름한 시간에 그것들 역시 모두 사라지고 말리라는 생각에 이르는 모습을 보여준다. 라) 또한 비슷한 발상이지만 시간에서 시작되어 배반으로 끝난다고 말하여 다)의 '죽음보다 더 캄캄했던 시간'의 실체가 어떤 것이었나를 추측할 수 있게 한다.

특기할 만한 것은 다)와 라)의 시 모두가 끝부분에서 "구름 밖으로는 그리운 사람들의 얼굴이/하나둘 떠오를 때"라고 하거나 혹은 "새로운 사랑에 눈빛을 반짝이며 사람들이/배반의 시간 속으로 걸어 들어갈 때"라고 말하며 다른 작품들에 비해 어느 정도 희망적으로 시의 매듭을 짓고 있다는 것이다. 제목도 비슷한 이 두 편의 작품은 이처럼 시상도 닮은꼴이다. 물론 다)보다는 라)가 '배반'을 언급하는 데에서 보았듯이 좀 더 구체적이어서 '그리움'에서 한 걸음 나아가 '새로운 사랑'에까지 이르게 되는 도정을 보여주고 있다.

다음의 시는 들판의 한 구석에 있는 한 교회에서 벌어지고 있는 일을 쓸쓸한 시선으로 그리고 있는 수작이다.

밤은 저토록 천천히 오는가
창문 밖으로 들판이 끝없이 펼쳐진 교회에서
음악을 듣는다, 밤은 저렇게 더디 오고 촛불 아래
백발은 음을 불러일으키는가, 고요와 싸우며
피아노 건반을 정신없이 두들기는데 불현듯
집 앞의 식당과 복도와 서랍과 해야 할 일들이 복잡하게

엉켜오는데, 여기에 보낸 것들과 여기를

쫓아내는 것들은 무엇인가, 교회의 십자가

또렷이 제 있음을 알리며 한껏 성가로 귀를

덮게 하는데 깊이로 가는 것이리라 물의 중심으로

가는 것이리라 여기서 저기를 그리워하고 저기서

여기를 그리워하는 지저귐에 귀 기울여 마침내

방에 들게 하는 것이리라 가벼운 짐들과

풀어진 구두끈을 도닥이며 마음이 싸우고 있는 동안

피아노는 저녁을 넘어가고 멀지 않은 곳 수면을 도는

밤 구름 구슬픈 저녁의 음악을 넘어간다

─「저녁의 음악회」 전문

여기서 밤은 왜 '저토록 천천히' 혹은 '저렇게 더디' 오는가? 지금 이 교회에서 벌어지고 있는 일이 화자에게 만만치 않은 심적 갈등을 유발하고 있기 때문이다. 이 교회에서 어떤 백발의 노인이 피아노를 연주하고 있다. 그런데 문득 4행에서 쉼표 이후 화자가 그 노인으로 바뀐다. 그는 고요와 맞서고자 하는 광적인 충동에 의해 피아노를 치면서도 여러 가지 상념에 젖는다. 자신의 사소한 주변사와 자신의 현재의 위상에 대하여 헷갈리는 모습을 드러내고 있다. 십자가와 성가를 통해 깊이와 중심을 찾고 서로가 서로를 그리워함을 깨달아 마침내 안식케 하고자 한다. 13행의 '가벼운' 이후에는 화자가 다시 바뀌어 원래의 화자가 복귀한다. 그는 다시금 안주와 정착의 갈등을 겪으며 저녁 시간을 관통하는 구슬픈 피아노 소리를 듣게 된다.

온갖 상념에 휩싸인 화자의 내적 갈등이 저녁의 피아노 소리와 성가를 배경으로 파노라마식으로 전개되는 이 작품의 분위기는 여전히 우수에 차 있다. 그러나 그것이 이 작품을 특징짓는 처연한 아름다움의 원천이기도 하다. 앞서 살펴 본 「먼 곳의 들판에서」 끝부분에서 '새로운 사랑'을 기대하는 사람들이 '배반의 시간 속으로' 걸어 들어갈 수밖에 없었던 비극적 결말은 바로 이러한 상황인식에 기인하는 것이다.

황학주는 이번 시집 『노랑꼬리 연』의 서두 「시인의 말」에서 "사랑에 대해 얘기할 시간이다"라고 선언하고 많은 시에서 '사랑'을 언급하고 있다. 이십년 전에는 같은 자리에서 "쓸쓸하다"(「갈 수 없는 쓸쓸함」)고 했던 그가 지금에 와서 이런 말을 하는 것은 오히려 그가 이제 사랑의 세속적 갈등으로부터   어느 정도 떠나고 있음을 역설적으로 보여주는 것이라 생각된다. 사랑과 구애, 이별, 슬픔, 고통, 위안 등으로 점철된 성장기를 넘어 이제 그의 시는 성숙한 어떤 새로운 경지를 향하고 있는 듯하다.

> 도착하고 있거나 잠시 후 발차하는
> 기차에 같이 있고 싶었다
> 그런 내 퇴근은 날마다 멀고 살이 외로워
> 노랑꼬리 연이 필요했던 것이리라
> 어디에 있든 너를 지나칠 수 없는 기차로 갔던 것 같다
> 너의 말 한 마디에 하늘을 날 수 있는 댓살이 내 가슴에도 생겼다
> 꼬리를 자르면서라도 사랑은 네게 가야 했으니까
> 그것은 막막한 입맞춤 위를 기어오르는 별이었던 것 같다
>
> 내 사람이라 말할 수 있는 그런 운명은
> 오래오래 기억하다 해발 가장 높은 추전역 같은 데 내려주어야 한다
> 바람이 분다
> 지금은 사랑하기에 안 좋은 시절
> 바람 속으로
> 바람이 분다

지금은 사랑하기에 좋은 시절

네게로 가는 별, 댓살 하나에 온몸 의지한
노랑꼬리 연 하나 바람 위로 뜬다

- 「노랑꼬리 연」 부분

'너'를 향한 화자의 지극한 그리움의 정을 지상의 기차로만은 채울 수가 없어 하늘을 나는 연, 그리고 저 먼 하늘 끝에 박힌 별에까지 벋어 나아가고 있는 이 시는 시인 황학주가 지금 우리에게 보여줄 수 있는 사랑시의 한 전형이다. 하늘을 날 수 있는 '댓살'이 네 말 한 마디에 생겨나고 또 그것은 하늘의 별로 변용되고 있다. 그 지극한 사랑의 몸짓이 손에 잡힐 듯하다. 너는 '내 사람이라 말할 수 있는 그런 운명'이지만 '오래오래 기억하다' 어느 순간 우리나라에서 가장 높은 곳에 위치한 추전역에 내려주어야 한다고 하는 데서 우리는 일종의 아이러니적 상황에 처한 화자의 입장을 이해할 수 있다. 일상적인 바람이 부는 것만으로는 내 온몸을 실어 하늘을 날 수 없다. 그 바람 속으로 '나'의 연모의 에너지가 모여 일으키는 새로운 바람이 불어 들어갈 때에만 화자는 그 바람을 타고 연이 되고 별이 되어 너에게로 날아갈 수 있다.

이처럼 지극한 사랑에의 로망을 지닌 시인은 자신의 죽음마저도 '사랑을 영원히 가지는 내 신작 죽음'(「봄날 부고」)으로 묘사하여 사랑에 종속시키는 모습을 보이기도 한다. 그러나 이제 이 시인에게 더욱 자연스럽게 어울리는 것은 다음과 같은 작품이 빚어내는 아련한 정서이다.

여인과 잠깐 눈이 마주친 동안
산벚꽃 잎이 날아왔다
　　(중략)

서서히 기울며 지워지는
어둠은 그날 부러지는 소리가 나고 잎도 져 내리었다.
한참 후
양쪽 발소리가 다른 여인이
입구 쪽으로 천천히 나가고 있었다

젖은 꽃잎이 날아 내리며 입구를 간신히 비추어 주었다.

― 「능가사 벚꽃 잎」 부분

　이 작품에는 휘날리는 벚꽃과 다리를 저는 여인의 이미지가 오버랩 되어 있어　어떤 전설이나 환상 속의 한 장면을 보는 것 같은 느낌을 준다. 낮술에 취한 어떤 남자의 부인인 듯 보이는 이 여인을 보는 화자는 숙명적 사랑을 예감하는 듯하다. 어둠이 부러지고 잎이 져 내린다는 표현이 이 순간 그가 받은 충격을 웅변한다.

　신체적 장애를 가진 사람들이나 늙고 약한 이들 혹은 그런 동식물에 대한 연민은 이 글에서 다루는 오십대 시인들의 작품에 공통적으로 나타난다. 황학주 시인의 이번 시집에는 그런 약자들을 다룬 시가 그다지 많지는 않지만 그 가운데 매우 아름다운 작품이 있다. 다리 저는 사내가 등장하는 「은하수역, 저쪽」이나 구부정한 등을 보이며 한 겨울 폭설 속의 추풍령으로 걸어 들어가고 있는, 말 더듬는 사람이 등장하는 「눈 오는 추풍령면」 등은 앞에서 인용한 시들 못지않은 명편들이다.

정거장 대합실 파닥이며
되새가 들어왔다

산간에 눈이 내려

달빛이 산마루를 덧칠하며 원 없이 넘어올 때
탈탈 털고 대합실에 들어서는 사내가 발을 전다
오래 절룩거려온 나이는 먼 데 있는 정거장까지 알아볼 것이다
주위에 목마름이 심한 별들이 많다는 것은 그 증거이다

별 발자국이 눈밭에도 찍혀 있다
발자국의 뿌리는 사내의 키만큼 깊을 것이고
별의 뿌리는 별보다 더 먼 곳에서 요동치고 있을 것이다

-「은하수역, 저쪽」부분

잎들 지저귀지 않는 가로수에
지저귀지 않는 흰 잎새들이 덮이고 있다
길 앞에 움푹 팬 구덩이 있다는 것을
알아볼 수 없는 언덕길에 가득가득 눈은 내리고
급한 전보를 받고 나온 여고생의 눈처럼 똥그런 눈이 내리고

구부정한 그의 등에 박히는 저 추풍령
폭설의 희미한 벽 속에 무광의 얼굴
무골의 걸음걸이
이제 시작에 지나지 않는 눈 속으로 가는 사람이 있다
그의 말을 들어볼 길이 없는 눈 오는 추풍령면

-「눈 오는 추풍령면」부분

「은하수역, 저쪽」은 '되새'와 '발을 저는 사내'와 '목마른 별'을 중첩시키
는 미묘한 기교를 사용하여 눈 오는 산간 지방의 작은 역을 스케치하고
있다. 그 이름이 '은하수역'인 것도 목마른 별들이 몰려있는 곳이기 때문
이다. 되새와 발을 저는 사내가 작고 힘없는 것끼리의 동류의식을 형성할

만하지만 별이 거기에 가담한다는 것은 좀 의외이다. 그 별이 '목마름이 심한 별'이어서 가능한 것이다. 그것은 무언가 심한 결핍이 있는 존재의 비유이다. 이 시의 끝부분에 "새벽밥 먹은 별들이 하나둘 자리를 뜨자/빈 자리마다 덴 자국이 있었다"고 하는 것을 보면 그 정도가 매우 심한 것임을 알 수 있다. 이 작품에는 '가지에 목이 걸린 홍매(紅梅)' 또한 한패가 되어 있다. '달빛'과 '정거장 대합실'과 '부력이 좋은 밤기차'도 이들과 한편이 되어 '눈'과 '밤'에 맞서는 모습을 보이고 있다.

「눈 오는 추풍령면」에는 '국밥 나르는 여인'과 구부정한 등을 보이며 걸어가는 '무광'과 '무골'이란 수식어로 표현되는, 힘이 하나도 없어 보이는 사람이 등장한다. 그는 또한 "오래된 눈사람이 안에 있는 것처럼/오래도록 말을 더듬고 있는 사람"이다. 장애인이기도 한 것이다. 인용된 앞부분의 '잎들 지저귀지 않는 가로수에/지저귀지 않는 흰 잎새들'이란 생동감 또는 생명력을 상실한 모습을 표상하는 것이다. 이에 반해 폭설로 쏟아지는 눈은 '급한 전보를 받고 나온 여고생의 뚱그런 눈'으로 매우 힘차게 묘사되어 있다. 이런 힘이 센 눈이 그것도 이제 시작되고 있어서 먼 길을 가기에 너무 힘들 것 같은 상황에서 등 굽은 이가 왜 길을 나섰는지 그 이유가 몹시 궁금하다. 그러나 그의 말을 들어볼 길이 없다. 힘없이 바라보고 있는 사람들의 걱정스러운 심정이 잘 그려져 있다.

이제 황학주 시인은 지나치지 않은 연민과 지나치지 않은 욕망이 조화된 시라는 앞으로 나아갈 자신의 새로운 길을 찾아낸 듯하다.

김영박의 시집 『환한 물방울』에는 어린 시절의 야릇한 추억과 가족에 얽힌 서글픈 사연, 지리산으로 상징되는 비극적 현대사 등이 형상화되어 있다. 또한 늙고 병든 이들이나 장애가 있는 이들에 대한 끈끈한 연민의 정을 나타낸 작품이 이 시집에는 유난히 많은데 이는 사실상 가족이나 지리산을 다루는 시각과 맥락을 함께 하는 것이다.

가) 십리 밖, 학교 옆 사진관에서
　　커다란 사진기를 들고 총각 사진사가 찾아왔다
　　그 때부터 우리 집은
　　자신의 얼굴을 찾아 나선 처녀들의 웃음소리에
　　커다란 마당이 덩실덩실 춤을 추기 시작했다
　　봄을 끌어안고 낄낄대며 히히대다
　　해가 서산에 불을 지필 때쯤
　　오르가슴에 오른 함박꽃들이 가슴을 파고들면
　　얼굴이 벌게진 누나들도 함박꽃으로 활짝 피었다
　　한쪽 구석에서 무심코 보고만 있던 나도
　　아랫도리가 팽팽하게 솟아올라
　　그만 그 자리에 주저앉고 말았다

　　　　　　　　　　　　　　　－「함박꽃이 무르익던 날」 부분

나) 운동장 한쪽 구석에서
　　머리카락 희끗희끗, 흰 머리로 나풀거리는 여인이
　　여자 아이들을 목욕시키며 속삭이는 소리
　　새금새금 다가와 기억을 깨운다

　　양동시장에서 사온 붕어 두 마리가
　　양동이에 물을 붓자
　　자신의 눈을 보고 눈을 끔벅거리는 것이
　　저 건너 산으로 뒷짐을 지고 싸목싸목 걸어가던
　　시어머니를 보는 것 같았다고

　　양동이채 머리에 이고

고향 가는 버스를 타고 주암댐까지 왔다며

수줍은 미소를 짓던 여인

　　　　　　　　　　－「느릿느릿 걸어가는 시간 속에서」 부분

　가)의 화자는 인용시의 앞부분에서 누나의 동무들이 한복을 곱게 차려입고 화장품도 바르고 '우리 집'에 들어오는 그 모습이 그의 눈 속에서 "앵두처럼 익었다"고 했다. 이미 이렇게 무르익은 앵두처럼 터질 준비를 마친 상태인 그가 누나들이 사진을 찍는 커다란 퍼포먼스를 벌이며 그 열기가 절정에 이르는 동안에 자신도 '오르가슴'에 오르는 희열을 느끼게 되었을 것이다. 비슷한 시기의 일화인 듯 보이는 작품에서 화자가 누이들이 대밭 속 물웅덩이에서 목욕하는 모습을 훔쳐보다가 정신없이 집으로 달려온 날 밤 "질펀하게 바지 가운데를 적셔놓았다"(「여름 한낮」)라고도 하는 것을 보면 이 시절 누나와 관련된 추억이 시인에게 강렬한 이미지로 각인되어 있는 듯하다.

　장애아인 여자아이들을 돌보는 일을 하고 있는 나)의 여인은 지금 머리가 '희끗희끗'할 정도로 상당히 나이가 든 여자이다. 화자는 아이들에게 속삭이는 그녀의 목소리를 듣고 그녀를 처음 만나던 날의 기억을 떠올린다. 그때 그녀는 시장에서 사 온 붕어 두 마리를 보고 시어머니의 모습이 연상되어 요리해 먹지 못하고 붕어들을 주암댐에 놓아주기 위해 양동이채 들고 왔던 것이다. 따스한 봄날을 배경으로 연민의 정이 넘치는 아름다운 마음씨를 지닌 여인을 소묘하고 있다. 그녀와 유사한 여인이 다른 시에도 등장하는데 그녀는 아파트에서 세차일을 하지만 폐교인 듯한 곳에서 살고 있는 할머니들을 목욕시켜주고 또 손톱에 봉숭아꽃물을 들여주다 화자에게 수줍은 미소를 건네고 있다.(「봉숭아꽃물」) 아름다운 여인이 등장하는 아름다운 시편들이다.　김영박 시인은 많은 작품들 속에서 "턱밑까지 줄줄 흘러내린 주름살, 툭 불거진 등뼈, 꼭뒤에 몇 가닥 붙어 있는 하얀 머리카락, 쓰러질 듯 반쯤 구부러진 어깨, 사천왕상처럼 찡그린 얼굴"(「액자」)의 노인과 같은 이들을 그린다거나 고무다리를 하고서 "온몸으로 동전바구니를 밀고 가는 거미 같은 사람"(「민들레의 여행」)과 같은 장애인을 그리는 등 심한 결핍의 상태에 놓인 이들을 따뜻한 연민의 시선으로 묘사하고 있기도 하다.

가) 우리 누님 무덤가에 붉은 파도가 남실거린다
　　지금도, 스물 한 살인 누님
　　무당이 간짓대를 들고
　　저수지 속으로 걸어 들어가며 부르던 노래,
　　허공을 떠돌다 돌아왔을까
　　얼굴도, 이름도 모르고 시집간 혼이
　　어머니를 애절히 부르는 것일까

　　　무덤이 있었던 자리에 (잎을 다 떨군) 상사화로 꽃밭을 일구어놓고 먼, 먼 길을 떠돌다 돌아온 바람의 옛이야기 속에 앉아 안절부절 못하는 사랑노래 저녁노을을 쓰다듬는다
　　　　　　　　　　　　　　　　　　　　　　　－「붉은 파도」 전문

나) 피아골에 잡혀있다 국군의 총소리를 듣고
　　빨갱이들을 따라
　　지리산 반야봉을
　　헉헉거리며 기어오르던 노루목에서

　　이질에 걸린 여동생이
　　어머니 등에 업혀 총알을 맞아 흘리던 피가
　　바로 저 빛깔이었다고

노가리나무를 붙잡고 주저앉는데

하얀 물매화 두 송이

까까머리의 사연을 모두 알고 있다는 듯이

이질풀꽃 사이에

바람을 흔들어 깨운다

─「물매화가 바람을 깨운다」 부분

　이 두 작품에는 비극적인 사연의 누님과 여동생이 등장한다. 『환한 물방울』에서는 어머니와 아버지 또한 애닯은 시선으로 다루고 있어 순탄치 않은 가족사가 시창작의 하나의 배경이 되고 있다. 특히 빨치산의 활동 근거지였던 지리산을 배경으로 하는 나)와 같은 부류의 시들은 가족사가 격변기의 근대사와 만나는 접점을 형상화하고 있다.

　가)에는 무당이 꽃다운 나이에 죽은 누님을 대신하여 어머니를 찾아 절규하는 애절한 모습이 '저녁노을'을 배경으로 묘사되어 있다. 특이한 것은 이 시의 뒷부분에 등장하는 '바람'과 '사랑노래'이다. '바람'은 무덤 자리에 꽃밭을 일구어놓고 과거로의 먼 길을 여행한 능동적 존재로, '사랑노래'는 '바람'을 배경으로 삼아 누님을 대신하여 저녁노을을 쓰다듬는 주체적인 존재로 나타나있다. 나)의 앞부분을 보면 이 시의 화자는 '스님'이다. 여동생의 죽음을 직접 겪고는 아마도 입산하여 스님이 된 것이리라. 마지막 연에서 '하얀 물매화 두 송이'가 "이질풀꽃 사이에/바람을 흔들어 깨운다"고 하는 것은 '바람'에게 인용시 가)에서와 같은 역할을 기대하기 때문인 듯하다. 바람의 자유로운 움직임이 과거사 또는 혼령과 소통하기 편하다는 점이 바람에게 그런 주체적인 역할을 부여한 이유일 것이다. 이런 '바람'이 개입되면서 이 두 작품은 어떤 새로운 생명력을 획득하게 되었다.

상처와 휴머니즘

— 마종기의 『하늘의 맨살』, 전용직의 『붓으로 마음을 세우다』,
유정이의 『선인장 꽃기린』

    어떤 계기로 인해 한 개인이 받은 심리적 상처는 어느 정도 시일이 지나면 외면적으로는 아문 듯이 보이지만 더욱 문제가 되는 것은 그것이 지워지거나 약화되지 않고 치명적인 내상으로 남게 되는 경우이다. 종종 우리는 이러한 상처를 내면에 키우고 있으며 때로는 이러한 상처를 점차 악화시켜 파멸에 이르기도 한다. 고승을 비롯한 성직자들은 종교적인 방식의 해결책은 물론, 냉정한 과학적인 분석에서부터 육체적인 해결의 방식에 이르기까지 여러 가지 치유의 방책을 제시하고 있지만 일반인들이 그러한 지혜를 받아들이기에는 일정한 한계가 있다. 시인들은 다수가 이런 상처를 안고 살아가고 있으며 때로는 그 상처를 덧나게 하기도 한다. 그들은 누구보다도 쉽게 상처 받는 여린 심성을 지니고 있기 때문이다. 그러나 그들은 이 상처를 보듬고 가꿔 깊이 있는 시편들을 생산해 내면서 그들 내부의 고뇌와 아픔을 승화시킬 수 있는 강력한 능력 또한 지녔으니 정녕 복 받은 자들이기도 하다.

    본고에서 다룰 세 편의 시집에는 이러한 상처의 흔적이 농후하다. 『하늘의 맨살』을 펴낸 마종기의 경우는 40년이 넘는 외국 생활이 그가 외국으로 떠난 원인의 하나인 인권의 문제와 함께 현재진행형의 상처로 그의 시의 저변을 형성하고 있으며, 전용직의 『붓으로 마음을 세우다』에는 부인의 암투병과 같은 상황적 요인이 깊은 충격과 상처를 낳고 있다. 유정이의

『성인장 꽃기린』에서는 정황이 잘 드러나지는 않지만 어떤 실존적이고 본원적인 고뇌가 쌓여감으로써 상흔이 깊어감을 느낄 수 있다. 흥미로운 것은 이들의 시집 속에는 상처와 그 원인 또는 그에 대처하는 자신의 방식 등에 대한 이야기와 인간과 사물에 대한 매우 따스한 시선을 드러내는 작품들이 공존한다는 사실이다. 상처 받는 마음과 다른 사물들을 배려하는 마음씨에는 어떤 유사한 매커니즘이 작동하고 있는 듯하다.

마종기의『하늘의 맨살』에서 상처의 원인이 무한 지속되며 한편으로는 확대 재생산되고 있을 때 우리는 어떻게 대처할 수 있을까 하는 근본적인 질문과 맞닥뜨리게 된다.

> 그런 날이 있었다.
> 더 도도하고 더 맑고 더 반짝였던 시절,
> 나는 썩어가는 감방의 꿈속에서 시들었다.
> 억울하게 매 맞아본 사람만 아는 그 구석.
>
> 이제 곧 여름이 오고
> 나를 떠나게 했던 혁명도 잠들고
> 돌아오지 못한 이념의 불도 시들면
> 뜰의 장미, 백합, 비둘기와 햇살……
> 그 설레는 아침의 예언이
> 낮은음으로 우리를 감싸 안으리.
>
> ─「오래된 봄의 뒷길」부분

> 내 나라! 하고 크게 부르면
> 내 아들아! 하고 대답하는,
> 정겨운 목소리가 메아리 되는

그런 나라에서 살고 싶어라

춥고 어두운 곳에서 만들어낸
민족이니 민중이니 계층을 떠나
이데올로기, 사상이니 좌우를 떠나
그런 투쟁의 외마디 억압을 떠나
아무도 어디로 소외되지 않는 땅

　　　(중략)

햇살이 넘치고 수평선이 출렁인다.
그런 나라가 더 이상은 없다면
나는 태어나지 않고 혼자 살리라
멀리서 내 나라를 그리워만 하리라.

- 「내 나라」 부분

　　위의 두 편의 시의 화자는 우리가 그동안 그의 많은 시들에서 본 것보다
더욱 직설적으로 시인 마종기의 오랜 염원과 상처를 토로하고 있다. 1960
년대 중반 서른이 채 되지 않은 나이에 조국을 떠나 이제 70대에 들어선
시인의 이러한 육성을 들으며 우리는 오늘의 현실을 냉정하게 돌아보지
않을 수 없다. 「오래된 봄의 뒷길」의 화자는 인권이 무시되었고 또 그것을
참을 수 없었던 당대의 정황을 서너 줄의 언어로 간명하게 토설하고 있다.
스스로 도도했다고 회상할 정도로 빛나고 거침없던 젊은이의 삶이 한 순
간에 무너져버린 것이다. 혁명 혹은 쿠데타의 뒤안길에 이러한 희생이 도
처에 산재하였음을 잊을 수 없다. 그는 또한 과도한 열정으로 타올랐던 이
념의 편향성 또한 부정하고 있다. 그가 꿈꾸는 세계는 '뜰의 장미, 백합,
비둘기와 햇살……'로 표상된다. 자유와 평화, 아름다움, 생명력, 안온함

등등의 가치로 번역되는 일반적인 이상향에 다름 아니다. 여기서 주목되는 것은 그 '설레는 아침의 예언'이 다름 아니라 '낮은음'으로 우리를 감싸 안을 것이라는 말이다. 그는 어떠한 주장이 지나치게 소리 높을 때 그것의 뒤안길에 수많은 억압과 희생이 발생한다는 것을 체득한 바 있기 때문에 생각만 하여도 설레는 그의 이상향은 '낮은음'으로 온다고 말한다.

「내 나라」의 화자는 「오래된 봄의 뒷길」의 화자가 언급한 '이념의 불'에 대하여 구체적으로 설명하며 이를 부정하고 그가 바라는 나라는 결국 '아무도 어디로 소외되지 않는 땅'이라 정의한다. "햇살이 넘치고 수평선이 출렁"이는 나라라는 것은 앞서 살펴 본 '뜰의 장미, 백합, 비둘기와 햇살……'과 같은 맥락의 언급이다. 그는 '그런 나라'를 원한다. 소박하지만 정말로 큰 바램이다. 마지막 두 행은 만일 우리나라가 아직도 그런 나라가 되어 있지 않다면 그는 귀향하지 않고 지금처럼 계속 떠돌 것이라는 선언이다. 끝에서 둘째 행 "나는 태어나지 않고 혼자 살리라."는 무슨 의미인가? 이미 세상을 70년 이상 살아 온 시인을 의식할 때는 이 구절이 와 닿지 않는다. 그러나 이 시의 화자가 말하는 진정한 의미는, 아직도 그의 조국이 정상적인 국가가 되어있지 않다면 그는 아예 이 세상에 태어나지 않은 것으로 치부하고 귀향을 완전히 포기하겠다고 하는 폭탄적 선언인 것이다. 지금 이곳 우리의 현실은 어떠한가? 마종기 시인과 함께 한일회담 반대를 외치던 이들은 이 시대에 무엇을 하고 있는가. 45년이 지난 지금도 아직 그가 마음 편히 돌아올 형편이 못되는가? 그의 귀향은 가까운 장래에 실현될 수 있을 것인가 아니면 그의 시 혹은 그의 꿈속에서만 가능한 것인가.

인권을 짓밟힌 상처가 얼마나 무서운 것이었나를 우리는 위의 작품들에서 편린이나마 엿볼 수 있었다. 인권 또는 휴머니즘 앞에서는 민족이니, 민중이니, 좌니, 우니, 투쟁이니 하는 것들이 모두 힘을 잃는다. 인권의 측면에서 상처를 받은 마종기 시인은 지구촌 곳곳에서 소외되거나 억울한 일을 당하는 사람들에 대하여 인간적이고 따뜻한 시선을 보내왔다. 그러나 그냥 따뜻하다 하고 말 수는 없다. 그것은 이제 그에게 거의 생래적인 것이 되었다.

> 세상의 냉대 속에서 살아온
> 눈 덮인 숲에 들어와서야
> 나무가 체온을 가진 모습을 본다.
> 나무마다 둥치 주위에 눈 녹은 자리.
> 온기의 호흡이 오래된 얼음 녹여 놓았다.
> 잎이 나고 꽃이 피고 열매를 익히는 체온,
> 나무가 따뜻하다는 것을 아직껏 몰랐다니!
>
> 내가 살아온 길이 허술했던 이유를
> 이제야 조금은 알 것도 같다.
> 언 손으로 나무의 살을 포옹한다.
> 아무도 억울한 일 당하지 않기를,
> 아무도 눈물짓는 일이 없기를.
>
> — 「겨울, 아이오와」 부분

나무를 대하는 시인의 시선이 예사롭지 않다. 나무는 세상의 냉대를 이기는 힘을 내장하고 있었다. 거기에는 잎과 꽃과 열매를 생성하는 에너지가 비장되어 있다. 이 시의 화자는 겨울이면 잎을 다 떨구고 무생물이 되어버린 듯하던 나무가 실제로는 미미하나마 어떤 생명의 온기를 지니고 있어 눈과 얼음을 이겨내고 있다는 놀라운 사실을 깨닫는다. 또한 외부 세계의 변화 혹은 억압과 강제에 속수무책일 수밖에 없는 나무의 피동성을 깨닫고 세상의 폭압에 꼼짝없이 당할 수밖에 없었던 자신의 과거를 떠올림으로써 시인은 나무와 연대감을 느끼게 된다. 여기서 한 걸음 나아가 시인은 무생물인 '낮달'을 "세상에서 진 자들의 쉴 자리가 되고/계산 없는 위로의 물잔을 건네주는 곳."(「낮달은 왜 흰빛인가」)으로 보게 된다. 그동안 지구촌의 전쟁터나 오지의 사람들이 겪는 고통에 대해 따뜻한 관심을 기울여왔던 마종기 시인이 이 시집에 이르러서는 '나무'와 '낮달'에까지 관심의 폭을 확산시키고 있다.

전용직의 『붓으로 마음을 세우다』에는 암투병을 하는 아내와 함께 사는 남편이 받는 마음의 상처가 표출되고 있는가 하면 내, 외국인이나 짐승을 가리지 않고 따뜻한 휴머니즘의 시선으로 바라보는 모습 등이 섬세한 관찰의 시선을 통해 그려져 있다.

> 암 병동 하얀 시트는 얼음처럼 차갑다
> 긴 수술 끝나고 주사 꽂힐 때
> 듬성듬성 빠지는 아내 머리칼
> 우리의 미래가 무너지고 있다
>
> 둘째 아이 손잡고 간
> 초등학교 입학식장
> 엄마 손잡고 미소 짓는 아이들 보며
> 넋을 잃고 서 있었다
>
>   － 「이별연습 3」 전문

> 깎아지른 절벽에 허리 기대고
> 손발이 피투성이 된 두레박질로
> 한 방울의 수액 입술에 적셔
> 몸에 한 마디 매듭을 새긴다.

어둠을 몸에 두른 채
침묵의 막장에서 세월을 캐는 광부처럼
비바람에 이리 비틀고 저리 꾀어져 멍든
꽃뱀 같은 무늬들

먹구름이 바람을 몰아
가슴을 후려칠 때 이미 구멍난 몸
숭숭 뚫린 온몸에
설픈 산조 한 가락씩 배었던걸까

천둥 치는 밤 파도가
뿌리마저 흔들고 지나가면
바위를 흔들며 나는 울리라

– 「쌍골죽」 전문

「이별연습 3」은 전용직 시인이 아내를 저 세상으로 떠나보내야만 하는 비통한 상황을 '이별연습'이라 호명한 5편의 시 가운데 하나이다. 1연은 암 병동과 아내의 투병 생활 그리고 거기서 느끼는 세상에 대하여 군더더기 하나 없는 간략한 스케치 식의 묘사를 통해 절통한 그의 심경을 효과적으로 그려내고 있다. 2연에서 그는 자신의 둘째 아이를 등장시키고 있다. 화자는 그 아이를 엄마 손 잡고 초등학교 입학식장에 온 대다수의 학생들과 비교하여 보고 있는 자신의 모습을 묘사한다. 어느 순간 "넋을 놓고 서 있"는 모습은 이러한 상황이 그에게 얼마나 충격적인 상처가 되고 있는가를 웅변한다. 일련번호만 달리하는 같은 제목의 4편의 시 역시 일상의 곳곳에서 문득 느끼게 되는 이러한 감정을 절절하게 묘사하고 있다.

'쌍골죽'에는 "양쪽 줄기에 홈이 깊이 팬 병든 대나무로 대금을 만드는 재료"라는 각주가 붙어 있다. 이 「쌍골죽」이란 작품은 이러한 쌍골죽이 만

들어지는 과정을 시인의 상상력으로 재구성한 것이라 할 수 있다. 그것은
마치 오랜 시일에 걸쳐 내상을 입은 인간의 숙명적 모습을 연상케 한다. 1
연의 '매듭'과 2연의 '무늬'는 '상처'의 형성과정과 그 특성에 비유된다. 3,
4연의 '바람'과 '파도'는 현재에도 지속되고 있는 시련이나 고통을 연상케
한다. 쌍골죽으로 만든 대금이 내는 슬프고도 아름다운 소리는 바로 깊은
상처를 지닌 시인들의 진정성이 담긴 작품에 해당한다.

「이별연습」 시리즈나 「쌍골죽」과 같은 작품들을 통해 우리는 전용직 시
인이 고통을 겪고 그 상처를 지니고 있으며 의식적, 무의식적으로 그에 대
한 깊이 있는 성찰을 하고 있음을 알 수 있다. 그의 관심이 아내의 상처로,
가출한 엄마를 그리워하는 아이에게로, 투우사에 의해 죽어가는 투우에게
로 혹은 가난 그 자체의 아름다움에로 퍼져 나아가는 것 또한 자연스러운
감정의 흐름이다.

> 일대일 정당한 싸움이 아니라고
> 괴성을 질러 인간들의 함성에 항변했으나
> 심판과 관객은 대꾸도 없다
>
> 조무래기 투우사들 떠난 뒤
> 화사한 복장의 마타도르가 모자 벗어
> 인사를 하자 우레 같은 함성이 들린다
> 현기증으로 비틀거리던 소
> 긴 칼로 숨통을 끊자
> 성자처럼 몇 발짝 걷다가 쓰러진다
>
> — 「투우경기」 부분

> 그런 곳은 어디일까

(중략)

한 송이 꽃을 대하고도
눈과 코에 빚지지 않고
하늘 별빛으로 환한 세상
그런 행복

가난이 눈부신 천국 같은
그런 세상

- 「가난한 천국」 부분

「투우경기」의 화자는, 말을 타고 창으로 찌르는 투우사와 작살을 꽂는 투우사에게 당하고 있던 싸움소가 경기 도중 투우경기가 일대일의 정당한 싸움이 아니라고 항변하는 소리를 전달하고 있다. 여러 명의 투우사가 분업적으로 한 마리의 투우와 대결하는 것은 공정하지 못한 게임이라는 것이다. 그러나 심판과 관객은 이를 완전히 무시한다. 우리가 주목할 것은 투우가 마지막으로 숨을 끊는 투우사인 '마타도르'에 의해 죽어가면서 몇 발짝 걸어가는 장면이다. 여기서 투우는 인간 세상의 온갖 고뇌를 혼자 짊어지고 있는 성자의 모습으로 이미지의 변환을 일으킨다. "소가 되고 싶었다/그렇게 살고 싶었다"(「소」)고 하는 시인이기에 그러한 변환이 가능했던 것 같다.

「가난한 천국」에서 "한 송이 꽃을 대하고도/눈과 코에 빚지지 않"는다는 것은 환한 낮에 꽃에 다가가 직접 아름다운 모습을 보고 꽃다운 향기를 맡지 않는다는 의미이다. 꽃은 그냥 "가시밭 골짜기 저 너머/사방을 고요로 담 친" 저 먼 곳에 있지만 미미한 '하늘 별빛' 만으로도 환하게 빛나는 것을 느낄 수 있는 그런 세상이 곧 '가난이 눈부신 천국'이다. 여기서 진정한 행복을 느낄 수 있다는 것이다. 거미가 허공에 지은 "하늘빛 담은 가난한 집"에 "선비 하나 산다"(「거미집」)고 말하는 것에도 이런 발상이 담겨있다. 자본주의 사회에서 가난과 행복을 이렇게 연결시킨 것은 마종기가 '낮달'의 '흰빛'이 '진 자들의 쉴 자리'가 된다고 한 것보다 더욱 적극적인 '비어있음의 행복론'이 되는 셈이다.

시집 『붓으로 마음을 세우다』에는 이밖에도 섬세한 감각이 살아있는 아름다운 시편들이 상당수 있다. 「수련, 소묘」, 「묵향」, 「불 먹은 새, 날다」 등이 그것이다. 붓으로 마음을 세운 전용직 시인이 더욱 정진하여 귀한 시를 독자들에게 전해오기를 기대한다.

유정이 시인의 『성인장 꽃기린』에서 우리는 비교적 안온한 삶을 구가하고 있을 듯한 사람들이 의외로 어떤 속 깊은 상처로 인한 고통을 겪고 있는 경우를 떠올리게 된다. 이러한 상처는 오히려 더욱 치유하기 어려운 것일 수도 있다. 인간으로서의 실존적 고뇌에 젖어 있거나 원초적인 부랑의 운명을 지닌 자라면 더욱 그러할 것이다.

> 아직은 내 안이 너무 붉어서
> 세상이 온통 화염이네
> 시대의 이름을 얻지 못했어도
> 단단히 갖춰 입은 상처를
> 깊은 속울음으로 젓고 있는 중이지
> 뼈마디 세워 지은 집
> 물방울처럼 붉은 등 내어 걸고
> 집을 지키는 오랜 가구들
> 농익은 소리가 자작자작 나를 밟고 오면
> 그 때 다시 전화할 게, 안녕
>
> — 「동백1」 부분

시(詩)야, 술잔을 부딪자
내게 몸 부딪고 거품이 나도록
흐르는 네 저녁을 들이부어라
한 잔의 기억을 치켜들고
갈 수 없는 오지가 어디 있으랴

흐르는 물을 타고
난세(亂世)에라도 가자
탈주선에 실려
이 밤을 꼴깍 넘어가자
나는 너무 정직한 집에 오래
머물렀다 고드름 어는 미혹의 헛간에서
추위를 호호 불고 있었지
홀연히 달려드는 까막까치가
내 눈을 찔렀으므로 아무 것도
분별할 수 없었다고
눈물 흘렸어
한번도 내 상처의 밤을 위해
축배 든 적 없었으니
어느새 누추해진 시간이여

　　　　　　　　　　　　　－「주점 산타페」 부분

「동백1」에는 동백꽃의 붉은 이미지가 화자의 이야기를 감싸고 있다. 이
작품의 앞부분에 등장하는 '절절 끓는 슬픔'과 '불길 같은 통증' 등이 그러
한 이미지로부터 전이된 것이라 할 수 있다. 화자는 "내 안이 너무 붉어
서/세상이 온통 화염"이라 한다. 어떻게 된 것일까. '내 안'이 붉어 스스로
연소하는 중에 모든 외부 세계가 자아화되고 있기 때문이다. 화자의 상처
는 시대적인 고뇌로 명명될 수 있는 것은 아니지만 만만히 다룰 만한 개인

적인 것은 아니다. '깊은 속울음'이 동반된 상처이다. 혼신의 힘으로 지은 집에는 집을 지키는 오래된 가구들이 있다. 이것은 상처를 견디고 있는 힘을 표상하는 것이라 생각된다. 마지막 두 행은 무슨 소릴 하고 있는 걸까. 어느 순간 상처가 무르익고 그 사실을 알게 되면 화자는 '다시 전화'하겠다고 한다. 새로운 시를 쓰겠다는 것이다. 유정이 시인의 '상처'가 시쓰기와 연결되어 있음을 보여주는 징표이기도 하다.

「주점 산타페」의 화자는 시를 불러 술잔을 부딪치고 술을 부어달라고 한다. 1연의 '기억'은 인용시 끝부분의 '상처의 밤'에 연결된다. 2연의 '흐르는 물'은 1연에서 들이부은 술의 변용이다. '오지', '난세', '탈주선' 등의 용어는 술을 마시며 이 밤을 '꼴깍' 넘기며 가고자 하는 곳이 일상의 편안한 공간이 결코 아님을 말해준다. "나는 너무 정직한 집에 오래 머물렀다"는 돌출 발언은 '상처'의 비밀을 푸는 열쇠다. 이 시의 화자는 그동안 자신이 머문 '정직한 집'은 '미혹의 헛간'이고 거기서 까막까치에게 눈을 찔려 분별력을 상실했다고 한다. '상처의 밤'에 무슨 일이 일어났는가를 짐작케 한다. 미혹의 헛간에서 분별력을 잃은 상태로 보낸 그 '밤'은 회한의 밤이기도 하지만 한편 축배를 들어야 할 밤이기도 했다. 그러나 바로 "너무 정직한 집에 오래" 머물렀기 때문에 축배도 한번 못 들고 '누추해'지도록 시간이 흘러버렸다. 그렇다면 그가 '탈주선'을 타고라도 가고 싶은 '그곳'은 어디일까?

> 가) 나는 키워지지 않은 아이
>   재배되지 않은 꽃이었다
>
> 　　　　　　　　　　　　　　　　　 －「그늘꽃」부분
>
> 나) 유목을 원한 적 없었으나
>   나는 한 곳에 심겨지지 않았다

(중략)

누구는 부랑의 운명이라 했고
누구는 유목의 꿈이라고 했다
부화도 없이
한 자리에 붙박혀
헐거워지는 것이
내가 바라는 삶의 형식은 아니었다

— 「모래바람이 불었다」 부분

다) 어려운 말 나는 몰라요
　여름 한낮 후두둑 듣는 소나기처럼
　잠깐의 외출처럼 살고 싶죠

　펄럭이는 바람 한 폭 잘라
　붉은 치마 지어 입고
　한 철만 피는 해당화 붉은 꽃 속을 건너가겠어요
　만발한 치정을 큼큼거리며

　해가 지는 강변을
　느릿느릿 건너
　늦게 당도한 회환(회한: 필자)과 놀아야지요
　나무 그림자 길게 자리를 펴는
　거기 우거진 슬픔의 끝자리에 서겠어요

— 「내출혈」 부분

　가)와 나)의 화자들은 자신이 키워지거나 재배되거나 한 곳에 붙박이거
나 하는 것을 참지 못하는, 거칠 것 없는 자연과도 같은 성정을 생래적으

로 타고 태어났다고 한다. 부랑과 유목은 인간의 원초적 본성 가운데 하나인 것이다. 어딘가에 붙박이면 긴장을 잃게 되어 어느새 헐거워진다. 그렇다면 가), 나)의 화자와 같은 이들은 어떻게 살고 싶을까?

다)에 그 답이 있다. 그들은 "여름 한낮 후두둑 듣는 소나기처럼/잠깐의 외출처럼 살고 싶"다. 아무 것에도 매이지 않고 아무런 부담도 지지 않고, 문득 쏟아지는 소나기처럼 마음이 내키는 대로 슬쩍 들러보는 식의 삶의 방식을 선호한다. 위에서 살펴 본 「주점 산타페」의 화자가 가고 싶어 하는 곳 또한 이런 곳일 것이다. 그들은 때때로 "나를 온전히 엎지르고 싶은 날이 있었다"(「네가 없어도 바다는」)고 한다. 그런데 "먼 곳 바라본 것도 아닌데/세상은 자주 나를 무릎꿇"(「만리포에서」)리곤 했었던 것이다. 둘째 연에는 바람 한 폭 잘라 치마 지어 입고 해당화 붉은 꽃 속을 건너가는 천의무봉식 행보가 펼쳐지는데 이때 만발한 꽃향기를 큼큼거리며 맡고 다니는 모습까지도 함께 그려져 있다. 셋째 연은 이제야 회한을 푸는 어떤 의식과도 같은 분위기를 보여준다. 회한과 슬픔과의 놀이를 통해 오래 쌓인 감정의 앙금을 풀고 싶은 것이다. 엄마도 아버지도 선생님도, 애인과 남편까지도 조용히 하라고 해서 그렇게 했는데 그러다보니 이제 "조용하지 말자 결심"해도 '말의 옥문'이 잘 열리질 않게 되어버렸다.(「조용히 하라고 해서」) 이것은 마치 회전문을 빠져나가지 못하고 뱅뱅 도는 것(「회전문」)과 같은 상황이다. 유정이 시인에게는 이제 물방개가 "파닥임으로 세상에/관계하는,/개입하는,/추궁하는,/기입하는,/교접하는,"(「물방개」) 물방개처럼 시를 통해 세상과 통교하는 것이 묵은 상처를 어루만져 '위궤양'(「위궤양」)이나 '내출혈' 등을 치유하는 방책이 될 것 같다.

이처럼 실존적인 상처를 지닌 시인이 「영등포」, 「다가구주택」, 「개미에게는 개미의 생이 있고」 등의 시에서 불우한 이웃이나 미물들에 관심을 기울이는 것은 마땅한 일이라 할 것이다. 그녀가 「한밤의 시」, 「시」, 「돈다」와 같이 시에 관심을 기울이는 시를 많이 쓰는 것 또한 그러하다.

죽음과 삶의 변주곡

— 이수익의『처음으로 사랑을 들었다』, 최춘희의『시간 여행자』,
곽효환의『지도에 없는 집』, 오탁번의『우리 동네』

    죽음과 삶의 문제, 아니 죽음에 관한 질문은 살아가면서 누구나 어느 순간 마주하지 않을 수 없다. 우리의 뇌리 한 편에는 유한한 인간의 삶 혹은 숙명에 대한 인식이 자리하고 있기 때문이다. 하지만 이수익 시인이『처음으로 사랑을 들었다』에서, 그리고 최춘희 시인이『시간 여행자』에서 죽음의 문제를 다루게 된 데에는 구체적인 계기가 엿보인다. 이수익 시인은 앰뷸런스를 타고 가 응급병실에 누워있던 경험이 죽음과 대면하는 내면의 자세를 점검하게 한 듯하다. 최춘희 시인은 그녀의 부모와 배우자의 죽음을 겪으면서 죽음의 문제와 마주하게 되는 데 특히 배우자의 뜻하지 않은 사고가 쉽게 가시지 않는 충격으로 남은 듯하다.

    곽효환 시인과 오탁번 시인은 이들과는 달리 죽음을 일상의 일로 대하고자 한다. 곽효환 시인은『지도에 없는 집』에서 모든 인공적인 경계를 허물다 죽음과 삶의 경계를 허무는 데에까지 나아가고 있으며 오탁번 시인은『우리 동네』에서 평균수명까지 살기를 희구하다가도 어떻게 하면 주위 사람들한테 너저분한 모습을 보이지 않고 사뿐하게 죽을 수 있을까를 생각한다. 그러나 토마스 만이 병과 죽음에의 모든 관심은 삶에 대한 관심의 다른 표현일 뿐이라고 말했듯이 이들의 궁극적 지향이 앞으로의 삶의 방식과 궤도에 있음은 물론이다.

죽음의 길에서 회귀하여 사랑에로 — 이수익 시집 『처음으로 사랑을 들었다』

　이수익은 이번 시집을 내기 이전에도 때때로 죽음의 문제를 천착하고 있었다. 그는 죽음을 "생의 가장 아름다운 때를/깨끗한 불로써 말한다." (「불길」)고 하여 '살아있는 누추'를 벗고 진실을 말하는 것으로 미화하는가 하면 기쁨보다는 슬픔과 부끄러움으로 얼룩진 생을 벗어나 "날이 새면 하얗게 승천할 우리들의 영혼"(「情死」)을 기대하는 것으로 정사를 묘사하는 등 관념적인 접근을 하는 모습을 보인 바 있다. 그러나 이번 시집에서는 전혀 다른 핍진한 인생사 속에서의 죽음의 문제를 말하고 있다.

　가) 난생 처음 당해 보는 푸르른 칼자국과

　　그를 피하려는 무참한 저항의 몸부림의 끝

　　그

　　사이에서

　　참으로 금방, 나는 사라졌다

　　　　　　　　　　　　　　　　　－「앰뷸런스」 부분

　나) 북풍이 몰아칠 가혹한 날들, 저 무위한
　　바람막이 같은 쓸쓸한 추위, 더 기억해야 할
　　부적의 날들 있으나
　　참고 살자
　　뼈를 포갠 채 살아갈 날,
　　나는 두렵지 않다

　　　　　　　　　　　　　　　　　－「두렵지 않다」 부분

가)는 스스로 자신의 신체를 제어할 수 없는 상태에 이르러 의료진과 외부인들에게 자신을 내맡기게 된 충격을 표출한 것이다. 한 줄씩 띄어 쓴 형식은 말이 잘 안 나올 정도의 어이없는 무력한 상황을 효과적으로 드러낸다. 이런 사태를 통해 이수익 시인은 구체적인 죽음의 그림자와 마주치게 된 듯하다. 여기서 시인은 죽음의 미학을 탐구하기보다는 죽음에 적응하거나 죽음의 무게를 덜어내도록 마음을 단련시키는 방향으로 나아간다.

나)에서 화자는 춥고 쓸쓸한 날들, 그리고 악귀나 잡신을 물리칠 부적이 필요한 공허한 날들이 앞에 놓여있지만 어떠한 조치를 취하기보다는 그대로 참고 사는 쪽을 택한다. 뼈로 돌아갈 죽음을 두려워하지 말자고 스스로에게 다짐하며 바닥보다 춥지 않은 '무릎, 어깨, 팔'과 메마르지 않은 '침', 그리고 "천천히 더듬으며, 하얗게 말을 이어갈 수 있는" 지금 상태로의 따뜻한 '몸'을 느끼고 또 즐기고자 한다. 결국 그는 살아있는 현재 그대로의 자신을 더욱 소중하게 느끼게 된 것이다.

동백꽃은 참으로
위에서 떨어지는 것이 아니라
아래에서 위로
아래에서 위로
솟구치는,
번쩍이는 상승의 욕망이 있음을 알아차린다면
그것은 이미 4월에 끝나는 것이 아니다.

동백나무
오, 떨어져서 피어나는 꽃들
선운사에

가득하다.

– 「위로 솟구치는 꽃들」 부분

실제로 이수익의 이번 시집에는 이처럼 상승의 욕망을 드러내는 시편들이 주류를 이루고 있다. "나는 하늘로 힘껏/뛰어오를 것 같다"(「피어오를 때」)고 하거나 봄에 대한 "기다림 만으로도 쩔쩔 매여서/아무것도 할 수 없"(「봄에게 붙들리다」)다고 하는 것 혹은 날벌레, 물고기, 지렁이 같은 미물들이 어디선가 생겨나는 것 대해 "하,/정말 예삿일 아니다"(「어느 날의 화두」)하고 새삼 감탄하는 것도 이런 상승에의 욕망의 다른 표현이다. 동백꽃이 떨어지는 것을 두고 많은 이들이 아쉬워했지만 이 시의 화자가 그 속에 감추어진 상승의 욕망을 읽어낸 것은 시인의 재생에의 강한 욕구가 받쳐준 까닭이라 할 수 있다. '아래에서 위로'를 반복하고 '솟구치는'으로 강조하고 '번쩍이는'으로 꾸며주고 있는 데에서 그만큼 절실한 시인의 욕망이 드러난다. 처음으로 사랑을 깨닫게 된 한 여인을 그린 다음과 같은 시 구도 이런 정서의 연장선상에서 보아야 할 것 같다.

강렬한 입맞춤은 귀와 내이 사이에서 공기압력에
불균형을 가져와 고막이 터져버린다는 것인데,
그런 '푸' 하는 소리와 함께 세상의 모든 소리들은
꺼지고 사라지고 말아, 그럼으로써 한 여성은 참으로
세상에서 들을 수 없는 소리를 들을 수 있게 되었다네,

– 「처음으로 사랑을 들었다」 부분

고막이 터져버림으로써 비로소 이 시의 화자는 '너그러운 휴식'을 맞이했고 "아무렇게나 들을 수 없는/편안함이 그의 몸속으로 흘러들"었다는 것, 그리고 드디어 '세상에서 들을 수 없는 소리' 즉 "황홀한 눈물 없이는

차마 못 들을 그런 말, 말, 말"을 듣게 되었다고 한다. "분명히, 더 들어야 할 말이 있을 것 같은데/듣고 싶은 소리들이 남아 있을 것 같은데" "조금씩 귀의 문이 닫히고 있다."(「귀가 간다」)고 말하는 이가 듣고 싶은 말이 바로 그 말—사랑한다는—일 것이다. 죽음에의 길로부터 회귀하여 만년에 다시금 사랑에 눈뜨고 있는 시인이 바로 이수익이다.

죽은 이들의 현존 — 최춘희 시집 『시간 여행자』

최춘희의 『시간여행자』에는 배우자로 추측되는 이와 어머니의 죽음으로 인한 절통한 심경이 전편을 지배하고 있다. 망자에 대한 회한을 동반한 슬픔은 바닥을 모를 정도로 깊고 그 상흔은 쉽사리 지워지지 않을 듯하다. 프랑수아즈 다스튀르의 지적처럼 각별한 타자의 결여는 우리가 그를 여의었다는 사실로 인해 죽은 자가 우리에게 살아있을 당시보다 더욱 절대적으로 현재하기 때문이다.

　다) 검은 꽃잎이 물 속을 떠 간다

　　날 선 의식 끝에서 부레처럼 부풀어 오르는 떠돌이별

　　죽은 이들이 산 자의 입을 봉하고 호출되는 밤이다

　　북극해를 떠도는 유빙처럼 정처 없는 마음에

　　밥 한 술, 술 한 잔 건네주지 못하고 길 떠났다
　　살을 나누고 피를 섞은 한 몸인데 손 한번 잡아 주지 못했다

후회란 늘 때늦게 오는 밤눈 같은 것

바람에 머리칼 잡혀 새가 된 영혼이 뜬눈으로
꺼이꺼이 울고 있다

전 생애를 떠메고 물 속 깊이 마른 몸 잠긴다

몸을 건너가는 검은 꽃잎들 피어나 물안개 뜬다

　　　　　　　　　　　　　　　　　　　－「다시 불면」 전문

라) 누에나방은 입이 없기 때문에
　　먹이를 잡아먹을 수도 없다는데
　　그저 아무것도 먹지 않고 몸에 축적된
　　에너지만으로 버틴다는데
　　당신은 입을 두고도 그 입 속에
　　어떤 곡기도 들이지 못하고 입 닫으셨다

　　　　　（중략）

　　뼛속에 바람 들고 입 안이 썩어 가는 줄
　　제 살길 바쁜 자식들 짐 되기 싫어
　　아픈 내색조차 못하신 어처구니로
　　멀쩡한 이빨 몽땅 다 빠지고
　　잇몸마저 폭삭 주저앉아 버린 줄도 모르고

　　　　　　　　　　　　　　　　　　　－「어처구니로」 부분

　의식의 날이 서 있어 밤새 잠 못 이루는 다)의 화자는 어느 순간 죽은 이
와 조우한다. 화자의 '북극해를 떠도는 유빙처럼 정처 없는 마음'은 그가

갑자기 죽은 직후 얼어붙은 화자의 마음의 상태를 말해주며 지금 때늦은 '후회'를 하게 된 원인이라 할 수 있다. 그런데 이것은 현재의 정처 없는 화자의 심경이라고도 할 수 있다. 물속을 떠가는 '검은 꽃잎'이란 죽은 이들의 영혼을 뜻하며 '부레처럼 부풀어 오르는 떠돌이별' 또한 죽은 이들과 같은 이미지를 지니고 있다. 밤새 뜬눈으로 울고 있는 새 역시 유사한 이미지를 지니고 있다. 이것들은 '떠도는 유빙'과 어우러져 떠도는 영혼과 자신과의 구별을 무화시킨다.

'전 생애를 떠메고 물 속 깊이' 잠기는 '마른 몸'은 온 인생을 반추하는 화자의 고뇌의 깊이와 불모의 생명성을 시사한다. 화자가 물속에 잠기는 것은 목숨을 부지하기 위한 본능적 욕구의 발현이라 할 수 있다. 물속에 나앉은 그에게 '검은 꽃잎들' 곧 영혼들은 '물안개'로 떠돈다. 존재하는 듯하지만 잡히지 않는, 그러나 주변에서 함께 호흡하고 있는 물안개와 같은 영혼들 – 밤이 새고 날이 밝아야만 화자는 이들로부터 천천히 분리될 것이다.

라)의 작품은 음식을 먹을 수 없게 된 어머니를 누에나방의 애벌레에 비유하여 그녀의 헌신에 대한 애닲은 심경을 토로하고 있다. 각자 자기 살기에도 바쁜 자식들에게 행여 짐이 될까봐 잇몸이 폭삭 무너져 이가 다 빠지도록 참고 버텼다는 사실 – 그녀의 "땀방울이 소금알갱이 되도록 / 온몸 절인 염장의 시간"을 뒤늦게야 알게 된 자식의 기막힌 심정이 '어처구니'라는 말 한마디에 축약되어 있다.

어머니와 '너'가 세상을 떠나자 시인은 "삶의 경계가//죽음 쪽으로 넘어지고 있다"(「장마」)고 한다. 시인도 오래전 "생의 공중 정원에서/추락한 적이 있다(「낙법놀이」)". 그러나 그는 '필살의 낙법'으로 다시 날아오른 전력을 가지고 있다. 다시 동력을 얻을 수 없는 너 – '바람의 날선 대패질 따라 얇아지는 가슴을 지닌 그'는 풍력 발전기 그늘 아래 울고 있지만 시인은 새로운 동력을 찾아 나서는 모습을 보여주고 있다.

마) 잃어버린 기억 더듬어 찾아온 어릴 적 고향집

　　잘생긴 오동나무 한 그루

　　환하고 눈부신 꽃등 하나
－「아름다운 무늬」 부분

(바) 공기처럼 가볍고 싶어

　　햇살 한 줌 내주고 싶어

　　삶의 꼭지점 향해

　　전속력으로 날아올라

　　빛으로 부풀어 오르는 하늘 정원에

　　나를 심고 싶어

　　주소를 바꾸고 싶어
－「이사」 전문

마)의 화자는 기억을 더듬어 어린 시절의 고향집을 찾아간다. 자신을 돌아보고 현실의 어려움을 극복하고자 하는 몸짓일 것이다. 거기서 화자는 잘생긴 오동나무 한 그루와 거기에 만발한 꽃을 본다. 오동나무가 '환하고 눈부신 꽃등'으로 변신하여 그의 눈앞에 나타난다. 환한 꽃등 앞에서 그는 어떤 기분일까? 아마도 날아오를 듯한 느낌일 것이다.

바)는 마)의 화자가 가볍게 날아오르는 곳은 어디일까라는 물음에 대한 대답인 셈이다. 그가 전속력으로 날아오른 곳은 '빛으로 부풀어 오르는 하늘 정원'이라 한다. 그는 이제 아주 이곳에 정착하고 싶어한다. '출구 없는 기막힌 생'(「투계」)으로부터 탈출하여 그는 젊은 시절로 돌아가 '적토마'를 타고 "다시 한 번 말달리고 싶다"(「그 해 여름, 뚝섬」)고 했다. "고도를 기다리듯 고양이를 기다리"(「고양이가 좋다」)기도 하고 "봄 눈 오는 날//공연히 나,//문 열었다 닫"(「봄눈 오는 날」)기도 한다. 이 모든 기다림과 설렘, 변화에의 열망은 침체된 현실로부터의 출구를 모색하는 것이라 할 수 있다. 출구 없는 듯한 생이지만 과거로 돌아가지 않더라도 겨울이 지나면 봄이 다시 오듯이 출구는 반드시 보이게 마련이다. 체력과 의욕을 키우며 달려 나갈 채비만 하고 있으면 된다.

경계 넘어서기 — 곽효환 시집 『지도에 없는 집』

온갖 인위적인 제약과 제한 혹은 구속과 속박으로부터 벗어나고 싶어하는 것은 시인들만이 아닌 대부분의 사람들에게 공통된 욕구이기도 하겠지만 곽효환은 이 시집에서 '경계'라는 어휘의 자장 속에서 자기만의 방식으로 여러 가지 제한적 요소를 극복하고자 하는 모습을 보여주고 있다.

가) 끊어지고 흩어진 길들
　그 길이 낳는 낯선 새로움 하여 열린 길들
　어느 길도 가지 못할 길은 없다
　돌아오지 못할 길 또한 없다
　한여름 뙤약볕 가득한 대륙의 벌판 아래
　그을린 얼굴에 쏟아지는 땀을 훔치면서도

눈꽃 가득한 설원을 얼어 터진 손과 발을 후후 불면서도

길을 내고 가야만 하는 이들이 있다

사라진 궤적을 찾아

지평선 이쪽 끝에서 저쪽 끝을 향해

가고 또 오는 길 위의 사람이고 싶다

오늘 꼭 오늘이 아니라도

이곳은 저곳에게 저곳은 이곳에게 피안이고 싶은

그 길을 터벅터벅 걸어서

그 경계를 넘고 싶다

— 「다시 길에 서다─열하기행1」 부분

나) 굽이굽이 난 길이 더는 없을 법한

모퉁이를 돌아서도 한참을 더 걸은 뒤

고즈넉한 밭고랑

황토 짓이겨 벽 붙이고 슬레이트 지붕을 얹은 곡식 창고

함석지붕을 머리에 인 처마가 깊은 집이 있다

산나물이 들풀처럼 자라는

담도 길도 경계도 인적도 없는 이곳은

세상에 대한 기억마저도 비워낸 것 같다 그래서

지도에 없는 길이 끝나는 그곳에

누구도 허물 수 없는 집 한 채 온전히 짓고 돌아왔다

— 「지도에 없는 집」 부분

곽효환 시인은 이번 시집에서 세계 여러 나라를 시의 소재로 삼고 있지만 중국 특히 열하일기의 현장을 여행하며 과거와 현재의 경계를 넘나들고 있다. 가)는 열하기행시 8편 가운데 하나이다. 가)의 화자는 압록강 하

구의 국경 도시에서 북한과의 경계지점을 따라가며 느끼는 소회를 서술하고 있다.

'길'은 본래 누구라도 지나갈 수 있고 돌아올 수 있는 것이다. 또 그래야만 한다. 그러나 같은 한민족인 우리는 남북으로 갈려 자유로운 통행이 불가한 채로 60년 이상이 흐르고 있다. 그 옛날 길이 없던 시절 이곳 북방에는 길을 내며 나아간 선구자들이 존재했다. 지금 이 시점에서 가)의 화자는 선조들의 궤적을 찾아 북방을 오가고 싶어한다. 그런데 그는 왜 '그 길'이 '이곳은 저곳에게 저곳은 이곳에게 피안'이 되었으면 하는가. 그리고 그 경계를 넘어가고 싶은 것일까.

남과 북이 경계선을 그어 놓고 서로 대치하고 있는 지금의 이 상태에서 이처럼 상대방이 있는 곳을 '피안' 곧 깨달음의 세계 혹은 이상향으로 여기는 마음이 생긴다면 분단의 적대적 상황을 해소하는 길이 저절로 열릴 것이다. 이는 현실에서 이루어지길 바랄 수 없는 것으로서 시적 해결의 방책이라 할 수 있다. 적대가 해소되면 경계 또한 자연스레 사라지고 말 것이다. 「한 걸음—열하기행 2」에는 이 경계를 따라 흐르는 물줄기를 건너는 사람이 그려져 있다. 경계 해소에의 염원이 투영되어 있는 것으로 보인다.

나)의 화자는 내비게이션이 안내를 그치자 차를 세우고 지도에도 나타나 있지 않은 길을 끝까지 걸어 밭고랑 한 편에 곡식 창고가 있는 처마 깊은 집에 당도했다. 그 집은 "담도 길도 경계도 인적도 없는" 곳으로 세상과 단절된 느낌을 주는 곳이다. 자연과 하나로 어우러져 산나물이 지천인 곳이다. 그런데 화자는 끝 연에서 그곳에 집 한 채를 짓고 돌아왔다고 한다. 이게 무슨 소리일까.

지도에 '없는' 길이 '끝나는' 곳—이렇게 이중으로 강조된 궁벽한 곳에 '누구도 허물 수 없는' 집을 '온전히' 짓고 돌아왔다고 다시금 이중으로 강조하는 것은 무엇을 의미하는 것인가. 모든 인간사의 경계가 사라진 곳—그토록 외진 곳에, 이미 집이 있는 곳에 화자가 다시 지은 집은 실제의 집이 아니라 그의 마음속의 집이며 그 감정이 그토록 소중하고 절실함을 뜻하는 것이라 할 수 있다.

경계를 허문다는 것은 이런 정도에 그치고 마는 것이 아니다. 죽음과 삶의 경계를 넘는 어떤 곳에까지 그러한 상상은 이어진다.

> 사랑하라 사랑하라 다시 사랑하라
> 죽기까지 그리고 당신의 영혼을 팔기 전에
> 죽음을 넘어서는 만남과 사랑을 이루, 라고
>
> (중략)
>
> 유리벽을 사이에 둔 그와의 낯선 조우는
> 죽음을 넘어선 만남
> 죽지 않는 만남
> 죽을 수 없는 죽음과의 만남
> 나는 당신 안에서 행복합니다
>
> ─「죽음과의 만남」 부분

앞부분은 파우스트의 입을 빌어 하는 화자의 말이며 뒷부분은 괴테를 만난 화자의 감상이다. 우리들의 사랑과 곽효환 시인이 괴테를 만난 기쁨과 행복이 비슷한 언어의 수준에서 논의될 수 있는 것인가 보다. 그렇다면 교황 요한 바오로 2세가 '우리는 그 분 안에서 하나입니다'라고 했을 때의 그 충만한 감정도 같은 차원의 것인지도 모른다. 죽음과 삶의 경계를 허무는 작업은 때로는 아래에서와 같은 사회적 의식으로 전환되어 나타나기도 한다.

긴긴 여름은 장엄했으나 그렇게 조금씩 기울었고 촛불도 사위어갔다
그리고 우리는 다시 희망 없는 날들을 이야기했다
—더 낮은 목소리로, 점점 더 작은 목소리로

(중략)

경찰특공대가 투입된 재개발지구 농성장 망루에 있던 사람들이 화염 속에
죽어갔다고⋯⋯
거리로 내몰린 철거민의 생존투쟁이었다고 불법 시위를 막기 위한 적법한
진압이었다고⋯⋯

— 「다시 광화문에서」 부분

이 시인의 꿈은 원래 어떠한 것이었길래 이런 거대한 사건들에 관심이
가는 것일까. "인적 없는 겨울 들판" "붉게 물드는 잿빛 하늘 한 켠에/밥짓
는 연기 오르"는 것이었다.(「겨울, 평강고원」) "지붕 낮은 집 굴뚝에 연기 올
리고" "이제는 다 잊었다고 믿었던 지난 사랑 더듬"는 것이었다.(「겨울, 자
작나무 숲에서」) 혹은 "유년의 희망, 그 작은 사랑을 다시 찾"는 것이다. 그
러나 "—나의 바램은 거대한 물길이 아니다"(「고무신 배를 띄우다」)라고 말
하는 것도 대사회적 발언이 되고 마는 것이 오늘의 삶이다. 죽음과 삶의
경계를 허무는 '사랑'의 힘으로, "죽음을 딛고" "쓰라린 상처를 딛고"(「벌목
장」) 새로운 희망이 피어나기를 기다릴 수밖에.

자기연민의 미학 ─ 오탁번 시집 『우리 동네』

오탁번 시인은 이번 시집 『우리 동네』에서도 특유의 맛깔스런 언어감
각을 유감없이 보여주고 있다. 잊혀져가는 순우리말을 되살려가는 섬세

한 손맛과 의성어, 의태어를 다루는 옹골찬 솜씨는 가히 인간문화재로 지정받을 만하다. 그는 나이가 거꾸로 드는지 익살과 기지, 해학의 장도를 부리는 솜씨 또한 점입가경이다. 「두레반」, 「추석」, 「삼대」, 「그렇지, 뭐」 등 많은 시들에서는 흘러가버린 정겨운 시골 정경이 그대로 되살아나고 있다. 원초적인 소박한 에로티시즘 또한 절정을 치닫고 있다. 요컨대 그는 60대 중반을 훌쩍 넘긴 지금도 조숙한 장난꾸러기요, 영원한 소년이다.

그러나 세월에는 당해 낼 장사가 없는지 이번 그의 시집에는 언뜻언뜻 고독과 비애의 그림자가 비친다. 아니 이러한 정서는 유년 시절의 향수와 유쾌한 익살로 차고 넘쳤던 지난날 시편들의 이면 깊숙한 곳에 이미 깔려있었던 것 같다. 다만 그것이 이제야 우리 눈에 띄게 된 것이다.

가) 또 소곤소곤 속삭였다
　　－은행나무와 했어요?
　　獸姦이란 말은 들어봤어도
　　나무 하고 그거 하는
　　樹姦이란 말은 난생 처음이어서
　　가는귀 먹어
　　말을 잘못 알아들었는가 보다
　　생각하면서
　　겨우 예순일곱 살 먹은 나는
　　그냥 빙그레 웃었는데

　　　　　　　　　　　　　　　－「교감주술」부분

나) 봄이 오는 소리
　　아직도 먼 雨水날 아침
　　평균수명을 향하여
　　앞으로 갓!

혼자 외치면서

가시오가피즙 하나 따서 마신다

가시오가피 가시오가피

꼭 무슨 별자리 이름인양

呪文처럼 외우면서

나도 한 그루

가시오가피 나무가 되어

날카로운 가시 세우고

아득한 銀河水 물결을

건너갈까 한다

－「가시오가피」 부분

　가)에서 화자가 '예순일곱 살'임을 밝히는 데에서도 볼 수 있듯이 오탁번 시의 화자에게서는 가식 없는 인간 오탁번의 호흡이 느껴진다. 가)에는 양평 용문사에 같이 간 젊은 여류 시인의 유우머에 자극을 받아 천백 살 먹은 용문사 은행나무와의 교접을 꿈꾸는 화자의 모습이 인상적이다. 이 여류 시인은 '－詩的 交感 안했어요?'라는 말을 덧붙여 우스갯소리로 마무리하려 하지만 오히려 그 순간부터 화자는 합장 배례의 대상이던 은행나무와 인간적 교감을 나누기 시작한다. 나무와도 정을 통하려하는 시인에게 꽃과의 교접을 상상하는 것은 어려운 일이 아닐 것이다. "흰 수염 나붓하게 나이 든 나는/이젠 꽃과도 通情하고파/봄을 기다리며 안달안달"(「대춘부」)하고 있다. 이처럼 만년의 열정을 과시하던 시인이 나)에서는 조금 움츠러든 모습을 보인다.

　나)의 화자도 봄을 기다리는 모양이다. 생성 혹은 회생의 에너지를 희구하는 것이다. '가시오가피즙'은 한 때 유행했던 대표적인 건강보조식품이다. 이 시 앞부분에서 화자는 '양파즙, 흑마늘환, 죽염' 등을 상식해도 혈압이 정상으로 돌아오지 않는 자신을 측은한 시선으로 묘사하고 있다. '평균수명'을 언급하는 것은 젊을 때부터 늘상 10년 이내에 죽을 것이라는 오래된 그의 강박관념(「설날 아침」, 「겨울강」)의 다른 표현이다. 평균수명이 라는 새로운 목표를 위해 마시는 '가시오가피즙'은 가시와 카시오페이아 를 닮은 그 이름 때문에 그의 상상력을 자극하여 그를 가시 세운 가시오가 피 나무가 되어 '銀河水'를 건너가게 한다. 이때 은하수는 다만 카시오페이 아와 어우러진 별무리일 뿐만 아니라 그가 이승을 떠나는 날 건너게 될 영 혼의 여로에 놓여있는 물결이기도 하다. 꽃과 나무를 교접 대상으로 삼은 「교감주술」이나 「대춘부」에서와 같은 열정의 과시 또한 그 밑바탕에는 자 기연민이 짙게 배어있다고 할 수 있을 것이다.

> 동백꽃처럼 동백꽃처럼
> 질 때도 꽃 모양 그냥 지닌 채
> 숨 거둘 수 없을까
> 너부데데한 모습 보이지 않고
> 마실갔다 돌아오는 것처럼
> 한 세상 끝낼 수 없을까
> 이웃에 마실 가서 친 화투판에서
> 돈 몇 푼 날리기는 했지만
> 동치미에 국수 말아 밤참을 먹고
> 막걸리도 몇 잔 했으니
> 다 본전은 한 것 아니냐고
> 혼자 생각하면서
> 사뿐사뿐 돌아올 때처럼
>
> — 「마실」

앞서 살펴 본 「가시오가피」에서는 온갖 건강식품을 다 먹고 평균수명까지 살 수 있기를 희원하던 오탁번 시의 화자가 이 시에서는 주위 사람들에게 '너부데데한' 모습 보이지 않고 사뿐한 기분으로 죽을 수는 없을까를 생각한다. "다 쓴 붓/맑은 물에 헹궈서 붓걸이에 걸듯"(「자명종」) 개운하게 하루를 마감하고 싶듯이 인생도 그렇게 접고 싶은가 보다. 좀 손해를 본 듯해도 잘 따져보면 그럭저럭 본전이니 괜찮다는 나름의 셈법으로 인생을 관조할 수 있다면 좋을 텐데 하는 것이다. 지금 이런 방식의 관조가 잘 되지 않는다면 그에게는 어떤 것이 그토록 아쉽고 억울하기 때문일까. 지난 시절 "재떨이에 남아서/울고 싶을 때 울 수조차 없는 아침의/꽁초"가 되어버린 이름모를 '지난 밤의 치욕'(「부끄러움」, 「겨울강」)이 아직 남아있는 것일까. 아니면 자신의 인생이 자기 뜻과는 전혀 상관없이 멋대로(그러나 우리가 보기에는 너무나 잘) 풀려버린 데에 대한 억울함(「내 문학의 숨결」, 「순은의 아침」)이 아직도 남아있는 것일까. 혹은 가족 관계나 기타 일상에서의 욕구 불만이 남아있는 것일까.

아득히 흘러가
영영 지워진
사랑하는 이름이여
지워졌다고 영영 지워졌다고
앙다물고 다짐할수록
또렷이 떠오르는
보고 싶은 얼굴이여
사랑한다 말을 할까
생각만 해도
감자밭 해치는 멧돼지 같은
멧돼지 피 같은
가쁜 숨소리만 남누나
그리움이여

한술 더 떠, 사랑이여

정녕 아직도 未畢이었단 말이냐

가까운 산보다

더 잘 보이는

그렇다, 멀수록 더 잘 보이는

먼 산 된비알에서,

아득히 흘러간 이름이

반들반들 참나무 열매처럼

또글또글 굴러오누나

― 「형상기억술」 전문

　이 작품에는 오탁번 시인이 좋아하는 김소월과 서정주의 얼굴이 얼비
친다. 그래선지 어쩐지 매력적인 이 작품의 화자에게는 영영 지워진 줄만
알았던 사랑했던 이들의 얼굴이 생생하게 떠오른다. 지금 당장 사랑한다
말하고 싶다. 그런데 이렇게 생각하는 자체만으로도 먹을 것을 찾는 멧돼
지의 피 끓는 가쁜 숨소리를 스스로에게서 듣게 된다. '그리움'이니 '사랑'
이니를 아직 벗어나지 못한 자신을 깨닫게 된다. '그렇다'는 감탄사는 가까
운 산보다 먼 산이, 아니 멀수록 오히려 잘 보인다는 역설적 진리를 깨닫
는 순간에 터져 나온다. 오래된 일들이 근래 겪은 현실보다도 더욱 또렷이
기억되는 사실과 호응한다. '아득히 흘러간 이름'이 먼 산 경사진 비탈에서
"반들반들 참나무 열매처럼/또글또글 굴러"온다는 표현에서 우리는 입을
다물 수가 없다. 황홀하다! 말들의 무용을 즐기는 기분이다. 이러니 현실
속에서 오탁번 시의 화자들은 외로울 수밖에 없다. "날 좀 살려 줘!"(「엉
아」)라는 비명을 지르지 않을 수 없다. 손에 잡히는 그리움은 얼마나 절절
한 것인가. 이 시인에게 아직은 인생이 관조되지 않는 이유를 이제 좀 알
것 같다.

비움과 비워짐의 시
— 임연태의『청동물고기』, 하정열의『삶의 흔적 돌』,
김명철의『짧게, 카운터 펀치』

    시인이 시를 쓰게 되는 단초는 어떤 깨달음이라고도 할 수 있다. 자연과 사물과 인생, 혹은 사회에 대한 어떠한 종류의 깨달음이건 시인에게 찾아오는 그러한 깨달음의 순간은 시의 신이 강림하는 축복의 순간이다. 그것은 시인의 선천적인 재능이 점화되고 오랜 시간 그가 쌓아온 시적 창조의 능력이 발휘되는 순간이기도 하다. 그 순간은 시인의 내적 욕구가 축적되어 폭발적 에너지를 지니게 되었을 때 불현듯이 혹은 관조의 단계를 거쳐 현현한다고 할 수 있다. 임연태의 시집『청동물고기』나 하정열의 시집『삶의 흔적 돌』은 이러한 깨달음의 순간을 잘 포착하여 작품화하는 전형적인 방식을 보여준다. 임연태 시의 화자들은 현실을 비우고 연기(緣起)와 그리움의 세계로 향하고 있으며, 하정열 시의 화자들은 비우고 또 비우는 공즉시색(空卽是色)의 세계를 지향하는 모습을 보여주고 있다. 김명철의 시집 『짧게, 카운터 펀치』에 등장하는 시의 화자들은 주변의 상황으로부터 어떠한 전언을 이끌어내고 있다. 이때 그가 묘사하는 상황은 그 자체가 어둡고 비극적인 것이어서 우리는 이것을 비워진 세계라 부르고자 한다. 화자의 의도보다는 외부 세계의 압력이 더욱 크게 느껴지기 때문이다.

그리움의 시 — 임연태 시집『청동물고기』

시집 전체에 임연태시인이 불자임이 여실히 드러나고 있지만 이 시집에
는 애틋한 인간적 그리움의 정이 드러나는 작품들 또한 상당수를 차지하
고 있다. 다음 작품은 그가 현실 세계와 구도(求道)의 세계와의 경계에서
고민하고 있는 모습을 잘 드러내고 있다.

기둥만 서 있는 문
안과 밖이 따로 보이지 않는 문

수없이 많은 문을 열고 닫으며 살지만
내게 있어도 오히려
내가 열지 못하는 문

내 마음 속 일주문 밖에서
나는 오늘도 하염없는
떠돌이였네.

— 「일주문(一柱門)」 전문

일주문은 문은 문이되 기둥과 지붕만 있고 실제로 출입을 통제하는 여
닫는 문이 없어 문이 아닌 듯한 느낌을 주기도 한다. 그러나 한 줄로 된 기
둥이 오히려 부처와 진리에의 일심을 강조하고 있으며 절에 들어갈 때 처
음 지나가야 하는 문으로서 성과 속의 경계를 상징하는 깊은 의미를 지닌
문이기도 하다. 이 시의 화자의 마음속에도 이런 문이 있지만 그는 여닫이
가 없는 그 문을 통과하여 들어가지 못하고 밖에서 맴돈다. 세속과 진리,
육체와 정신, 일상의 삶과 구도적 삶, 허위와 진실, 찰나와 영원 등의 경

계기이기도 한 그 문 밖에서 떠돌아야 하는 것이 대부분의 우리 인간의 숙명이기도 하다. 그가 많은 작품 속에서 한 인간으로서의 사랑과 기다림, 그리움의 정을 소중히 생각하는 것은 이러한 인간의 삶을 스스로 벗어날 수 없음을 자인하는 것이기도 하다. 「악연」, 「어디로 갈까」, 「청설모 새끼, 너 누구냐?」 등의 시에서 연기설에 집착을 보이고 있는 것도 그의 이런 인간적인 면모를 보여주는 것이라 할 수 있다.

홀로 흐를 때는 몰랐지만
여기서 그대를 만나 함께
흐르는 순간부터 사무쳐 오는 그리움

지나온 시간 나를 흐르게 한 이유가
여기서 그대를 만나기 위함이었음을
알게 된 순간부터 사무쳐 오는 그리움

여기
두물머리에서부터,
내가 그대로 흐르고
그대가 나로 흘러
비로소 완성되는 그리움

— 「두물머리에서」 전문

어쩌면 그렇게 처절할까?

(중략)

무엇을 향한 그리움이기에

흰 살결 땅바닥에 내던져
흐늘흐늘 멍들어 가는가.

─「목련」 부분

두물머리에서 강물이 합류하는 모습과 목련이 그 고혹적인 개화의 짧은 순간을 마감하고 낙화의 처절함을 드러내는 모습을 '그리움'의 정서와 연결시키는 임연태의 은유적 상상력은 독자들을 공감의 세계로 이끈다. 「두물머리에서」의 화자는 '그대'를 만남으로써 비로소 '그리움'이 시작되었다고 하며, '그대'를 만나기 전의 시간마저도 그 만남의 준비과정으로서의 의의를 부여한다. 시인은 다른 작품에서도 "너를 만나는 순간부터/그리움은 깊어진다(「가시연꽃」)"고 하여 그리움은 만남이 그 원인이 된다는 사실을 재삼 강조하고 있다. 두물머리는 이렇게 해서 그리움의 상징으로 다시 태어난다.

「목련」의 화자는 목련이 '우윳빛 살결'과 '깊은 속살', '고혹의 눈길' 등을 지니고 있다고 표현하여 농염한 여자의 이미지를 덧씌운다. 그런데 그것은 뭇사내들이 깊이 음미하거나 접근할 틈도 주지 않고 떨어져버린다. 농염한 이미지가 강할수록, 빨리 떨어져버릴수록 낙화의 아쉬움은 그 강도가 커진다. 이때 한편으로는 그리움의 대상 혹은 그 실체에 대한 새로운 인식의 창 또한 열리게 된다. "사람을 그리워하는 것은/지금 여기서 그 사람이 되는 것"(「그리움은」)이라고 하듯이 그리움은 곧 그 대상과 내가 하나가 되는 경지라는 것이다. 시인은 그의 그리움의 저변에는 자신에 대한 끝없는 연민이 깔려있다고 말하고 있는 것 같다.

떨어집니다 허공에서 허공으로 떨어져
산산히 부서집니다
부석사 종소리처럼

마구령 넘어가는 밤벌레 울음처럼
허공을 파도치다가 부서지고 으깨어져
혼곤한 새벽잠에 빠져듭니다

죽습니다 허공에서 죽습니다
죽어 허공이 됩니다
아무도 내 죽음을 눈치 채지 못 합니다
길가의 코스모스 빨간 눈망울
가녀린 속눈썹만 가을 내내 떨립니다

허공이 되어 비로소 온전해지는 죽음
내 육신의 달디 단 이력.

－「사과1」 전문

이 작품은 '세속적 그리움→현실계와 구도의 세계 사이에서의 고민→연기(緣起)'라는 일련의 정신적 흐름을 가상할 때 그 뒷부분에 놓이는 공空의 세계에 대한 시적 변용이라고 할 수 있다. 과거－현재－미래라는 시간적 흐름에 바탕을 둔 연기설을 재해석하여 일체는 존재의 실체가 아니라고 하는 공사상(空思想)에 닿아 있다. 허공으로 떨어지지만 허공이 되고 마는 사과, 그때 비로소 죽음의 온전한 의미를 시현하게 되는 사과라는 존재에 대한 깨달음의 탄성이 바로 이 시이다. 사과로 변환된 화자는 그의 죽음이 진행되는 동안 아무도 그 사실을 눈치 채지 못하지만 '길가의 코스모스의 빨간 눈망울'과 코스모스의 '가녀린 속눈썹'은 이를 감지하고 가을 내내 떨고 있다고 말한다. 그 모습은 존재의 스러짐과 그것의 본질에 대한 우주적 신호를 감지하고 있는 시인의 모습 그 자체이다.

여기서 남는 문제는 사과가 떨어져 산산히 부서지고 또 으깨어져 혼곤

한 새벽잠에 빠져든다는 1연의 언급이다. 사과는 자유낙하해서 깨질 수는 있어도 이처럼 처참한 경우는 드물다. 그렇다면 이는 무엇을 말하고 있는 가. '부석사 종소리'와 '마구령 넘어가는 밤벌레 울음', 그리고 '혼곤한 새벽 잠'은 사과가 떨어지는 순간 그것을 둘러싼 정경이다. 허공을 파도치다가 부서지고 으깨어지는 '종소리'와 '울음'은 사과로 표상된 '존재'의 부르짖음 이기도 하다. 혼신의 힘을 다하여 헌신할 때 존재의 본질이 살아난다는 깨 달음을 담은 좋은 작품이다.

비움의 시 — 하정열 시집 『삶의 흔적 돌』

하정열은 조국에 대한 깊은 애정과 통일에의 열망이 가득한 군 출신의 시인이다. 그는 이번 시집 『삶의 흔적 돌』에서도 이러한 면모를 유감없이 드러내고 있지만 이에 그치지 않고 슬픔과 그리움과 기다림의 시들, 부동 심과 무심을 보여주는 시편들을 함께 선보이고 있다.

첫눈이 산을 넘어
삶의 외진 기슭에 찾아오면
황망히 나래를 접고
되살아 다가서는 아픔 한 조각

산다는 것은 속으로 울고 있다는 것
무지개를 쫓아온 내 마음의 발자국
눈송이에 부딪쳐도 상처 입으리

불혹의 뜻 하나 몰래 간직한 채
숨죽여 건너 온 기나긴 밤들

들어도 알지 못하는 입다문 것들
툭 건들이면 눈물이 될 추억 하나 안고
삶의 길에 혼자 설레이는 마음

애절한 울음소리 함박눈에 묻혀가면
황홀한 그림자도 슬픔과 아픔으로,
가만히 눈시울을 적실 뿐
참고 또 견디어서 씨앗으로 영글어
그 무게마저 없으면
더 휘청거릴 내 걸음이여

– 「삶의 여울목」 전문

하정열의 시에는 조국과 통일 등의 거대한 담론의 사이사이에 위의 작품에서와 같은 아픔과 상처, 추억 등 개인적 감성의 편린이 곳곳에 펼쳐져 있다. 그것은 일상의 깊은 뒤안에 감추어져 있다가, 어떤 외진 곳에도 내리는 첫눈에 감응하듯이 되살아난다. 이 시의 화자는 눈송이에 부딪쳐도 상처를 입을 만큼 여린 심성의 소유자이다. '불혹의 뜻'을 가지고 있지만 여린 감성의 그가 기나긴 밤들을 숨죽여야 하는 것은 그 뜻이라는 것이 '무지개'를 쫓듯 비현실적인 것이거나 금기와도 같아 밖으로 드러낼 수 없는 것이기 때문이다. 그것은 "들어도 알지 못하는" 비밀의 언어이기도 하다. 그러나 그것은 "툭 건들이면 눈물이 될 추억"이란다. 그것은 언제고 눈물로 흐를 준비를 하고 있는 예민한 상태이며 또한 "혼자 설레이는 마음"으로 삶의 길에 동반되고 있다. 이 '설레임'은 때로는 '황홀한 그림자'로, 때로는 '영글은 씨앗'으로 변환되면서 '눈물'과 '울음소리'를 넘어선다.

슬픔과 아픔은 상처로, 추억으로, 나아가 씨앗으로 변환되어 끝내는 무게감마저 획득하여 그나마 휘청거리는 그를 지켜주게 된다는 역설적 진리

를 조심스레 말하고 있는 이 작품은 하정열시인의 섬세한 감성을 잘 보여
준다. 그는 아픔과 슬픔 혹은 절망 등을 말하고 있는 「삶의 길」, 「희망 한
단」, 「친구」 등의 시편들에서 '희망'을 함께 말하고 있다. 그러나 그는 이
작품에서 '황홀함', '씨앗' 등의 어사를 사용하여 보다 구체적인 시적 대응
의 모습을 드러내고 있다. 이러한 진지한 시적 고뇌를 읽은 후에야 우리는
다음과 같은 비움의 시들을 긍정할 수 있다.

가) 헛된 욕심 하나 내려놓고
　　마음 갈피 속의 기도로
　　벗을수록 따뜻해지는
　　비어서 더욱 출렁이던 마음

　　　　　　　　　　　　　　　　　　　－「욕망의 변곡점」 부분

나) 투명한 내 속살로
　　우리 사이의 벽을 허물고
　　다 버린 자의 다 가진 미소로
　　어둠과 두려움을 함께 밝혀 가노라면
　　사랑을 느끼는 우리들의 사는 맛으로
　　우리 동네엔 한겨울에도 장미가 핀다
　　홀가분한 존재의 행복함이여
　　실낱처럼 가볍게 살고 싶다

　　　　　　　　　　　　　　　　　　　－「나눔과 행복」 부분

다) 삶의 빈 둥지마저
　　놓아주라고 풀어주라고
　　나를 향해 손짓하는
　　별빛을 등에 업고

여로에 핀
　한 송이 수선화여!

- 「여로에 핀 수선화」 부분

　하정열시인은 이번 시집에서 온갖 종류의 욕심이나 욕망을 비우고자 하
는 모습을 종종 드러낸다. 가)의 시에서는 "가진 것에 만족하지 못하여/그
것마저 잃고 난 날"에야 욕심을 버리게 되어 "벗을수록 따뜻해지는/비어
서 더욱 출렁이는 마음"과 같은 역설적 진리를 깨닫게 되었다고 한다. 나)
의 화자는 '다 버린 자'가 지닌 존재의 행복감을 전하고 있다. 다)에서는
여로에 본 수선화의 손짓을 "삶의 빈 둥지마저/놓아주라고 풀어주라고"
하는 것으로 본 데에서 화자의 비움의 시학이 추구하는 경지를 엿볼 수
있다. 그는 '부동심'과 '무심'을 추구하며 "때로는 소박한 뜻도 버려가며/
물처럼 바람처럼 살자"(「깨달음」)고 하거나 "희망도 너무 크면 무겁다고 잘
라내는/겸허의 마음을 애틋이 사랑이라 하네"(「겸손」)라고 하는 등 '겸손'과
'소박함'을 지향하는 모습을 보여주는 한편 비우는 것을 사랑으로 연결시
키는 데에까지 이르렀다.
　하정열시인의 이런 비움의 시학은 다음의 시구들에서 볼 수 있듯이 봉
사나 보시를 포함한 깨달음의 경지로 이어진다.

　산다는 것이 지는 꽃과 같은 것을
　어느 찬란한 것도 순간인 것을

- 「꽃비를 맞으며」 부분

　속는 것도 때로는 기쁨이라 생각하고
　넓고 깊은 포용으로 마음의 빗살무늬를
　날줄과 씨줄로 엮을 수만 있다면

- 「껴안기」 부분

바람에게 헐벗은 제 몸마저 다 내주고
서있는 자리마다 향기로운 꽃을 피우며
남몰래 흔들리는 작은 갈대

(중략)

봉사한 깊이와 넓이만큼 성숙하며
자신을 태워 세상을 밝히는 보시의 꽃

— 「봉사」 부분

삶과 죽음의 간극이 그렇게 크지 않다는 깨달음이 시인의 가슴을 탁 트이게 해 준 듯하다. "속는 것도 때로는 기쁨이라 생각"할 수 있을 정도의 열린 마음을 가질 수 있다면 그의 인생행로는 그야말로 거칠 것이 없을 것이다. 이런 시인의 시선이 봉사와 보시로 열림은 마땅한 귀결이라 하겠다. "삶이 버거울 때"(「봉사」) 모든 욕심과 미련을 비우고 자신을 던져 주위와 이웃을 보살필 때 그 복락은 스스로에게 성숙과 존귀함을 가져다 준다는 근원적 진실에 가 닿는다. 자신을 태움으로써 세상을 밝히는 것은 스스로 빛을 내는 발광체가 된다는 것이니 소신공양 같은 자기소멸의 희생이 얼마나 커다란 의미를 갖는가를 새삼 느끼게 된다.

비워짐의 시 ― 김명철 시집 『짧게, 카운터 펀치』

가) 30층 서해아파트 고공의 처남들과
　　 암벽 지하동굴의 나를 생각한다 나는
　　 빛보다는 어둠 쪽이고 이름이 세 개씩인 처남들보다
　　 눈과 귀가 세배는 밝다 개코다

해는 103동 옥탑에서 각을 세우다 떨어지고
나는 어둠의 끄나풀을 자유자재로 끌고 다닌다

　　　(중략)

어제의 부엉이 날개를 달고
오늘 영혼의 눈빛과 내일의 코끼리 귀를 훔쳐
나는 가볍고 날렵하게 비행한다
단 하나의 이름으로
어둠의 밑바닥에서 아파트 옥탑까지 날아오른다

　　　　　　　　　　　　　　　　－「어둠본색1」 부분

나) 사랑이라는 이름으로
새끼손가락보다 가느다란 손목의 자살과
튀어오르는 손톱보다 가벼운 안목의 자살이
제발, 당신을 죽여주세요
횡행한다는 밤이다 눈꽃 피어나자마자
아름답게 얼어죽는 밤
열사의 고투는 사라지고
어둠이 눈꽃들로 채워질 독하게 환한 밤이다

　　　　　　　　　　　　　　　　－「어둠본색2」 부분

　김명철 시인의 이번 시집에는 동굴, 어둠, 구멍, 비, 눈 등이 배경을 이루어 시인의 어둡고 고통스런 무의식의 세계를 표상하고 있다. 가)의 시에서 '처남들'과 '나'는 '고공'과 '지하동굴', '빛'과 '어둠'으로 표상되는 대조적인 삶을 살고 있다. 화자인 '나'의 처남들은 고층아파트에 살며 사회적인 직함이 여럿 될 정도로 세속적으로 성공한 부류이다. 그러나 화자는 그들보다 눈과 귀, 코와 같은 감각이 처남들보다 훨씬 예민하여 부엉이의 지혜와 그 감각의 힘을 빌어 해 떨어진 뒤 어둠 속에서 상상하는 대로 자유롭게 움직일 수 있다.

나)에서 '밤'은 사랑이라는 이름으로 자살이 횡행하는 밤이며 태어나자마자 얼어 죽는 '눈꽃'으로 가득 채워진 밤이다. 이 '밤'은 또한 같은 시에서 "변화무쌍한 밤", "허무맹랑하게 슬픈 밤", "조수석 창밖을 향해 사랑이 꼬이는 혀의 밤", "혼자 떨고 있는 사람 보이는 밤"이기도 하다. 밤이 지니는 이러한 다양한 속성은 "제발, 당신을 죽여주세요"와 같은 독립된 어구와 어울려 그로테스크한 이미지를 지니게 된다. 자살이 너무나도 쉽게 행해지는 현실에 대한 비아냥이라 할 수 있는 '가느다란 손목의 자살', '가벼운 손톱의 자살'이라는 언급에 이어지는 당신을 죽여달라는 식의 반어적 표현은 부박한 세태에서의 자살 행위가 '밤'이라는 절망적이고 부정적인 시간적 배경 속에서 이루어지고 있음을 강조하는 것이다. "아름답게 얼어 죽는 밤", "독하게 환한 밤" 등의 구절에서 부사와 형용사가 충돌하면서 빚어지는 역설적 상황 또한 이러한 분위기 형성에 일조하고 있다.

다음의 시에 등장하는 '모가지가 부러진 꽃', '왕벌', '작은 벌', '개미떼' 등에는 이 시인의 비극적 세계인식이 투영되어 있다.

> 잔디가 아파해요 밟지 마세요 공원의 팻말 뒤로
> 두 남자가 잔디를 깎으며 멀어져가고 있다
>
> 벤치 옆에 핀 꽃, 모가지가 부러져 있다
> 왕벌 한 마리와 십여 마리쯤 작은 벌들이
> 꽃모가지 아래 죽어가고 있다 새까만 개미떼

성대가 제거된 푸들이 목이 묶인 채 다가오고 있다
여자가 개의 목줄을 잡고, 풀냄새,
여자를 따라 여자들이 냄새를 맡으며 오고 있다

─ 「기화」 부분

이것이 왜 이상야릇한 이야기일까. 먼저 잔디가 아파한다고 밟지 말라면서 두 남자가 잔디를 깎고 있다. 깎아주어야만 나중에 더 뿌리가 잘 내리고 잘 자란다지만 지금 이 순간 잔디가 얼마나 아파할까? 또 그들이 지나간 뒤 꽃은 모가지가 부러져 있다. 꽃과 함께 왕벌과 작은 벌들이 또한 죽어가고 있다. 개미떼는 죽음을 재촉하고 시체를 먹이로 삼는다. 죽음의 전령이라고 보면 된다. 잔디를 밟지 말라는 말과 수많은 죽음이 연결되어 있다. 셋째 연에는 '성대가 제거된 푸들'이 등장한다. 짖는 기능이 거세된 개는 목숨은 붙어 있고 사람들의 귀여움을 받지만 본원의 생명력은 심하게 훼손된 상태이다. 게다가 푸들은 목줄로 목이 묶여 있어 이중으로 생명력이 손상되어 있다. 푸들의 목줄을 잡고 있는 여자를 따라 다른 여자들이 풀냄새, 즉 잔디 깎는 냄새─훼손된 생명의 냄새를 맡으며 걸어오고 있다. 모가지가 부러진 꽃과 죽음, 그리고 성대, 목, 목줄, 풀냄새로 이어지는 관련어의 주술에 가까운 끈질긴 연쇄가 눈에 두드러진다. 이런 끈질김은 현실을 비생명적인 것으로 보는 시인의 인식이 반영된 결과이다. 이 작품이 기화(奇話)가 되는 것은 이후의 "고추잠자리떼 빨간 십자가떼", "뾰족한 비행기" 등으로 이어지는 이해하기 힘든 시어의 활용과 주술적 언어 사용이 겹쳐진 때문이라 할 수 있을 것이다.

심각하게 생명력이 훼손된 이러한 현실, 타의에 의해 비워진 세계 속에서 시인은 어떻게 해야 출구를 찾을 수 있을까. 백기를 들거나 촛불을 드는 일이 그가 사람들과 함께 찾아낸 방법이다.

가) 닻을 내린 항구, 썰물의 개펄에 앉아있어요 소라게들이 내 몸속으로 줄지
어 들어와 잘, 살아요

　　따지고 보면 통쾌한 백전백팬데요 몸을 잃어 정신을 오므리지 못하는
까막조개, 첫아이를 기어이 놓친 여자가 한 겨울 새벽까지 없는 뼈들을 골
라 무명 배냇저고리에 쌌다 풀었다 한다거나 당신이 그런 식으로 떠난 것
이거나 해변가 풀숲에서 눈 뜬 채 얼어죽어 옆으로 돌아간 턱뼈 위로 눈발
을 고스란히 받고 있던 새끼독사라거나 그 독사가 내 목을 감고 매달리는
일 그런 것들이, 그래요 뭐 대수겠어요 등 뒤에 백기를 승리의 깃발처럼
높이 꽂겠어요 간혹, 내 깃대를 향해 펄럭이는 눈먼 갈매기들에게 손톱 발
톱이나 빛나는 이빨들을 뽑아 던져줄 거예요 조각나는 햇살의 난반사, 자
극적이겠지요 싸우지 않고도 질 수 있는 법이거든요 우리 그냥 아름다운
승리의 패잔병으로 살아요 한판 근사하게요

　　당신 아직도 밖에서 울고 있나요? 개펄 수면이 잔잔해지고 이젠 누울
시간이에요 내 빈 몸속으로 물이 차올라요
　　하 그런데 저 배, 물때가 아닌 줄 알면서 저무는 수평선으로 왜 자꾸 길
을 트는 것일까요
　　　　　　　　　　　　　　　　　　　　　　－「백기를 꽂겠어요」 전문

나) 아침에 꽃을 가꾸다 말고 촛대를 들고 나왔다

　　　　　　　　　　　　　(중략)

　　사물놀이패들을 둘러싼 연인들과
　　평화로이 잠든 아이의 유모차를 밀고 가는 젊은 부부들의 종이컵 속 불
꽃이

꽃 같았다 꽃받침이 단단하게 굳었다

(중략)

길바닥에 뒹구는 미아찾기 전단지의 얼굴과 배경만 남은 나의 모습이
무수히 밟혔다

새벽에 돌아와 넘어진 꽃대를 말없이 세워주었다

— 「삼백예순다섯 개의 새벽」 부분

가)는 여러 가지 역설적인 표현들이 어우러져 있는 통쾌하고 아름다운
시이다. 구한말 황현의 절명시를 볼 때의 서늘함, 이상의 시를 읽을 때의
절망감 또한 느껴진다. '정신을 놓은 까막조개', '첫아이를 놓친 여자', '버
림받은 나', '얼어죽은 새끼독사', '독사가 휘감은 나'와 같은 소외되고 훼
손된 존재를 대표하여 이 시의 화자는 자신의 등 뒤에 백기를 꽂겠다고
한다. 그것도 승리의 깃발처럼 높이! 무슨 소리인가. 이 불모의 상황을 피
하려 하지 않고 있는 그대로 담대하게 받아들여 감내하겠다는 것이라 생
각된다. 이때 깃발처럼 '펄럭이는 눈 먼 갈매기들'에게 손톱 발톱이나 이빨
등을 뽑아 던져 햇살이 난반사하게 만드는 괴기스런 광경은 바로 이어지
는 '승리의 패잔병', '한판'이라는 말과 어울려 승리의 환호로 변질된다. 이
작품 끝부분에 등장한 '배'가 길을 트는 것은 그것이 '해 저무는 수평선'을
지향하는 것이어서 뚜렷한 희망의 전언이라 할 수는 없다. 그러나 물때가
아닌 줄 알면서도 자꾸 길을 트는 행위 그 자체에는 일정한 수준의 미래지
향성이 담겨있다.
　나)의 시에서는 꽃과 촛불의 형태적 유사성에 의해 꽃대와 촛대가, 꽃을
가꾸는 마음과 촛불을 드는 마음이 하나로 겹쳐진다. '연인들'과 '유모차를

밀고 가는 젊은 부부들'의 마음을 담은 촛불은 연약하기 그지없다. 종이컵의 보호를 받고 있지만 그 한계가 뚜렷하다. '전단지의 얼굴'과 '나의 모습'이 무수히 밟힌다는 것은 촛불의 무력함과도 통하는 이미지이다. 그럼에도 불구하고 자신의 몸을 태워 촛불은 외부 세계의 어둠과 맞서고 있다. 하나의 촛불은 너무나도 허약하고 또 곧 꺼져버리고 말겠지만 새벽은 어김없이 다가올 것이며 다음날 밤이 되면 그것은 다시 피어날 것이다. '삼백예순다섯개의 새벽'이란 제목은 이런 의미를 지닌다. 또한 이 시의 끝부분에서 화자가 넘어진 꽃대를 세워준다는 말에서 우리는 앞서 살펴본 「기화」의 '부러진 꽃모가지'가 다시 살아나는 듯한 느낌을 받게 된다.

위의 작품들을 통해 우리는 김명철시인이 현실의 황폐함 혹은 비워짐 속에서 그에 매몰되지 않고 감내하고 때로는 저항함으로써 소극적이나마 미래에 대한 긍정적 시선을 확보하고 있음을 알 수 있었다. 이 시인이 가는 길은 매우 험난해 보이지만 앞으로 많은 독자들이 성원하리라 믿는다.